Daniela Raimondi

Das erste Licht des Sommers

Daniela Raimondi

Das erste Licht des Sommers

Roman

Aus dem Italienischen
von Judith Schwaab

Ullstein

Für meine Mutter Bianca
und für Alfa, die immer da ist.

*»Manche Dinge, magische Dinge,
sind einfach als Ganzes gedacht.«*

Robert James Waller, *Die Brücken am Fluss*

*»Ich fragte mich, ob womöglich gerade auf diese Weise
Versöhnung zustande kommt – eben nicht mit dem Fanfarenstoß
göttlicher Inspiration, sondern ganz heimlich,
wenn der Schmerz nachlässt und sich unversehens
mitten in der Nacht davonmacht.«*

Khaled Hosseini, *Drachenläufer*

Geboren wurde ich an einem verschneiten Tag mit weißen Dächern, die Vögel saßen stumm in den Bäumen. Meine Mutter brachte mich zu Hause zur Welt, so wie es damals üblich war. Bei der Geburt stand ihre Schwägerin Zena ihr bei, indem sie der Hebamme frische Handtücher brachte und Holz im Ofen nachlegte. Ich kam am kältesten Tag des Jahres zur Welt, Eiskristalle glitzerten an den Fenstern, Raureif lag auf den Feldern. Es war so klirrend kalt wie »nicht einmal in Russland«, betonte Zena, als wäre sie jemals in Russland gewesen.

Im Laufe des Vormittags hatte es zu schneien begonnen, nach nur wenigen Stunden waren zunächst die Beete im Garten und dann auch die Felder und Straßen unter den Schneemassen verschwunden. Zur Mittagszeit waren die Büsche wie mit Zucker überzogen, und die Zweige der Tannen bogen sich unter der ungewohnt schweren Schneelast.

Die Kinder des palás, *des Mietshauses, fuhren am Hang des Dammes Schlitten, und Zenas Hunde folgten ihnen bellend. Das aufgeregte Kreischen der Kinder drang bis in das Zimmer meiner Mutter vor und mischte sich unter ihre Schmerzenslaute.*

Es war drei Uhr nachmittags, als die Presswehen einsetzten.

»Pinta, Elsa, at g'ha da pintar«, *spornte die Geburtshelferin sie an.*

Sie tat, wie ihr geheißen, und presste, die Wangen hochrot, die Haare schweißgebadet.

Auch Zena feuerte sie an. »Strícam la man e pinta!«

Meine Mutter drückte ihr die Hand, so fest, dass sich ihre Nägel im Fleisch abzeichneten.

Es war ein mühsamer Weg für mich. Ausgehungert nach Sauerstoff, versuchte ich, den richtigen Moment zu finden, um wie ein Komet ans Licht der Welt zu stürzen. Als ich es endlich erblickte, so heißt es, war ich violett angelaufen und schlaff wie eine Lumpenpuppe. Die Hebamme packte mich an den Füßen und gab mir kleine Schläge auf den Rücken, doch ich rührte mich nicht.

»Sie ist tot …«, flüsterte meine Mutter.

Die Hebamme klopfte mir noch kräftiger auf den Rücken, bis ich schließlich, immer noch mit dem Kopf nach unten baumelnd wie ein Huhn auf dem Weg in den Kochtopf, den Mund aufriss und zu schreien begann. Da musste auch die Geburtshelferin weinen, aber aus Erleichterung; in all ihren Berufsjahren war ihr kein einziger Säugling gestorben, und da wollte sie bei mir nicht damit anfangen.

Zena war nach unten gelaufen, um meinem Vater die gute Nachricht zu überbringen. »Na fémna, Guido, sana e bèla c'me l' sol!« *Es sei ein Mädchen, so schön wie das erste Licht des Sommers.*

Papa war aufgesprungen und lief die Treppe hoch, immer zwei Stufen auf einmal nehmend. Aus meinem hellen Haar und den zarten Gesichtszügen schloss er sofort, dass ich mich in unserer Sippe auf die Seite der Träumer geschlagen hatte. Die andere Hälfte unserer Familie bestand aus Menschen, die in die Zukunft blicken konnten und äußerlich die dunklen Züge der Frau aus dem fahrenden Volk trugen, die unsere Sippe vor zwei Jahrhunderten zu einer »Familie von Bastarden« gemacht hatte.

Papa küsste meine Mutter und sagte, dann würde es einen Jungen eben beim nächsten Mal geben, und verließ das Haus.

Papa stieg den zugeschneiten Pfad hoch, der auf den Damm führte, als ein Hase seinen Weg kreuzte und in einem Gebüsch verschwand. Er dachte, das mit dem Hasen sei vielleicht ein gutes Zeichen; das musste er seine Mutter fragen, die ja auch etwas vom fahrenden Volk hatte und von solchen Sachen viel verstand. Sobald das Wetter besser wurde, würde er nach Stellata gehen und sie von meiner Geburt in Kenntnis setzen.

~

Am folgenden Morgen zeigte sich ein blauer Streifen am milchigen Horizont. Die zehn Kilometer bis Stellata legte mein Vater mit dem Fahrrad auf der Straße zurück, die den Damm vom Dorf seiner Familie trennte.

Seine Mutter Neve nahm die Nachricht erfreut entgegen. Doch mit den Jahren, und nachdem sie mit vielen Enkeln beschenkt worden war, gerieten bei ihr die Daten und Fakten ein wenig durcheinander, sodass sie irgendwann davon überzeugt war, dass mein Geburtstag nicht etwa im Februar lag, sondern Ende Oktober: Sie behauptete felsenfest, sich genau an den Mostgeruch und den Duft von gerösteten Kastanien erinnern zu können, der an jenem Tag in der Luft hing, als ihr Sohn ihr die Nachricht von meiner Geburt überbrachte.

Meine Großmutter war das wandelnde Gedächtnis der Familie, nahm es aber mit der Wahrheit nicht so genau. Im Laufe der Zeit schmückte sie jene Episode mit so vielen Einzelheiten und anderem Beiwerk aus, dass die Hälfte der Verwandtschaft zu der Überzeugung gelangte, ich sei tatsächlich nicht mitten im Winter, sondern im Herbst zur Welt gekommen. Wenn Ende Oktober unweigerlich Neves Geburtstagskärtchen bei mir eintrudelte, begann ich manchmal selbst, Zweifel bezüglich meines Geburtstages – und vielleicht auch meines Schicksals – zu hegen: Hatte meine Geburt wirklich in schwüler Spätsommerwärme stattgefunden oder doch in der klirrenden Kälte des Winters?

Nachdem er seinen Eltern die gute Nachricht überbracht hatte, schaute Guido noch bei seinem Großvater Anselmo vorbei, der, als er von meiner Geburt erfuhr, sogleich den Vorschlag machte, auch für mich einen Namen aus einer Oper zu wählen, so wie es in der Familie üblich war.

»Nennt sie Aida. Der ist schön und nicht weitverbreitet.«

»Da muss ich zuerst meine Frau fragen, Nonno.«

Meine Mutter jedoch war nicht zu erweichen: Sie wollte einen modernen Namen oder den einer berühmten Schauspielerin: Alida, wie die Valli, oder Lana – Wolle –, wie die Turner.

»Warum denn nicht gleich Pecora, also Schaf, wenn wir mit Lana schon bei Wolle sind«, erwiderte Guido lachend.

Nach langem Hin und Her hatte sie den Namen Norma vorgeschlagen. »Das ist der Name meiner Mutter und gleichzeitig der einer Oper. Was hältst du davon?«

»Perfekt! So sind alle zufrieden.«

Er trat auf die Wiege zu und nahm meine kleine Hand. »Hallo, Norma! Siehst du, was wir dir für einen schönen Namen gegeben haben? Er wird dir Glück bringen.«

ERSTER TEIL

~ 1947 ~

Und wenn ich es nicht schaffe, sie gernzuhaben?, fragte sich Elsa, kaum dass man ihr die Tochter in die Arme gelegt hatte, und sie schämte sich sogleich für den Gedanken. Anders als sie stolz zu machen, versetzte die Geburt ihrer Tochter sie urplötzlich zurück in die bitteren Zeiten ihrer Kindheit, als sie, statt wie ihre Schulkameradinnen Seil zu springen oder auf dem Hof Himmel und Hölle zu spielen, mit ihrem kleinen Bruder auf der Hüfte spazieren gegangen war oder seine schmutzigen Stoffwindeln am Ufer des Flusses Po ausgewaschen hatte. Jedes Mal, wenn ihre Mutter wieder ein Kind gebar, hoffte Elsa, dass es das letzte sein würde, doch immer sagte ihr dann eine Nachbarin, mit einem hämischen Grinsen auf den Lippen: »Ich habe gehört, deine Mama hat dir schon wieder das Kleidchen kürzer gemacht!« Eine Redewendung, mit der man in ihrer Gegend eine Schwangerschaft zum Ausdruck brachte. Elsa, die als Kind vom Lande wusste, wie Tiere sich paarten, glaubte sowieso nicht mehr an den Klapperstorch. Wenn jemand so etwas sagte, lief sie deshalb rot an und rannte in die Flussauen, um vor Enttäuschung und Scham zu weinen. Ja, sie schämte sich, denn in ihren Augen war ihre Mutter eine alte Frau, und ganz gewiss machte man solche Dinge im Alter nicht mehr.

Kaum war sie zwanzig Jahre alt, hatte Elsa festgestellt, dass auch sie schwanger war, nicht nur im selben Alter wie damals ihre Mutter mit ihr – sie war auch noch unverheiratet. Jetzt war die Scham doppelt so groß, denn damals war es eine große Schande, wenn ein Mädchen ein Kind erwartete, ohne einen Ehering am Finger zu haben.

Es war eines Abends im Juni passiert. Sie und Guido waren tanzen gewesen und hatten danach in einem Feld in der Nähe des Flusses ein Päuschen eingelegt. Die Luft war lau und warm, und über ihnen hing ein tiefer, runder Mond. Guido hatte sie gefragt, ob es ein sicherer Tag in ihrem Zyklus sei, und unter dem einen oder anderen Seufzer hatte sie bejaht.

Als ihr allerletztes Geschwisterchen auf die Welt gekommen war, hatte das Mädchen mitangehört, wie der Arzt ihrer Mutter erklärt hatte: »Du musst einfach nur mitrechnen, und in der Woche in der Mitte des Zyklus sagst du zu deinem Mann, er soll sich im Bett umdrehen und dich in Ruhe lassen.« Elsa hatte sofort begriffen, was er meinte, und seinen Rat auch selbst befolgt. Doch an jenem Abend machte sie, benommen von den Küssen und Zärtlichkeiten, einen Rechenfehler. Kaum war sie wieder zu Hause, warf sie einen Blick auf den Kalender, rechnete nach und bemerkte voller Bestürzung ihren Irrtum. Schon an jenem Abend schien ihr, sie könnte dieses winzige Wesen in sich spüren: ein leises Glucksen, eine kleine Laune der Natur in den Tiefen ihres Fleisches. Sie hielt den Atem an und lauschte, voller Vorfreude und ebenso voller Angst, jener Stille, die kaum länger war als die Spanne

zwischen einem *bum*
und dem anderen *bum*
ihres Herzens.

In jener Nacht träumte Elsa von einem blauen Wald, von einer Wiese voller Glühwürmchen, vom Sirren eines Kolibris.

~

Einen Monat später hatte sie Guido verkündet, dass sie schwanger war. Ihn schien es zu freuen, auch wenn sie beide erst zwanzig Jahre alt waren oder vielleicht gerade deshalb.

Am 27. September 1946 hatten sie geheiratet. Elsa, in einem perlgrauen Kostüm und mit einem Hütchen mit Schleier, küsste die Gäste, lachte und weinte vor Freude, doch der Traum währte nur kurz. Kaum war sie Mutter geworden, schien es ihr, als hätte sie nur ein weiteres Geschwisterchen bekommen, um das sie sich kümmern musste. Nur dass es diesmal noch schlimmer war, denn ihr kleines Mädchen musste auch gestillt werden, und das tat mit den entzündeten Brustwarzen höllisch weh. Außerdem hatte Norma nachts oft Koliken und weinte stundenlang. Kaum hatte sich ihre Brust an den groben Vorgang des Stillens gewöhnt und das Bauchweh ihrer Tochter aufgehört, bekam Norma Zähne. Und als sie erst einmal anfing zu laufen, war sie im Haus kaum mehr zu bremsen; sie machte Schubladen auf, zog an der Tischdecke des gedeckten Tisches, krabbelte auf allen vieren die Treppe auf und ab. Ein Albtraum! Manchmal war Elsa so erschöpft, dass sie sie machen ließ. Sie beschränkte sich dann darauf, sie zu beobachten und dabei kreuzunglücklich zu sein. Je mehr sie die Kleine betrachtete, desto fremder kam sie ihr vor, und sie fragte sich, ob dieses kleine Wesen wirklich in ihrem Bauch herangewachsen war.

Das war nicht die Ehe, von der sie geträumt hatte. Sie wünschte sich ein bisschen Freiheit, wollte an Guidos Seite leben, einfach frisch verheiratet sein, doch dazu war keine Zeit geblieben. Nach der Trauung war das Paar nach Caposotto di Sermide gezogen, ins Flachland von Mantua. Sie hatten zwei Zimmer an der Via San Giovanni gemietet, in einem alten Gebäude, das zwar langsam am Zerbröckeln war, von den Menschen im Dorf jedoch wegen seiner gewaltigen Ausmaße großspurig *al palás*, der Palast, genannt wurde. Das Haus war heruntergekommen, doch der Jasmin, der um das Eingangstor wucherte, erfüllte den ganzen Hof mit seinem Duft.

Zena, Elsas Freundin seit Kindertagen, lebte mit ihrem Mann Dolfo zwei Häuser weiter. Dolfo war Guidos Zwillingsbruder, auch wenn sich die beiden überhaupt nicht ähnlich sahen: Ersterer war kräftig gebaut und ein Draufgänger, Letzterer mager und schüchtern. Während Dolfo gerne und viel redete, war Guido eher der schweigsame Typ. Ihre Mutter Neve erzählte, er habe bis zum dritten Lebensjahr kein einziges Wort gesagt. Nicht, dass er es nicht gekonnt hätte; er überließ das Reden einfach lieber seinem Bruder.

Elsa und Zena hatten die Zwillingsbrüder am selben Abend beim Tanzen kennengelernt. Ein Jahr später waren beide Pärchen verheiratet, und so kam es, dass die beiden Freundinnen auch zur gleichen Zeit ihre Kinder zur Welt brachten. Alle waren jung und verliebt, doch das Kriegsende lag noch nicht lange zurück, und das Leben war alles andere als leicht. Guido und Dolfo verdienten ihr Geld mit Feldarbeit, und wenn sie Glück hatten, wurden sie als Saisonarbeiter in der Zuckerfabrik von Sermide angestellt, doch die Hälfte des Jahres waren die Kassen der beiden jungen Paare gähnend leer.

Seit ihrer Jugendzeit verbrachten Elsa und Zena den Frühsommer in den Reisfeldern von Piemont, bei der sogenannten *stagione della monda*: anderthalb Monate harte Arbeit des Jätens und Pflanzens, von der sie jedoch immerhin ein Kilo Reis pro Arbeitstag und ein schönes Geldsümmchen, im BH versteckt, nach Hause brachten. Im Abstand von nur wenigen Monaten waren die Freundinnen nach ihren Hochzeiten Mütter geworden und dachten, damit könnten sie die Schufterei in den Reisfeldern hinter sich lassen. Doch das Geld war immer zu knapp, und kaum waren ihre Töchter entwöhnt, sahen sich beide gezwungen, wieder für die Arbeit in den Norden zu reisen.

~

Es war das Frühjahr 1949, und Zena brach es schier das Herz, als sie ihre kleine Tochter, die *tonda e ciara cme un ninín*, pummelig und rosa wie ein Schweinchen war, bei ihrer Mutter ließ. Für Elsa hingegen war der Aufbruch nach Piemont fast wie Urlaub: Ja, die Arbeit war anstrengend, doch vermochte sie nachts wenigstens acht Stunden am Stück zu schlafen, etwas, an das sie sich kaum mehr erinnern konnte.

Die beiden Frauen machten sich am letzten Sonntag des Mai vor Sonnenaufgang auf den Weg. Guido und Dolfo brachten sie auf den Fahrrädern zum Bahnhof. Still saßen die Frauen quer auf der Stange des Drahtesels und spürten den Atem ihrer Ehemänner wie eine warme Brise in ihrem Nacken. Der Himmel war schwarz, die Luft prickelnd frisch. Einer hinter dem anderen stiegen die Brüder in die Pedale, die Straße war von den wenigen Laternen schwach beleuchtet. Nur in den Ställen, mitten in den Feldern, brannte bereits Licht. Dort hatten die Bauern schon ausgemistet und machten sich ans Melken.

Als sie den Bahnhof von Sermide erreicht hatten, küssten Guido und Dolfo ihre Frauen zum Abschied, wegen der Leute jedoch nur auf die Wange.

»Setz der Kleinen immer ein Hütchen auf, und lass sie nie in die Sonne«, bat Elsa.

»Aber schreib mir, Dolfo. Denk daran, dass ich mindestens alle zwei Tage einen Brief haben will«, mahnte Zena, die einen Kloß im Hals hatte.

»Na los, der Zug wartet nicht«, unterbrach Guido sie.

Elsa setzte sich in Bewegung, doch Zena zog Dolfo rasch in eine Ecke, und sie begannen, sich zu küssen.

»Zena, komm schon, es ist Zeit!«, rügte ihre Schwägerin mit leiser Stimme.

Doch die ließ auf sich warten, bis sie schließlich laufen mussten, um den Zug nicht zu verpassen.

Als die beiden einstiegen, war bereits alles voll besetzt. Das Gefährt Zug zu nennen, war eigentlich übertrieben, vielmehr handelte es sich um einen Waggon, eher dafür ausgelegt, Vieh statt Menschen zu transportieren. Die beiden Schwägerinnen fanden nur noch einen Platz direkt neben dem Klo.

»Puh, das stinkt aber«, jammerte Zena jedes Mal, wenn jemand die Tür öffnete.

»Das hast du nun davon, so viel Zeit zu verplempern, weil du deinen Mann knutschen musst«, nörgelte Elsa.

Kaum hatten sie den Bahnhof verlassen, begannen einige der Frauen zu singen.

Si lasciava il moroso, lo sposo, un saluto, un bacio, un sorriso
per riportare a casa pochi soldi e un sacco di riso …

Ja, man lässt seine Liebsten zurück, mit einem Lächeln oder einem Kuss, nur für ein paar Münzen und einen Sack Reis …

»Ich komm mir vor, als wären wir wieder junge Mädchen!«, rief Elsa aus.

»Wenn du mich gefragt hättest, wäre ich lieber zu Hause geblieben«, antwortete Zena. Doch auch sie ließ sich nach einer Weile von der kameradschaftlichen Stimmung dazu hinreißen, mit in das Lied einzustimmen, in dem es um die brennende Sonne und die harte Arbeit ging, die sie in den Reisfeldern erwarteten, und um die verdiente Nachtruhe danach:

Nella risaia, quando il sole bruciava la pelle
Cantavan le mondine le canzoni d' amore più belle
E poi di sera, alla fine del duro lavoro
Cantavan tutte in coro: »Finalmente si va a riposar.«

~

Vor dem Bahnhof von Vercelli warteten bereits die Lastwagen und Karren der Bauern, für die sie arbeiten würden. Nachdem sie ihren Fahrer gefunden hatten, stiegen Elsa und Zena auf und wurden zusammen mit sechs anderen Frauen zu einem großen Bauernhof inmitten der Felder gebracht.

Hinter dem Haus verlief ein kleiner Fluss. »Dort könnt ihr euch frisch machen. Um Punkt sieben gibt es Abendessen«, verkündete der Chef.

Sie aßen Bohnensuppe mit Brot, und bald darauf zogen sich alle in den Schlafsaal zurück. Das war ein großer Raum im zweiten Stock mit unverputzten Wänden und Decken, die sich bis zu den Dachbalken hochzogen. Eidechsen flitzten über die Mauer, und in den höchsten Ecken des Raumes hingen lange Spinnweben. Hier hatten mehrere Reihen Betten Platz, Zena kam beim Zählen auf die stolze Zahl von vierzig. Die Matratzen waren mit Rosshaar gefüllt und hingen nach vielen Jahren der Benutzung durch, sodass die Frauen tief in die Kuhlen sanken, die andere *mondine* hinterlassen hatten.

Elsa ließ sich genüsslich auf der Pritsche nieder. Zena stellte fest, dass ein Vogel auf ihrem Kissen einen Gruß hinterlassen hatte. »Da oben in den Deckenbalken müssten Nester sein, aber es heißt ja, dass Vogeldreck Glück bringt«, sagt sie mit einem Seufzer.

Sie zog das Kissen ab und bedeckte es mit einem Hemd. Dann ließ sie sich unter die Laken gleiten und fügte hinzu: »Denk doch nur, wie schön: Morgen früh werden wir vom Gezwitscher der Vögel geweckt.«

»Von wegen Gezwitscher … *Dormi, va' là, c'lè mèi*«, murmelte ihre Schwägerin müde.

~

Um halb fünf wurden sie geweckt; draußen war es finster, und die Vögel schliefen noch. Sie gingen hinab, um einen Milchkaffee und eine Scheibe Brot zu sich zu nehmen. Dann marschierten sie im Gänsemarsch bis zu den *quadre*, wie die überschwemmten Reisfelder genannt wurden.

Elsa schmierte sich das Gesicht großzügig mit Pomata Biancardi ein und reichte Zena die Dose. »Das schützt die Haut«, sagte sie. Unter der fetten Schicht schwitzten sie sehr, doch wenigstens würden sie nicht dunkel verbrannt sein, wenn sie nach Hause kamen.

Alle Reisarbeiterinnen trugen große Strohhüte. Die jüngeren hatten kurze Hosen an, die verheirateten Frauen rollten die Säume ihrer Kittel bis zu den Hüften hoch. Vor ihnen lagen sechs Wochen härtester Arbeit; die Tage würden sie tief gebückt im Feld verbringen, von der gleißenden Sonne beschienen und die Füße im stehenden Wasser.

Die Frauen begannen mit der *monda*, und alle sangen, um ihrer Arbeit einen Rhythmus zu geben.

Neben den *quadre* standen die Aufseher, die dafür sorgten, dass die Arbeit schnell vonstattenging. »Na los, hier wird nicht geredet, sondern gearbeitet! Strengt euch an, ihr seid nicht zum Schlafen da!«

»Als würde es nicht genügen, dass wir diese Hitze und die Mücken ertragen müssen«, seufzte Elsa und fuhr sich mit der Hand über die Stirn. Doch noch mehr als die lästigen Insekten oder die strengen Rufe der Aufseher fürchtete sie die Nattern, die in den Feldern ihr Unwesen trieben. Wenn sie spürte, wie eine zwischen ihren Beinen hindurchglitt, stieß sie jedes Mal Schreie des Entsetzens aus. Dann griff Zena beherzt nach der Schlange, wirbelte sie zwei- oder dreimal durch die Luft und warf sie dann, ohne mit der Wimper zu zucken, an den Rand des Reisfelds. Manchmal landeten die Nattern auch auf einem der Aufseher. »Entschuldige, Alfonso, ich hab dich nicht gesehen«, rief sie dann und zwinkerte Elsa dabei zu.

Acht bis zehn Stunden standen sie im salzhaltigen Wasser und arbeiteten sich *a cul indré*, im Rückwärtsgang, weiter. Nicht einmal zum Pinkeln durfte man eine Pause machen, weil es verboten war, die *quadre* auch nur eine Minute zu verlassen. Wenn es dringend war, ging man einfach ein Stück beiseite, verrichtete sein Geschäft und machte dann mit der Arbeit weiter.

Am späten Nachmittag waren sie wieder im Bauernhaus. Bevor sie in den Schlafsaal gingen, wuschen sie sich an dem kleinen Fluss und rieben sich die Beine mit Seife und den Reisspelzen ein, um die grünliche Schicht zu entfernen, die sich im stehenden Wasser auf ihrer Haut gebildet hatte. Dann ruhten sie sich ein wenig aus und warteten auf das Abendessen.

~

Es war eine Woche vergangen, und die jungen Frauen hatten sich an die mörderischen Schichten gewöhnt. Wenn sie zurück im Schlafsaal waren, streckten sich Elsa und Zena in Unterwäsche auf ihren Betten aus, denn Anfang Juni herrschte bereits brütende Hitze. Manche Frauen standen am Fenster und rauchten, andere hängten Wäsche auf die Leine oder sangen bei den Liedern aus dem Radio mit, das eine Frau aus Cadigoro mitgebracht hatte. Ein Mädchen las in einem Fotoroman, ein anderes enthaarte sich über einer Kerzenflamme die Beine.

Zwei Mädchen begannen, einen Tango zu tanzen, legten am Ende noch einen schwungvollen *casquè* ein, und alle klatschten Beifall.

Als sie ihre Zigarette geraucht hatte, blätterte Elsa in der letzten Ausgabe von *Grand Hotel*. Darin fand sie einen zweiseitigen Artikel über die Hochzeit von Rita Hayworth und Ali Khan. Neben einem Foto des Paares vor seiner Hochzeitstorte war das Bild einer weiteren Promihochzeit des Jahres abgebildet – der von Tyrone Power und Linda Christian. In dem Artikel wurden die beiden Brautkleider miteinander verglichen.

»Das ist ein klasse Kleid, was Rita da anhat! Aber für mich ist Linda noch schöner. Schau doch nur hier: Sie sieht aus wie eine Königin!«, schwärmte Elsa.

Zena schaute ab und zu hinüber, doch sie war abgelenkt, denn sie schrieb gerade einen Brief an Dolfo. Dem Schreiben fügte Zena noch einen Kinderreim hinzu, den sie Donata oft vorsagte.

Povero grillo che'l'era tanto bèl
Quand al portaa la piùma in s'al capèl!
Na scùciaràda ad calsìna e al s'è fat la so caslina,
con cal pòch ch'a gh'e restà al s'è fat als so porslìn.
Con 'na foia d' erba spagna al sè fat la so gabana.

Arme Grille, es stand ihr so gut,
trug sie das Federchen an ihrem Hut!
Ein Löffelchen Kalk, dort hat sie gewohnt, seit sie geboren,
und was übrig war, wurde zum Stall erkoren.
Als Mantel diente ihr ein Halm aus Luzerne,
der gefiel der Grille, den trug sie gerne.

Zu dem Liedchen malte sie eine Grille und dahinter das Häuschen mit vielen Fenstern und einem Schornstein. Am Ende benutzte sie ihren Lippenstift und drückte zwei Küsse aufs Blatt, unter die sie schrieb:

Lieber Dolfo,

einer ist für dich und der andere für Donata.

Sag ihr, dass die Mama sie lieb hat und bald heimkommt.

»Hoffentlich weiß sie, dass die Zeichnung und auch die Küsse von mir kommen«, sagte sie mit einem Seufzer.

Elsa gab ihr keine Antwort. Irgendwie schaffte Zena es immer, ihr ein schlechtes Gewissen zu machen, denn sie selbst dachte nur selten an Norma. *Bei meiner Schwiegermutter geht es dem Mädchen sehr gut*, erinnerte sie sich und blätterte weiter in der Zeitschrift.

Auf der anderen Seite des Schlafsaals plauderte eine Gruppe von Reismädchen leise, ab und zu brach eine in Gelächter aus. Neugierig geworden, schob Zena den Brief an Dolfo in den Umschlag und ging zu ihnen.

»Wie geht das eigentlich, Liebemachen?«, fragte eines der jungen Mädchen diejenigen, die bereits den Bund der Ehe geschlossen hatten.

»Ach komm, als wüsstest du das nicht längst!«, rief Zena spöttisch aus.

»Ich bin doch nicht blöd und lass mir ein Kind machen, bevor ich einen Ehering am Finger habe!«

»Du wirst doch nicht behaupten, dass du dich noch nie mit einem getroffen hast«, rief eine aus dem Veneto, deren rundes Gesicht ganz gerötet war.

»Klar habe ich mich mit einem getroffen. Und nicht nur mit einem, falls du es genau wissen willst. Aber ich habe klipp und klar gesagt: Vorher musst du mich zur Frau nehmen.«

»Wie blöd du bist! Du weißt gar nicht, was du verpasst!«, rief zwei Betten weiter eine andere, und alle brachen in Gelächter aus.

»Na los, Mädels, gehen wir aus! Hier drinnen versauern wir!«, rief eins der Mädchen und klatschte in die Hände.

Die jungen Frauen zogen sich ihre besten Kleider und die Sandalen mit Absatz an. Sie bürsteten sich die Haare und trugen am Schluss noch einen Hauch Puder und Lippenstift auf. Zena schminkte sich auch die Augen, was damals nicht üblich war: Die anderen fanden, das machten nur Frauen, die beim Film waren, oder käufliche Damen – aber das war ja sowieso ein und dasselbe.

Elsa schloss den obersten Knopf ihrer Bluse.

»Lass doch offen, du siehst aus wie eine Betschwester«, neckte Zena sie.

»Aber dann sieht man den Busen.«

»Schöne Dinge soll man zeigen«, antwortete ihre Schwägerin und puderte sich ab.

Von ihnen beiden war Zena schon immer die Freizügigere und weniger Schamhafte gewesen. Elsa bewunderte sie dafür, dass sie machte, was sie wollte, und sich nicht um die Meinung anderer Leute scherte. Sie schaute sich im Spiegel an: Tatsächlich sah sie wie eine Nonne aus, und ihr war auch sehr heiß. Sie öffnete die obersten Knöpfe, überlegte es sich im letzten Moment doch anders und trug die Bluse wieder hochgeschlossen.

Lachend und schwatzend stieg die Gruppe die Treppe hinunter und machte sich auf den Weg ins Dorf.

Kaum waren sie auf der Piazza angekommen, kauften sie sich eine Brause oder ein Eis und nahmen an den kleinen Tischen vor der Bar Platz. Den Rücken durchgedrückt, die Brust raus und die Beine übereinandergeschlagen, saßen sie da und harrten der Dinge. Und die jungen Männer des Dorfes ließen nicht lange auf sich warten: Sie lehnten ihre Fahrräder an die Mauer und begannen, mit der einen oder anderen aus der Gruppe zu schäkern. Manchmal taten auch die verheirateten Frauen so, als hätten sie zu Hause gar keinen Ehemann, und es gab sogar Mädchen, die ihren Ehering abnahmen, bevor sie ins Dorf hinuntergingen, und nach Einbruch der Dunkelheit mit einem Mann im Park verschwanden.

Auch Zena hatte ihren Spaß daran, mit den jungen Männern zu poussieren. Aufreizend leckte sie an ihrem Eis und warf dabei dem jeweiligen Auserwählten, ohne mit der Wimper zu zucken, heiße Blicke zu. Doch für sie war es nur ein Spiel, und es verging kein Tag, an dem sie Dolfo nicht einen ausführlichen Brief schrieb. Das ging so lange, bis eines Abends auf der Piazza ein neuer Typ auftauchte und alles sich veränderte.

~

Sein Name war Pericle, und Zena bemerkte auf der Stelle, dass er anders war als die übrigen Jungs an der Bar. Er hatte bereits ein paar weiße Strähnen im Haar und war der eleganteste von allen: Sein Hemd war immer gebügelt, die Schuhe auf Hochglanz gewienert. Die Haare hatte er sorgfältig mit Brillantine zurückgestrichen, und auch sein kleiner Schnurrbart war flott getrimmt.

»Aber der ist ja Clark Gable wie aus dem Gesicht geschnitten!«, bemerkte Zena beim allerersten Mal, als sie sah, wie er seine Vespa vor der Bar parkte.

Auch Pericle hatte sie auf der Stelle bemerkt, so schön, wie sie war: groß, wohlgeformt, mit dem kupferfarbenen Haar, das ihr bis weit über die Schultern reichte. Er setzte sich an ihren Tisch und begann sogleich, mit ihr zu plaudern, in flüssigem Italienisch, ohne auch nur den Hauch von Dialekt. Schon bald richtete er seine ganze Aufmerksamkeit auf Zena und beachtete Elsa gar nicht mehr.

Pericle war Landvermesser und sprach über Bücher und über das Kino, wobei er Begriffe wie Neorealismus oder Namen wie

Rossellini einflocht, die Zena noch nie gehört hatte. Er sagte, gerade habe er *Fahrraddiebe* zu Ende gelesen, das im vergangenen Jahr von Vittorio de Sica auf die Leinwand gebracht worden war. »Es war eines der wenigen Male, dass ich einen Film besser gefunden habe als das Buch«, kommentierte er.

»Ich mag Kino, aber mit einer kleinen Tochter habe ich keine Zeit mehr für Romane«, antwortete Zena entschuldigend. In Wirklichkeit hatte sie schon vorher keine Romane gelesen.

Nach jener ersten Begegnung ließ sich Pericle kein Treffen auf der Piazza mehr entgehen. Jeden Abend setzte er sich neben Zena und sprach leise mit ihr, wobei er einen etwas hochmütigen Ton anschlug, der sie einschüchterte, ihn zugleich aber noch faszinierender machte. Sie behandelte ihn mit Respekt, vielleicht sogar mit Ehrerbietung. Die beiden kamen aus dem Plaudern gar nicht mehr heraus, steckten immer wieder flüsternd die Köpfe zusammen.

Was haben sich die beiden bloß zu sagen?, fragte sich Elsa. Und eines Abends, auf dem Rückweg zum Bauernhaus, gab sie ihrer Freundin schließlich einen Rat: »Für mich lehnst du dich zu weit aus dem Fenster.«

»Reden ist ja wohl keine Sünde«, gab die andere verärgert zurück.

Am Tag danach war Zena während der Arbeit auf dem Reisfeld ernster als sonst. Weder sang sie, noch plauderte sie mit den anderen *mondine*. Nicht einmal der Aufseher bekam ihre spitze Zunge zu spüren.

»Was ist dir denn über die Leber gelaufen?«, fragte Elsa sie.

Zena gab ihr keine Antwort. Sie arbeitete schweigend weiter, den Kopf gesenkt, und jätete mit groben Bewegungen das Unkraut, das um die Reispflanzen wucherte.

An jenem Abend, als sie wie immer in der Bar saßen, hörte Elsa, wie Pericle Zena fragte: »Und, kommst du am Samstag mit? In Pagliate spielt ein fantastisches Orchester. Überleg doch mal, die kamen sogar schon im Radio.«

»Ich habe dir doch gesagt, dass ich zu Hause einen Ehemann habe.«

»Na und? Ich habe auch eine Ehefrau. Wir schwingen nur ein bisschen das Tanzbein, daran ist nichts Schlimmes.«

Zena senkte den Blick. Das hatte Elsa bei ihr noch nie gesehen, nicht einmal ganz am Anfang mit Dolfo.

Kaum waren sie zurück im Schlafsaal, streckte sich Zena auf dem Bett aus, ohne wie sonst den jüngsten Brief ihres Mannes zu lesen. In der Dunkelheit hörte Elsa, wie ihre Schwägerin sich unruhig hin- und herwarf.

»Mache ich denn was Schlimmes, wenn ich mit Pericle tanzen gehe?«, fragte sie nach einer Weile.

»Ich glaube nicht, dass das Dolfo gefallen würde.«

»Aber wenn du mitkommst …«

»Zena! Du weißt sehr wohl, dass er mich nicht eingeladen hat.«

~

Am Abend danach gingen sie wieder auf die Piazza. Am Nachmittag hatte Zena Stunden damit zugebracht, sich zurechtzumachen, und sich sogar die Haare mit Wicklern eingedreht. Dort am Tischchen vor der Bar sitzend, in einem eng anliegenden Blumenkleid und mit dem roten Haar, das ihr in Wellen über die Schultern fiel, schaute sie nervös die Straße hinunter. Als sie Pericle auf seiner Vespa erblickte, winkte sie ihm aufgeregt zu, was Elsa verärgerte.

Kurz darauf saßen Pericle und Zena wieder ganz eng beieinander und flüsterten, ihre Blicke miteinander verschmolzen. Nach einer Weile standen sie auf.

»Ich gehe fünf Minuten weg«, flüsterte Zena ihrer Schwägerin zu.

Elsa packte sie am Arm. »Mach keinen Blödsinn!«

Zena schob sie von sich und folgte Pericle in den Park.

Elsa blieb sitzen. Sie war aufgewühlt und fühlte sich wie das fünfte Rad am Wagen. Was sollte sie tun? Vielleicht war es besser, Guido zu schreiben, ihm mitzuteilen, was gerade geschah … Doch allein die Überlegung war ihr peinlich: Sie war keine, die jemanden verpetzte, erst recht nicht ihre beste Freundin. Statt sie zu beruhigen, machte dieser Gedanke sie noch wütender.

Zehn Minuten später tauchte Zena wieder aus dem öffentlichen Park auf, allein. Zerzaust und ohne Lippenstift lief sie auf die Bar zu. »Wir gehen. Na los, auf geht's«, forderte sie ihre Schwägerin auf.

Auf dem Rückweg ins Haus geriet sie fast ins Rennen.

»Warte doch, mit diesen Absätzen komme ich nicht hinterher«, protestierte Elsa, aber ihre Freundin lief unbeirrt weiter.

Erst später, als sie auf ihren Pritschen lagen, sagte Zena zu ihr: »Am Samstag gehe ich nicht mit Pericle tanzen.«

»Das ist deine Sache.«

»Schau, es ist überhaupt nichts passiert. Nur ein paar Küsse … Aber als er weitermachen wollte, habe ich mich geschämt und bin abgehauen.«

Elsa setzte sich entrüstet auf. »Nur ein paar Küsse … Was hast du dir dabei gedacht? Zu Hause hast du einen Mann und eine kleine Tochter!«

Die andere Frau reagierte nicht, doch Elsa hatte das deutliche Gefühl, dass sie dort im Dunkeln weinte. Ein paar Minuten später ertönte wieder Zenas Stimme. »Es ist das letzte Mal, dass ich auf den Reisfeldern arbeite. Lieber lebe ich im Elend, als anschaffen zu gehen.«

Elsa blieb stumm.

Nach kurzer Pause fuhr Zena fort: »Dolfo will sich in der Nähe der Schweiz eine Arbeit suchen. Wir fangen woanders noch mal neu an. Hauptsache, man ist zusammen.«

~

1949 war das letzte Jahr, in dem Zena in die Reisfelder fuhr. Im Jahr danach weigerte sie sich, und im Jahr darauf ebenso. Damals schickte Dolfo einen Brief an einen Bekannten aus dem Dorf, der nun in Viggiù lebte, einem kleinen Ort an der Grenze zur Schweiz. Er fragte ihn, ob er einige Tage bei ihm unterkommen könne. Der Bekannte antwortete, das sei kein Problem, warnte ihn jedoch, wenn er sich in der Gegend eine Arbeit suchen wolle, müsse er sich ein Moped besorgen, denn in den Bergen komme man mit dem Fahrrad nicht weit.

Dolfo kaufte sich das neueste Modell von Gilera, eine flammend rote Saturno. Als Anzahlung benutzte er das Geld, das er von seiner Tätigkeit in der Zuckerfabrik von Sermide zurückgelegt hatte, für den Rest unterzeichnete er ein paar Wechsel. Zena mahnte, sie hätten bereits mehr als genug Schulden, doch er bestand darauf, weil er in Viggiù ein Moped brauchen würde, und am Ende gab sie nach.

Im Oktober des Jahres 1951 wartete Dolfo Martiroli einen sonnigen Tag ab und legte die Fahrt von Caposotto nach Viggiù auf seinem neu gekauften Moped zurück, eine dicke Lage Zeitungspapier als Kälteschutz unter der Jacke und mit einem Barett aus roter Wolle auf dem Kopf, das ihm seine Mutter mitsamt Bommel gestrickt hatte.

Nur zwei Tage nach seiner Ankunft hatte er bereits eine Stelle als Hilfsarbeiter auf einer Baustelle in der Schweiz gefunden. Und kaum eine Woche war vergangen, bis Dolfo den Mietvertrag für zwei Zimmer in einem alten Haus mit umlaufendem Geländer unterschrieb.

Anfang November verließ Zena zusammen mit ihrer kleinen Tochter Sermide, um zu ihm zu fahren.

Die Reise war lang, und sie mussten dreimal umsteigen, doch die Frau war aufgeregt bei dem Gedanken, bald ihr neues Dorf kennenzulernen, und spürte die Erschöpfung nicht.

Kaum hatten sie Mailand hinter sich gelassen, erblickte Zena in der Ferne die Alpen und den Monte Rosa, der mit seinem Gipfel aus der Gebirgskette hervorstach.

Kurz bevor sie ankamen, ging ein Wolkenbruch über sie hernieder, der die Welt innerhalb weniger Minuten in Schwarz tauchte.

Mutter und Tochter stiegen am Bahnhof von Bisuschio aus und nahmen, so gut es ging, Zuflucht unter einer ausgebreiteten Zeitung. Der Postbus nach Viggiù wartete bereits auf dem kleinen Platz, und pudelnass beeilten sich die beiden einzusteigen.

Dolfo wartete an der Haltestelle der Giardini auf sie. »Kommt, wir gehen nach Hause«, sagte er und gab seiner Frau und der Kleinen unter dem Wolkenbruch einen schnellen Kuss.

Es war bereits dunkel. Der Regen fiel trommelnd auf das Gemäuer der Häuser, prasselte auf die rostigen alten Geländer. Zena ging rasch, zog das Mädchen hinter sich her. Dolfo hielt mit einer Hand den Schirm und trug in der anderen den Koffer seiner Frau.

Sie kamen durch schmale Sträßchen, die sich zwischen alten Steingebäuden durchwanden. Zena schaute sich um und fühlte sich verloren: Das war nicht das hübsche Dorf in den Hügeln, das Dolfo beschrieben hatte, sondern ein düsteres, windgepeitschtes Nest, in dem es urplötzlich regnete und alle Wände feucht waren.

Kaum hatten sie ihr Zuhause betreten, ließ Zena, tropfnass und zitternd vor Kälte, den Blick schweifen. Langsam wanderte er über die spärlich eingerichtete Küche, die schmutzigen Wände, den alten Tisch mit bunt zusammengewürfelten Stühlen. In einer Ecke ragte ein Spülbecken aus Stein empor. Auf einem Regal aus zwei gestapelten Obstkisten stand ein Campingkocher mit einer einzigen Flamme. Im anderen Zimmer, dessen Wände verblichen waren, befand sich ein hässliches Bett mit Metallrahmen, darüber ein ebenso hässliches Bild der Muttergottes mit Kind, daneben ein Elektroofen.

Dolfo schwieg, so peinlich war es ihm. »Sobald ich mein erstes Gehalt bekomme, lassen wir unsere Möbel herbringen und kaufen auch ein paar neue«, sagte er nach einer Weile.

»So schlimm ist es doch gar nicht. Wird nur Zeit, dass hier eine Frau ins Haus kommt«, erwiderte Zena und wuschelte ihm durchs Haar.

~ 2015 ~

Auf der Straße nach Stellata, Januar

»Diese überschwemmten Felder erinnern mich an die Reisfelder.«

»Das liegt daran, dass es so viel geregnet hat, Mama.«

»Schöne Zeiten, damals …«

»Ich dachte, das sei eine mörderische Arbeit gewesen.«

»Als junge Frau merkt man die Anstrengung nicht. Außerdem war im Reisfeld immer auch Zena dabei, und wir hatten unseren Spaß. Wann sind wir denn da?«

»Ein Stündchen noch. Bist du müde?«

»Ein bisschen. Wenn man bedenkt, dass damals die Rückkehr nach Stellata immer ein Fest war … Erinnerst du dich noch an die Fahrten im Millecento mit Onkel Dolfo? Was hat uns dieser Verrückte zum Lachen gebracht!«

Plötzlich verdunkelt sich ihre Miene.

»Mama, was ist los? Geht es dir schlecht?«

»Aber nein, ich bin nur müde. Das ist das Alter.«

Ich weiß, dass das nicht stimmt. Wir wissen es beide, und mittlerweile leugnen wir es eigentlich nicht mehr.

Ich lege eine CD auf, und die Stimme meiner Tochter erfüllt den Innenraum des Autos.

»Das ist Federica, Mama.«

»Ich weiß. So eine Stimme haben nicht viele. Die hat sie von ihrem Großvater Guido geerbt.«

»Sicher. Ich hingegen bin verstimmt wie ein Klavier. Warum sagt man das eigentlich: verstimmt wie ein Klavier?«, versuche ich zu scherzen.

Vor Sonnenuntergang erreichen wir Stellata und fahren zum Haus von Tante Leonora. Sie ist die jüngste Schwester meines Vaters, und wie so viele andere Martirolis hat auch sie einen Opernnamen bekommen: Sie heißt wie die Figur aus Verdis Troubadour. Als wir beschlossen haben, dass Mama und ich nach Stellata zurückkehren, habe ich sie angerufen und gebeten, uns eine Unterkunft zu besorgen.

»Wenn dir das reicht, wäre da noch die Wohnung, in der ich gelebt habe, bevor wir gebaut haben. Sie ist seit einem Jahr unbewohnt, aber noch möbliert.«

»Das wäre wunderbar. Was willst du dafür?«

»Was redest du? Das hätte uns gerade noch gefehlt. In einer solchen Situation …«

Als die Tante die Wohnung aufschließt, riecht es frisch geputzt, nach Pronto mit Zitronenduft. Es ist eine einfache Unterkunft, die Zimmer sind klein und dunkel, doch Tante Leonora hat Spitzendeckchen auf die alten Möbelstücke gelegt und die Vorhänge an den Fenstern gewaschen und gestärkt. Auf dem Bett, in dem meine Mutter schlafen wird, liegt eine Decke aus Chenille mit Rosenmuster. Darauf sitzt eine Porzellanpuppe mit Korkenzieherlocken, Spitzenkleidchen und einem etwas unheimlichen Blick.

»Ich habe die Heizung angemacht. Im Kühlschrank stehen eine Suppe und ein paar Dinge, die ich eingekauft habe.«

»Danke, Tante, du hast dir so viel Mühe gemacht.«

»Heute Abend kommt ihr zu mir zum Essen.«

»Vielleicht ein anderes Mal, Tante. Wir sind sehr müde.«

»Ja, klar. Wenn ihr noch irgendwas braucht, ruf mich an.«

»Danke, Leonora«, fügt meine Mutter hinzu.

Und die Tante geht.

Ich mache die Suppe warm und stelle das Brot und die Crescenza, den milden Weichkäse, den ich im Kühlschrank gefunden habe, auf den Tisch.

Wir nehmen einander gegenüber Platz. Schweigend essen wir zu Abend. Das Klappern der Löffel ist das einzige Geräusch.

»Ich habe das Fotoalbum mitgebracht, Mama. Die Fotos haben wir lange nicht mehr zusammen angeschaut.«

»Mittlerweile sind alle tot.«

»Solange wir uns an die Menschen erinnern, sind sie nicht tot.«

»Ich bin müde, Norma. Besser, ich gehe ins Bett.«

Ich decke den Tisch ab und ziehe mich auch in mein Zimmer zurück.

Es hat früher meiner Cousine Sandra gehört, und alles ist so geblieben, wie es war. An den Wänden eine Tapete mit rosa Blümchen. Auf den Regalen ihr Mathebuch, die Bände der Odyssee und der Ilias. An den Wänden hängen Poster von Antonio Cabrini und Mal dei Primitives.

Ich ziehe mich aus und schlüpfe ins Bett. Morgen gibt es jede Menge Dinge zu erledigen: Ich muss uns bei der Gemeindeverwaltung in Bondeno anmelden und einen Arzt suchen. Und dann wird sich meine Mutter sicher wünschen, dass ich sie ans Grab meines Vaters begleite.

Ich drehe und wälze mich im Bett. Es ist viel zu still hier. Die einzige Bar des Dorfes ist seit Jahren geschlossen, und schon um acht Uhr abends ist niemand mehr unterwegs. Immer wieder schüttele ich das Kissen auf, doch es ist nichts zu machen; der Schlaf will nicht kommen.

Es liegt nicht an der viel zu tiefen Stille, dass ich nicht schlafen kann. Meine Mutter wird bald sterben. Das muss ich mir immer wieder sagen, um mich an die Wahrheit zu gewöhnen. Meine Mutter wird bald sterben.

Als der Krebs zurückgekommen ist, hat sie sich geweigert, noch einmal eine Therapie anzufangen.

»Nein. Mir reicht's mit dieser Quälerei.«

»Mama, du musst.«

»Besteh nicht drauf. Ich will in Frieden die Zeit verbringen, die mir bleibt.«

Es ist sinnlos gewesen, sich dieser Entscheidung zu widersetzen; sie war nicht zu überzeugen. Nachdem die Diskussion beendet war, blickte sie mich fest an. »Ich würde mich gerne an der Seite deines Vaters begraben lassen, nicht hier in Viggiù, nicht in den Bergen.«

»Aber wie soll das gehen, Mama? Dazu müssten wir nach Stellata ziehen, und dort haben wir kein Haus mehr.«

»Wir finden schon etwas. Wenn du nicht mitkommen willst, könnte ich jemanden einstellen. Eine Krankenschwester oder eine Pflegerin …«

»Nein. Wenn du das so entschieden hast, dann begleite ich dich, aber es wäre wirklich besser, wenn du in der Nähe von Mailand bliebest, wegen der medizinischen Versorgung …«

»Von Krankenhäusern habe ich genug, Norma. Bring mich zu deinem Vater. Das ist das Einzige, was ich mir noch wünsche.«

~

Nach dem Tod meines Vaters bin ich aus London nach Italien zurückgekehrt, um in deiner Nähe zu sein. Viggiù schien mir der beste Ort zu sein, um mit dir zusammenzuleben: Das Haus, in dem wir viele Jahre gemeinsam gewohnt hatten, gab es noch. Ich hatte nichts dagegen zurückzukommen, auch wenn ich als junges Mädchen von dort geflohen war, ohne zu begreifen, dass ich weniger vor dem Ort auf der Flucht war als vor mir selbst. Als ich nach so vielen Jahren im Ausland wieder in das Haus zog, stellte ich fest, dass ich den kleinen Ort liebte.

In Viggiù zeigte sich, dass unser Zusammenleben leichter war als vermutet. Jede von uns hatte ihre Freiräume: Ich hatte das Schwimmbad, die Spaziergänge in den Bergen, ich malte. Du gingst am Morgen einkaufen, oder du schautest fern und stricktest, und am Nachmittag gingst du zum Kartenspielen ins Seniorencenter. Zwei weitere Jahre gingen wir uns sorgsam aus dem Weg, ohne es uns einzugestehen. Bis dann bei dir ein Tumor entdeckt wurde.

Du bekamst eine Chemotherapie. Zunächst schien es, als wäre der Krebs besiegt, doch dann kamen die letzten Testergebnisse und das vernichtende Urteil: »Drei, höchstens vier Monate haben Sie noch zu leben.« Und dann unsere Entscheidung, nach Stellata zurückzukehren.

Der Gedanke, die nächsten Monate in so beklemmender Nähe mit dir zu verbringen, macht mir Angst. Hier wird es nicht mehr möglich sein, sich aus dem Weg zu gehen. An deiner Seite muss ich der Verschlechterung deines Zustands und deinem Tod entgegensehen. Es wäre einfacher gewesen, dich in ein Hospiz zu bringen, wo ausgebildetes Personal sich um dich kümmert, so wie meine Tochter es vorgeschlagen hat, aber das schien mir ein zu großer Schritt zu sein. Doch was ich beschlossen habe, war keine Selbstlosigkeit, Mama. Mir hat nur der Mut gefehlt. Schlicht und ergreifend war am Ende mein Pflichtgefühl stärker. Erwarte deshalb nicht zu viel.

Irgendwo auf der Straße bellen zwei Hunde. Mir scheint, dass das noch eine Weile so weitergeht. Ich schalte das Licht an: halb drei. Ich schenke mir ein Glas Wasser ein, und mein Blick fällt auf den Koffer. Ich hole das Fotoalbum heraus, das ich mitgebracht habe. Zurück im Bett, beginne ich, darin zu blättern.

Mein Blick bleibt bei einem Schwarz-Weiß-Foto hängen. Du und ich liegen am Fluss Po und sonnen uns. Ich muss damals vier oder fünf Jahre alt gewesen sein. Ich habe Unterwäsche an, eine Schaufel in der Hand und eine große Schleife im Haar. Kein Badeanzug; damals fehlte das Geld, um einem kleinen Mädchen einen zu kaufen. Du, Mama, trägst ein Strandkleid mit viereckigem Ausschnitt. Du siehst so anmutig aus. Ich streiche über das Foto. Ich bin nicht nur deinetwegen hierhergekommen; dies ist die letzte Gelegenheit, um uns zu versöhnen.

Wann begann es zwischen uns schiefzulaufen? Vielleicht hattest du ja gleich bemerkt, dass das Aufziehen einer Tochter anders war, als es in Hollywoodfilmen oder in der Kekswerbung dargestellt wird.

Meine kleinen Mützen und Fäustlinge hattest du noch selbst gestrickt, doch schon bald kam die Ernüchterung. Kinder haben große Augen und schauen dich an, als wärst du eine Göttin, doch kaum sind sie auf der Welt, hängen sie dir an der Brust und trinken dich leer, trinken dein ganzes Leben leer. Deines wurde zu einer endlosen Abfolge von schmutzigen Windeln, Brei, der gekocht werden musste, und den unangenehmen Begegnungen mit deinen Freundinnen, deren strahlende Gesichter du mit deinem Unbehagen verglichst. Und du wirst dich gefragt haben: Wie stellt man das nur an, zu lächeln, liebe Güte, wie schafft man es, glücklich zu sein, wenn man einen Bauch voller Schwangerschaftsstreifen hat, wenn man bei Nacht nicht zur Ruhe kommt und bei Tage mit einem Kind auskommen muss, das stundenlang quengelt und jammert, dessen Husten nicht besser wird, das dir auf den neuen Pullover spuckt, und dann all die Impfungen, Bauchweh … Du hast es versucht, ich weiß, aber deine Zärtlichkeit und Liebe galten nur Papa. Du warst keine Mutter, die mich küsste und knuddelte. Wenn ich geknuddelt werden wollte, hatte ich Papa und meine Nonna. Großmutter Neve, die vor dem Haus hinter dem Damm stand und die Pfingstrosen goss; sie, die duftete, wenn sie glücklich war, wenn ich in den Ferien nach Stellata kam, die mir zum Frühstück Milchkaffee mit Brotstückchen zubereitete. Und Küsse, wie oft hat sie mich geküsst! Ich liebte es, ihr zuzuhören, wenn sie mir im Dialekt kleine Lieder vorsang. Ich saß auf ihren Knien, den Kopf an ihre hagere Brust gedrückt, hörte ihr Herz schlagen und spürte die dicke Vene an ihrem Hals pulsieren, wenn sie diese Verse aufsagte:

Sdassa sdassa la farina par la siora Meneghina,
sdasla ben, sdasla mal, sdasla prima ad Nadal;
lava, lava li scuèli, lavli ben, lavli mal,
buta l'acqua in dal canal,
al canal al s'è sfundà, … ma nisùn a s' è angà!

Sieb, sieb, sieb das Mehl, genauso ist es recht.
Sieb, sieb, sieb es gut, und immer vor dem Fest.
Spül, spül, spül die Teller, denn du hast die Wahl,
schütt, schütt, schütt das Wasser, schütt's in den Kanal.
Tief, tief, tief ist er, doch fürchte dich nicht,
ertrunken ist noch niemand, kein einziges Mal.

Dieser Singsang geht mir nicht aus dem Kopf. Meine Mutter liegt im Sterben, und ich sage mir ewig diesen Unsinn vor …

Du hustest. Mir stockt der Atem.

Du hustest noch einmal. Jetzt stehe ich auf und mache mich auf den Weg zu dir … doch dann ist es wieder still. Bestimmt bist du eingeschlafen.

Ich klappe das Fotoalbum zu und mache das Licht aus.

Wie lange sind wir eigentlich nicht mehr in Stellata gewesen, Mama? Für einen längeren Aufenthalt, meine ich, nicht eine kurze Stippvisite, wie wir es in den vergangenen Jahren immer gemacht haben. Wieder hier zu sein, an diesem Ort, der so reich an Erinnerungen ist wie ein üppig gedeckter Tisch, wird mir vielleicht guttun. Vielleicht tut es uns beiden gut.

Was ist eigentlich meine allererste Erinnerung, Mama? Es ist keine an dich. Es ist eine Fahrt auf dem Fahrrad mit Papa: Er, der auf der Dammstraße in die Pedale tritt, ich auf dem Sitz davor. Fünf Jahre war ich wohl damals, und es war sehr heiß …

~ 1952 ~

Ende Mai

Die Baumwollkleidchen des kleinen Mädchens, dann die Unterwäsche, drei Paar kurze Hosen und die T-Shirts. Alles war eingepackt. Elsa schloss den Koffer mit einem Klicken und ging in die Küche herunter. »Besser, du bringst Norma jetzt gleich zu deiner Mutter, sonst kommst du zu spät zu deinem Dienst in der Zuckerfabrik«, sagte sie zu ihrem Mann.

Fünf Minuten später standen alle drei auf dem Damm.

»Norma, sei brav und mach uns bei den Großeltern keine Schande«, mahnte Elsa.

Guido setzte das kleine Mädchen auf den Fahrradsessel. »Halt dich am Lenker fest, sonst riskieren wir, auf dem Kies umzukippen. Na los, sag der Mama Auf Wiedersehen.«

Norma winkte ihrer Mutter zu. Guido trat in die Pedale und setzte sich auf der Straße in Bewegung. Elsa stand da und schaute ihnen mit schwerem Herzen hinterher. Am darauffolgenden Tag würde sie wieder zu den Reisfeldern aufbrechen. Nun waren es schon drei Jahre, in denen sie allein ins Piemont fuhr. »Das ist kein Leben«, seufzte sie und schaute zu, wie das Fahrrad ihres Mannes in der Ferne davonfuhr.

Die Sonne begann unterzugehen und schickte schräge Strahlen zwischen die Pappelbäume in der Flussaue. Der Himmel zeigte ein leuchtendes Blau, und es duftete nach frisch gemähtem Gras. Elsa stieg den Weg hinab und ging wieder ins Haus.

~

Guido radelte langsam vor sich hin und sang:

Non dimenticar che t'ho voluto tanto bene.
T'ho saputo amar, non dimenticar …
Se ci separò, se ci allontanò l' ala del destino,
non ne ho colpa, no, e ti sentirò sempre a me vicinoooo …

Vergiss niemals, wie gern ich dich hatte.
Ich wusste dich zu lieben, vergiss das nicht …
Wenn wir getrennt wurden und der Flügel des Schicksals uns wegfliegen ließ,
so habe ich daran keine Schuld, oh nein, und du wirst immer bei mir sein, ganz nah …

»Das Schicksal ist ein Vogel?«, fragte das kleine Mädchen.

»Ein Vogel?«

»Du hast gesungen ›der Flügel des Schicksals‹.«

Er lachte. »Das sagt man nur so.«

»Und was ist das Schicksal?«

»Das ist die Art … wie das Leben mit dir spielt.«

Doch sie schien nicht mehr zu verstehen als vorher. »Und das Leben, was ist das?«

»Das, was du jeden Tag machst, wenn du aufstehst, dich anziehst und deine Milch trinkst … das alles ist Leben. Und jetzt, da wir auf dem Fahrrad zu deiner Großmutter fahren, das ist auch Leben.«

Die beiden ließen Felonica hinter sich, den Ortsteil Quatrelle, und kamen zu der Häuserreihe am rechten Damm des Po, der den Beginn von Stellata kennzeichnete.

»Wann bringst du mich wieder nach Hause?«, fragte das Mädchen.

»Sobald die Mama aus den Reisfeldern zurück ist.«

»Warum kann ich nicht bei dir bleiben?«

»Weil ich arbeite, und die Großmutter in Sermide ist krank, die kann dich nicht aufnehmen. Freust du dich denn nicht, bei Großmutter Neve zu wohnen?«

»Doch, aber bei dir zu sein, ist das schönere Schicksal.«

Sie blieben vor der alten Häuserreihe stehen, die sich an den Damm schmiegte. Noch bevor er vom Fahrrad stieg, bemerkte Guido seinen Vater, der auf einer hohen Trittleiter stand und das oberste Stockwerk des Hauses weiß anstrich.

Guidos Mutter hielt die Leiter fest, voller Sorge, weil ihr Mann seit einem Unfall in der Jugendzeit humpelte.

»*Radames, vegn zo, che con c'la gamba sifulina at finirè par cupárat!*«, schrie Neve.

»Ja, wenn er mit dem Bein hängen bleibt, ist alles aus«, murmelte Guido.

Er half dem kleinen Mädchen vom Sattel, schnallte den Koffer vom Gepäckträger, und sie stiegen die Treppe am Damm hoch, von der aus man zur Eingangstür kam.

»Ah, Guido, da bist du ja! Neve, *tegn sodi c'a vegni zo!* Halt die Leiter fest, ich steige runter!«, rief Radames.

»Irgendwann brichst du dir das Genick, aber dann haben wenigstens auch meine Leiden ein Ende!«, brummelte Neve, hielt aber trotzdem die Leiter fest, während ihr Mann herunterstieg. »Kommt rein, ich hab Hühnchen mit Paprika gemacht, das magst du doch so gern«, fuhr sie, an ihren Sohn gerichtet, fort.

»Ich kann nicht, Mama. Ich muss gleich wieder los, sonst komm ich zu spät in die Zuckerfabrik.« Er gab dem kleinen

Mädchen einen Kuss. »Und du sei schön brav, am Samstag komme ich dich besuchen.«

»Geh nur, deiner Tochter wird es bei uns gut gehen«, versicherte ihm Radames, der nun wieder festen Boden unter den Füßen hatte.

Als er erneut auf dem Damm stand, drehte sich Guido noch einmal für einen letzten Gruß um. Wie sie dort vor ihrer Tür standen, kamen ihm seine Eltern wie alte Leute vor, auch wenn sie in Wirklichkeit kaum älter als vierzig waren.

Sein Vater war groß, hager und trug einen Bürstenschnitt. Seine Gesichtszüge waren fein, bis auf die Nase, die lang war und einen kleinen Höcker hatte. Seine Mutter Neve war burschikos, ein Bündel aus Nerven und Energie. Die Haare trug sie nicht zum Knoten gebunden wie andere Frauen ihres Alters, sondern zu einem Bubikopf geschnitten. Sie erzählte, mit sechzehn habe sie sich mit der Schere ihre Zöpfe abgesäbelt, weil sie aussehen wollte wie die Schauspielerinnen in den amerikanischen Filmen. Neve war nie so schön gewesen wie ihre Schwestern; ganz gewiss besaß sie nicht den Zauber von Adele, der ältesten Tochter der Casadios. Jene Tante kannte Guido nur vom Hörensagen, weil sie nach Brasilien ausgewandert war, um zu heiraten, als er gerade auf die Welt gekommen war. Doch alle sagten, von den weiblichen Nachkommen Beppe Casadios sei sie die allerschönste. Neves Gesichtszüge hingegen hatten etwas Exotisches, das neugierig machte. Ihre Haut war dunkel, das Haar dicht und schwarz wie Pech, doch vor allem waren es ihre Augen, die die Aufmerksamkeit auf sich zogen: Sie schimmerten wie Perlen, und wenn sie auf dich gerichtet waren, hattest du das Gefühl, sie könnten in dir lesen wie in einem Buch.

Von der Krone des Dammes aus sah Guido, dass seine Eltern wie so oft begonnen hatten, sich zu zanken.

»Mit diesen verspritzten Malerschuhen kommst du mir nicht ins Haus!«, gab Neve ihrem Mann Bescheid.

»Wenn ich dir so nicht recht bin, esse ich heute Abend in der Trattoria«, stieß Radames hervor, doch während er das sagte, hatte er bereits die Schuhe ausgezogen und betrat, mit seiner Enkelin an der Hand, die Küche.

»Neve, jetzt mach schon! Komm, die Kleine hat doch Hunger!«, schrie er kurz darauf aus dem Fenster.

»Un po' ad pasiensa!«, bat sie ihn verärgert um Geduld und verschwand hinter der Tür.

In diesem Haus hatte sich wirklich nichts verändert. Guido war mit diesen Streithähnen aufgewachsen, doch mittlerweile war er zum Mann geworden und hatte begriffen, dass der wahre Grund für ihre Kabbeleien keineswegs in den schmutzigen Schuhen seines Vaters zu suchen war.

Müde von ihren zahlreichen Geburten, hatte Neve, nachdem ihr zehntes Kind zur Welt gekommen war, Radames dazu verdonnert, im Zimmer seiner Söhne zu übernachten, und von da an dafür gesorgt, dass die Tür zu ihrem Schlafzimmer nachts verschlossen blieb.

Aus Rache hatte er sich eine Geliebte genommen, eine Witwe namens Rosa, die an der Straße nach Bondeno wohnte. Im Dorf wussten es alle, und in der Bar ließ man sich keine Gelegenheit entgehen, ihn mit anzüglichen Bemerkungen aufzuziehen.

»Mensch, Radames, was für eine Seife nimmst du eigentlich? Du riechst ja wie eine Rose!«, meinte sein Freund Eminio mit listigem Grinsen.

»Es gibt keine Rose ohne Dornen«, stänkerte der Postbote, wenn sie Karten spielten und Radames ein schlechtes Blatt erwischte.

Nachdem seine Eltern im Haus waren, stieg Guido in die Pedale und machte sich auf den Heimweg. In einer halben Stunde würde er in der Zuckerfabrik ankommen, gerade rechtzeitig zum Schichtbeginn.

~

Norma liebte Farben, und im Haus der Großmutter vertrieb sie sich die Zeit damit, Feen, Bäume, Hühner und riesige Blumen zu zeichnen, die bis ans Dach des Hauses wuchsen. Wenn sie müde wurde, nahm Neve sie auf den Schoß und sang ihr ein Lied vor, das sie aus dem Radio kannte, oder sie erzählte ihr Geschichten aus ihrer Jugend. Zum Beispiel, dass sie aufgrund eines heftigen Fiebers einmal gelähmt gewesen und nur durch göttlichen Beistand geheilt worden sei. »Die Ärzte sagten, nur ein Wunder könne mich wieder auf die Beine bringen, und so fuhr meine Mutter mit mir zu der Mumie der heiligen Katharina de' Vigri in Bologna. Von den vielen Rosenkränzen, die sie dort betete, war meine Mama eingeschlafen, und genau da bat mich die Heilige, zu ihr zu kommen. Ich stand auf und ging ganz allein zu ihr, ohne dass es mir Mühe machte. Sie hat mich nicht nur geheilt, seit jenem Tag dufte ich jedes Mal, wenn ich mich freue, wie ein ganzer Blumengarten!«

Und das stimmte: Wenn Neve lachte, verströmte sie einen so herrlich süßen Duft, dass die Bienen scharenweise herbeisummten. Doch Neve hatte keine Angst vor ihnen, denn in all den Jahren war sie kein einziges Mal gestochen worden.

Auch an dem Tag, als Neve mit ihrer Enkelin in den einzigen Laden des Dorfes ging, um Öl zu kaufen, folgte ihnen eine kleine Schar Bienen.

Der Besuch in Lucianas Krämerladen war für das kleine Mädchen immer ein Fest. Auf dem Tresen standen große Glaskugeln mit Lakritzschnecken und Löffelbiskuits, und vor der Tür thronte ein Zauberautomat, in den man eine Münze einwerfen und dafür eine Handvoll Erdnüsse ergattern konnte. Hinter dem Tresen hingen Schinken, Würste und Salami mit Knoblauch. Auf der einen Seite des Ladens stapelten sich Kästen mit Peroni-Bier und die roten mit Coca-Cola-Flaschen; auf der anderen Seite standen hohe Regale, auf denen sich Pantoffeln, Wermutflaschen, Füllfederhalter, linierte und karierte Schulhefte türmten. Ganz oben saßen in Zellophan verpackte Puppen, es gab Feuerwehrautos und andere Wunderdinge.

Während Neve das Öl bezahlte, betrat eine Dame mit einem kleinen Jungen an der Hand das Geschäft. Norma betrachtete die Frau voller Bewunderung: Ihr Gesicht war wunderschön, ihre Haut hell und die Augen groß; das blonde Haar hatte sie zu einem hohen Knoten gebunden, und mit ihrem smaragdgrünen Kleid, der weißen Handtasche und den passenden spitzen Schuhen sah sie aus wie eine Schauspielerin oder gar eine Fee.

Der Junge war mager, hatte knochige Knie, einen glatt rasierten Kopf und haselnussbraune Augen mit goldenen Sprenkeln. Er war so groß wie Norma, doch die hielt ihn für älter als sie selbst, weil er offenbar schon lesen konnte. Mit dem Finger fuhr er über die Namen der Produkte und buchstabierte: »Die Kraft, die durch den Kno-ten geht … Kei-ner wäscht rei-ner – OMO …«

»Aber das ist ja toll! Wer hat dir das beigebracht?«, lobte Luciana.

»Mein Papa.« Offenbar bemerkte der Junge Norma erst jetzt. »Wie heißt du?«, fragte er sie und bohrte dabei in seiner Nase.

»Elia, nicht bohren«, tadelte ihn seine Mutter. Dann wandte sie sich an Neve. »Wer ist denn dieses hübsche Mädchen?«

Norma versteckte sich prompt hinter dem Rock der Großmutter.

»Das ist die Tochter von Guido, meinem Ältesten. Na komm, sag Ghelfa, wie du heißt!«, ermunterte Neve ihre Enkelin, doch die versteckte sich immer noch in ihren Rockfalten.

»Der ist eine Laus über die Leber gelaufen!«, kreischte Elia und brach in hämisches Gelächter aus.

Norma machte einen Schritt vorwärts und trat ihm ans Schienbein. Er stürzte sich auf sie und zog sie an den Haaren.

»*Adès basta!* Jetzt reicht's!«, befahl Ghelfa und zog ihren Sohn von Norma weg.

»Na los, sag Elia, dass es dir leidtut«, ermahnte Neve sie, aber weder Norma noch der Junge ließen sich dazu überreden, Frieden zu schließen.

»Bring sie doch morgen zu mir, dann können die beiden sich versöhnen«, schlug Ghelfa vor. Sie beugte sich zu Norma und fügte hinzu: »Ich habe Truthähne, die ein Rad schlagen können, und ich zeige dir die Goldfische, die Elia auf der Kirmes gewonnen hat.«

Das Mädchen nickte eifrig. Sie mochte Elia zwar nicht, aber Goldfischen konnte sie nicht widerstehen.

~

Am nächsten Tag machte sich Norma an der Hand ihrer Großmutter auf den Weg zu Ghelfas Haus. Sie gingen am Lichtspielhaus und an der Casa del Sale vorbei, bogen dann auf einen Feldweg ab und kamen zuerst an einem Feld mit Heilkräutern, dann an einem größeren mit Korn vorbei. Am Ende standen sie vor einem flachen, rechteckigen Gebäude mitten in der Landschaft, mit kleinen Fenstern und grünen Fensterläden. Auf der einen Seite sah man eine Scheune, auf der anderen eine Garage, die randvoll mit abgedeckten Motorrädern und verrosteten Motoren war. Ein bescheidenes Anwesen, das jedoch über eine imposante Tür aus massivem Holz verfügte, uralt und mit Einlegearbeiten verziert.

Wo sie die bloß herhaben!, ging es Neve durch den Kopf. Sie wusste nicht, dass die Großeltern von Ghelfa diese Tür beim Bau des Hauses von der Rocca Possente gestohlen hatten, der Festung der Adelsfamilie Este, die am Fluss errichtet worden war, aber seit Jahrhunderten nicht mehr bewohnt wurde. Was Neve an jenem Tag jedoch wirklich beeindruckte, war der Garten. Schon seit Jahren kümmerte sich niemand mehr um ihn, doch in jenem Frühjahr hatte der Himmel ihm das genau richtige Quantum an Sonne und Regen beschert, die Pflanzen hatten wild gewuchert und zeigten die ungewöhnlichsten Farben. Rote Rosen drängten sich bis zum Eisenzaun; Iris blühte leuchtend blau zwischen Dahlien, Geranien und dicken Büschen mit Johannisbeeren und Brombeeren; es gab Vergissmeinnicht, wilden Knoblauch und Hortensien.

»Ich hole sie vor dem Abendessen wieder ab«, sagte Neve, verabschiedete sich von Ghelfa und machte sich auf den Heimweg.

»Na komm, Norma, schau dir die Goldfische an«, forderte Ghelfa sie auf.

Das Zimmer lag im Halbschatten und roch frisch geputzt und nach Bohnerwachs. Eine alte Pendeluhr tickte. Mitten in der Küche stand ein Holztisch, und darauf thronten in einer großen Glaskugel die Goldfische, die Elia auf der Kirmes gewonnen hatte. Der stolze Besitzer stand davor.

Norma klopfte vorsichtig mit dem Finger ans Glas. »Wie heißen sie denn?«

Der Junge schaute sie lange an. Seine Augen waren so riesig wie die seiner Mutter, braun mit goldenen Sprenkeln. »Das ist Uno, der da heißt Due und der Tre«, erfand er schnell. Dann steckte er eine Hand ins Wasser. Das Wasser spritzte, als er einen der Fische packte und ihn Norma hinhielt. »Ich schenk ihn dir.«

Norma starrte auf die kleine Faust mit dem zuckenden Leben darin. Ihr stockte der Atem.

Der Fisch zappelte. »Nimm ihn!«, beharrte Elia.

»Elia, nein!« Ghelfa lief auf ihren Sohn zu, bog seine Finger auseinander und ließ den Fisch zurück ins Wasser gleiten. Ein Beben ging durch seinen kleinen Körper, dann trieb Tre an der Oberfläche, mit aufgerissenem Maul und starrem Auge.

Die Frau fischte ihn blitzschnell aus dem Wasser und steckte ihn sich in die Tasche. »Macht nichts, du hast ja noch zwei.«

Viele Jahre später, als sie bereits weißes Haar und ein Knieleiden hatte, würde sich Norma an diesen kleinen roten Fisch erinnern, den Elia ihr zur Versöhnung hatte schenken wollen, dabei aber getötet hatte. An jenem Tag lernte sie, dass wir manches, wenn wir es erst einmal kaputt gemacht haben, nicht mehr reparieren können und es für immer sein Ende findet.

~

Den Nachmittag verbrachten sie im Schatten der Weinreben und spielten Verstecken.

Norma wartete hinter dem Heuhaufen und hielt die Luft an. Das Herz pochte ihr laut in der Brust.

Mit einem großen Satz sprang Elia vor sie und hatte sie entdeckt.

»Das gilt nicht, du hast mir aufgelauert«, protestierte sie.

»Das stimmt nicht! Ich habe magische Kräfte, wie Mandrake«, konterte Elia und ging tollkühn in die Knie, die Arme weit gehoben.

»Kinder, kommt rein und trinkt was, bei dieser mörderischen Hitze!«, rief Ghelfa nach ihnen.

Auf dem Tisch stand eine Flasche aufgesprudeltes Wasser, das so heftig blubberte, dass ihnen die Kohlensäure in die Nase stieg. Nachdem sie getrunken hatten, liefen sie wieder nach draußen, diesmal rannte Elia in Richtung Scheune.

»Komm«, forderte er sie auf, stieg die Sprossen der Leiter hoch, und sie folgte ihm.

Oben auf dem Heuboden zog er Fußballerfiguren aus der Tasche. Er kannte all ihre Namen und begann, sie vor- und zurückzuschieben, wie bei der Radioübertragung des Spiels Italien gegen England, die er und sein Vater sich vor ein paar Tagen angehört hatten. »Und jetzt Pandolfini, er gibt den Ball an Piola ab. Amadei schießt … Latte. Boniperti versucht es auch, Fehlanzeige. Pioli an Amadei und … Tor!«, rief er am Schluss und warf sich begeistert auf den Heuhaufen.

Norma legte sich neben ihn. Hier oben war es so heiß. Es roch nach Heu und dem Wasser des Flusses. Schmale Lichtstrahlen fielen durch die rundlichen Öffnungen unter dem Dach, und eine goldene Staubwolke senkte sich über sie.

Der Schlaf kam wie eine Welle: An den Zehen fing er an, stieg die Beine hoch, immer weiter, bis sie schließlich Hand in Hand und ganz nah beieinander einschliefen.

~

Im Dorf gab es nicht viele, die es zugelassen hätten, dass ihre Kinder zu Ghelfa nach Hause gingen. Sie war alleine aufgewachsen, ohne eine einzige Spielkameradin, weil man sie im Dorf für hochnäsig hielt.

»L' è nada con al cul in dal butér.« Die ist doch mit dem Hintern in der Butter auf die Welt gekommen, hieß es.

»Ihre Eltern sind schuld, weil sie sie verzogen haben«, tönte jemand anders.

Als Obstgroßhändler hatten Ghelfas Eltern es nicht nötig gehabt, ihre Tochter auf dem Feld arbeiten zu lassen. Ghelfa war ein schönes Mädchen, und so setzten sie alles daran, sie gut zu verheiraten. Die Familie träumte davon, dass sie einmal einen

Apotheker, einen Professor oder den Sohn des Dorfarztes heiraten würde. Doch dann, eines Tages, musste die Familie all ihre Hoffnungen begraben.

Ghelfa hatte angehalten, um sich in der Bar ein Eis zu kaufen. Kaum betrat sie den Raum, verstummten an den Tischen die Gespräche. An diese Schweigepausen war sie gewöhnt, doch an jenem Tag verkündete einer laut: »Hier riecht's nach Scheiße.«

Und ein anderer fügte hinzu: »Die, die nach Scheiße riechen, sind immer noch besser als solche, die die Nase hoch im Wind tragen!«

Ghelfa fuhr herum. Sie starrte den Mann an, und auf einmal zerbrach dem Ärmsten das Glas in der Hand.

Ein ähnliches Vorkommnis hatte sich an Ostern während der Messe zugetragen: Als Ghelfa niesen musste, war die Hälfte der Lampen in der Kirche zersprungen, alle gleichzeitig.

Es fehlte nicht viel, bis man im Dorf seine Schlüsse zog. Es ging das Gerücht, das Mädchen verfüge über seltsame Kräfte, und wer weiß, vielleicht beherrsche es sogar den bösen Blick.

Auch wenn nur leise über sie getratscht wurde, hörte Ghelfa sehr genau, wenn man schlecht über sie redete, und so bedachte sie die Lästermäuler mit so viel Groll, dass die Leute im Dorf ihre Blicke zu fürchten begannen. Wenn sie über die Piazza ging, bekreuzigten sich die Frauen, und die Männer fassten sich ans Gemächt.

Um sie vor der Boshaftigkeit zu schützen, trafen ihre Eltern die Entscheidung, sie zu Hause einzuschließen. In Erwartung des richtigen Heiratskandidaten beschränkte sich Ghelfa fortan auf den sonntäglichen Kirchgang und darauf, die besten Geschäfte von Ferrara zu besuchen, und versprach sich von beidem, eine gute Partie an Land zu ziehen. Doch die reichen Leute der Gegend suchten für ihre Sprösslinge eine gebildete Frau, und die Bauern, die sich nur allzu gut an die zerbrochenen Gläser und geborstenen Lampen erinnerten, wurden von Ghelfa in Angst und Schrecken versetzt. Aus all diesen Gründen war sie selbst im fortgeschrittenen Alter von sechsundzwanzig Lenzen immer noch unverheiratet, während die Mädchen in ihrem Alter längst verehelicht waren und eine ganze Schar Kinder hatten.

So kam es, dass Ghelfa, die fürchtete, eine alte Jungfer zu werden, anfing, sich mit einem Mann namens Fortunato zu treffen. Sie selbst bestand darauf, ihn bei seinem eigentlichen Namen zu nennen, doch im Dorf kannten ihn alle nur unter dem Spitznamen Bicicli, weil er seit seiner Kindheit eine große Leidenschaft für das Reparieren von Fahrrädern hegte.

Als Erwachsener hatte Bicicli eine Werkstatt eröffnet, in der er neben Drahteseln auch Vespas und Motorräder richtete. Mittlerweile vertraute man ihm sogar die Automobile an, die im Dorf herumkurvten. Was nicht sehr viele waren: ein paar Fiat Topolinos, der Alfa Sport eines Industriellen aus Bondeno und während des Krieges sogar ein 170er Mercedes mit einem Motor, der »säuselte wie eine Violine«, hatte Bicicli damals geschwärmt. In Stellata mochten ihn alle, weil er eine Frohnatur war und so unmoralisch niedrige Preise hatte, dass die Leute ihm immer Trinkgeld gaben, um ihr Gewissen zu beruhigen.

»So, mein lieber Bicicli, wirst du nie reich«, hieß es oft.

»Ich bin gesund und habe eine Arbeit, die mir gefällt, deshalb heiße ich nicht nur Fortunato, sondern fühle mich auch so – wie ein Glückspilz!«, antwortete er.

Von wegen Glückspilz!, ging es seiner Mutter durch den Kopf, als sie erfuhr, dass er sein Herz an Ghelfa verloren hatte. Die Frau setzte alle Hebel in Bewegung, damit er diese überhebliche Lampenzertrümmerin vergaß. Sie ließ ihn die Bekanntschaft anderer Mädchen machen, die sie allesamt für ideale Kandidatinnen hielt, doch es nützte nichts: Ihr Sohn wollte nur Ghelfa, die anderen schaute er nicht einmal an.

Er machte ihr nach allen Regeln der Kunst den Hof, und auch wenn ihr seine abstehenden Ohren nicht gefielen, die Bicicli einen etwas dümmlichen Anstrich gaben, war sie am Ende einverstanden, ihn zu heiraten.

Die Leute im Dorf glaubten, binnen drei Monaten würde sich diese Ehe in Luft auflösen. Doch zur Überraschung aller verliebte sich auch Ghelfa in ihn, trotz seiner mit Motoröl verschmierten Finger und der Segelohren. Was sie für sich gewann, war seine Zärtlichkeit und seine unerschöpfliche Energie im Bett, doch vor allem waren es die bizarren philosophischen Diskurse, mit denen ihr Ehemann sie tagtäglich verwöhnte. Bicicli sprach von den Sternen, fragte sich, ob der himmlische Vater sie gemacht hatte oder sie schon immer da gewesen waren, auch vor ihm. Er fragte, was denn nun wichtiger sei – ein freier Geist oder geistige Freiheit. Daraus entstanden so tiefsinnige Gespräche, dass Ghelfa manchmal schwindelig davon wurde.

Am Sonntag hatten die beiden Brautleute die Angewohnheit, sich mit einem Campari auf die Piazza zu setzen und einander verliebte Blicke zuzuwerfen. Die Männer saßen an den kleinen Tischen, mit Stoffhosen und in Festtagshemden, steif gebügelt von ihren Frauen.

»Aber schaut sie euch nur an, die beiden Turteltäubchen!«, rief einer von ihnen amüsiert.

»Man sieht es, dass sie ihn im Bett glücklich macht«, kommentierte ein anderer und beeilte sich, seinen Weißwein auszutrinken, bevor ihm noch das Glas in der Hand zersprang.

Ob es sich nun um eine Legende handelte oder nur um Dorfklatsch – für alle blieb Ghelfa eine seltsame Zeitgenossin, viel zu elegant und viel zu anders, um in diesem kleinen Ort, der mehr Kühe und Schafe zählte als Christenmenschen, akzeptiert zu werden. Da spielte es auch keine Rolle, dass sie, kurz nach der Eheschließung, alle damit überrascht hatte, sich höchstpersönlich der Feldarbeit anzunehmen. Sie lernte sogar, Landmaschinen zu bedienen, und fuhr mit dem Traktor auf den Feldern auf und ab, von Kopf bis Fuß bedeckt, damit ihre Haut nicht dunkler wurde, und mit stolzem Blick.

Schon kurz nach der Trauung wurde Ghelfa schwanger und kam pünktlich neun Monate danach in die Wehen. Als ihre Fruchtblase platzte, fuhr Bicicli ins Dorf, um die Hebamme zu holen, so aufgeregt, dass er zweimal mit der Lambretta beinahe in den Graben fuhr.

Kaum war er mit der Geburtshelferin wieder da, verlangte er, dabei sein zu dürfen. »Die Geburt eines Kindes ist ein Wunder der Natur, und ich habe nicht vor, es mir entgehen zu lassen«, erklärte er.

Eine solch ungehörige Bitte hatte die Geburtshelferin noch nie gehört. »Ich kann keinen Mann brauchen, der mir zwischen den Füßen herumläuft«, war ihre knappe Reaktion.

»Ich bewege mich nicht mehr weg von hier. Versuch, mich rauszuschmeißen, wenn du das schaffst!«, beharrte Bicicli.

Am Ende trug er den Sieg davon, doch die Hebamme wusste sich zu rächen. Zuerst schickte sie ihn in die Apotheke, wo er Desinfektionsmittel kaufen sollte, und kaum war er wieder da, sandte sie ihn nach Bondeno, damit er ihr Jodtinktur besorgte. Dann überlegte sie es sich noch einmal anders und ordnete ihn erneut ins Dorf ab, um weitere Dinge zu holen. Ihre Aufträge wollten kein Ende nehmen: Zuerst musste noch ein Topf Wasser abgekocht werden, dann brauchte sie dringend saubere Handtücher, oder sie bekam Lust auf einen Kaffee … und ob er ihr wohl ein Tröpfchen Milch besorgen könne? Es herrschte ein reges Kommen und Gehen zwischen dem Schlafzimmer im ersten Stock und der Küche, die unten lag – auf und ab, auf und ab … Jede Ausrede war ihr recht, Hauptsache, sie war ihn los.

Am frühen Abend wurde ein Junge geboren, gesund, kräftig, mit dem stolzen Gewicht von viereinhalb Kilo. Ermüdet von den Kämpfen mit dem frechen Bicicli, stieß die Hebamme einen Seufzer der Erleichterung aus und strich die Segel.

Die beiden Eheleute betrachteten verzückt ihren Nachwuchs und träumten von seiner Zukunft: Ghelfa sah ihn bereits in der feinen Gesellschaft von Ferrara, von allen für seine Eleganz und seine Haltung geachtet, Bicicli hingegen stellte ihn sich inmitten von Motoren vor als den besten Mechaniker der ganzen Provinz … der ganzen Emilia … von ganz Italien!

»Wir haben immer noch keinen Namen. Wie soll er denn heißen?«, fragte Ghelfa.

»Ich habe keine Ahnung. Den wird er uns schon selbst mitteilen, oder das Leben tut es.«

Den Rauch, der aus der Küche aufstieg, hatten sie noch nicht bemerkt. Als er das letzte Mal Wasser aufgesetzt hatte, war es Bicicli entfallen, den Ofen auszuschalten. Die Flamme hatte einen Lappen erfasst; der Lappen war zu Boden gefallen; das Feuer hatte einen Stuhl erreicht, war dann vom Stuhl auf den Tisch übergegangen, und innerhalb weniger Minuten stand die gesamte Küche in Flammen.

»Nimm das Kind, und wir hauen ab!«, schrie Bicicli, kaum hatte er den Brand bemerkt. Die Frau nahm das Neugeborene in den Arm, Bicicli nahm Ghelfa in den Arm, und irgendwie gelang es den dreien, die Treppe hinunterzukommen und das Haus zu verlassen. Doch mittlerweile war das Feuer außer Kontrolle geraten, und da die Scheune mit dem Heu direkt neben dem Haus stand, war höchste Eile geboten.

Bicicli überlegte kurz und kam zu dem Entschluss, dass es viel zu riskant war, seine noch schwache Frau und erst recht das Neugeborene auf die Lambretta zu laden und damit den von Schlaglöchern übersäten Feldweg entlangzufahren. Er schaute sich um und richtete den Blick auf etwas, das vielleicht besser dafür geeignet wäre.

»Bist du denn von allen guten Geistern verlassen?«, rief Ghelfa aus, als sie begriff, was ihm gerade durch den Kopf gegangen war.

»Besser als nichts!«, erwiderte er.

In der Zwischenzeit hatte jemand die Feuerwehr gerufen. Mit laut tönender Sirene kam der Löschwagen den Weg entlanggefahren, und den Feuerwehrleuten bot sich nur wenige Meter von dem brennenden Haus entfernt ein bizarrer Anblick: Ein Mann lief den Weg entlang, einen Schubkarren schiebend, der gefährlich nach rechts und links schlingerte, in dem Karren eine schreiende Frau im spitzenbesetzten Nachthemd, die ein Neugeborenes in den Armen hielt.

Es dauerte zwei Stunden, bis das Feuer gelöscht war. Die Küche war vollkommen abgebrannt, doch zum Glück war der oberste Stock unversehrt geblieben.

»Das habt ihr gerade noch geschafft!«, sagte der Kommandant der Feuerwehrleute zu Bicicli, während immer noch Rauch aus dem Haus quoll. Dann fragte er: »Wie wollt ihr den Jungen denn nennen?«

»Das haben wir noch nicht entschieden.«

»Nennt ihn doch Floriano. Das ist der Schutzheilige der Feuerwehrleute«, schlug der Mann vor.

Die beiden Eheleute wechselten einen kurzen Blick. Nein, der Name gefiel ihnen nicht.

Die Nachricht von dem Brand verbreitete sich im Dorf und tat ein Übriges zu dem Gerede, das Ghelfa düstere Mächte zusprach: Zuerst gingen Gläser und Lampen zu Bruch, und jetzt brannte auch noch das Haus! Der Frau ging man wahrlich besser aus dem Weg.

Nur die Volksschullehrerin, die als Frau der Wissenschaft mit solchen Vorurteilen nichts am Hut hatte, und der Priester, der von Amts wegen gegen Aberglauben zu Felde zog, kamen die frischgebackenen Eltern besuchen.

Erstere, deren Steckenpferd die römische Geschichte war, schlug vor: »Das ist ein besonderes Kind. Es ist im Feuer geboren und muss folglich einen ebenso besonderen Namen bekommen. Was haltet ihr von Servio?«

»Servio?«, fragten Ghelfa und Bicicli wie aus einem Munde.

»Wie Servio Tullio, der sechste König von Rom! Der hatte seit seiner Geburt eine brennende Flamme über dem Kopf. Nach dem, was passiert ist, scheint mir das nur angemessen zu sein.«

Vom Priester hingegen kam ein wahrlich inspirierender Vorschlag, den er mit einem mit dem Finger in die Luft gezeichneten Bogen untermalte: »Warum nicht Elia, der Prophet, der auf einem Feuerwagen über den Himmel zog?«

»Bloß, dass unser Sohn statt auf einem Feuerwagen in einer Schubkarre saß, Pater«, merkte Bicicli an, der als guter Mechaniker stets auf Genauigkeit bedacht war.

»Aber ein bisschen dichterische Freiheit ist doch erlaubt, oder?«

»Elia l'è un gran bel nom«, wurde der Name von Ghelfa gelobt, die trotz ihrer Eleganz fast immer Dialekt sprach.

»Servio kommt nicht infrage, und Floriano erinnert mich an ein Düngemittel. Dann nehmen wir eben Elia!«, beschloss Bicicli, und in der darauffolgenden Woche wurde ihr Sohn auf genau diesen Namen getauft.

Der Junge erwies sich in der Tat als besonders, so wie die Lehrerin es prophezeit hatte. Im August unter einem Feuersternzeichen geboren, besaß er ein leidenschaftliches Temperament und ein freiheitsliebendes Wesen. Mit sechs Monaten aß er bereits am Tisch, mit neun konnte er gehen, im Alter von zwei Jahren zog er sich eigenständig an und schnürte sich selbst die Schuhe, und mit vier konnte er lesen und schreiben. Fasziniert vom Feuer, wie er war, überraschte ihn seine Mutter mehr als einmal dabei, wie er kleine Scheiterhaufen im Garten anlegte oder den Mülleimer anzündete. Sogar sein Lieblingshütchen mitsamt Bändern, Schleier und bunten Federn setzte er in Brand.

~

Auch wenn sie als junge Ehefrau ein normales Leben führte, blieb an Ghelfa der Ruf hängen, dass sie eine Art Hexe sei, noch dazu eine hochnäsige. Niemand kam sie besuchen, und die Eltern im Dorf erlaubten ihren Kindern nicht, mit Elia zu spielen. Das war auch der Grund, warum der Frau, als Neve, die auf solchen Blödsinn nichts gab, Norma zu ihr nach Hause brachte, Freudentränen in die Augen traten.

Den ganzen Monat Juni, während Elsa in den Reisfeldern arbeitete, verbrachte das Mädchen die Nachmittage bei Elia.

Kaum hatte sie sich den Weg eingeprägt, erlaubte ihr Neve, allein zu Ghelfa zu laufen. Norma ging am Lichtspielhaus und der Casa del Sale vorbei und nahm dann den Weg am Graben entlang, schnellen Schrittes und ein Hütchen auf dem Kopf. Das Junilicht bebte auf den Pappelblättern, und ganze Scharen von Vögeln flatterten über den Fluss. Sie konnte es kaum erwarten, wieder mit Elia zu spielen, und wurde immer schneller, bis sie fast ins Rennen kam und bei jedem Schritt riskierte, dass ihr Hütchen davonflog.

»Hallo«, begrüßte sie ihn außer Atem, mit roten Wangen und Schweiß auf dem Gesicht, kaum war sie angekommen.

»Hallo«, erwiderte er ihren Gruß, tat aber so, als würde es ihn gar nicht interessieren.

»Kommst du?«

Elia erhob sich mit fast widerwilliger Miene, doch Norma war sich sicher, dass er ihr sofort folgen würde.

Stundenlang spielten sie mit Glasmurmeln; Elia brachte ihr bei, wie man es schaffte, dass sie schneller oder in gerader Linie kullerten. Manchmal kickten sie auch mit dem Ball oder folgten Ghelfa aufs Feld, wo sie dann zu dritt auf dem Traktor saßen. Was Elia jedoch am allerliebsten machte, war, Würmer zu fangen. Zwischen ihm und Norma entflammte ein Wettstreit, wer die längsten aufspürte. Die Würmer waren dick und rosa und ringelten sich um ihre Finger.

»Was machst du denn mit diesen ganzen Würmern?«, fragte sie ihn eines Nachmittags, während er einen besonders großen in einem Einweckglas versenkte.

»Ein paar davon braucht mein Papa zum Angeln, und einige gebe ich dem kleinen Vogel zum Fressen«, antwortete er.

Zurück im Haus, zeigte er ihr eine mit Watte ausgelegte Schuhschachtel, und in diesem kleinen improvisierten Krankenzimmer saß ein winziger Spatz mit gebrochenem Flügel.

»Er ist aus dem Nest gefallen. Meine Mama gibt ihm mit der Pipette zu trinken, und ich füttere ihn mit Wurmstückchen«, erklärte der Junge.

Es war nicht das erste Mal gewesen, dass Elia ein verletztes Vögelchen mit nach Hause brachte. Oft genug starben die kleinen Patienten, und Ghelfa beeilte sich, sie sofort wegzubringen, wenn sie es feststellte. Wenn Elia dann bemerkte, dass die Schachtel leer war, tat sie überrascht. »Es ging ihm besser, vermutlich ist er zu seiner Mama geflogen«, sagte sie dann, um ihren Sohn zu beruhigen.

Jeden Nachmittag um vier richtete Ghelfa ihnen eine Vesper her: zwei große Scheiben Brot mit Butter, darauf eine dicke Schicht Zucker. Die Butter machte sie aus der Milch ihrer Kühe, und wenn Norma in ihre Nähe kam, roch sie manchmal den süßen Geruch des Melkstalls. Die Frau kochte die Milch, schöpfte die Sahne ab und schlug sie mit Eiswürfeln auf, ihre Hand wurde niemals müde zu rühren. Wenn die Butter fertig war, stellte sie den kleinen Topf in den Kühlschrank Marke Ignis, einen der ersten, die es im Dorf gab.

»Wie schön! Was ist das?«, hatte Norma ausgerufen, als sie den Apparat zum ersten Mal gesehen hatte.

»Schau nur, da drinnen ist immer Winter!« Elia hatte den Schrank für sie geöffnet, und ein Schwall eisige Luft hüllte die beiden Kinder ein.

Nach der Vesper stiegen Norma und Elia in der Scheune die Leiter hoch zum Heuboden, der mittlerweile ihr Lieblingsplatz war. Sie streckten sich auf den Heuballen aus und spielten Doktor und Patient. Elia legte den Kopf auf Normas Brust und lauschte ihrem Herzschlag, dann zog er ihr das Kleidchen hoch und kurierte ihr Bauchweh.

Eines Nachmittags liefen sie zu Ghelfa, und Elia rief: »Schau mal, Mama, wir küssen uns wie die Schauspieler im Film!«

Sie schlossen beide die Augen und pressten ihre Lippen aufeinander, den Mund fest geschlossen.

Ghelfa lachte. Ein heißer Wind wehte vom Fluss her, und ihre Küsse schmeckten nach Butter und Zucker.

~ 1954 ~

In jenem Jahr gab es mehrere Regierungswechsel, teilweise innerhalb weniger Monate. Eine Regierung hielt sogar nur zweiunddreißig Tage.

»O mia patria, sì bella e perduta!«, zitierte Guido die berühmten Worte des Gefangenenchors aus *Nabucco*, in denen vom schönen und doch verlorenen Vaterland die Rede ist.

»Und was ändert sich überhaupt? Die von der Democrazia Cristiana reichen sich die Stafette weiter, aber das Spiel bleibt das gleiche. Man hätte direkt nach der Befreiung die Macht übernehmen sollen oder 1948, als sie versucht haben, Togliatti zu ermorden. Doch die Kommunisten machen sich ins Hemd, wenn der richtige Moment gekommen ist«, sagte Dolfo während einer ihrer Diskussionen zu seinem Bruder, als er die Ferien in Sermide verbrachte.

Er liebte Russland und glaubte an die Ideale der Revolution. Im März 1953, nach dem Tode Stalins, hatte sich Dolfo Martiroli wie ein Waise gefühlt. Er hatte sogar in der Küche für den Verblichenen einen Altar aufgestellt, mitsamt einem gerahmten Bild und Kerzen.

»Hast du den Verstand verloren?«, hatte Zena protestiert, doch ihr Mann ließ sich nicht davon abbringen. Jahrelang stand in ihrer Küche Stalins Abbild.

In Moskau starb Stalin, in Sermide segnete wenige Monate

später Elsas Mutter das Zeitliche. Die Krankheit seiner Schwiegermutter war die letzte Verbindung, die Guido noch zum *palás* gehabt hatte. Im Winter 54 schrieb er an Dolfo und leitete den Umzug nach Viggiù in die Wege.

Norma war damals in der ersten Volksschulklasse, und man beschloss, sie bei Großmutter Neve zu lassen, bis sie eine Unterkunft gefunden hatten. Am Ende blieb sie bis Juni in Stellata, weil man ihr einen Wechsel im laufenden Schuljahr ersparen wollte.

An einem Nachmittag im Februar brachten sie Norma zu ihrer Nonna. Gleißend hell schien die Sonne, ohne die Luft zu erwärmen. Sie liehen sich die Lambretta von Melampo, dem Mechaniker, der im Hinterhof des *palás* lebte, und stiegen zu dritt auf: Norma stand vorne auf dem Trittbrett, dahinter saß Guido auf dem Sattel, und Elsa nahm im Damensitz hinten Platz, den Koffer quer über den Knien.

Sie waren bereits spät dran für den Zug und hatten gerade noch Zeit, um Norma oben auf dem Damm abzuladen. Zwei Küsse und einige Ermahnungen, dann fuhren ihre Eltern wieder weg. Eine Staubwolke hing über dem Schotterweg. Norma drückte die Hand ihrer Großmutter und spürte, dass die Angst in ihr pulsierte wie ein zweites Herz. Sie war davon überzeugt, dass ihre Eltern sie für immer hierlassen würden.

Als sie später zu Bett ging, fiel die Dunkelheit über sie her. Sie zog sich das Bettlaken bis zur Nase hoch. Das Gewebe des Tuches war rau; es war ein uraltes selbst gewebtes Laken und roch nach der Asche, mit der ihre Großmutter bei der *bugada grosa*, der großen Wäsche, alljährlich hantierte, wenn bergeweise Bettzeug auf großen Feuern ausgekocht wurde.

Am darauffolgenden Morgen machte Norma die Augen auf und brauchte ein paar Sekunden, bis sie wieder wusste, wo sie war. Draußen regnete es. Sie schluckte die Tränen hinunter, die ihr in die Augen stiegen, und hatte große Lust, sogleich zu Elia zu laufen und mit ihm auf den Heuboden zu steigen.

»Du siehst ihn morgen in der Schule. Heute ist Sonntag, da geht man in die Messe«, teilte ihr Neve kurz angebunden mit.

Eine Stunde später saß das Mädchen in der Kirche vor dem Priester und hatte nicht die geringste Ahnung, wie das mit dem Aufstehen, dem Sitzen und dem Knien ging, denn bei Norma zu Hause besuchte man die Messe nicht.

Die Leute beteten, doch sie verstand kein Wort. »Nonna, was sagen sie denn?«

»Pst ... Das ist Latein«, brachte Neve sie zum Schweigen.

Die großen blauen Augen des Mädchens wanderten das Kirchenschiff entlang, über die Bilder, die den Kreuzweg zeigten, die Statue der heiligen Muttergottes und blieben schließlich bei einem Bild von Jesus mit Dornenkrone hängen; Blut quoll aus seinem Herzen, das im offenen Brustkorb lag. »Warum blutet er?«, fragte sie ängstlich.

»Jesus hat sich umbringen lassen, um uns von unseren Sünden zu befreien«, murmelte Neve.

»Er hat sich umbringen lassen?«, rief Norma erschrocken aus.

»Sei still jetzt, zu Hause erkläre ich es dir.«

Und Norma schwieg, verstört von den Bildern der blutenden Heiligen und erstaunt über den Priester, der es inmitten dieses Blutbades schaffte, munter zu singen und zu predigen.

Povra putina, armes Mädchen, das du nichts über Religion erfahren hast, ging es Neve durch den Kopf. Im Übrigen war ja auch Guido so aufgewachsen, wie der Vater es ihm vorgemacht hatte: ohne Gottesfurcht, schlimmer als bei den Heiden. Neve hingegen hatte sich der Kirche über die Jahre immer mehr angenähert und Gott schließlich so sehr in ihr Herz geschlossen, als wäre er ein enger Verwandter. Ein Grund dafür war sicher all die Misere, die ihr im Leben widerfahren war: Hunger und

Armut, ein Kind, das noch in den Windeln gestorben war, die Zwillinge, die bei Verwandten aufgewachsen waren, weil das Elend ihrer Eltern zu groß gewesen war. Jeden Morgen besuchte sie die allererste Messe und blieb danach noch eine Weile sitzen, um sich bei ihrem Schöpfer nicht nur über allerlei Zipperlein zu beklagen, sondern auch über den Ärger, den ihr Ehemann ihr machte, wenn er mit dieser Rosa Unzucht trieb. Jene Besuche in der Kirche brachten Neve eine Erleichterung, auf die sie nicht vorhatte zu verzichten, auch wenn Radames sich oft darüber lustig machte.

»Es ist einfacher, an Superman zu glauben als an deinen Gott!«, lästerte er.

»Ach, halt doch den Mund, das steht dir besser!«, sagte Neve dann. Sie wusste schließlich, dass ihr Mann gar nicht gegen Gott war – er war nur eifersüchtig auf ihn.

~

Am Montag hoffte Norma, Elia in der Klasse zu treffen, doch an der Schule in Stellata wurden Mädchen und Jungs getrennt voneinander unterrichtet, weshalb sie ihn erst in der Pause sah.

Als er auf dem Schulhof auftauchte, ging sie zu ihm und berührte ihn an der Schulter. Elia drehte sich um und war so überrascht, dass es ihm die Sprache verschlug.

»Spielen wir Himmel und Hölle?«, schlug Norma vor, und er folgte ihr wortlos.

Als die Pause zu Ende war, lief Elia zu seinem Klassenzimmer. Seine Hose war verschmutzt, das Hemd hing ihm aus der Hose, und seine Haare standen in alle Himmelsrichtungen. Auf halbem Wege drehte er sich noch einmal um. »Ich freue mich«, sagte er etwas unbeholfen zu Norma und lachte.

In den darauffolgenden Monaten wurden sie unzertrennlich.

In der Pause setzten sie sich auf eine Treppenstufe und tauschten ihre Verpflegung, weil Ghelfa darauf bestand, Elia jeden Tag ein Käsebrot mitzugeben, er den Käse aber nicht mochte. »Der schmeckt nach Schaf, nach Schafskacke«, sagte er und verzog das Gesicht.

Die anderen Jungen spielten Ball oder Fahnenraub und forderten Elia auf, sich ihnen anzuschließen, doch er verbrachte die Pausen lieber mit Norma. Da kamen die Mädchen in Grüppchen dazu und nahmen ihn auf den Arm. »Der freche Elia ist verliebt, der freche Elia ist verliebt!«, riefen sie im Chor.

Den Spitznamen hatten sie ihm verpasst, weil Elia mit seiner Unverfrorenheit in der Schule mehr Ärger machte als die ganze Klasse zusammen. Wenn er nachsitzen musste, kletterte er einfach aus dem Fenster und ging nach Hause. Und wenn die Mädchen ihn auf dem Schulhof hänselten, schnappte er sich die Erste, die er zu fassen bekam, und zog sie an den Haaren. Rügte ihn die Lehrerin dann in der Klasse dafür, begann er, darüber zu diskutieren, wer denn nun recht habe, und war nicht mehr zum Schweigen zu bringen. Die Hände in die Hüften gestützt, baute er sich vor der Lehrerin auf und sagte mit ernster Miene: »Maestra, entweder spreche ich oder Sie. Zusammen geht das nicht!«

Oft wurde Bicicli in die Schule zitiert. Dann hörte er sich die Klagen der Lehrerin an und versuchte, seinen Sohn in Schutz zu nehmen. »Sie müssen doch zugeben, dass Elia immer gute Noten hat.«

»Auch Disziplin und Benehmen sind wichtig, Signor Bombarda. Wenn Sie ihn nicht geradebiegen, was wird er dann machen, wenn er groß ist?«

»Mein Sohn konnte bereits mit vier lesen und schreiben. Jetzt irgendwelche Buchstaben in ein Heft zu kritzeln, langweilt ihn.«

Doch die Lehrerin wollte von diesen Ausreden nichts wissen,

und wie es aussah, würde der Krieg zwischen ihr und Elia noch nicht enden.

Eines Tages wies sie ihn an, die Klasse zu verlassen, und er versteckte sich in der Besenkammer. Schließlich schlief er ein und blieb dort, als die Schule schon geschlossen war. Erst am nächsten Morgen wurde er von den Carabinieri gefunden, die die ganze Nacht auf den Feldern und in den Gräben nach ihm gesucht hatten. Dieses Mal war auch Bicicli mit seiner Geduld am Ende; zuerst schloss er seinen Filius unter Tränen in die Arme, verpasste ihm danach jedoch eine Tracht Prügel.

Neve wusste, dass Elia ein kleiner Unruhestifter war, doch sie kannte ihn auch als Klassenbesten, und deshalb erlaubte sie ihrer Enkelin, ihn weiterhin zu besuchen. »Zuerst macht ihr Hausaufgaben, und dann spielt ihr. Sonst wirst du nicht mehr zu Elia gehen«, mahnte sie.

Wenn es einmal besonders kalt war, nahmen die beiden Kinder vor Ghelfas großem Holzofen Platz. Norma brachte ihre Buntstifte und das Malbuch mit, das ihr die Großmutter in Lucianas Geschäft gekauft hatte, nachdem das Mädchen die Hälfte der Wände im Haus bunt angepinselt hatte. Wenn sie mit den Hausaufgaben fertig waren, malten sie. Norma zeichnete Mohnfelder, Hunde, so groß wie Elefanten, Häuser mit einem Kamel davor, Engel, himmelblaue Postbusse … Er hingegen malte Segelschiffe, Männer zu Pferden oder Fallschirmspringer, die über den Himmel segelten. Wenn sie keine Lust mehr zum Zeichnen hatten, blätterte sie in den Comicheftchen von *Tex* und *Mandrake*, und er las ihr vor, weil Norma gerade erst mit dem Lesenlernen begonnen hatte.

Der Frühling kam, und mit ihm junges Gras und Veilchen. Langsam trocknete der Schlamm in den Höfen, und Knospen bedeckten die Obstbäume. Im Mai blühten die Rosen, und dann, im Juni, rauschte das reife Korn auf den Feldern.

~

Eines Nachmittags ging Norma zu Elia, doch der Hof war leer, und es herrschte tiefe Stille. Die Tür des Hauses stand offen, doch drinnen war niemand. Ihr fiel ein, dass es Sonntag war und Elia zum Spielen ins Gemeindezentrum ging. Aber Ghelfa und Bicicli, wo waren die?

Sie betrat das Haus. In der Küche duftete es nach Melonen und Maraschino. Der Wind spielte in den Vorhängen und rauschte wie Musik durch das Haus. Norma liebte diesen Raum; den Duft von Bohnerwachs, den Ignis-Kühlschrank, in dem immer Winter herrschte, doch am allermeisten gefiel es ihr, Ghelfa und Bicicli dabei zuzusehen, wie sie sich küssten. Manchmal setzte er seine Frau auf seinen Schoß und kitzelte sie, oder er fütterte sie mit kleinen Brotbrocken, und Ghelfa legte den Kopf in den Nacken wie ein Vögelchen.

Der Tisch war noch gedeckt. Darauf standen zwei halb volle Weingläser, auf einem Teller lag eine halb gegessene Melonenscheibe. Auf dem Boden ein Hemd, und draußen, wie hingegossen auf der Treppe, Ghelfas Blumenkleid. Auf Zehenspitzen stieg Norma die Treppe hoch, bis zum Schlafzimmer. Die Tür war nur angelehnt. Vorsichtig und geräuschlos öffnete sie sie.

Die Fensterläden waren angelehnt, und ihre Augen mussten sich erst an das Halbdunkel des Raumes gewöhnen. Und dann sah sie sie: Sie lagen nackt nebeneinander auf dem Bett, die Beine verschlungen, und schliefen, Biciclis Hand lag auf der Pobacke seiner Frau. Ihre Körper waren so hell, dass sie im Halbschatten fast leuchteten. Norma blieb an der Tür stehen und schaute sie an, wie verzaubert von der Schönheit dieses Anblicks …

Dann stieg sie die Treppe wieder hinunter und machte sich auf den Heimweg. Vogelschwärme waren über dem Fluss unterwegs, die Sonne machte mit ihrem Licht die Welt gleißend hell. Norma ging weiter und kickte eine leere Tomatendose vor sich her. Wenn sie einmal groß war, dachte sie, wollte sie auch jemanden, der sie auf seinen Schoß setzte und mit kleinen Brotbrocken fütterte. Sie wollte wie Ghelfa lachen, wenn Bicicli sie kitzelte, und sie wollte auf einem Laken liegen, ihr Körper so hell, dass er leuchtete. Sie wollte von schönen Dingen träumen und jenes Zimmer niemals wieder verlassen.

~

Zwei Tage später sagte Norma zu Elia, ihr Vater würde sie abholen, und dann würden sie nach Viggiù fahren.

»Wo ist das?«

»Weit weg! Man muss den Zug nehmen.«

»Wann kommst du wieder?«

»Ich weiß es nicht.«

Sie saßen in der Küche. Er senkte den Blick und blätterte weiter in der Comic-Zeitschrift *Il Monello*, als wäre ihm die Sache nicht wichtig. Ein paar Minuten vergingen, dann nahm er den Deckel eines großen Topfes und lief nach draußen. »Komm!«

In Biciclis Schuppen holte sie ihn ein. Elia zog eine große Schublade aus einem alten Möbelstück. »Komm, hilf mir«, forderte er sie auf.

Sie hievten die Schublade auf den Hof und setzten sich hinein, er vorne und sie hinten. Elia hielt den großen Deckel wie ein Rad in den Händen, drehte ihn und machte: »Brumm … brumm … brumm!« Er wendete sich zu ihr. »Wenn ich groß bin, kaufe ich mir ein rotes Auto. Ein amerikanisches, mit Ledersitzen und Radio. Und dann komme ich nach Viggiù und heirate dich.«

Es war ihr letzter gemeinsamer Nachmittag. Die Sonne brannte, und der Sommer lag schwer über den Feldern. Elia schwor ihr, dass er eines Tages tatsächlich nach Viggiù kommen und sein Versprechen wahr machen würde. Und sie fragte ihn wieder und wieder: »Und du kommst wirklich, ja?«

~

Am darauffolgenden Tag stieg Norma zusammen mit ihrem Vater in den Zug. Damals herrschte ein mörderischer Sommer, es war sogar noch heiß, wenn es dunkel wurde. Norma setzte sich ans Zugfenster, und ihr cremefarbenes Kleid, das Neve am Morgen gebügelt hatte, war bereits schmutzig von den Heidelbeeren, die eine Dame im Zug ihr geschenkt hatte.

Als sie an einem Bahnübergang stehen blieben, winkten ihnen mehrere Frauen auf dem Fahrrad zu. Kurz danach kam der Zug an einer Gruppe junger Männer vorbei, die mit nacktem Oberkörper auf dem Feld arbeiteten. Zwei Mädchen hängten den Kopf weit aus dem Waggon und machten sie mit fröhlichen Rufen auf sich aufmerksam.

Es war noch nicht Abend, als der Monte Rosa hinter den Maisfeldern und den Hügeln auftauchte. Einen Berg hatte Norma noch nie gesehen, und erst recht keinen, auf dem mitten im Sommer Schnee lag.

»Noch eine halbe Stunde, dann sind wir da«, sagte ihr Papa.

Der himmelblaue Postbus, der gleiche, den drei Jahre zuvor auch Zena und Donata genommen hatten, wartete vor dem Bahnhof von Bisuschio auf Fahrgäste. Dann ging es mühsam eine gewundene Straße hoch, und nach der allerletzten Kurve entdeckte Norma die ersten Häuser von Viggiù, die an der Böschung standen.

Kaum waren sie ausgestiegen, sah das Mädchen, dass die Straßen krumm und schief waren und die Häuser nicht aus Backstein gebaut, wie sie es gewohnt war, sondern aus Felsstein.

Ihre Mama wartete in ihrem neuen Haus auf sie, an dem gar nichts neu war. Zwei dunkle Zimmer gingen auf einen ebenso dunklen Innenhof hinaus, in dessen Mitte es einen Brunnen gab. Der Raum im Erdgeschoss diente als Küche, darüber lag der erste Stock mit dem Schlafzimmer ihrer Eltern.

»Und ich, wo schlafe ich?«, wollte Norma wissen.

Guido schob die Kissen des Sofas beiseite, sodass ein Bett entstand. »Das haben wir extra für dich gekauft. Gefällt es dir?«

Norma gab keine Antwort.

»Ich mache Wasser warm, dann kannst du baden«, sagte Elsa zu ihr. Sie setzte einen Topf mit Wasser auf, holte eine Blechwanne hervor und hängte ein Bettlaken an einer Schnur auf, um die Küche in zwei Hälften zu teilen.

Norma zog sich aus und legte sich in die Wanne. Draußen war es fast dunkel, und der Abend duftete nach Salbei und nach Seife. Ihre Mutter seifte sie mit einem Schwamm ein. Das Wasser lief ihr in Rinnsalen über den Rücken, und Ruhe legte sich wie eine Decke über die Welt.

Nach dem Bad hüllte Elsa ihre Tochter in ein Handtuch, half ihr, sich anzuziehen, und nahm dann das Bettlaken wieder von der Schnur.

Guido saß am Tisch. »Morgen bringe ich dich zu deiner Cousine Donata.«

Norma tat so, als hätte sie ihn nicht gehört.

»Was ist denn? Willst du nicht mit ihr spielen?«

Sie schüttelte den Kopf. Kurz darauf sagte sie: »Zu Donata will ich morgen nicht.«

Da nahm er sie an der Hand und ging mit ihr in den Innenhof. Er holte sich einen Stuhl und nahm Norma auf den Schoß. Dann stimmte er *Casta Diva* an, wobei er die Tonlage eine Oktave tiefer machte. Das war eine seiner liebsten Arien, die er auch auf Langspielplatte hatte. Norma hatte sie schon oft mit ihrem

Vater angehört, als sie noch im *palàs* gelebt hatten. Er sagte ihr, die Sängerin heiße Maria Callas, und der Titel der Oper laute *Norma*.

»So wie ich?«

»Ja, so wie du.«

Norma glaubte, die Callas singe das Lied nur für sie und dass diese Musik wirklich ihr gehöre. Sie lehnte den Kopf an die Brust ihres Papas und begann, wie früher an den Härchen auf seinem Arm zu zupfen, und dann hörte sie still jener Stimme zu, die sie so sehr liebte. Der Gesang stieg langsam in die Luft empor und vermischte sich mit dem Zwitschern der Vögel. Es war, als stünde alles um sie herum still, als säßen sie in einer Fabrik aus Glas. Sie atmete kaum, denn sie fürchtete, wenn sie auch nur mit der Wimper zuckte, könnte die ganze Welt zerbrechen.

~ 2015 ~

Stellata, Februar

»Erinnerst du dich noch an den Brunnen des Hauses in Viggiù?«, frage ich dich, während wir auf dem Damm spazieren gehen.

»Welcher Brunnen?«

»Der in unserem Innenhof, Mama.«

»Ach so, der … Meine Güte. Jeden Morgen, wenn ich arbeiten ging, hatte ich Angst, du würdest reinfallen.«

»Du hättest ihn abdecken lassen können.«

»Der gehörte uns ja nicht. Und außerdem waren wir nicht die Einzigen, die an diesem Innenhof gewohnt haben.«

»Ich war noch klein, und du warst den ganzen Tag nicht zu Hause. Ich hätte wirklich in diesen Brunnen fallen können.«

Du starrst auf die Straße und wirkst gekränkt. Das ist immer so, wenn ich Themen anschneide, die dir nicht gefallen.

Der Himmel ist bewölkt, die Luft eisig kalt. Nach den letzten Regenfällen hat sich der Wasserstand des Flusses erhöht, und in der Strömung schwimmen Äste, Supermarkttüten, Plastikflaschen. Auch ein roter Stuhl treibt im Wasser, man kann die Aufschrift COCA-COLA bis hier oben lesen.

»Es ist kalt. Besser, wir gehen wieder nach Hause«, sagst du nach einer Weile.

Es sind nur zweihundert Meter, aber du musst dreimal stehen bleiben, um wieder zu Atem zu kommen.

»Vielleicht sollten wir besser den Rollstuhl nehmen, Mama.«

»Solange ich es kann, will ich mich auf meinen eigenen Beinen fortbewegen.«

Als wir zurück sind, setzen wir uns in die Küche.

»Ich mach uns einen Kaffee.«

»Ich musste arbeiten, Norma. Es mussten Schulden abbezahlt werden, wir wollten ein Haus bauen ...«, sagst du nach einer Weile.

»Und du warst bereit, das Leben deiner Tochter für ein Gehalt aufs Spiel zu setzen?«

»Was soll das? Du warst doch nicht mutterseelenallein. Deine Cousine war bei dir, und um die Mittagszeit gingt ihr zu Cesarina zum Essen. Alle machten das so.«

»Ich habe meine Tochter, als sie klein war, nie bei irgendeiner Bekannten gelassen. Es war dir ja auch lieber, arbeiten zu gehen, als den ganzen Tag bei mir zu bleiben. Das war dein gutes Recht, aber du hättest wenigstens dafür sorgen können, dass ich in Sicherheit bin.«

»Es reicht, Norma! Das waren damals andere Zeiten, da gab es die Gefahren von heute nicht. Und in diesen Brunnen bist du nie gefallen.«

Ich stehe abrupt auf und spüle die Tassen ab.

Auch mit dem Rücken zu dir spüre ich, wie schwer es dir fällt zu atmen. Jeden Tag wird es schwieriger, und mittlerweile bekommst du nachts Sauerstoff. Was hat es für einen Sinn, dir diese Vorwürfe zu machen?

»Was möchtest du zu Abend essen?«, frage ich dich schließlich.

»Nichts, ich habe keinen Hunger.«

Du stehst auf und gehst ins Schlafzimmer. Die Tür schlägst du hinter dir zu.

~ 1957 ~

April

Langsam hatte die Wirtschaft des Landes begonnen, sich zu erholen. Vespas und Lambrettas wurden durch Autos ersetzt, und in jenem Sommer kam der erste Fiat 500 auf den Markt. Es war auch das Jahr, in dem die Sowjetunion den Sputnik 2 ins All schickte, mit der Hündin Laika an Bord, die dort nach nur wenigen Stunden verendete. Etwas, das sowohl Norma als auch Donata zu Tränen rührte.

»Chruschtschow hat ein Gesicht wie ein Gauner«, behauptete Guido.

»Das ist doch ein herzensguter Mann«, forderte sein Bruder ihn zum Schweigen auf, dessen Glaube an Mütterchen Russland immer noch unerschütterlich war.

Es war Samstagabend, und wie immer hatten sich die beiden Martiroli-Familien zusammengefunden, um eine Runde Karten zu spielen.

»Schwaches Blatt«, murmelte Guido und konnte sich nicht entscheiden, was er machen sollte.

Zena, die beim Kartenspielen immer seine Partnerin war, verlor langsam die Geduld. »Komm schon, was bist du denn für ein Lahmarsch heute!«

Die beiden Mädchen saßen plaudernd auf dem Sofa und blätterten in *Grand Hotel* und *Bolero*, den Zeitschriften ihrer Mütter.

Lustig fanden sie es auch, die Grimassen von Dolfo und Elsa zu beobachten. Die beiden spielten immer zusammen und hatten sich eine Reihe geheimer Zeichen ausgedacht, um sich gegenseitig mitzuteilen, was für ein Blatt sie hatten. Und die Mädchen waren immer ganz fasziniert davon.

Das Kartenspielen am Samstagabend war eine fröhliche Angelegenheit, bei der jede Menge Wein getrunken und Walnüsse oder geröstete Kürbiskerne geknabbert wurden. Dolfo hatte immer einen lustigen Spruch parat. Wenn er gewann, nahm er seine Schwägerin in den Arm und gab ihr ein paar Schmatzer auf die Wangen. Guido hätte sich ein solches Verhalten bei Zena niemals getraut, doch seinem Bruder waren Konventionen egal. Er war einfach so.

Manchmal kam Dolfo auch am Samstagnachmittag bei Elsa vorbei, um ihr ein paar Pilze zu bringen, die er in den Wäldern von Rendemuro gesammelt hatte, oder auch ohne besonderen Anlass. Sie machte ihm dann einen Kaffee, und die beiden setzten sich an den Tisch, um ein wenig zu plaudern. Elsa hörte gerne die abenteuerlichen Geschichten aus Dolfos und Guidos Kindheit, zum Beispiel von der Nacht, als sie auf Traubenklau gingen. »Mittendrin musste ich niesen, und zwar so laut, dass man es bis Mantua hörte. Und dieser Nieser hat uns dann verraten. Wir sind abgehauen wie der Blitz, haben aber den Sack vergessen, auf dem ›Martiroli‹ stand. Die Tracht Prügel von unserem Vater hatte sich gewaschen!«

Sie lachte und fühlte sich wieder wie ein junges Mädchen. Wenn Dolfo kam, war Elsa immer ausgelassen.

~

Die beiden Mädchen waren von morgens bis abends zusammen: In der Schule saßen sie in derselben Bank, und den Nachmittag verbrachten sie bei der einen oder der anderen zu Hause. Gewöhnlich spielten sie in Normas Innenhof mit Salvatore, dem Sohn des sizilianischen Bäckers, und auch Mauro und Marcellino, die Mantuaner Brüder aus dem Stockwerk darüber, waren dabei. Donata hatte auch ein paar Freundinnen, doch in jenen Jahren war die Verbindung zu Norma zur stärksten geworden.

Es genügte wenig, um sie glücklich zu machen: sich an der Via Roma ein Eis zu kaufen, eine Runde Blindekuh im Innenhof oder auch nur ein Gewitter zu erleben, zusammen unter einem Schirm auf die Piazza zu laufen oder zu Hause zu bleiben und auf die Welt hinter dem Fenster zu blicken. Wenn es stark regnete, erschien ihnen die Via Borromeo wie ein angeschwollener Fluss, und die Kirche der Madonnina war wie eine Arche inmitten des Meeres. Und da war Angela von nebenan, die, wenn sich ein Sturm ankündigte, von der Schwelle des Hauses nach ihrem Hund rief, das Kleid aufgebläht und den Wind in den Taschen. Ihr Schrei war schrill wie der einer Henne.

Donata war groß und athletisch gebaut. Wenn sie mit Jungs stritt, waren sie es, die die Prügel abbekamen. Sie hatte vor nichts Angst, und Norma beneidete sie für ihren Mut. Außerdem war ihre Cousine bildschön, und allein das gebot absolute Ergebenheit. Ihre Augen waren blitzblau, und schon die Masse schwarzer Locken brachte die meisten ihrer Gegner zur Vernunft. Wenn sie unten in Stellata waren, sagte Großmutter Neve oft, die Haare habe sie von Viollca geerbt, ihrer Vorfahrin, die eine *zingara* gewesen sei.

»*Zingara?*«, fragten die Mädchen dann und rissen die Augen auf, als hörten sie diese Geschichte zum allerersten Mal.

»Ja, *'na sigagna*. Die Hälfte der Familie kommt nach ihr, wie sonst ließe sich meine dunkle Haut erklären? Und woher sonst wären die schwarzen Haare und der kühne Blick, den so viele Casadios haben?«

Den Mädchen gefiel der Gedanke, dass in ihren Adern das Blut des fahrenden Volkes fließe, und sie wurden der Geschichten der Großmutter niemals müde.

Von den beiden Cousinen war Donata diejenige, die mit allen Wassern gewaschen war und Norma zu Abenteuern verführte, die allein anzugehen sie niemals den Mut gehabt hätte. Einmal stiftete sie sie sogar dazu an, bei Nacht den Friedhof von Viggiù zu besuchen, einen verlassenen Ort voller Geheimnisse und Sagen wie der vom Geist der Eutilia, die sich aus Liebeskummer das Leben genommen hatte. Es hieß, bei Nacht treibe der Geist von Eutilia auf der Suche nach ihrem Geliebten zwischen den Grabsteinen sein Unwesen.

»Am Samstagabend will ich auf den alten Friedhof gehen und nachschauen, ob es dieses Gespenst wirklich gibt«, wagte sich Donata vor.

»Meinst du das ernst?«

»Wenn du Angst hast, gehe ich auch alleine hin.«

»Wenn du gehst, bin ich dabei«, erwiderte Norma prompt.

Kaum war es Samstag, trafen sich die beiden Familien bei Norma zu Hause zum Kartenspielen.

»*A go un bel Fasulin.* Heute läuft's bei mir«, sagte Dolfo zufrieden.

»Halt die Klappe, heute kriegst du von mir ordentlich eins drauf«, erwiderte Guido.

Bis es zehn war, gingen die vier vollkommen im Spiel auf. »Drei und zwei, fünf. Scopa!«, schrie Zena.

»Jetzt …«, flüsterte Donata. Und sie schlüpften hinaus.

~

Um diese Uhrzeit war in Viggiù niemand mehr unterwegs. Sie liefen die Via Roma entlang, überquerten die Piazza Albinola, gingen dann weiter auf die Via Enrico Butti, bis sie schließlich an die Kreuzung kamen, wo sich hinter einem klapprigen verrosteten Zaun der alte Friedhof versteckte.

Sie kletterten auf die Mauer. Nach mehreren vergeblichen Versuchen gelang es ihnen, hinunter auf den Friedhof zu springen.

»Hast du Angst?«, fragte Donata und wischte sich den Staub von den Knien.

»Überhaupt nicht. Du?«

»Ich auch nicht. Schalt die Taschenlampe an.«

»Lieber nicht, sonst erwischen sie uns noch.«

»Du hast recht, es scheint ja auch noch der Mond.«

Sie nahmen sich an der Hand und gingen den Hauptweg entlang. Um sie herum erstreckten sich Finsternis, beunruhigende Schatten und Grabsteine, von der Witterung geschwärzt und mit Moos bedeckt. Efeu wucherte auf Kreuzen und Statuen, jahrhundertealte Bäume streckten ihre Wurzeln aus der Erde und schlangen sich um die Gräber wie die knotigen Finger einer Hexe.

Das trockene Laub knisterte unter ihren Füßen. »Wie finden wir denn das Grab von Eutilia?«, flüsterte Norma.

»Sie wird uns den Weg schon zeigen.«

»Lass diese Witze!«

»Machst du dir schon ins Hemd?«, kicherte Donata, doch auch ihr zitterten die Beine.

Mit unsicheren Schritten gingen sie weiter, bis Norma stolperte und auf allen vieren auf einem Grab landete.

Donata schaltete die Taschenlampe ein und richtete sie auf ihre Cousine. »Na los, steh auf!«

Norma, die ausgestreckt auf der Grabplatte lag, sah ein Mädchen mit Korkenzieherlocken und einem Band in den Haaren direkt vor ihrer Nase. Sie war wie hypnotisiert von dem Bild und konnte sich nicht rühren.

Windböen fegten zwischen den Tannen hindurch, und auf einmal wurde die Luft eisig.

»Komm, hoch mit dir!«, forderte Donata sie noch einmal auf, doch die andere war wie gelähmt und rührte sich nicht.

Auf einmal spürte Norma einen Windstoß, hörte ein Rauschen, zwei Hände legten sich um ihre Leibesmitte ... und einen Augenblick später war sie wieder auf den Beinen.

»Danke«, sagte sie zu ihrer Cousine.

»Wofür?«

»Danke, dass du mir aufgeholfen hast!«

»Ich habe gar nichts gemacht.«

»Donata, hör auf damit! Du hast mich doch gerade eben hochgehoben!«

»Ich habe dir doch gesagt, dass ich keinen Finger gerührt habe!«

Die beiden starrten sich an, dann nahm Norma Donatas Hand und zog sie hinter sich her. Sie kletterten über die Mauer und sprangen auf die Straße. Diesmal klappte es schon beim ersten Versuch.

Ob Donata nur so tat, als ob, oder ob sie ihr wirklich nicht beim Aufstehen geholfen hatte, würde Norma nie erfahren. Doch auf jenen Friedhof setzten sie nie wieder einen Fuß.

~ 1957 ~

Viggiù, Mai

Im Hof des Gemeindesaales San Carlo probte die Amateur-Operngruppe den letzten Akt von *La Traviata.*

»Guido, fang noch mal von vorne an, und diesmal mit mehr Inbrunst«, befahl Egidio und hielt den Dirigentenstab in die Höhe.

Parigi, o cara, noi lasceremo, la vita uniti trascorreremo.
De' corsi affanni compenso avrai, la tua salute rifiorirà …
Sospiro e luce tu mi sarai, tutto il futuro ne arriderà.

Paris, du Teure, verlassen wir und verbringen das Leben zusammen.
Was du erlitten, wird dir vergolten, deine Gesundheit kehrt zurück …
Ich seufze, und mein Licht wirst du sein, die Zukunft lächelt uns zu.

»Und jetzt du, Flora …«

Parigi, o cara, noi lasceremo, la vita uniti trascorreremo.
De' corsi affanni compenso avrai, la mia salute …

»Halt! Flora, Liebes: Hier macht Violetta kein Nickerchen, sie stirbt an der Schwindsucht. Zeig das dem Publikum! Geigen, von vorne!«

Norma, die auf einer Bank saß, konnte nur mit Mühe die Augen offen halten. Zu den Proben ihres Vaters wollte sie eigentlich nie mitgehen, doch auch an diesem Abend hatte ihre Mutter darauf bestanden. »Du gehst hin! Sonst gibt's am Sonntag kein Kino!«

In letzter Zeit lief es zwischen ihren Eltern nicht besonders gut. Bei Tisch sprachen sie nicht miteinander, und wenn sie es doch einmal taten, erhoben sie die Stimmen und gingen schließlich auf den Hof hinaus, um zu streiten. Wenn sie dann wieder hereinkamen, tat Norma so, als wäre nichts gewesen. Ihre Mutter deckte in gereiztem Schweigen den Tisch ab. Abseits sitzend, rauchte ihr Vater dann und dachte dabei an eine andere. Mit ihren zehn Jahren begriff Norma schon so manches. Und sie ahnte auch, wer diese andere Frau war.

Im Innenhof des Gemeindesaals begannen Guido und Flora erneut ihre Romanze, doch diesmal hing der Blick des Vaters an ihrem, er presste sie an sich, strich ihr mit den Fingern über das Gesicht, übers Haar … Dazu hatte Egidio sie gar nicht aufgefordert, und er hatte ihm auch nicht gesagt, dass er sie so fest an sich drücken sollte.

Das Duett fand ein Ende, doch die beiden lösten sich nicht voneinander. Ein paar Sekunden lang tat keiner etwas, es sagte auch niemand ein Wort.

»Gut, nein, das war sehr gut! Da ist sie endlich, die Inbrunst, nach der ich gesucht habe, das Gefühl!«, rief Egidio aus. »Das reicht dann für heute Abend. Wir sehen uns am Donnerstag. Pünktlich um acht, wohlgemerkt.«

Sänger und Musiker gingen hinaus, nur Guido und Flora blieben zurück.

»Papa, gehen wir nach Hause«, lamentierte Norma.

»Geh du. Ich muss noch bleiben, um über eine Szene zu sprechen.«

»Du weißt, dass dann die Mama …«

»Sag ihr, ich komme gleich.«

»Aber …«

»Ich habe gesagt, geh, Norma!«

Und sie kehrte alleine nach Hause zurück.

~

»Dein Vater?«, fragte Elsa, kaum dass sie die Küche betrat.

»Er muss noch mit Egidio reden.«

»War nur Egidio da?«

»Ja. Er hat gesagt, nur fünf Minuten, dann ist er da«, log sie erneut.

Elsa zündete sich eine Zigarette an, drückte sie aber kurz danach wieder aus und zog ihre Strickjacke an.

»Mama, wo gehst du hin?«

»Mit Egidio reden, ich muss ein paar Dinge mit ihm besprechen.« Sie knallte die Tür hinter sich zu und ging.

Als der Donnerstag kam, bat ihre Mutter sie nicht, den Papa zu den Proben für *La Traviata* zu begleiten. »Soll ich auch hingehen?«, fragte Norma.

»Ist nicht mehr nötig.«

Elsa begann, wie üblich das Abendessen vorzubereiten. Irgendwann hörte sie auf, die Karotten für die Soße zu schnippeln, sank auf einem Stuhl nieder und begann zu weinen.

»Mama …«

»Ist gleich wieder vorbei …« Sie wischte sich die Tränen ab und machte mit dem Schnippeln weiter. Kurz darauf fügte sie hinzu: »Dein Vater zieht woandershin. Stell dich drauf ein, dass wir ab jetzt nur noch zu zweit sind.«

~

»Meine Mama und mein Papa trennen sich«, sagte Norma am nächsten Morgen zu ihrer Cousine.

»Ich weiß.«

»Woher weißt du das denn?«

»Gestern habe ich gehört, wie es jemand zu meinem Vater gesagt hat. Und dann hat er noch gesagt, seinem Bruder müsste man nur mal den Hintern versohlen.«

»Glaubst du, wenn ihm jemand den Hintern versohlt, bleibt er bei uns?«

»Kann doch sein.«

»Versuch es doch mal mit einem deiner Träume«, hakte Norma nach.

Donata behauptete, sie könne durch Träume in die Zukunft blicken, und hatte bereits unter Beweis gestellt, dass sie Dinge vorhersagen konnte.

Im vorigen Jahr waren sie zum Beispiel in der Schule gewesen, als sie auf einmal einen großen Schmerz in der Schulter verspürte. »Aua!«, schrie sie und kauerte sich auf den Boden.

»Donata, was ist denn? Hast du dir wehgetan?«, hatte die Lehrerin sie gefragt.

»Ich nicht, aber mein Papa hat sich eine Schulter gebrochen.« Und als sie nach Hause kam, stellte sich heraus, dass es tatsächlich so war.

Dieses Mal jedoch hatte die Cousine weder einen bedeutsamen Traum, noch konnte sie irgendetwas voraussehen. Also war es an Norma, etwas zu unternehmen.

Flora gehörte der Schreibwarenladen an der Piazza, und an jenem Nachmittag begab sich Norma in das Geschäft.

Als sie sie eintreten sah, leuchtete das Gesicht der Frau auf. »Ach, hallo, Norma, was für ein schönes Kleid! Das Gelb steht dir wirklich gut.«

»Einen Radiergummi, bitte«, bat das Mädchen.

»Hier, bitte.«

»Was kostet er?«

»Nichts, den schenke ich dir.«

Norma legte trotzig eine Münze auf den Tresen und sagte: »Lass meinen Vater in Ruhe. Er hat nämlich schon eine Ehefrau.« Dann drehte sie sich auf dem Absatz um und ging.

Sie lief zu Donata nach Hause und erzählte ihr, was sie getan hatte.

»Gut gemacht, das wird ihr eine Lehre sein!« Und sie fügte hinzu: »Ich habe jetzt auch die Zauberformel entdeckt, damit sich deine Eltern nicht trennen. Du musst mir ein Foto von deinem Papa bringen, eins von deiner Mama und eins von Flora. Ach, und Stecknadeln brauche ich auch.«

»Wo finde ich denn ein Foto von Flora?«

»Im Gemeindesaal haben sie doch jede Menge Werbeblätter für *La Traviata*.«

»Ach ja, stimmt ... Aber was willst du mit den Stecknadeln?«

»Bring sie einfach mit. Nonna Neve sagt doch immer, dass ich Viollca ähnele, und alle Leute vom fahrenden Volk können zaubern.«

»Woher weiß denn Großmutter, dass du Viollca ähnelst?«

»Sie hat sie im Traum gesehen, so wie ich. Sie hat mir gesagt, dass sie schwarze Haare hatte wie ich und ganz viele Fasanenfedern auf dem Kopf.«

Norma brach in Gelächter aus. »Fasanenfedern auf dem Kopf! Dass ich nicht lache!«

Am Tag darauf brachte Norma die gewünschten Gegenstände ihrer Cousine, die sich zum Teil von einem Dokumentarfilm im Fernsehen hatte inspirieren lassen, zum Teil aber auch selbst die Idee gehabt hatte.

Donata legte die drei Fotos auf ein weißes Blatt Papier und entblätterte zwei Rosen, die sie aus dem Nachbarsgarten stibitzt hatte. »Leg die Rosenblätter auf das Foto von Onkel Guido und Tante Elsa, dann male ich um die beiden ein großes Herz. Und du durchbohrst Floras Augen mit der Stecknadel.«

Norma nahm eine Nadel und näherte sie dem Bild der blonden Dame, unter dem stand: *Flora Rizzi in der Rolle der Violetta Valéry*, doch je näher ihre Hand dem Bild kam, desto mehr verließ sie der Mut.

»Stich du ihr in die Augen.« Und sie reichte Donata die Stecknadel.

»So gilt es nicht. Ich bin doch nicht diejenige, die als Tochter in Gefahr ist.«

Norma näherte die Nadel erneut Floras Augen. *Und wenn sie am Ende blind wird?*, dachte sie und nahm stattdessen das Ohrläppchen. *Schließlich haben alle Löcher in den Ohren.*

»Ich weiß nicht, ob das so funktioniert«, brummte Donata.

»Versuchen wir's. Und jetzt, was machst du jetzt?«

Donata zündete drei Kerzen an und stellte sie vor die drei Fotos. »Jetzt ist der Moment für die Zauberformel gekommen.«

Occhio, malocchio, chi ti ha fatto del male, deve farti del bene.
Occhio, contr' occhio, schiatta malocchio.
Occhio, contr' occhio, crepa malocchio.

Blick, böser Blick, wer dir Böses tat, muss dir Gutes tun.
Auge um Auge, Zahn um Zahn, bring den bösen Blick zu Fall.
Auge um Auge, nieder mit dem bösen Blick!

»Bist du sicher«, fragte Norma.

»Ja. Den Text habe ich mir aufgeschrieben, als die Dokumentation im Fernsehen kam.«

Sie schlossen den Zauber mit ein paar Abrakadabras und baten einige der Schutzheiligen aus dem *Buch der christlichen*

Märtyrer, das Nonna Neve Donata zu Weihnachten geschenkt hatte, um ihren Beistand: San Faustino, San Procopio und die heilige Crispina.

Sie warteten auf ein Zeichen, auf irgendetwas, das bestätigte, dass der Zauber gewirkt hatte, doch es geschah nichts.

»Das braucht Zeit«, seufzte Donata.

Sie pusteten die Kerzen aus, und das Flugblatt mit Floras Abbild landete zusammengeknüllt neben den Rosenblättern im Mülleimer. Mit den Fotos ihrer Eltern kehrte Norma nach Hause zurück und wartete voller Zuversicht ab.

~

Doch in den darauffolgenden Wochen wurde die Lage zwischen Normas Eltern immer schlechter. Guido verbrachte die Abende außerhalb und kam in manchen Nächten überhaupt nicht nach Hause. Während einer Mittagspause auf der Baustelle versuchte Dolfo, seinen Bruder davon zu überzeugen, seine Träume aufzugeben und mit seiner Frau die Dinge wieder ins Lot zu bringen.

Sie saßen neben einem Sandberg. »Diese Geschichte muss aufhören, du bist schon viel zu weit gegangen.«

»Ich kann ohne Flora nicht mehr leben.«

»Am allermeisten tut es mir für das Mädchen leid, aber auch für Elsa. Wir sind hier doch nicht in Amerika. Mit einer getrennt lebenden Frau will niemand etwas zu tun haben, erst recht nicht, wenn sie eine heranwachsende Tochter hat. Und was macht ihr, wenn ihr ihr auf der Piazza begegnet?«

»Wir suchen uns anderswo ein Zuhause, den Schreibwarenladen kann man auch woanders aufmachen. Wir hatten an Cancello gedacht oder an Arcisate.«

»Ach, so weit ist es schon? Guido, überleg dir das gut: Was

du jetzt empfindest, nämlich dass ein Leben ohne Flora keinen Sinn hat, hält nicht ewig. Ein paar Jahre, dann ist es mit der Leidenschaft vorbei. Das müsstest du eigentlich wissen. Lohnt es sich dafür wirklich, eine Familie zu zerstören?«

»Wer sagt dir denn, dass es mit Flora in zwei Jahren anders sein wird?«

Dolfo sprang auf. »Du bist doch wirklich dämlich! Mach, was du willst, aber wenn du deine Frau verlässt, wirst du ein einsamer Mensch sein. Zähl nicht auf mich.«

~

In jener schwierigen Zeit ging Dolfo jeden Abend nach der Arbeit bei seiner Schwägerin vorbei. Er kam herein, hob Norma in die Luft und drückte sie an seine Brust. »Und wer ist dein alter Lieblingsonkel?«

»Du! Aber jetzt lass mich runter, sonst kriege ich keine Luft mehr!«

Elsa versuchte zu lächeln, doch sie war voller Bitterkeit. Dolfo erzählte ihr allerhand lustige Geschichten, um sie aufzumuntern, was sie durchaus zu schätzen wusste. »Wie du Geschichten erzählst, das können noch nicht mal die Schauspieler im Film!«, sagte sie eines Samstagnachmittags zu ihm, als er bei ihr vorbeigekommen war.

»Na ja, eigentlich war ich ja auch mal ein Schauspieler«, erwiderte Dolfo und erinnerte sie daran, wie er im Oktober 1955 nach Sermide gefahren war, um ein paar Szenen für *Krieg und Frieden* am Po abzudrehen, nur einen Katzensprung vom *palás* entfernt. »Wir waren mindestens dreihundert und mussten zu Fuß über die Brücke, alle in der Uniform des Zaren. Eigentlich wollte ich nur als Komparse auftreten, doch der Regisseur ist auf mich aufmerksam geworden und meinte, mit meinen blonden

Haaren sähe ich aus wie ein echter Russe. Also hat er mich auf den Kutschbock eines Wagens gesetzt und sogar gefragt, ob man eine Nahaufnahme von mir machen könne, so schön sei ich.«

»Eingebildet bist du aber gar nicht!«

»Du hast den Film gesehen, oder? Du wirst doch zugeben müssen, dass ich in der russischen Uniform nicht schlecht ausgesehen habe …«

»Du hast einen guten Eindruck gemacht, aber nur Frauen ist es erlaubt, eitel zu sein.«

»Die Schönheit ist eine Gabe, die bewundert werden will. Du zum Beispiel: Dieser Haarschnitt steht dir so gut … du bist wirklich schön, Elsa …«

Sie versteifte sich. »Ach ja. Den Schnitt habe ich mir gerade erst machen lassen. Guido hat es noch nicht mal bemerkt …« Dann sprang sie auf und kehrte ihm den Rücken zu, damit er nicht mitbekam, wie rot sie geworden war. »Willst du noch einen Kaffee?«, fragte sie dann, immer noch von ihm abgewandt.

»Nein danke. Einer reicht.«

In diesem Moment betrat Guido die Küche. »Hallo, Dolfo. Was machst du denn hier?«

»Ich kam gerade vorbei und wollte schnell Hallo sagen.«

»Willst du einen Kaffee?«

»Ich mach ihm schon einen«, erwiderte Elsa.

Guido betrachtete die beiden benutzten Kaffeetassen auf dem Tisch und hob den Blick zu seiner Frau. Sie füllte noch einmal die kleine Kaffeemaschine an der Spüle mit Wasser und drehte ihnen den Rücken zu. Ihre Wangen waren flammend rot.

~

Fast ohne es zu bemerken, begann Elsa, auf die Ankunft ihres Schwagers mit einer Vorfreude zu warten, die sie beunruhigte.

Seine Besuche waren der einzige angenehme Moment an diesen Tagen.

Eines Sonntags Ende Juni stand Dolfo auf einmal bei ihr und lud sie und Norma zum Mittagessen ein. »Heute gehen wir alle zusammen essen. Der schönste Onkel der Welt lädt ein!«

»Dolfo, heute nicht. Mir ist wirklich nicht danach.«

»Was stellst du dich so an? Du musst doch was essen.«

»Ach, Mama, komm!«, beharrte auch Norma.

Und am Ende ließ sich Elsa überzeugen.

Sie gingen ins Ca' Rossa, ein Lokal an der Straße, die zum Sant'Elia-Hügel führte. Der Himmel war wolkenlos, und die leichte Brise, die aus den Bergen kam, machte den Tag perfekt.

Sie setzten sich an einen Tisch im Freien. Auf der anderen Seite der Straße lag eine Koppel mit Pferden, und die beiden Mädchen konnten es kaum erwarten, sie mit den Karotten zu füttern, die Zena in einer Tüte mitgebracht hatte.

»Zuerst wird gegessen«, ermahnte sie Dolfo und rückte Elsa den Stuhl zurecht.

»Du bist mir ja ein schöner Kavalier!«, bemerkte Zena genervt und setzte sich ohne seine Unterstützung an den Tisch.

»Nur ein bisschen Geduld, zu dir wäre ich schon auch noch gekommen!«, rechtfertigte er sich.

Sie bestellten eine gemischte Antipasti-Platte als Vorspeise und hausgemachte Ricotta-Ravioli für danach. Die Mädchen beeilten sich mit dem Essen, schnappten sich dann die Tüte mit den Karotten und liefen zu den Pferden.

Norma schaute immer wieder zu dem Tisch zurück, wo ihre Mama, ihr Onkel und ihre Tante saßen. Sie bemerkte, dass ihre Mutter sich über die Augen wischte, und sah, wie Dolfo die Hand ausstreckte und sie auf die ihre legte. Bei dieser Geste fuhr Zena zusammen und zündete sich eine Zigarette an. Onkel Dolfo sprach, die Hand immer noch auf der von Mama, und die Tante starrte ihn böse an. Dann sagte Zena etwas, doch Norma war zu weit weg, um es zu verstehen. Ihre Mutter nahm plötzlich die Hand weg, stand auf und ging in Richtung der Toiletten. Dolfo und Zena begannen zu diskutieren. Er legte seiner Frau den Arm um die Schulter, doch sie schüttelte ihn brüsk ab.

»Schnell, gehen wir rüber, die bringen das Eis!«, rief Donata aus.

Als sie näher kamen, hörte Norma, wie ihr Onkel sagte: »Aber du weißt doch, dass Elsa uns in dieser Zeit braucht.«

»Jetzt hör aber auf! Du bist derjenige, der sie braucht«, antwortete Zena genervt.

~

Samstagnachmittag. Elsa bügelte in der Küche.

»Darf ich?«

»Dolfo, hallo. Komm rein.«

»Norma?«

»Sie spielt draußen.«

Er setzte sich an den Tisch. Elsa machte ihm einen Kaffee und bügelte dann weiter.

An jenem Nachmittag schaute er sie mit einer Intensität an, die sie nervös machte. »Alles in Ordnung?«, fragte sie ihn und drehte das Hemd auf dem Bügelbrett herum.

»Ja, alles gut.«

Sie trug die Haare locker im Nacken zusammengefasst, Schweiß perlte auf ihrer Stirn. Ein Lichtstrahl fiel durch das Fenster herein auf den Ausschnitt ihrer Bluse.

Dolfo wandte den Blick ab. »Hat denn Guido jetzt etwas beschlossen?«

»Den sieht man doch gar nicht mehr hier. Wäre besser, er würde sein Zeug packen und ein für alle Mal durch diese Tür da verschwinden.«

»Du musst Geduld haben.«

»Geduld? Während ich hier Hemden bügele und er mit ihr im Bett ist?« Sie stellte das Bügeleisen auf dem Brett ab und fuhr sich mit der Hand über die Stirn. »Und du, was machst du hier? Du weißt doch, Zena will nicht, dass du mich besuchst.«

»Ach, die soll denken, was sie will! Du bist die Frau meines Bruders, was soll ich denn machen? Soll ich dich auch im Stich lassen, nach all dem, was du mit Guido durchmachen musst?«

»Ich bin trotzdem allein, auch wenn du hier bist.«

Da war etwas Magisches in jenem Raum; vielleicht das Licht, das ganz zart durchs Fenster kam, vielleicht die Schweißperle, die Dolfo langsam hinabgleiten und zwischen Elsas Brüsten verschwinden sah, vielleicht auch die Töne des Liedes, das im Radio gespielt wurde …

Resta cu' mme, pe' carità, nun me lassà,
famme penà, famme 'mpazzì, famme dannà, ma dimme sì …

Bleib bei mir, ich bitte dich, verlass mich nicht,
tu mir weh, mach mich verrückt, mach mich krank, aber sag Ja …

»Mein Bruder versteht nicht, was für eine Frau du bist«, sagte er mit trockenem Mund.

»Und was für eine Frau bin ich?«

»Du bist … liebenswert, witzig. Na ja, vielleicht nicht in letzter Zeit, aber ich weiß, dass unter diesem traurigen Gesichtchen ein ganz besonderer Mensch steckt …«

»Dolfo, hör auf, sonst fange ich noch an zu weinen.«

Er trat auf sie zu. »Wenn Guido das sehen würde, was ich sehe, Elsa. Wenn er dich nur verdienen würde …«

Sie blickten sich an. Nur wenige Zentimeter lagen zwischen

ihren Mündern. Ein letzter Moment des Zögerns, dann lagen sie sich in den Armen, ohne zu begreifen, wie es dazu hatte kommen können. Dolfo drückte Elsa an seine Brust, atemlos und mit geschlossenen Augen. Er löste ihr Haar aus dem Zopf, strich mit den Fingern hindurch. Seine Hände fuhren über ihren Rücken, streichelten ihre Taille, wanderten immer tiefer, bis an die Stelle, wo ihre Pobacken begannen … Er küsste ihr das Gesicht, die Augenlider, die Wangen, knabberte an ihren Lippen, fast als wollte er sie aufessen, sie verschlingen, sie zu einem Teil von sich machen …

Dann hielt er auf einmal inne. »Warte … Nein, Elsa, verzeih mir … Einen Moment lang habe ich vergessen, dass du die Frau meines Bruders bist.«

»Ich bin niemandes Frau mehr«, flüsterte sie und liebkoste sein Ohrläppchen mit den Lippen.

»Elsa, hör auf, ich bitte dich … Ich habe gesagt, es reicht!«

Sie starrte ihn an: Ihre Gesichtszüge waren hart geworden, noch niemals hatte Dolfo einen solchen Blick an ihr gesehen. »Weißt du, wie viele Monate mich Guido schon nicht mehr angefasst hat?«

»Nicht ich, Elsa. Ich bitte dich, nicht ich …« Das sagte er, den Kopf schüttelnd, mit bebender Stimme.

»Wozu bist du dann hergekommen, Dolfo?«

»Du weißt, dass ich dich begehre, ich kann es dir nicht mehr verhehlen … aber …«

Sie machte einen Schritt zurück. »Dann geh!«

»Elsa, sei vernünftig.«

»Geh weg, Dolfo! Hau ab!«

Ohne sich zu bewegen, schaute er sie verwirrt an. Sie begann wieder zu bügeln und hob den Blick nicht mehr, bis sie hörte, wie die Tür ins Schloss fiel und seine Schritte sich auf dem Innenhof entfernten.

~

An den darauffolgenden Tagen ließ sich Dolfo nicht mehr blicken. Elsa versuchte, die Erinnerung an ihren Kuss zu verscheuchen, doch schon beim geringsten Geräusch zuckte sie zusammen und drehte sich zur Tür. *Besser so*, sagte sie sich wieder und wieder, jedes Mal, wenn ihre Erwartungen enttäuscht wurden.

Erst zwei Wochen später in der Kirche, bei Normas und Donatas erster Kommunion, traf sie ihn wieder. Eigentlich hätten die Mädchen das erste Sakrament bereits im Jahr zuvor bekommen sollen, doch Guido und Dolfo waren dagegen gewesen; sie sagten, es sei nur gerecht, wenn ihre Töchter diese Wahl, die ihr ganzes Erwachsenenleben beeinflussen würde, selbst treffen konnten. Es hatte der ganzen Hartnäckigkeit der beiden Ehefrauen und ihrer Mutter bedurft, um sie vom Gegenteil zu überzeugen.

»Was kann denn die Religion schon für einen Schaden anrichten?«, fragte Zena.

»Die beiden Mädchen wollen einfach nur wie die anderen Mädchen ihres Alters sein«, war Elsas Argument.

Auch Neve hatte die Partei ihrer Schwiegertöchter ergriffen. Sie hatte gebetet, hatte ein Gelübde abgelegt und ein kleines Vermögen für Kerzen investiert, die sie für die Muttergottes entzündete. Angesichts eines solchen familiären Zusammenschlusses hatten die Brüder kapituliert und die beiden Mädchen für das darauffolgende Jahr zur Kommunion angemeldet.

Am Tag der Feier jedoch hatte Guido beschlossen, dass er keinen Fuß in die Kirche setzen würde.

»Komm doch auch, Papa«, bat Norma ihn, die bereits ihr schönes weißes Kleid und ein Rosenkränzchen trug.

»Wir sehen uns zum Mittagessen«, beschränkte er sich zu sagen.

Dolfo hingegen ging in die Kirche. Als er sie betrat, kreuzte sich kurz sein Blick mit dem von Elsa. Er grüßte sie knapp und ging dann auf die Bankreihe zu, in der sie saß, ließ aber seine Frau vor, um zu vermeiden, dass er neben Elsa saß. Diese bemerkte es gekränkt. Während des Gottesdienstes starrte Dolfo auf den Altar und drehte sich kein einziges Mal in ihre Richtung.

Die Kirche von Santo Stefano war mit Lilien und weißen Rosen geschmückt. Von der Orgel begleitet, begann der Chor zu singen.

Norma und Donata gingen in Reih und Glied mit den anderen Mädchen zum Altar. Zena bemerkte, dass Donatas Kleid, das sie schon vor ein paar Monaten gekauft hatten, bereits wieder zu kurz war. Sie runzelte die Stirn: Obwohl sie den Saum ausgelassen hatte, bedeckte das Kleid nicht die Knöchel.

In der Kirche duftete es nach Weihrauch, nach Leim und neuem Stoff. Ab und zu drehte Norma den Kopf, in der Hoffnung, das Gesicht ihres Vaters zu entdecken, doch jedes Mal wurde sie enttäuscht.

Die Mädchen standen nebeneinander, die Hände gefaltet, das Kreuz durchgedrückt. Der Chor gab sein Bestes.

Kyrie, eleison. Kyrie, eleison. Kyrie, eleison. Christe, eleison, Christe, eleison. Christe, eleison …

Ein Glöckchen klingelte. Zwanzig kleine Madonnen mit gefalteten Händen streckten die Zunge heraus und harrten Gottes.

Norma wartete darauf, dass sie dran war, hatte aber Angst, dass die Hostie an ihrem Gaumen kleben bleiben würde. In der vorigen Nacht hatte sie einen Albtraum gehabt: Sie schaffte es nicht, die Hostie zu schlucken, und musste husten und husten … Um sich Erleichterung zu verschaffen, steckte sie sich einen Finger in den Mund, und der Priester fing an, sie durch das Mikrofon anzuschreien. Alle hatten sich umgedreht und schauten sie an.

Jetzt war es möglich, dass dieser Albtraum Wirklichkeit wurde: Wenn ihr die Hostie wirklich am Gaumen kleben blieb, würde es ihr gelingen, das vor dem Priester zu verbergen? Und Gott, was würde der von ihr denken? Aber es war nicht nur die Hostie, die ihr zu schaffen machte; Norma spürte, dass ihr jemand fehlte, und dieses Gefühl war wie ein Brennen in ihrem Körper.

Auf einmal beschlich sie eine Ahnung … Sie drehte den Kopf und entdeckte das Antlitz ihres Vaters. Er stand neben ihrer Mutter und nickte ihr kurz zu. Norma vergaß die Hostie, vergaß den Priester und was Gott wohl von ihr dachte. Sie schloss die Augen und lächelte. Sie fühlte sich leicht, so leicht … fast hatte sie den Eindruck, sie könnte schweben. Ihre Füße lösten sich vom Boden, und sie stieg zu den Fresken im Gewölbe hoch, als hätte sie drei Luftballons in der Hand, die sie trugen.

~

Mittsommer. Eine Hornisse summte in der Küche. Norma war zum Spielen auf den kleinen Platz gegangen. Im Schatten des Innenhofes schliefen die Hunde, und die Zunge hing ihnen aus dem Hals.

Elsa machte den Abwasch, als sie hörte, wie die Tür aufging.

»Darf ich reinkommen?«

Sie drehte sich nicht um, holte tief Luft, schloss die Augen. Sie zwang sich, ruhig zu bleiben, und seifte weiter die Gläser ein.

Dolfo blieb hinter ihr stehen. Er betrachtete ihren Nacken;

direkt unter dem Ohr hatte sie ein kleines Muttermal, das er noch nie gesehen hatte. Noch ein letztes Zögern, dann umarmte er seine Schwägerin und streifte mit den Lippen ihren Hals.

Elsa trocknete sich ohne Eile die Hände am Geschirrtuch ab und drehte sich um. Sie ging auf die Zehenspitzen und näherte ihre Lippen denen von Dolfo. Ihre Zunge fand ihren Weg in seinen Mund. Sie küsste ihn voller Leidenschaft, voller Innigkeit, fast gierig. Sie küsste ihn mit der ganzen Einsamkeit, die sie seit Wochen in sich trug.

Als sie sich voneinander lösten, zitterte er. Keiner von beiden sagte ein Wort.

Sie ging zur Tür und drehte den Schlüssel im Schloss.

~

»Ist niemand da? Ist niemand zu Hause?« Der Mann klopfte laut an der Tür.

»Wer ist das?«, fragte Dolfo leise und zog rasch seine Hose wieder an.

Dann kam von Neuem die Stimme des Mannes von der anderen Seite der Tür. »Bist du sicher, dass sie zu Hause ist? Wie heißt denn deine Mutter?«

»Elsa.«

»Signora Elsa, hören Sie mich? Signora Elsa!«

»Einen Moment, ich bin gleich da!«, schrie sie und knöpfte sich die Bluse zu.

Dolfo blieb im Schatten stehen, während Elsa den Reißverschluss an ihrem Rock zumachte und zur Tür ging.

Der Mann hielt Norma an einem Arm. Er war bleich, seine Züge angespannt, und er schielte mit dem linken Auge. »Es ist ein Wunder, dass ich rechtzeitig bremsen konnte und sie nicht überfahren habe!«, sagte er zu Elsa.

»Norma, geht es dir gut? Kommen Sie doch herein, Signore, ich bitte Sie.«

Der Mann überschritt die Schwelle. Erst jetzt sah er Dolfo. »Sind Sie der Vater?«

»Nein, ein Verwandter.«

Der Mann warf einen Blick auf Elsas Bluse, ohne auch nur den Versuch zu machen, seine Verachtung zu verbergen. In der Eile hatte sie die Knöpfe falsch zugeknöpft.

Alle standen da, keiner sagte etwas.

»Gebt ihr doch wenigstens ein Glas Wasser!«, schrie der Mann, der offenbar die Geduld verlor.

Es stand nur eine Flasche Wein da.

»Ein Tropfen wird ihr nicht schaden«, sagte Dolfo.

Norma nahm das Weinglas, zitterte aber so sehr, dass sie sich alles aufs Kleid schüttete.

»Ihr solltet euch schämen«, schimpfte der Mann ungehalten, verließ die Wohnung und knallte die Tür hinter sich zu.

~

Norma hatte sich wieder gefangen und ging spielen.

»Bleib im Hof! Und lass dir bloß nicht einfallen, wieder auf die Straße rauszugehen«, schrie ihr ihre Mutter hinterher.

Danach wussten Dolfo und Elsa gar nicht, wo sie anfangen sollten.

»Der Mann hat recht, wir sollten uns schämen«, flüsterte sie.

»Man kann sich für die eigenen Gefühle nicht schämen.«

»Was sagst du da, welche Gefühle?«

Er antwortete nicht, senkte den Blick.

»Dolfo, schau mich an: Heute ist nichts geschehen. Du gehst jetzt nach Hause, und ohne deine Frau kommst du nicht mehr hierher.«

»In Ordnung.«

»Ich sage das im Ernst: Du und ich, wir dürfen uns allein nicht mehr sehen.«

»Ja, ich habe es begriffen.« Er stand auf und machte Anstalten zu gehen. Er griff nach der Türklinke, drehte sich aber noch einmal um. »Ich hab dich gern, Elsa.«

Sie versuchte zu lächeln, doch es wurde nur eine Grimasse. »Wir sind Schwägerin und Schwager, da ist es normal, dass man einander gernhat.«

Kurz darauf hörte Elsa ihn im Hof mit Norma schäkern. »Na komm, gib deinem Lieblingsonkel einen Kuss!«

Bestimmt hatte er sie hochgehoben und an sich gedrückt, wie er es immer tat, dachte sie. Und sie dachte auch, dass er dabei bestimmt noch einmal zu ihrer Tür schaute, auf dem Gesicht jene Mischung aus Liebe und Reue, die sie vorhin an ihm gesehen hatte.

Erst in diesem Augenblick dachte Elsa an Zena, und jetzt spürte sie, wie die Scham sie vollends erfüllte. Sie ließ sich auf ihren Stuhl sinken und verbarg das Gesicht in den Händen. Nicht nur wegen dem, was gerade geschehen war. Auf einmal waren alte Erinnerungen in ihr aufgestiegen …

Es waren viele Jahre vergangen, doch an jenem Nachmittag, als sie am Küchentisch saß, erinnerte sich Elsa an die Zeiten in den Reisfeldern und mit welcher Strenge sie ihre Schwägerin dafür verurteilt hatte, dass sie mit Pericle im Park verschwunden war, wenn auch nur für ein paar Küsse. Sie hingegen hatte jetzt etwas viel Schlimmeres getan: Sie hatte die Kontrolle verloren, hatte ihr Wohlergehen über das ihrer Tochter gestellt, über ihr Gewissen, über ihre Freundschaft mit Zena. *Das wird nie wieder passieren*, nahm sie sich fest vor.

~ 2015 ~

Stellata, Ende Februar

Heute Morgen sind wir auf den Friedhof von Sermide gegangen, um einen Strauß Blumen auf das Grab von Dolfo und Zena zu legen. Er ist 2013 gestorben, ein Jahr nach Papa; sie ist viel früher von uns gegangen, am 11. September 2001, als die Zwillingstürme von New York eingestürzt sind und die Weltgeschichte für immer gewandelt haben.

Zenas Tod veränderte Dolfos Welt. Von einem Tag auf den anderen machte sein heiteres Wesen einem schwermütigen und schweigsamen Mann Platz, der den Rest seiner Tage damit zubrachte, Tauben zu züchten und streunende Katzen zu füttern.

Heute Morgen standen wir lange an ihrem Grab. Vielleicht dachtest ja auch du, Mama, an jenen Sommernachmittag, an dem der Mann schrie: »Ihr solltet euch schämen!«, und uns damit alle drei zum Zittern brachte.

Du trugst damals eine gelbe Bluse mit stoffbezogenen Knöpfen. Ich erinnere mich noch gut daran, wie du damals versuchtest, sie schnell richtig zu knöpfen. Genau in dem Moment, Mama, begann ich, dich zu hassen. Ich habe dich gehasst, so wie man das mit zehn Jahren kann: mit einem starken, wirren Gefühl, in dem sich Groll mit Liebe und Wut mit den Ängsten eines heranwachsenden Mädchens vermischte. Ich habe dich nicht nur für das gehasst, was an jenem Nachmittag geschehen war, sondern weil du nach jenem Tag, begannst, immer weniger zu Hause zu sein.

»Wenn jemand kommt, sag ihm, ich bin im Krämerladen«, batst du mich auf der Schwelle, das Gesicht bleich, den Lippenstift frisch aufgetragen.

»Wohin gehst du?«

»Ich bin bald wieder da.«

»Aber wohin gehst du, Mama?«, hakte ich nach.

Du starrtest mich mit leerem, bereits abwesendem Blick an. »Mach deine Hausaufgaben, Norma.« Und du gingst.

Ein paarmal war Zena da und wollte etwas von dir, und eines Nachmittags kam auch Papa. Jedes Mal dachte ich mir neue Ausreden aus; du seist bei einer Freundin oder gerade erst aus dem Haus, um etwas einzukaufen … Eines Samstags sagte ich zu Papa, du seist in der Kirche.

»In der Kirche?«, wiederholte er ungläubig.

»Eine Elternversammlung, für meine Firmung.«

Die Geschwindigkeit, mit der ich diese Ausrede gefunden hatte, überraschte mich. Ich war zur ausgebufften Lügnerin geworden, zu einer schlauen Blenderin, die die Erwachsenen an der Nase herumführen konnte. Aber in Wirklichkeit hatte ich damals das Gefühl, jemand ziehe mir den Boden unter den Füßen weg, und ich könne nichts dagegen tun. Und für all unsere Probleme gab ich dir die Schuld, Mama. Nicht Papa, nur dir. Schon von klein auf konnte ich an ihm weder einen Makel entdecken noch ihn für irgendetwas verantwortlich machen. Nicht einmal, als mich eines Morgens in der Schule ein Klassenkamerad mit hämischer Miene fragte: »Stimmt es eigentlich, dass dein Papa bald mit Flora zusammenwohnt?«

»Red keinen Stuss.«

Der Junge grinste höhnisch, die Augen voller Boshaftigkeit.

»Wer hat das gesagt?«, forderte ich ihn heraus.

»Meine Mama hat gesehen, wie die beiden sich in unserem Hauseingang geküsst haben«, schloss er triumphierend.

Auf dem Rückweg vom Friedhof fahre ich schweigend und denke an den wissenden Blick des Jungen zurück und daran, wie sehr mich seine Worte gekränkt haben.

Du blickst starr auf die Felder hinaus, den Kopf zur Seite gedreht. »Denk dran, dass wir noch einkaufen müssen, wir haben keine Milch mehr.«

»Vergib mir, Mama.«

Du schaust mich an. »Dir vergeben? Wofür?«

»Dass ich dich nicht verstanden habe und dass ich viel zu hart zu dir war.«

Du antwortest nicht. Das Schweigen zwischen uns wird immer tiefer.

»Dolfo und Zena hatten eine gute Ehe«, sagst du schließlich und schaust wieder aus dem Fenster.

Vielleicht willst du nur das Thema wechseln, aber möglicherweise kann dieser Satz am allerbesten das zusammenfassen, was wir heute beide gedacht haben.

Vergib mir, Mama. Es liegt daran, dass Kinder nur nehmen. Kinder können nicht begreifen, wie kompliziert die Gefühle der Erwachsenen sind. Vergib mir, weil ich damals nicht wusste, wie schwierig es für eine unglückliche Frau war, eine gute Mutter zu sein. Heute weiß ich, dass du dein Bestes gegeben hast. Du hast das getan, wozu du in der Lage warst.

Jene Zeit der Flucht und Ungewissheit dauerte nur ein paar Wochen an. Dann hörtest du auf davonzulaufen, und Papa hörte auf, bei Flora zu sein. Unsere Familie führte wieder das ruhige Leben von davor, doch Papa war ein anderer Mann geworden. Flora hatte ihren Laden geschlossen und Viggiù verlassen, aber er liebte sie noch immer, aus der Ferne. Ich war damals ein Kind, doch mir war klar, dass ihre Abwesenheit der Grund für seine Wandlung war. Er sang nicht mehr und hörte auch keine seiner geliebten Opernplatten mehr. Er hörte auf, dich zu umarmen und zu küssen, und er hörte auch auf, mich zu umarmen und zu küssen. Kaum waren wir mit dem Essen fertig, ging er hinüber ins Schlafzimmer, um allein zu sein.

Jahrelang, Mama, hast du darum gekämpft, seine Liebe zurückzuerobern. Als du erfuhrst, dass dir nur wenige Monate zu leben bleiben, wolltest du, dass ich dich nach Stellata zurückbringe, damit du an seiner Seite begraben werden kannst. Hier zu sein, ist dein letzter Liebesakt für deinen Mann.

~ 1959 ~

Im Jahr zuvor waren durch das Merlin-Gesetz die Freudenhäuser abgeschafft worden. Eine seltsame Tatsache in einem katholischen Land, in dem der Großteil der Männer sich nicht einmal verpflichtet fühlte, Besuche im Bordell in der Beichte zu erwähnen. Der Vatikan hatte seine liebe Not, den mahnenden Zeigefinger auf die Sünder zu richten; in kleinen Dörfern drückten die Priester in dieser Angelegenheit ein Auge zu.

Für Bicicli ging diese Rechnung nicht auf. »Pater, warum ist es für die Kirche eine Sünde, sich Sex zu wünschen, jedoch nicht, ihn sich bei Freudenmädchen zu holen?«

Der arme Gottesmann beharrte darauf, dass das nicht stimme, dass die Kirche jeden Geschlechtsverkehr außerhalb des ehelichen Bundes verurteile. Allerdings wusste er von einem Priester in Ferrara, der ein Freudenhaus außerhalb seiner Provinz besuchte. Wie sollte er Bicicli also davon überzeugen, dass es eine Sünde sei, sich mit käuflichen Damen zu vergnügen?

Während die Bordelle geschlossen wurden, veränderten sich die Sitten und Gebräuche der Italiener rapide: Die ersten Supermärkte traten an die Stelle von Gemischtwarenläden, die jungen Leute kauten amerikanisches Kaugummi und trugen Bluejeans, die anspruchsvolleren Musikhörer lauschten dem Jazz oder Blues, und die ersten Fans von Rock'n'Roll gab es auch schon.

Elsa und Zena hatten einen anderen Geschmack und hörten

lieber Alberto Rabagliati und Nilla Pizzi. In jenem Jahr hatte Domenico Modugno das Festival von Sanremo gewonnen, mit einem Lied, in dem es hieß: *Come una fiaba, l'amore passa, c' era una volta, poi non c'è più …* Wie ein Märchen geht die Liebe vorbei, erst ist sie da und dann nicht mehr … Mittlerweile konnten die beiden Familien Martiroli das Festival verfolgen, ohne in die Bar oder zu Nachbarn zu gehen, denn Guido und Elsa hatten sich einen Fernseher gekauft. In ehrfürchtiger Stille saßen sie vor dem Gerät und schauten sich ihre Lieblingssendungen an: *Lascia o Raddoppia?* und *Uno Due Tre*. Oft kamen auch Dolfo, Zena und Donata dazu und brachten Wein und Gebäck mit.

Es waren mehr als zwei Jahre seit Elsas Affäre mit ihrem Schwager vergangen. Nach einigen Wochen der heimlichen Schäferstündchen hatte sie begriffen, dass die Gefühle zwischen ihnen nicht stark genug waren, um sich – oder auch sie – zu verändern, und so hatte sie der Sache ein Ende bereitet.

Einige Zeit hatte Dolfo noch voller Verlangen an sie gedacht, doch er wusste, dass Elsa seinen Bruder liebte und nur ihn wollte. Seine Besessenheit ging aus der Unmöglichkeit hervor, sie dazu zu bringen, sich in ihn zu verlieben. Ganz allmählich gelangte er zu dieser Überzeugung, und irgendwann wurde auch er wieder zu dem Ehemann, der er früher gewesen war.

Doch hatten Guido und Zena niemals etwas geahnt? Elsa wusste von der Eifersucht ihrer Schwägerin, doch was war mit ihrem eigenen Mann? Ganz gewiss hatte sie bemerkt, dass es zwischen den Brüdern missbilligende Blicke ausgetauscht wurden, dass sie sich manchmal anschwiegen oder einander scharfe Antworten gaben … Ganz gewiss hatte jeder von ihnen einen Verdacht gehabt, doch es war klar, dass sie es, allen voran Zena, vorzogen, es zu ignorieren. Dazu hatte es Zeit gebraucht, doch ganz allmählich waren die Familien zur Normalität zurückgekehrt.

~

Im August bereitete man sich wie jedes Jahr darauf vor, für die Ferien nach Stellata zu fahren. Am Tag vor der Reise waren Elsa und Zena auf den Markt gegangen, um letzte Einkäufe zu tätigen. Sie hatten Badeanzüge gekauft, Sonnencreme und neue Schuhe für ihre Töchter: Ballerinas für Norma, Sandalen mit Absatz für Donata.

Elsa hätte ihrer Tochter hohe Absätze nicht erlaubt und sagte das auch deutlich. »Zena, sie ist erst zwölf!«

»Ein Absatz, der einen Zentimeter höher ist, bedeutet nicht das Ende der Welt«, konterte ihre Schwägerin.

»Ach, Mama, bitte! Ich finde sie so schick«, bettelte Donata.

»Na gut, dann nehmen wir sie«, hatte Zena schließlich eingewilligt.

Reine Sturheit!, zu diesem Schluss kam Elsa. Sie hatte ihre Schwägerin gern, konnte aber nicht umhin, sie auch ein wenig zu beneiden, denn im Gegensatz zu ihr war Zena eine glückliche Frau. Dolfo hatte sie zwar betrogen, aber er hatte nie aufgehört, seine Frau zu lieben, und ihr den Seitensprung gestanden. »Ging es dir schlecht damit?«, hatte Elsa sie gefragt.

»Nein, nicht so sehr«, hatte Zena ihr sofort geantwortet. Doch genau diese Reaktion beschämte Elsa: Guido hätte das niemals über sie gesagt, wenn er mit Flora gesprochen hätte.

Doch all das gehörte mittlerweile der Vergangenheit an.

Die Koffer waren gepackt, und es war der lang ersehnte Moment der Abreise in die Ferien gekommen. Guido hatte im Morgengrauen Viggiù auf der bananengelben Vespa verlassen; Elsa und Norma schickten sich an, im cremefarbenen, funkelnagelneuen Millecento von Dolfo mitzufahren. Doch zuerst musste er das Auto noch einfahren.

Und so war Dolfo um sechs Uhr in der Frühe losgedüst, um

die notwendige Anzahl Kilometer mit vier Runden um den Lago di Varese zurückzulegen.

Jetzt war es eins, und noch immer war weit und breit nichts von ihm zu sehen.

»Wo kann er nur sein?«, fragte Zena immer wieder. Sie trug eine weiße Caprihose, die ihr nur halb bis über die Wade reichte, und ein schwarzes Shirt.

»Hoffentlich kommt er bald, der Weg ist lang«, murrte Elsa in ihrem orangefarbenen Schlauchkleid. Sie hatte eine frische Dauerwelle.

Alles war bereit: Die Koffer standen schon vor der Tür, zusammen mit der Tüte belegter Brote, dem Orangensaft und der Thermoskanne mit Kaffee. Es war genug Essen für eine Überfahrt nach Afrika, viel zu viel für eine dreihundert Kilometer lange Autofahrt.

In diesem Moment tauchte der Millecento endlich am Ende der Straße auf: Die Hupe fest durchgedrückt, hängte Dolfo den Kopf aus dem Fenster und rief: »Abfahrt! Einsteigen, meine Damen!«

Im Auto wedelte sich Zena Luft mit einem Fächer zu, den sie am vorigen Samstag bei der Festa dell' Unità gekauft hatte. Dort auf dem Vordersitz des Millecento, während sie den japanischen Fächer schwenkte, fühlte sie sich wie eine Königin. Es kam ihr wie gestern vor, dass sie und Dolfo mit nichts als Schulden nach Viggiù weggezogen waren, und jetzt, zehn Jahre später, kehrten sie im neuen Auto nach Stellata zurück, gut gekleidet und mit Geld in der Tasche. Ihr erster Eindruck von Viggiù war alles andere als gut gewesen, doch mittlerweile liebte Zena dieses Dorf: Sie wusste die kühlen Sommer und das Fernbleiben der Stechmücken zu schätzen, und auch die sonnigen Winter mit klarblauem Himmel und den verschneiten Bergen mochte sie. Und nie gab es Nebel. Am Samstag konnte sie es sich leisten, zum Friseur zu gehen und dann einen langen Spaziergang an der Via Roma zu machen, vielleicht in einem Café an der Piazza mit einer Freundin zu plaudern. Dolfo hatte manchmal Heimweh nach Stellata und seinem Fluss; sie hingegen lebte gern in Viggiù. »Hierherzukommen war die beste Entscheidung unseres Lebens«, sagte sie oft zu ihrem Mann. Ihr einziges Bedauern galt der Tatsache, dass sie nur ein Kind hatten. Sie und Dolfo hatten jahrelang versucht, ihre Familie zu vergrößern, doch nie hatte es geklappt.

Elsa hingegen dachte überhaupt nicht an weitere Kinder. In Sermide hatte sich Guido einen Stammhalter gewünscht, doch sie hatte beharrt, es sei reiner Wahnsinn, ein weiteres Kind in die Welt zu setzen, wenn sie doch kaum genug Geld zum Essen hatten. Erst Jahre später, als die Dinge mit ihrem Ehemann nicht mehr so gut liefen, hatte sie sich bereit erklärt, es noch einmal zu versuchen, doch Guido hatte ihr nur geantwortet: »Jetzt ist es zu spät.«

~

Norma wurde bei Autofahrten immer schlecht, und auch an jenem Tag saß sie bleich und mit leidender Miene neben ihrer Mutter.

»Wenn wir erst mal in Stellata sind, gibt dir Großmutter eine schöne Brühe, dann ist dein Magen schnell wieder aufgeräumt«, versicherte ihr Elsa.

Auf das Ritual mit der Hühnerbrühe nach einer Autofahrt war immer Verlass. Und tatsächlich – kaum betraten sie Neves Haus, entdeckten sie bereits den großen Topf auf dem Herd.

Norma bekam mehrere Schöpfkellen Suppe, auf der riesige Fettaugen schwammen.

»Na los, runter damit, dann geht es dir besser!«, beharrte Elsa.

»Na los, runter damit, dann wirst du schneller groß!«, betonte Neve.

Norma starrte auf den Teller und zögerte, den Löffel hineinzutauchen. Sowohl sie als auch Donata konnten Hühnerbrühe nicht ausstehen, doch im Haus von Nonna Neve wurde dieses Gericht nicht nur nach jeder Autofahrt serviert, sondern auch Sonntag für Sonntag, so wie die Oblate beim Abendmahl.

Abgesehen von ihrer Abneigung gegen die großmütterliche Hühnerbrühe, genoss Norma die Ferien in Stellata immer in vollen Zügen. Morgens lagen sie lange im Bett und trödelten. Am Nachmittag luden sich die Familien Martiroli Taschen, Sonnenschirme und Liegestühle auf und traten im Gänsemarsch eine kleine Wanderung zu einem der Seitenarme des Po an, wo der Sand zwar die Farbe von Asche hatte, aber so fein war, dass nicht einmal der Strand am Meer mithalten konnte, wie Elsa jedes Mal betonte. Es wurden Klapptische aufgestellt, Sonnenschirme geöffnet, und so verbrachte man die heißen Nachmittage rauchend und Bier oder Coca-Cola trinkend beim Kartenspiel.

Die beiden Mädchen planschten im Fluss, jedoch nur nahe dem Ufer, weil dem Po nicht zu trauen war. Norma konnte gut schwimmen; Donata hingegen fürchtete sich vor dem Wasser und streckte kaum mehr als die Füße hinein. Auch an jenem Nachmittag hatte Dolfo versucht, ihr beizubringen, wie man sich über Wasser hielt, doch kaum reichten ihr die Fluten bis über die Fußknöchel, begann sie zu schreien und behauptete, in der Strömung sei eine Frau, die sie umschlinge und ihr die Träume raube.

»Was ist das denn für ein Blödsinn?«, wollte ihre Mutter wissen.

»Komisch, du hast doch sonst vor nichts Angst«, wunderte sich Dolfo.

Wenn sie den Morgen im Haus verbrachten, vertrieben sich die Mädchen die Zeit damit, den alten Geschichten zu lauschen, die ihre Großmutter Neve erzählte. Eine ihrer Lieblingsgeschichten handelte von dem Wunder, durch das Neve als kleines Mädchen von ihrer Lähmung kuriert worden war.

»E quand' am son santada in bras a lé, la Santa l' ha cumincià a bacaiár in dialét bulgnes!«

»Nonna, bist du dir sicher, dass die Mumie mit dir in Bologneser Dialekt geredet hat?«, fragte Donata jedes Mal.

»Natürlich! Und sie hat mir in den Finger gebissen. Die hatte ihre Hände überall!«

»Jetzt komm, Nonna! Mumien beißen doch nicht!«, schrie Norma auf.

»Und wie die gebissen hat!«

Norma und Donata liebten auch die Geschichten über das Elend, das Neve als junge Frau erlitten hatte: Eines Tages erzählte sie ihnen von Vittorio, dem kleinen Jungen, der noch in den Windeln gestorben war. »Euer Großvater hatte ihn in eine Schublade gelegt und sie vor meinen Augen zugenagelt. Damals machte man das so. Ach, Kinder, der Herr hat's gegeben, und der Herr hat's genommen …«

Norma und Donata schwiegen betroffen. Um ihre Enkelinnen wieder aufzuheitern, holte Neve zwei Münzen aus ihrem Geldbeutel. »Kauft euch ein Wassereis, das wird euch erfrischen.« Und die beiden liefen zur einzigen Bar des Dorfes.

Der Sommer lag wie ein schlafender Löwe über dem verlassenen Platz. Die Sonne brannte so heiß vom Himmel, dass ihr Wassereis blitzschnell geschmolzen war und die Hände der Mädchen rot und grün färbte.

Die beiden stellten sich in den Schatten unter den Arkaden. »Tante Edvige hat gesagt, heute bringt sie uns bei, wie man auf der Singer-Maschine Kleider näht.«

Seit mehr als einem halben Jahrhundert war jene Tante die Schneiderin des Ortes. Sie hatte nie geheiratet und trug nur Schwarz und ausschließlich Kleider aus dem vergangenen Jahrhundert. Sie hatte eine lange weiße Haarmähne, die sie stets offen trug, ohne sich die Mühe zu machen, sie je schneiden zu lassen oder auch nur zu bürsten. Ein wenig sah sie aus wie eine Wilde, was Norma Angst einflößte, und an jenem Tag wollte sie der Einladung der Tante nicht folgen.

»Ich komme nicht mit. Auf Nähen habe ich keine Lust.«

»Komm, dann machen wir eine Radtour.«

»Geh du nur, ich muss noch ein Bild malen.«

»Kannst du das nicht am Abend machen?«

»Nein, ich will es heute fertig haben.«

»Wie du willst«, sagte Donata gelangweilt.

Kaum war ihre Cousine um die Ecke gebogen, ging Norma an der Casa del Sale vorbei und schlug den Weg entlang des Grabens ein, der erst am Heilkräuterfeld und dann am großen Kornfeld vorbeiführte. Kurz darauf stand sie vor Elias Haus.

Jedes Mal, wenn sie nach Stellata kam, besuchte sie ihn, sagte ihrer Cousine jedoch nichts davon. Sie befürchtete, Donata würde sich über sie lustig machen, außerdem war Elia ihr Geheimnis, und sie hatte nicht vor, es mit jemandem zu teilen. Donata war davon überzeugt, dass sie selbst diejenige war, die mit Jungs lockerer umgehen konnte, nur weil sie nicht so schüchtern wie Norma war und mit ihnen scherzte. Und jetzt hatte ihre Mama ihr auch noch die Schuhe mit Absätzen gekauft – was die sich darauf wieder einbildete!

An jenem Nachmittag gingen Norma und Elia an den Fluss. Kaum waren sie an einem kleinen Strand angelangt, legten sie ihre Kleider ab und warfen sich ins Wasser, planschten und zogen mit geschmeidigen Bewegungen ihre Bahnen. Dann ließen sie sich außer Atem auf die Handtücher fallen.

In dem schönen türkisfarbenen Badeanzug, den ihre Mutter ihr gekauft hatte, begann sie schließlich, sich Sonnencreme aufs Gesicht und die Schultern zu schmieren, weil sie mit ihrer hellen Haut leicht einen Sonnenbrand bekam.

Elia hatte keinen Bürstenschnitt mehr, sondern trug eine Haartolle im Stil von Elvis Presley. Kaum war er aus dem Wasser, kämmte er sich sorgfältig das Haar, denn er legte viel Wert auf sein Aussehen. Er hatte ein Transistorradio dabei, das ihm sein Vater zum letzten Geburtstag geschenkt hatte. Kaum waren die Haare gerichtet, drehte er auf der Suche nach Musikprogrammen an der kleinen Kurbel.

Norma gefiel in jenem Sommer *Guarda che luna* von Fred Buscaglione, noch mehr jedoch *Io sono il vento* von Arturo Testa, weil man sich dabei allerhand dramatische Szenen vorstellen konnte.

Io sono il vento, sono la furia che passa e che porta con sé, che nella notte ti chiama e che pace non ha. Son l'amor che non sente pietà …

Ich bin der Wind, ich bin die Wut, die vorübergeht und dich mitreißt, die des Nachts nach dir ruft und keinen Frieden findet. Ich bin die Liebe, die kein Mitleid kennt …

Wenn sie dieses Lied hörte, musste Norma an den Film *Die zehn Gebote* zurückdenken, den sie im Cinema Sociale von Viggiù gesehen hatte. Genauer an die Szene, in der Moses aus Ägypten flieht und sich die Bäume unter den Sturmböen verbiegen, in der sich der Himmel verdunkelt, riesige Wolken aufziehen und sich die Wassermassen des Meeres am Ende teilen, um die Juden durchzulassen.

»Das ist doch alter Kram!«, murrte Elia und drehte weiter am Rad, um ein Lied zu finden, das ihm besser gefiel.

Il tuo bacio è come un rock che ti morde col suo swing.
È assai facile al knock-out che ti fulmina sul ring …
Fa l'' effetto di uno shock, e perciò canto così
Oh-oh-oh-oh-oh-oh-oh, il tuo bacio è come un rock!

Dein Kuss ist wie ein Fels, der dich mit seinem Schwung erwischt.
So leicht wie das K. o., das dich im Ring zu Boden schickt.
Wie ein Schock, so ist er, und deshalb singe ich:
Oh-oh-oh-oh-oh-oh-oh, dein Kuss ist wie ein Fels.

Er begann, die Hüften zu schwingen und die Beine zu kreuzen wie Celentano im Fernsehen.

Norma fand es witzig und brach, als sie mit dem Eincremen fertig war, in Gelächter aus.

Er reagierte beleidigt. »Du siehst bald aus wie ein Hummer!«

»Ich hab halt nicht so eine Eselspelle wie du!«

Auf einmal war Elia nicht mehr beleidigt. Norma lief davon, und er folgte ihr. Am Ende wälzten sie sich im Gras. Norma versuchte, sich zu befreien, und Elia legte sich auf sie.

»Lass mich los! Ich sagte, lass mich los!«, beharrte Norma, aber sie lachte dabei.

Elia hielt sie fest. Er senkte das Gesicht über ihren Hals, schloss die Augen und sog tief den Geruch ihrer Haut ein. Sie roch nach Sommer, nach Flusswasser, nach Sonnencreme.

Norma lachte immer noch und versuchte zu entkommen. Elia hielt sie unter sich fest, und auf einmal spürte er, wie sich ein neues Gefühl seiner bemächtigte, dem er sich nicht entziehen konnte und das ihm den Atem nahm.

»Lass mich los!«, schrie sie, doch Elia konnte sich nicht losreißen. Er wollte weiter die Hitze ihrer Haut spüren, wollte diesen Hauch von Schweiß kosten, der ein bisschen süß und ein bisschen salzig schmeckte … Dann berührte er versehentlich ihre

Brust mit der Hand: diese kleine, zarte Brust, die nach ihrem Kampf aus dem Badeanzug lugte. Er ließ sie los, und es war ihm peinlich.

Norma sprang unvermittelt auf, auch voller Scham.

Er blieb sitzen, hielt den Blick gesenkt.

Sie lief zum Wasser und stürzte sich hinein, ohne ihn aufzufordern, ihr zu folgen.

Von jenem Tag an stiegen sie nie mehr auf den Heuboden, und sie hörten auch auf, sich im Gras zu wälzen. Während jener Ferien beschloss Norma, nicht mehr zu Elia zu gehen.

~ 1962 ~

Lidi Ferraresi, August

Es war ihr allererster Urlaub am Meer, und Guido Martirolis Familie fühlte sich reich. Sie hatten sich einen Bungalow auf einem Campingplatz an der Adria gemietet, der inmitten von Pinien lag. Drei Wochen des Müßiggangs unter dem Sonnenschirm, in denen Elsa in Frauenzeitschriften blätterte, Norma einen Roman mit dem Titel *Die Gärten der Finzi-Contini* las, der in Ferrara spielte, und Guido es genoss, sich in aller Ruhe seinen *Corriere della Sera* zu Gemüte zu führen. Erst vor einem Monat hatte die vierte Regierung Fanfani die dritte Regierung Fanfani abgelöst, die auf die Regierung Tambroni, auf die zweite Segni und die zweite Fanfani gefolgt war. Bei den häufigen Wechseln kamen die Leute schon lange nicht mehr mit.

»*Iè tuti di cagabali!* Die lügen doch alle wie gedruckt!«, entfuhr es Guido ab und zu, und er blätterte zur Sportseite weiter.

Lange Tage, die man an der Sonne verbrachte; am Morgen ein Bad im Meer und am Nachmittag ein Nickerchen. Manchmal gönnten sie sich sogar den Luxus, sich zu langweilen. In jenen Tagen war Elsa besser gelaunt als sonst. »*… un tango italiano, un dolce tangooo …*«, trällerte sie und lackierte sich die Nägel. Oft trug sie keine Schuhe, denn es hatte ihr immer schon gefallen, barfuß herumzulaufen, die frische Kühle des Grases zu spüren oder die geschmeidige Hitze des Sandes. Zum Mittagessen bereitete sie etwas zu, das schnell ging: einen Tomatensalat mit Thunfisch und Zwiebeln oder Spaghetti. Am Abend kaufte Guido drei Portionen Lasagne oder Calamari an der Frittenbude des Campingplatzes. Nach dem Abendessen gingen sie oft noch zu der Bar hinter der Rezeption, um sich ein Eis zu holen.

Dort stand eine Jukebox. Um neun Uhr wurden Stühle und Tische beiseite gerückt, und die jungen Leute tanzten unter den bunten Lichterketten zu den Rhythmen, die in jenem Sommer berühmt waren: *Stai lontana da me, Quando quando quando* und *St. Tropez Twist*. Es machte Spaß zu sehen, wie die Leute den Twist ausprobierten oder wie die übergewichtigen Hausfrauen ohne jegliche Anmut ihren dicken Hintern schwenkten.

Während Guido Urlaub an den Lidi Ferraresi machte, hatte Dolfo an der ligurischen Riviera eine Ferienwohnung gemietet. Es war der erste Sommer, den die beiden Familien getrennt voneinander verbrachten, doch ab und zu hörten Norma und Donata voneinander.

Auch an jenem Nachmittag ertönte Normas Name aus den Lautsprechern, die an den Pinien aufgehängt waren, und war auf dem ganzen Campingplatz zu hören. »Norma Martiroli ans Telefon! Ich wiederhole: Norma Martiroli ans Telefon!«

Sie war im Laufschritt zum Telefon geeilt, hatte einen Schlappen verloren, musste umkehren, um ihn zu holen, und stand jetzt außer Atem am Telefon, um ihrer Cousine die neuesten Neuigkeiten zu erzählen. »Hallo? Hallo, Donata? Wie geht's? … Bei mir auch alles gut, sehr gut sogar! Rate mal … Ja! Es hat eingeschlagen wie der Blitz, genau … wie im Film!«

Es sei Liebe auf den ersten Blick gewesen, versicherte sie. Wie konnte sie auch anders die Aufregung erklären, die sie erfasste, wenn Claudio ihre Hand nahm oder ihr durchs Haar strich … Ihre Freundinnen hätten ihn bestimmt mit Verachtung gestraft, weil er schüchtern war, doch Norma gefiel gerade diese sanfte und zurückhaltende Art. Wenigstens würde er nicht darauf bestehen, ihren Busen oder gar noch mehr anzufassen, denn sie wusste bereits, dass Jungs immer weiter gehen wollten.

Claudio stammte aus Modena und war mit dem Motorrad auf den Campingplatz gefahren. Eines Abends war Norma zu ihm auf die Guzzi gestiegen, ohne dass ihre Eltern davon wussten. Steif hockte sie hinter ihm, während sie die Küstenstraße entlangflitzten, und legte die Finger unbeholfen auf die Hüfte des Jungen.

»Wenn du dich nicht richtig festhältst, fällst du mir noch auf die Straße«, warnte er sie.

Da schlang Norma ihre Arme um ihn, die Brust fest an sein T-Shirt gepresst. Das Motorrad ging ab, die Luft war frisch und zerzauste ihr das Haar. Sie lehnte die Wange an Claudios Rücken und nahm jede seiner Bewegungen wahr. Sogar ihr Herzschlag vermischte sich mit seinem, so schien es ihr. Wenn doch diese Motorradfahrt nur niemals enden würde!

Sie hielten an einer der vielen Baracken, die im Sommer entlang der Straßen auftauchten; da türmten sich Kästen mit Fanta und Coca-Cola, man saß auf Bänken, Lämpchen baumelten über den Tischen, daneben bergeweise Wassermelonen. Sie blieben nur eine Stunde, dann mussten sie wieder zurück, weil Norma fürchtete, entdeckt zu werden.

Tatsächlich hatte ihre Mutter Claudio bereits im Blick. »Nein, allein tanzen gehen darfst du nicht.«

»Mama, das ist nur eine Bar, und ich bin hier auf dem Campingplatz.«

»Du bist fünfzehn Jahre alt.«

»Lass sie, sie hat doch Ferien«, brummte Guido.

Am Ende gab Elsa nach. »Bis um elf, keine Minute länger.«

Dennoch kam sie jede halbe Stunde an der Bar vorbei, um die Lage zu überprüfen.

Am Abend nach der Fahrt auf dem Motorrad suchte Norma erneut ihr Heil in der Flucht. Kaum war ihre Mutter wieder auf einem ihrer Kontrollgänge an der Bar vorbeigekommen, lief sie weg, Händchen haltend mit Claudio, in Richtung Strand.

Der Sand.

Ein Augustabend.

Er und sie.

Die Stille.

Sie schleckten an einem Pistazieneis. Claudio war als Erster fertig und holte seine Gitarre.

»Du spielst aber gut!«

»Ach was, sind doch nur zwei Akkorde!«

Sie saßen nebeneinander. Norma spielte mit dem Sand und malte mit dem Finger einen Kreis, eine Margerite, zwei symmetrische Linien. Dann griff sie sich eine Handvoll Sand, ließ ihn langsam durch die Hand rieseln, verwischte alles wieder.

Sie war fünfzehn Jahre alt, Claudio neunzehn, aber er traute sich nicht, sie zu küssen.

»Gehen wir ein paar Schritte«, schlug er vor, um die Stille zu durchbrechen.

Sie gingen am Wasser entlang und hinterließen zwei lange Fußspuren auf dem vom Meer umspülten Sand.

Schließlich blieben sie an der Grenze zwischen Sand und Meer, zwischen Wasser und Himmel stehen. Claudio drückte sie an sich.

Jetzt würde es endlich passieren, er würde sie küssen …

Norma schloss die Augen. Jede auch noch so winzige Kleinigkeit wollte sie festhalten, um sich für immer daran zu erinnern: das Rauschen der Wellen, Claudios Atem, lau und süß, und dann ein Hauch kühler Luft, vielleicht auch nur die gespannte Erwartung.

Er hob ihr Kinn an und berührte ihren Mund mit den Lippen …

Feuchtigkeit und Wärme.

Der Geschmack von Rauch und Pistazieneis.

Norma auf Zehenspitzen.

Ihr erster Kuss.

Eigentlich war es bereits ihr zweiter, doch der andere zählte nicht, weil er ihr nicht gefallen hatte.

Es war vor einem Monat auf einer Party passiert. Mit einem unbedeutenden Typen, den sie nicht einmal gut fand, doch Donata hatte schon drei Jungs geküsst und sie noch keinen. Deshalb hatte Norma, als die Musik langsam wurde, keinen Rückzieher gemacht.

Es war ein ekelhaftes Gefühl gewesen, diese harte, dicke Zunge, die sich in ihrem Mund zu schaffen machte. Ganz zu schweigen von all dem Speichel. Kaum hatten sie sich voneinander getrennt, wischte sie ihren Mund mit dem Ärmel ab, eine schnelle Geste, die er nicht hatte sehen sollen. Doch der Junge hatte es trotzdem bemerkt. »Verdammt noch mal!«

Und er hatte sie einfach stehen lassen, inmitten der Paare, die im Halbdunkel eng umschlungen tanzten.

Dieser Kuss mit Claudio hingegen ... sie konnten sich nicht mehr voneinander lösen.

Danach setzten sie sich neben ein Ruderboot und begannen erneut, sich zu küssen.

»Wie viel Uhr ist es?«

»Halb zwölf.«

Norma sprang auf. »Jetzt kriege ich unheimlichen Ärger!«

Schnell machten sie sich zum Ausgang des Bagno Maria auf den Weg, überquerten die Provinzstraße und betraten Händchen haltend den Campingplatz.

Elsa stand mitten auf dem Weg und wartete bereits auf sie.

Norma ließ prompt Claudios Hand los. »Morgen früh am Strand«, flüsterte sie ihm zu.

Ihre Mutter kam ihr entgegen und packte sie am Arm. »Du bist schlimmer als eine läufige Hündin, die an jeder Ecke einen Verehrer hat!« Und sie zog sie weg.

~ 2015 ~

Stellata, März

Nachts rufst du am häufigsten nach mir: Der Rücken tut dir weh, du kriegst keine Luft, dein Nachthemd hat sich aufgerollt … Immer ist es zu kalt oder zu heiß, du willst, dass ich dir die Kissen aufschüttle, du kannst die Sauerstoffschläuche in der Nase nicht mehr ertragen und reißt sie dir ab. Ich gebe dir ein Schmerzmittel oder auch nur ein Glas Wasser, setze mich neben dich und warte, bis du dich beruhigt hast. Manchmal schlafe ich dabei ein, mit dem Kopf auf deinem Bett.

Genau das ist mir gerade eben passiert. Ich bin aufgewacht, und alles tat mir weh, auf meiner Wange sieht man das Muster der Decke. Ich habe von Claudio geträumt, von jener Motorradfahrt, von unserem ersten Kuss. Ab und zu träume ich von ihm, obwohl ich fast siebzig bin. Ob es ihnen wohl auch so geht, den Männern, die wir geliebt und nie wiedergesehen haben – träumen auch sie noch von uns?

Als ich damals von den Ferien auf dem Campingplatz zurückgekehrt bin, konnte ich es kaum erwarten, Donata alles zu erzählen. Ich starb vor Sehnsucht danach, mit ihr über Claudio zu reden, ihr bis ins kleinste Detail von dem Gefühl der Betäubung zu erzählen, von der Welle der Lust, die mich erfasste, wenn er mich küsste oder mir über den Nacken strich … von der Wärme, die in meinem Körper aufstieg wie ein Kribbeln, eine Mischung aus Angst und Verlangen, die immer größer wurde und mir den Atem raubte. Von alldem wollte ich Donata erzählen, auch von dem schrecklichen Satz, den du hinterher zu mir sagtest, Mama. Doch am Ende fehlte mir der Mut. Ich schämte mich. Nicht meinetwegen – ich schämte mich für dich, Mama.

Du schläfst. Jetzt, wo du so zerbrechlich bist, kann ich es kaum glauben, dass du damals etwas Derartiges zu einem jungen Mädchen von fünfzehn Jahren sagen konntest. Zu deiner Tochter. Der Schmerz macht böse. Der Schmerz kann so schlimmen Schaden anrichten; er ist dazu in der Lage, die Dämonen, die wir in uns verbergen, zu befreien und eine Mutter derartige Worte sagen zu lassen. Was hat dich zu so viel Grausamkeit angetrieben? Vielleicht ist dir bewusst geworden, dass dein kleines Mädchen auch zur Frau wurde, dabei war, die Liebe zu entdecken, die dich so verletzt hat: Deine Ehe lag in Trümmern, der Mann, den du abgöttisch liebtest, war noch immer in eine andere verliebt. Vielleicht war er auch nur noch in einen Schatten verliebt, dich liebte er jedenfalls nicht mehr. Das war es, was ich an jenem Abend dachte, immer noch so erschüttert von deinen Worten, dass ich nicht schlafen konnte.

Kann man wirklich neidisch auf seine eigene Tochter sein?

Du stöhnst, und deine Atmung wird mühsamer. Wahrscheinlich müssen wir dich bald in ein Krankenhaus bringen, doch im Moment ziehen wir es beide vor, dass du zu Hause bleibst. Du hängst an deinen Spaziergängen und gehst gerne zu Papas Grab. Wenn du nicht gehen konntest, habe ich dich an sonnigen Tagen im Rollstuhl bis zum Friedhof geschoben. Dann brachte ich dich auf den Damm, wo wir gemeinsam an die Sommerferien bei Großmutter Neve zurückdachten, an die Picknicks in der Schleife des Flusses, wo der Sand so fein war wie Mehl … Abends haben wir in dem Fotoalbum geblättert, haben uns die Bilder von Taufen und Beerdigungen angesehen und die fröhlichsten wie auch die traurigsten Momente unserer Familiengeschichte Revue passieren lassen.

Seit sich dein Zustand verschlechtert hat, haben wir die Rollen getauscht: Ich bin für dich wie eine Mutter, und du bist zu meiner Tochter geworden.

Küken und Entenkinder wissen nicht, was eine Mutter ist. Ihr Instinkt führt dazu, dass sie bei jedem Schutz suchen, der sich ihrer annimmt. Das wurde mir im Alter von sieben Jahren bewusst, im Haus meiner Großmutter, als du, Mama, auf der Suche nach einem besseren Leben, Papa nach Viggiù gefolgt warst. Unsere Ente starb, und ich wurde zur Ziehmutter ihrer Kinder. Ich gab den kleinen Enten Futter, ich streichelte sie, sprach mit strenger Stimme zu ihnen, wenn sie mir nicht gehorchten, und brachte sie in Sicherheit, wenn es ein Gewitter gab. Kaum fing es an zu donnern, verstreuten sie sich im Hof wie eine Handvoll weißer Blüten. Eins nach dem anderen sammelte ich sie ein und brachte sie in den Schuppen. Wenn der Himmel sich dann wieder aufhellte, brachen sie im Gänsemarsch zu ihrem nächsten Ausflug entlang der Kanäle auf. Ich hatte jedem der sechs Entchen einen Namen gegeben: Pippo, Peppino, Pandemonio, und dann waren da noch Messalina, Mafalda und Matilde. Da sie vollkommen gleich aussahen, habe ich sie bestimmt oft mit falschen Namen angesprochen. Pippo war der Einzige, den ich mit Sicherheit erkannte, weil er einen sonderbaren Gang hatte: Beim Watscheln schwankte er stark von rechts nach links, als hätte er einen über den Durst getrunken.

»Pippo, komm zur Mama!« Und schon torkelte er piepsend auf mich zu. Er folgte mir überallhin; auf Schritt und Tritt klebte er an meinen Fersen.

Eines Tages kam im Radio das Lied der Mangano, das damals in Mode war, und ich fing an, danach zu tanzen.

Ich stampfte mit den Füßen und wedelte anmutig mit den Armen, wie es Silvana Mangano machte.

Tengo gana de bailar el nuevo compás,
dicen todos cuando me ven pasar: »«Chica, dónde vas?«
»Me voy a bailar, el bajooon!«

Ich hab Lust, ihn zu tanzen, den neuen Takt,
und wenn sie mich vorbeigehen sehen, rufen alle: »Kleine,
wo willst du hin?«
»Ich geh tanzen, ich tanze den Bajooon!«

Ich hatte nicht bemerkt, dass Pippo direkt hinter mir ging, so treu und still, wie er war.

Ich trat mit dem linken Fußballen auf ihn. Er gab keinen Laut von sich, sondern fiel einfach um und lag mucksmäuschenstill da, den Kopf zur Seite geneigt.

Ich trug ihn zu meinem Bett und weinte lange und auf Knien um ihn.

Jetzt weine ich nicht, Mama, aber genauso machtlos stehe ich deinem Tod gegenüber. Ich kann nichts anderes tun, als an deinem Bett zu sitzen und mit der Hand über deine Stirn zu streichen.

Du machst die Augen einen Spaltbreit auf, krächzt: »Norma …«

»Ich bin hier, Mama. Sei ganz beruhigt, ich bin hier.«

~ 1964 ~

Juli

Sie war mit Freunden an den See gegangen und hatte Michele mitgenommen, ihren Freund. Ihn so zu betiteln, rief ein gewisses Unbehagen in ihr hervor. Es stimmte, dass sie seit einigen Monaten miteinander ausgingen, doch sie wollte ihm kein Etikett aufdrücken. Er gefiel ihr, und wenn sie zusammen waren, ging es ihnen gut, das war alles. Ihn ihren »Freund« oder, noch schlimmer, ihren »Lebensgefährten« zu nennen, gab ihr das Gefühl, in einem Käfig zu sitzen.

Es war ein heller Tag, der Himmel zeigte sich in einem strahlenden Blau, und die Schweizer Berge spiegelten sich im See.

Sie hatten an einem kleinen Strand hinter Porto Ceresio angehalten. Die Jungs dösten auf Badetüchern, die mit Korallen und Delfinen bedruckt waren; die Mädchen blickten etwas gelangweilt mit einer Marlboro zwischen den Fingern auf den See, die Haut glänzend vor Sonnenöl.

Michele war der Einzige, der schwamm. Norma schaute ihn an, in der Hand hielt sie den Roman *Familienlexikon*, den sie sich am Tag zuvor in Varese gekauft hatte. Schon seit einer Stunde war sie auf Seite sieben. Die anderen Mädchen redeten ohne Unterlass; es ging darum, wie man es schaffte, nicht schwanger zu werden. Es war das übliche Gerede, und Norma hatte beschlossen, lieber so zu tun, als würde sie lesen.

»Der Mann muss im richtigen Moment einen Rückzieher machen.«

»Du bist verrückt, wenn du dich auf die verlässt. Besser ein Kondom.«

»Das mögen Jungs nicht. Außerdem denken sie schlecht über dich, wenn du es vorschlägst.«

»Ich habe gehört, Waschungen mit Coca-Cola funktionieren«, schlug eine vor.

»Das trinkst du besser, blöde Kuh!«

Alle brachen in Gelächter aus.

»Manchmal ist es besser, die Beine breit zu machen, wenn man geheiratet werden will«, fügte eine andere hinzu.

»Ja, klar, so wie Tina, die dumme Nuss! Jetzt, wo sie ihr Kind geboren hat, sieht sie aus wie ein Fass, genau wie ihre Mutter!«

Norma dachte an die Hochzeit der Freundin zurück, die damals schon im vierten Monat schwanger gewesen war. Das war im vorigen Jahr gewesen, Ende Januar, und in der Kirche war es so kalt, dass der Atem der Gäste in kleinen Wolken über ihnen schwebte. Beim Eintreten der Braut drehten alle wie auf Kommando den Kopf. An jenem Tag hatte Tina schön ausgesehen: die Haare hochtoupiert, der Rosenstrauß, das Tüllkleid, leicht und fluffig, um den Bauch zu verbergen. Sie schwebte schwerelos und wie eine Erscheinung den Mittelgang entlang, als berührte sie fast den Boden nicht. Das musste der Tag ihres großen Triumphes gewesen sein.

Es war eine kurze Messe gewesen. Der Tausch der Ringe, dann sprach der Priester den Segen, es wurde unter begeisterten Rufen »Die Brautleute, sie leben hoch!« Reis geworfen, dann gingen alle ins Restaurant.

Um drei Uhr nachmittags waren die Gläser verschmiert, die Nasen der Damen glänzten, die Männer hatten ihre Krawatten gelockert. Dann wurde der jungen Braut ein Teller gebracht, auf dem eine Karotte, zwei Tomaten und ein wenig Petersilie als Deko lagen. Alle brachen in Gelächter aus, die Braut inbegriffen, und hoben die Gläser.

Um fünf Uhr hatten alle zu viel getrunken, und die Köpfe wurden ihnen schwer. Die alte Frau neben Norma sagte, irgendwie schaue Tina komisch. Es lag außerhalb ihrer Vorstellungskraft, dass, verdeckt von der Tischdecke, die Hand des Bräutigams unter das weiße Kleid geglitten war.

Ein Onkel von ihr ertappte die beiden dann kurz danach in der Herrentoilette, wo sie sich eingeschlossen hatten. Trotz der feierlichen Situation hatte der Bräutigam allem Anschein nach nicht auf die Hochzeitsnacht warten können. Die Entdeckung war einfach zu köstlich gewesen, um sie geheim zu halten, und so verbreitete sie sich wie ein Lauffeuer.

Tiefes Schweigen, ungläubige Blicke, Gemurmel, Gelächter, das den Leuten im Hals stecken blieb.

Tinas Mutter war in Tränen ausgebrochen, die Hände aufs Gesicht gedrückt. Norma erinnerte sich noch an ihre weißen Hände, die aussahen, als flösse kein Blut hindurch, und an die vereisten Felder draußen vor dem Fenster. Im Zimmer neben dem Festsaal hingegen war es erstickend heiß: Der Dampf lief in Tropfen an den Fenstern herunter, die Blumen ließen die Köpfe hängen. Norma hatte ob des peinlichen Spektakels Mitleid mit der Mutter der Braut. An jenem Tag konnte sie kaum mehr atmen. Je mehr Zeit verging, desto mehr fühlte sie sich in der Falle.

Sie war immer noch auf Seite sieben. Michele, der noch im Wasser war, rief nach ihr und schwenkte die Arme. »Norma, was machst du denn? Komm! Es ist herrlich hier drin!«

»Bin gleich da.«

Er lächelte sie an, mit seinen weißen Zähnen, den breiten

Schultern, den schwarzen, nassen Haaren. *Er ist schön*, sagte sich Norma. Warum schaffte sie es dann nicht, sich in ihn zu verlieben?

Der Nachmittag verlief träge. Sie und Michele schwammen und sonnten sich plaudernd am Wasser. Bei Sonnenuntergang waren sie die Ersten, die gingen.

Sein Motorrad sauste am Seeufer entlang. Fast schien es, als würden die Räder den Boden nicht berühren, die Schatten der Bäume spiegelten sich im Wasser. Norma legte den Kopf an Micheles Rücken und dachte an eine andere Motorradfahrt, eine, die vor Jahren am Meer entlanggegangen war.

An einer Wiese hielten sie an, um sich zu lieben. Später betrat sie das Haus, mit Gras im Haar und glühender Haut. Elsa bereitete gerade das Abendessen zu und begann, mit ihr zu plaudern. Sie stellte wie immer zu viele Fragen. Norma naschte ein paar Weintrauben, ohne ihr zu antworten, und schloss sich dann in ihrem Zimmer ein. Sie legte eine LP von Bob Dylan auf und streckte sich auf dem Bett aus.

It ain't no use to sit and wonder why, babe
It don't matter, anyhow
An' it ain't no use to sit and wonder why, babe
If you don't know by now
When your rooster crows at the break of dawn
Look out of your window and I'll be gone
You're the reason I'm trav'lin' on
Don't think twice, it's all right.

Das war der Lieblingssong von Michele. Er hatte ihr die Schallplatte geliehen. »Schau aus dem Fenster, und ich werde weg sein. Du bist der Grund, warum ich fortmuss. Denk nicht weiter drüber nach, alles ist gut …« Das hatten sie beide gemeinsam:

den Willen, wegzugehen und alles hinter sich zu lassen – den Klatsch und Tratsch in diesem kleinen Dorf, eingeschlossen in den Bergen, wo jeder über den anderen Bescheid wusste.

Sie hatten sich bei den Sitzungen der FGCI, der Jugendorganisation der Kommunistischen Partei, kennengelernt. Bei diesen Treffen redeten die jungen Leute nicht nur über die Politik der Parteien, sondern auch über gesellschaftliche Veränderungen, über die Emanzipation der Frau und über all die neuen Ideen, die die Welt verändern würden. Donata gehörte zu den eifrigsten Teilnehmern an diesen Diskussionen. Sie zitierte *Das andere Geschlecht* von Simone de Beauvoir, und Norma sog all diese außergewöhnlichen Ideen auf wie ein Schwamm. Sie wollte ihr Leben verändern und schmiedete Pläne für die Zukunft. Auch Michele hatte große Träume, und zu Beginn hatte sie geglaubt, ihn zu lieben, doch sie hatte sich getäuscht.

Sie nahm einen tiefen Zug von ihrer Zigarette und beschloss, dass sie ihm gleich am darauffolgenden Tag sagen würde, es sei besser, sich zu trennen. Es würde ihn traurig machen, doch vor allem wegen seines verletzten Stolzes; im Grunde war auch er nicht verliebt. Er sprach immer davon, nach Amerika zu gehen: ein Rucksack, ein größeres Motorrad, und dann konnte es losgehen. Die endlosen Straßen Kaliforniens, Memphis, die Wüsten von Nevada, und mittendrin alle Farben der Welt.

»Komm doch mit, Norma. Wir lassen dieses beschissene Land endlich hinter uns«, sagte er oft.

Aber wie sollten sie an das Geld herankommen? Außerdem redete Michele viel, wenn der Tag lang war; er wusste, dass Norma noch minderjährig war und keinen Pass hatte. Außerdem musste sie zuerst noch ihre Lehrerinnenausbildung machen. Für ihn war das anders, er ging nicht zur Schule. Er hatte es vorgezogen, zu arbeiten und Geld zurückzulegen, um so schnell wie möglich abzuhauen. Er sagte, jetzt müsse er nur noch ein paar Monate im Laden seines Vaters Mortadella aufschneiden, und dann – ab die Post!

Die Schallplatte von Bob Dylan war zu Ende. Sie drückte ihre Zigarette aus und blieb auf dem Bett liegen.

»Abendessen ist fertig!«, rief Elsa aus der Küche.

»Ich hab keinen Hunger!«, rief sie zurück.

Sie blieb regungslos liegen, die Augen geschlossen. Ihr kamen die Verse eines Gedichts von Ada Negri in den Sinn.

Ad ogni alba che spunta io dico: »È oggi.«
Ad ogni giorno che tramonta io dico:
»Sarà domani.«

Bei jedem Morgengrauen sage ich mir: »Es ist heute.«
Und wenn die Sonne untergeht, sage ich: »Es wird morgen sein.«

Klar, morgen, schloss Norma und verzog den Mund. Wenn man sich ewig vorsagte, es gebe immer noch ein Morgen für etwas, betrog man sich selbst. Auch Donata konnte es kaum erwarten, mit der Schule fertig zu werden und zum Studieren nach Mailand zu gehen. Norma sagte sich, früher oder später würde auch sie weggehen. Aber nicht mit Michele.

~ 1965 ~

September

Neve gehörte zu den zahlreichen Zuschauern der Sendung *Non è mai troppo tardi*, in der es um Menschen ging, die nie richtig lesen und schreiben gelernt hatten. Sie schaute gerne dabei zu, wie Maestro Manzi den Teilnehmern, die nicht hatten auf die Schule gehen können, diese Kompetenzen beibrachte. Es erinnerte sie an die Tage, an denen sie sich als junges Mädchen für die Abendkurse der Faschisten hatte eintragen lassen, um die fünfte Klasse der Volksschule abschließen zu können. Dort hatte sie sich mit Luciana, der Frau vom Krämerladen, angefreundet, die Bekanntschaft von Radames gemacht und sich in ihn verliebt. Abgesehen von diesen dreien, waren alle anderen Kursteilnehmer alte Menschen gewesen, genau wie diejenigen, die es jetzt vor den Kameras der RAI kaum schafften, ihren eigenen Namen zu schreiben.

Neve schaute auch gerne Nachrichten. Manchmal verstand sie, was dort gesagt wurde, manchmal auch nicht. Als Piero Angela verkündet hatte, die Lira sei von der *Financial Times* als stabilste Währung von allen bezeichnet worden, hatte sie nicht den leisesten Schimmer, wovon eigentlich die Rede war. Was war das, diese »fainänschel teims«? Und was zum Henker meinten sie mit einer »stabilen Währung«? Was Neve allerdings begriff, war, dass ringsum nicht mehr so viel Elend zu sehen war wie früher. Heutzutage aß man jede Woche Fleisch, nicht nur an Ostern und Weihnachten wie noch in ihrer Jugend. Alle sprachen vom »italienischen Wunder«, und Neve dachte, dass es vielleicht tatsächlich ein solches Wunder gegeben hatte.

Die Sechzigerjahre brachten auch in der internationalen Politik große Veränderungen. Im Januar 1961 war John Fitzgerald Kennedy der jüngste Präsident der Vereinigten Staaten aller Zeiten geworden. Im August des gleichen Jahres hatte der Bau der Berliner Mauer den Bruch zwischen der westlichen Welt und dem Warschauer Pakt verschärft. Der Ausdruck »Kalter Krieg« war in aller Munde.

Ein kleiner kalter Krieg hatte sich auch mitten in den Familien Martiroli ereignet. Schon im Jahr 1956, als die russische Armee Ungarn besetzt hatte, hatte Guido jegliche politischen Illusionen verloren und fortan die kommunistische Partei Italiens nur noch aus Gewohnheit gewählt. Dolfo hingegen hatte sich im Laufe der Zeit immer mehr und mit größerem Eifer den Aktivitäten der Partei gewidmet und war schließlich Parteisekretär der Kommunisten in Viggiù geworden. Während Guido das Ende der Kubakrise im Jahr 1962 als Verhandlungserfolg Kennedys feierte, war Dolfo der Ansicht, das Verdienst für die Verhinderung eines dritten Weltkrieges gebühre einzig und allein Chruschtschow.

»Dein Kennedy tut nur so, als wäre er Demokrat. Schließlich hat er versucht, die Regierung von Fidel Castro mit einem Staatsstreich zu stürzen«, verkündete er seinem Bruder.

Der Höhepunkt der politischen Spannungen zwischen den beiden war an einem Sonntag erreicht, als Dolfo in Viggiù unterwegs war, um die *Unitá* an die Parteimitglieder zu verteilen.

Er hatte an der Bar gehalten, um einen Kaffee zu trinken, und traf dort seinen Bruder an, der den *Corriere della Sera* las.

»Dieses Drecksblatt? Bist du denn von allen guten Geistern verlassen?«, beschimpfte er ihn laut.

Das ideologische Zerwürfnis hatte auch dazu beigetragen, dass sich die Urlaubsplanung der beiden Familien veränderte. Im August mietete Dolfo immer noch die Wohnung an der ligurischen Riviera, während Guido die Ferien wie jedes Jahr auf dem Campingplatz der Lidi Ferraresi verbrachte. Doch mittlerweile kehrten sie nur noch selten nach Stellata zurück: Dolfo zu Ostern und an Weihnachten, Guido besuchte seine Eltern auf dem Weg ans Meer zum Mittagessen und verbrachte auf dem Heimweg einige Stunden bei ihnen.

Norma und Donata waren erwachsen geworden und hatten keine große Lust mehr, mit den Eltern in die Ferien zu fahren. Sie planten eigene Urlaube an fernere Orte als den Lidi Ferraresi oder die ligurische Riviera. Sie träumten von Griechenland oder auch Spanien und Portugal.

»Nächstes Jahr werde ich volljährig, und wer will mich dann noch aufhalten?«, betonte Donata. Sie hatte bereits mehr als ein Jahr einen festen Freund gehabt, ihn dann aber doch verlassen und sich eine Woche später eine neue Flamme gesucht. So schön und locker, wie sie war, war sich Norma sicher, dass ihre Cousine nie Liebeskummer haben würde.

Norma war als junge Frau weniger auffallend, besaß jedoch einen wohlproportionierten Körper und leuchtend helle Augen, »wie der Winterhimmel«, hatte ihr Claudio vor ein paar Jahren gesagt. Doch mit Jungs hatte sie kein Glück. Nach Michele waren es ein paar kurze Begegnungen gewesen, nie etwas Ernstes.

»Du hast bloß Angst, dich zu verlieben«, sagte ihre Cousine oft.

Es war der Sommer 1965, und Norma hatte gerade ihre Ausbildung zur Lehrerin abgeschlossen. Die schriftliche Prüfung war leicht gewesen, weil Donata geträumt hatte, was drankommen würde. »In Literatur Foscolo. Ansonsten lern alles über die sozialen Revolten des frühen zwanzigsten Jahrhunderts.«

»Sicher?«

»Absolut. Aber es ist irgendwie irritierend, dass ich immer nur Sachen träume, die anderen Leuten nützen!«

»Du brauchst doch solche Träume gar nicht, du bist ein Genie«, hatte ihr Norma geantwortet.

Sie hatte sich auf das historische Thema vorbereitet, und prompt war es am Morgen der Prüfung drangekommen: »Die sozialen Revolten des frühen zwanzigsten Jahrhunderts«.

Mittlerweile wartete Norma darauf, eine Anstellung zu finden, und beschloss, nach der Rückkehr vom Campingplatz mindestens bis zum 8. September bei ihren Großeltern zu bleiben, dem Tag, an dem in Stellata Kirmes war.

Dort traf sie Ghelfa.

»Norma? … Jesus, fast hätte ich dich nicht wiedererkannt! Lass dich anschauen … die Augen sind immer noch die der Casadios, da ist nichts zu machen!«, rief sie und schloss das Mädchen in die Arme.

Ghelfa war noch schöner und eleganter als früher, und wie so oft dachte Norma, dass es doch seltsam war, dass eine so anmutige Frau wie sie Dialekt sprach.

Die junge Frau erzählte von ihrem Abschluss und den gerade vergangenen Ferien am Meer. »Wie geht es Elia?«, wollte sie am Ende wissen.

»Gut. Schade, dass er auch gerade in Urlaub gefahren ist und ihr euch nicht treffen könnt. Aber du könntest zum Mittagessen zu uns kommen. Fortunato freut sich, dich wiederzusehen. Hast du morgen schon was vor?«

~

Am nächsten Tag ging Norma den Graben entlang, der zum Haus von Ghelfa führte. Sie kam an dem Feld mit Heilkräutern und dann an dem mit Korn vorbei, und da lag es auch schon vor ihr, das Haus mit der Scheune mit dem Heuboden auf der einen Seite und dem Schuppen voller Motoren auf der anderen.

Als sie näher kam, sah sie Bicicli, der in ein Gespräch mit Priester Don Romano vertieft war. Ghelfa stand daneben und lauschte aufmerksam. Offenbar wurde es gerade brenzlig.

»Es war leichter, den Papst davon zu überzeugen, dass sich die Erde um die Sonne dreht, als Galileo zu beweisen, dass Gott existiert. Und wenn der Papst nicht an die Naturwissenschaft glaubt, dann weigere ich mich zu akzeptieren, dass der Heilige Geist den ganzen Kladderadatsch des Universums zusammenhält!«

»Bicicli, wir sind im zwanzigsten Jahrhundert, nicht im Mittelalter!«

»Warum soll ich dann überhaupt an die Heilige Schrift glauben, die mittlerweile fast zweitausend Jahre alt ist?«

»*Va' là, ch'at sé propria an bèl bagài!* Du bist wirklich eine harte Nuss!«, rief Don Romano aus und wischte sich den Schweiß von der Stirn. Dieser Verrückte machte ihn noch wahnsinnig mit seinen Argumenten, die weder Hand noch Fuß hatten und die er bei allen möglichen Themen hervorbrachte, ob es nun um den Bordellbesuch ging oder um die Frage, ob Gott den Menschen nach seinem Bilde erschaffen habe.

»Es ist nicht möglich, Don Romano. Vielleicht ähnelt der Herrgott Ghelfa oder Sophia Loren, aber schauen Sie mich an. Ich sehe aus wie mit dem Hackebeil geschnitzt. Oder nehmen Sie den Postboten, der hässlich ist wie die Nacht.«

»Was hat das denn damit zu tun, Bicicli? In den Augen Gottes sind wir alle schön.«

»Ich sage, es ist eine Gotteslästerung zu glauben, dass ich oder der Postbote dem Herrn ähneln!«

Don Romano starrte ihn an und rang um Worte. »Martin Luther hat gesagt, die Vernunft ist die Hure des Teufels, und auch wenn ich nicht sein größter Anhänger bin – wie kann ich ihm da nicht recht geben?«

Norma lauschte amüsiert dem Streitgespräch zwischen Bicicli und dem Priester, als Ghelfa sich einmischte: »Don Romano, hören Sie nicht auf ihn. Mein Mann macht alle kirre mit seinen Argumenten! Das Essen steht auf dem Tisch, bleiben Sie?«

»Danke, Ghelfa, aber meine Leber kann leider nur noch gekochten Reis und Gemüse vertragen. Vielleicht ein anderes Mal.«

In diesem Moment bestieg der Gottesmann sein Fahrrad und fuhr davon.

Bicicli hieß Norma willkommen und sagte dann: »Komm, meine Frau hat ein Fleischragout gekocht, bei dem sogar Lazarus von den Toten aufersteht!«

Die Küche sah noch genauso aus wie früher; die Möbel waren dieselben, der Boden roch frisch gebohnert, und auch den Ignis-Kühlschrank gab es noch, in dessen Bauch immer Winter herrschte.

Norma richtete den Blick auf das Foto, das in einem Silberrahmen auf der Anrichte stand. »Elia?«

»Ja. Das hat er vergangenen Monat machen lassen.«

Sie nahm das Bild in die Hand. Dieser junge Mann ähnelte überhaupt nicht mehr dem schmalen kleinen Jungen mit dem Bürstenschnitt, dem spitzbübischen Gesicht und den Sommersprossen, und auch von dem Zwölfjährigen mit seiner Elvis-Tolle war nichts mehr zu erkennen. Dort im Rahmen sah man einen kräftigen jungen Mann mit kantigem Gesicht, einem schönen Lächeln und schulterlangem Haar.

»Ich hätte ihn nicht wiedererkannt.«

»Das glaube ich, mit dieser Mähne! Er ist groß geworden und hört überhaupt nicht mehr auf mich. Aber er ist immer für eine schöne Überraschung gut, im Juni kam er mit den besten Noten der ganzen Klasse nach Hause.«

»Er war doch immer schon der Beste.«

»Ja, zum Glück gerät er nach seinem Vater.«

»Ghelfa, sag doch so was nicht.«

»Oh, aber es stimmt: Fortunato hat sich in das verliebt, was er sah, und ich mich in das, was er sagte. Bei Männern und Frauen funktioniert das eben so.«

»Das stimmt doch nicht«, wandte Norma ein.

»Ach komm, ich bin ein paar Jahre älter als du. Auf die Schule gegangen bin ich nicht, aber ich weiß, wie es auf der Welt zugeht.«

Sie aßen gut gelaunt zu Mittag, tranken jede Menge Wein und sprachen von den alten Zeiten.

»Norma, weißt du noch, wie du und Elia euch geküsst habt wie die Schauspieler im Film?«, fragte Ghelfa, die ein wenig beschwipst war.

»Ja. Mir war es peinlich, aber Elia wollte es dir unbedingt zeigen.«

»Die Scham verblendet den Geist. Das hat Erasmus von Rotterdam gesagt, und das finde ich auch«, meinte Bicicli.

»Ach, schweig doch, du bist ja nur auf die Deppenschule gegangen!«, wies ihn seine Frau zurecht.

Beim Abschied gaben Ghelfa und Bicicli Norma einen Wunsch mit auf den Weg. »Wenn du wieder in Stellata bist, komm uns noch einmal besuchen. Nächstes Mal ist bestimmt auch Elia da.«

Norma gelobte es, doch vorerst löste sie ihr Versprechen nicht ein.

Im Laufe der Jahre verloren sich Norma und Elia ganz und gar aus den Augen. Nur manchmal bahnten sich die Erinnerungen an die Kindheit einen Weg in ihre Gedanken: die Bilder von staubigen und hellen Sommern, der Geruch von Heu, ihre kindlichen Stimmen … Norma dachte an den kleinen Jungen mit den goldenen Sprenkeln in den Augen zurück, der bereits *Il Monello* und *Mandrake* las, als sie das noch längst nicht konnte. Elia hingegen erinnerte sich daran, wie sie nach dem Talkumpuder Felce Azzurra gerochen hatte, an das Lachen des kleinen Mädchens mit leuchtend hellen Augen, an den Geschmack von hausgemachter Butter. Jedes Mal, wenn er von der Uni nach Hause kam, stand diese Köstlichkeit zum Frühstück auf dem Tisch. Elia strich sie sich aufs Brot und streute anstelle von Marmelade etwas Zucker darauf. Mit geschlossenen Augen biss er in die Schnitte, und in diesen Momenten kam ihm immer Norma in den Sinn: Genau so hatten sie geschmeckt, die Küsse des kleinen Mädchens von damals.

~ 2015 ~

Stellata, März

»Donata!«

Ich wache mitten in der Nacht auf, weil ich deinen Namen geschrien habe.

»Norma, was ist denn?«

»Nichts, Mama, nur schlecht geträumt.«

Ich weine, das Gesicht unter der Decke, damit sie mich nicht hört.

Es ist der Albtraum, den ich oft habe: Ich und Onkel Dolfo gehen den unterirdischen Flur im Krankenhaus von Niguarda entlang, das Klacken unserer Absätze hallt in unseren Ohren wider. Wir betreten einen grün gestrichenen Raum, um die Leiche zu identifizieren. Es gibt hier keine Fenster, es riecht muffig und nach Desinfektionsmittel. Dann betritt der Wärter das Zimmer und schiebt die Bahre herein. Darauf verbirgt sich in einem großen Plastiksack ein Körper. Der Reißverschluss wird aufgezogen, und da ist dein Gesicht, Donata. Ich schaue dich an und kann es kaum glauben, dass dieses geschwollene Antlitz, aufgedunsen von mehreren Stunden im Wasser, deines sein soll. Und doch bist du es, die da vor mir liegt, das bisschen, was von dir noch übrig ist. Plötzlich drehst du den Kopf, lächelst, und ein Fisch gleitet aus deinem Mund. An diesem Punkt wache ich immer auf, schweißgebadet und atemlos.

Du hast dir in einer Juninacht des Jahres 1973 das Leben genommen, indem du dich in Mailand in den Naviglio-Kanal stürztest. Im Bauch trugst du ein Kind, das kurz davor war, auf die Welt zu kommen. Wie oft habe ich versucht, einen Sinn hinter deinem Handeln zu suchen! Die Erklärungen der Polizei, die mühsame Rekonstruktion der Vorgeschichte, all die Überlegungen, die wir in den darauffolgenden Tagen in der Familie anstellten, führten zu nichts. Wir alle machten ab einem gewissen Punkt die Politik verantwortlich. Nachdem du fürs Studium nach Mailand gezogen warst, hattest du dich dem bewaffneten Kampf angeschlossen und der Revolution dein ganzes Leben untergeordnet: das Studium, deine Zukunft und auch Stefano, den Jungen, den du liebtest und heiraten wolltest. Dann war der Plan für einen bewaffneten Überfall, den du dir erdacht hattest, schiefgegangen, und Stefano war umgekommen.

Du musst die Last seines Todes auf dir gespürt haben. Das muss es gewesen sein, was dich zu der Entscheidung brachte, es sei besser, deinem Leben ein Ende zu setzen.

Dich zu verlieren, war, als würde ein Teil von mir sterben; wie bei einer Zwillingsgeburt, bei der ein Zwilling es nicht schafft und der andere einen Verlust empfindet, der ihn sein ganzes Leben nicht loslassen wird. Das habe ich in einem Zeitungsartikel gelesen und mich in dieser Theorie sofort wiedererkannt. Wir waren keine Zwillinge, doch unsere Väter sind es gewesen, und wir fühlten eine innere Verbindung zwischen uns, die nur vom Tod durchtrennt werden konnte. Du warst meine Heldin, Donata; du warst mein Vorbild, meine Kraft. Als du gestorben bist, ist auch ein Teil von mir gestorben.

Es gibt ein Bild von uns beiden, das auf meiner Kommode steht; es ist ein Schwarz-Weiß-Foto aus unserer Kindheit. Aufgenommen wurde es am Ufer des Flusses Po, in Stellata. Wir tragen beide kurze Hosen und Sandalen. Ich ziehe eine Schnute; ich habe mich noch nie gerne fotografieren lassen. Du hingegen blickst mit herausfordernder Miene in die Linse: einen Fuß nach vorne gestellt, hast du die Hände in die Hüften gestützt und streckst dem Fotografen die Zunge heraus. In deinen Augen blitzt eine Unverfrorenheit auf, die deinem Gegenüber, statt es zu verärgern, ein Lächeln ins Gesicht zauberte und dich einzigartig machte.

Manchmal frage ich mich, ob du gewusst hast, dass dein Tod nahe war. Du hattest ja schon als kleines Mädchen vorausdeutende Träume. Dann hattest du in den Sommerferien bei Nonna Neve ein altes Tarockkartenspiel gefunden, das im Schrank versteckt war. Du begannst damit zu spielen, und als wir älter wurden, sagtest du, mit jenen Karten könntest du besser in die Zukunft blicken als in deinen Träumen. Als du dann Teil einer linksextremen Gruppe wurdest, hörtest du auf, in die Karten zu schauen. Du hast behauptet, das alles sei Blödsinn. Du wolltest die Karten wegwerfen, doch dann hast du es dir anders überlegt, und sie sind ganz unten in einer Schublade gelandet.

Jetzt bewahre ich sie auf. Ein befreundeter Antiquitätenhändler hat mir bestätigt, dass sie sehr alt sind; mehr als zwei Jahrhunderte, hat er gesagt. Vielleicht waren es diese Karten, mit denen Viollca deinen Tod vorausgesagt hatte.

Ich erinnere mich an den Abend, als ich dich das letzte Mal mit diesen Karten hantieren sah. Mir gefiel ein Junge, und du hattest darauf bestanden, sie für mich zu legen.

Nachdem du die erste Reihe umgedreht hattest, warst du zuversichtlich. »Schau mal, die Liebenden sind sofort gekommen. Du kannst also beruhigt sein. Allerdings … warte mal … Heiraten wirst du ihn nicht. Seltsam, hier steht, dass du deinen Mann bereits kennst, und zwar schon lange … Ich verstehe nicht, ich sehe Feuer … vielleicht eine glühende Leidenschaft? He, du! Verheimlichst du mir etwas?«

»Was redest du denn? Komm, mach weiter.«

»Du wirst nur einen Sohn haben … ach, nein, hier steht, ein Mädchen, das du erst in fortgeschrittenem Alter bekommen wirst. Meine Güte, wie lange habe ich keine Karten mehr gelegt! Jetzt lege ich sie mir auch.«

Du hast das Blatt gemischt und sieben Reihen ausgelegt. Eine nach der anderen, ganz langsam, decktest du auf.

»Und?«, fragte ich dich ungeduldig.

»Warte, ich will die letzte Runde abwarten.«

Du decktest drei weitere Karten auf. Du bliebst stumm und hattest einen gedankenverlorenen Ausdruck in den Augen.

»Was machst du denn für ein Gesicht?«, versuchte ich, die Situation zu entschärfen.

»Hier steht, dass ich eine Reise machen werde. Sie wird sehr lang sein, die längste Reise überhaupt.«

»Und wann wirst du zurückkehren?«

Du drehtest die letzte Karte um, und dann sagtest du den allerseltsamsten Satz: »Ich kehre über den Mann zurück, den du lieben wirst, und ich werde dein größter Schmerz sein.«

Ich starrte dich an, ohne zu begreifen. Du schienst den Tränen nah.

~

»Norma … bist du noch wach?«

»Was ist denn, Mama?«

»Ich habe kein Wasser mehr.«

Ich hole aus der Küche eine Flasche und gieße dir ein Glas ein.

Du benetzt nur deine Lippen, die Hände zittern, dann schaust du mich an: Dein Gesicht ist ausgezehrt, die Augen auf einmal noch viel größer. »Ich kann nicht schlafen, nicht einmal mit den Tropfen.«

»Versuch, dich zu entspannen.«

»Ich habe schon dreimal Schäfchen gezählt. Die sind früher eingeschlafen als ich.«

Plötzlich packst du mich am Arm. »Norma …«

»Was ist denn?«

»Ich habe Angst …«

»Würdest du dich im Krankenhaus sicherer fühlen?«

»Wem nützt das was? Dort sterbe ich doch auch.«

~ 1974 ~

Jenes Jahr würde im Zuge der sogenannten Strategie der Spannung als eines der schwierigsten in die Annalen eingehen: Es war das Jahr des Bombenattentats auf der Piazza della Loggia in Brescia, das acht Tote forderte, und des Anschlags auf den Italicus-Zug, dem zwölf Menschen zum Opfer fielen. Doch 1974 war auch das Jahr des Referendums über die Abschaffung der Scheidung, das vor vier Jahren eingereicht worden war. Die Mehrheit der Bevölkerung stimmte für »Nein«, und das Gesetz Fortuna-Baslini blieb in Kraft.

Sowohl auf der Kanzel als auch im Beichtstuhl hatte Don Romano erklärt, es sei absolut notwendig, für die Abschaffung zu stimmen und damit den Schandfleck zu tilgen, der den heiligen Bund der Ehe beschmutze. »Stimmt mit Ja, sonst bringt ihr die Muttergottes zum Weinen«, predigte er.

Neve hatte ihre Zweifel. Sie betete viel und wechselte mehrfach ihre Meinung, doch als der Tag der Abstimmung gekommen war, gewann der gesunde Menschenverstand in ihr die Oberhand, und es war ihr lieber, die Madonna weinen zu sehen, als so viele unglückliche Paare ihrem Schicksal zu überlassen.

In der Familie Casadio würde man das Jahr 1974 immer mit der Rückkehr Adeles in Verbindung bringen, Neves Schwester, die vor einem halben Jahrhundert nach Brasilien ausgewandert war.

Nach einer langen Beziehung mit einem verheirateten Mann hatte sie mit dreißig Jahren das Land verlassen, um keine alte Jungfer zu werden. Sie hatte den Ozean überquert, um einen Unbekannten zu heiraten, und war einige Jahre später Witwe mit einem heranwachsenden Mädchen geworden. Dennoch hatte sie es vorgezogen, in Brasilien zu bleiben, und war dort zu einer erfolgreichen Unternehmerin geworden.

Im Alter von achtzig Jahren beschloss Adele, dass sie vor ihrem Tod noch einmal die wenigen Verwandten wiedersehen wolle, die ihr geblieben waren. Besonders ihre Schwester Neve, der sie ein wenig Muttersatz gewesen war, und ihre Tante Edvige, die für sie die Heirat in Brasilien in die Wege geleitet hatte und mittlerweile über hundert war.

Seit Donatas Tod war ein Jahr vergangen, und Adeles Rückkehr nach Italien war die erste Gelegenheit für die gesamte Familie, sich zu einem Fest zusammenzufinden. Es fehlten nur Dolfo und Zena, deren Schmerz ob des Verlusts ihrer Tochter noch so groß war, dass sie sich außerstande sahen, daran teilzunehmen. Es war eine denkwürdige Feier, bei der zahllose Flaschen Wein geleert wurden, die traurigen Ereignisse in Vergessenheit gerieten und nach einer Weile alpenländische Chöre und Trinklieder angestimmt wurden. Tante Adele war so fröhlich und aufgeräumt, dass sie sogar in Erwägung zog, für den Rest ihrer Tage in Stellata zu bleiben. Doch in Brasilien lebte noch ihre Tochter Maria Luz, und auch wenn die Beziehung zu ihr alles andere als einfach war, konnte sie sie am Ende doch nicht in Südamerika zurücklassen.

Bei jenem Abendessen thronte Tante Edvige am Kopfende des Tisches. Sie hatte immer noch ihre gewaltige weiße und zerzauste Haarmähne und die gleiche wilde Art, vor der Norma sich seit ihrer Kindheit fürchtete. An jenem Nachmittag hatte Neve sich angeboten, der Tante einen Zopf zu flechten, doch

Edvige war nicht zu erweichen. »*I cavei am li pètna sol me mama!* Die Haare kämmt mir nur meine Mama«, hatte sie verkündet.

»Deine Mama ist seit einem halben Jahrhundert tot, Tante«, versuchte Neve, ihr zu erklären.

»Was hat das damit zu tun? Sie erfüllt immer noch ihre Pflichten.«

Schon seit Jahren behauptete die alte Dame steif und fest, dass sie in ihrem Haus an der Fossa nicht allein sei, sondern dort auch ihre verblichenen Verwandten hausten. Neve hatte sich nach einer Weile damit abgefunden und versuchte nicht mehr, ihr solche Wunderlichkeiten auszureden.

Am Abend der Feier war es glühend heiß. Die Frauen fächelten sich mit ihren Servietten Luft zu, und nach einer Weile zogen die Männer ihre Hemden aus und aßen im Unterhemd. Die Kinder liefen ohne Unterlass um die Tische herum und verschwanden schließlich alle von einem Moment auf den anderen. Radames fand sie schließlich vor der Haustür, wo sie in Reih und Glied in Neves Pfingstrosenbeet pinkelten, und gab jedem von ihnen einen Klaps.

Trotz der verstimmten Gesänge der Erwachsenen, der weinenden Kinder und ihrer ewigen Verfolgungsjagden um die Tische wurde es ein heiterer Abend, und keiner wollte etwas davon wissen, nach Hause zurückzukehren.

»*A gh'ho 'na son ca crodi.* Ich schlafe gleich am Tisch ein«, murrte Edvige ab und zu, doch selbst sie hatte nicht vor, die Segel zu streichen.

Die Feier endete weit nach Mitternacht, doch es war immer noch so heiß, dass die verbliebenen Gäste beschlossen, auf dem Damm ein wenig Abkühlung zu suchen – Neve und Radames, Guido mit Frau und Tochter, Adele und sogar die hundertjährige Edvige, die unter großem Stöhnen und Ächzen die Treppe hochstieg, die auf die Dammstraße führte.

Während jenes nächtlichen Spaziergangs vollzogen sich drei wichtige Ereignisse, auch wenn dies in jenem Moment noch niemand ahnte.

Erstens lud Adele Norma ein, sie in Brasilien zu besuchen.

Zweitens teilte Norma ihrem Vater mit, dass sie demnächst ins Ausland gehen wolle.

Und drittens richtete Neve irgendwann den Blick auf einen tief stehenden und perfekt runden Mond und rückte mit dem überraschendsten Satz von allen heraus: »Am 9. September werde ich sterben. Das habe ich vorgestern Nacht geträumt.«

~

Als am 9. September Neve tot aufgefunden wurde, bekam Guido ein Telegramm aus Stellata.

Deine Mutter ist in der vergangenen Nacht friedlich eingeschlafen. Beerdigung morgen Nachmittag. Bitte teilt das auch Dolfo und Zena mit. Wir erwarten euch.

Tante Adele

Die beiden Brüder brachen noch vor Morgengrauen auf, mitsamt ihren Familien in Dolfos Millecento gezwängt.

Dolfo musste noch über den Verlust von Donata hinwegkommen und tat sich schwer, auch den Tod seiner Mutter zu verkraften. »Wie ist es nur möglich, dass sie einfach so gegangen ist, ohne dass irgendjemand einen Verdacht hatte?«

»Wer konnte schon einen Verdacht haben? Sie hat sich nie beklagt«, versuchte Guido, ihn aufzumuntern.

Zena schaute auf das Bankett der Autostrada hinaus und wirkte unbeteiligt. *Der Tod ihrer Schwiegermutter scheint sie wenig zu berühren*, ging es Elsa durch den Kopf, aber wer wollte es ihr verdenken? Seit Donatas Tod war Zena nicht mehr die Gleiche: Sie hatte aufgehört, sich die Haare zu färben, und oft sah man sie ungekämmt und in Schlappen durch Viggiù schlurfen.

Die Fahrt nach Stellata kam ihnen allen länger vor als sonst. Es herrschte immer noch große Hitze, und die Fenster des Millecento waren heruntergekurbelt. Noch bevor sie in Quatrelle ankamen, erfüllte ein unverwechselbares Aroma die Luft: Es war der gleiche Duft, den Neve verströmt hatte, wenn sie glücklich war. Als sie den Damm von Stellata erreichten, sahen sie lauter Menschen, die sich ein Taschentuch auf die Nase drückten, so stark war der Geruch.

»Sie muss sehr froh sein, dort, wo sie jetzt ist«, kommentierte Guido.

Sie trafen Radames in der Küche an. Als sie den Raum betraten, drehte er nicht einmal den Kopf. »Eure Mama wollte vor mir gehen, und das kann ich ihr nicht verzeihen«, murmelte er nur.

»Aber wir entscheiden doch nicht darüber, wann wir sterben, Papa«, sagte ihm Dolfo.

»Wir vielleicht nicht, aber deine Mutter mit Sicherheit. Sie hat vorhergesagt, wann sie sterben würde, und sich dabei nicht um einen einzigen Tag vertan. Ich möchte sehen, ob sie jetzt glücklich ist – dort bei ihrem Gott!«

Sie ließen ihn lamentieren, weil sie wussten, dass es die Trauer war, die ihn auf diese Weise sprechen ließ, und dass das Mysterium des Todes nichts im Vergleich zu der Liebe war, die er für seine Frau empfunden hatte. Und das, obwohl sie seit Jahren nicht mehr in einem Bett geschlafen hatten, trotz seiner Geschichte mit Rosa und trotz all ihrer Differenzen.

»Kommt, gehen wir zu ihr«, schlug Dolfo vor.

Sie stiegen die Treppe zum Schlafzimmer hoch. Neve lag im Bett, die Arme über der Brust gekreuzt und das Bild des toten Kindes in Windeln zwischen den Händen.

»Ich kann es mir nicht erklären, aber jedes Mal, wenn ich

sie ansehe, scheint mir ihre Haut jünger und frischer zu sein«, meinte Adele.

Und es stimmte: Je mehr Zeit verging, desto jünger schien Neve zu werden. Es war, als würde ihr Leben, statt zu enden, weitergehen und die Jahre im Rückwärtsgang durchlaufen. Die Bienen umschwirrten sie und labten sich an ihrem Duft. Das ganze Haus war von diesem Duft durchdrungen, obwohl die Fenster weit aufgerissen waren und der Wind säuselnd durch die Räume strich.

Um drei Uhr nachmittags kamen die Männer vom Bestattungsinstitut. Neve sah mittlerweile wieder so aus wie die Sechzehnjährige, die sich damals die Zöpfe abgeschnitten hatte, um auszusehen wie eine amerikanische Schauspielerin. Guido ließ es sich nicht nehmen, sie höchstpersönlich in den Sarg zu legen. Als er sie hochhob, fühlte es sich so an, als hätte er ein kleines Mädchen in den Armen.

Sie legten den Deckel auf und gingen nach draußen. Ein Auto wurde nicht benötigt, weil die Kirche nur fünf Gehminuten entfernt war. Der Sarg wurde auf die Schultern der vier männlichen Kinder von Neve geladen: vorne die Erstgeborenen, Dolfo und Guido, hinten die jüngeren, Vasco und Decimo.

Der Leichenzug setzte sich in Richtung Kirche in Bewegung, in der Neve in den letzten Jahren so viele Stunden damit zugebracht hatte, zu beichten und Zwiesprache mit Gott zu halten, der für sie eine Art Familienmitglied geworden war.

In den ersten Reihen saßen die Söhne und Töchter sowie die engsten Familienmitglieder, darunter Adele, die ja eigentlich nur aus Brasilien angereist war, um die über hundertjährige Edvige ein letztes Mal zu sehen, und niemals gedacht hätte, dem Begräbnis ihrer jüngeren Schwester beiwohnen zu müssen.

Radames saß neben ihr. An jenem Tag trug er Hemd und Krawatte und hatte ohne Murren die Kirche betreten. Benommen schaute er sich um und dachte an den Tag ihrer Hochzeit zurück. Genau dort vor jenem Altar waren sie in den Stand der Ehe getreten. Er war achtzehn Jahre alt gewesen, Neve sechzehn. In ihrem blauen Mantel mit den Goldknöpfen und klein, wie sie war, hatte sie damals weniger wie eine Braut als wie eine Klosterschülerin gewirkt. Sie hatte kein weißes Kleid gehabt: Das war schwangeren Mädchen nicht erlaubt, und Neve trug bereits die Zwillinge Guido und Dolfo im Bauch. Radames Martiroli sah sich erneut neben seiner Zukünftigen knien. Auf die Frage des Priesters, ob er die anwesende Natalia Casadio, bekannt als Neve, zur Frau nehmen wolle, hatte er ein so schneidiges »Jawoll!« gerufen, dass alle in Gelächter ausgebrochen waren.

Bei jener Erinnerung senkte Radames den Kopf und weinte. Er zählte die Jahre, die sie zusammen verbracht hatten: Es waren achtundvierzig gewesen plus sieben Monate und vierzehn Tage. Am Morgen ihrer Trauung hatte es geschneit. Sie hatten die Kirche als Mann und Frau verlassen, ohne irgendetwas vom Leben oder von der Liebe zu wissen. *Die Liebe hilft nicht, sie zerstört alles, was ihr im Weg steht,* dachte er mit einem bitteren Geschmack im Mund. Er hatte sie immer geliebt, seine Neve, trotz seiner Affäre mit Rosa. Und sie? Hatte sie ihn geliebt oder am Ende seine Anwesenheit nur ertragen? Auf einmal hatte Radames einen Kloß im Hals. *Bei einer Beerdigung weinen die Leute nicht um das, was sie verloren haben, sondern um das, was nie geschehen ist*, grübelte er.

Der Priester hielt eine Predigt, die jedoch wegen der Bienenschar, die um den Sarg summte, kurz ausfiel.

»Die tun nichts, Vater. Sie sind nur gekommen, um sich von Mama zu verabschieden«, versicherte ihm Guido.

Der Gottesmann schaute ihn schief an: *Ja, ja, diese Brummer waren nur gekommen, um der armen Neve Adieu zu sagen!* Er hatte schon allerhand Unsinn gehört, aber in der Kirche hatte der nichts zu suchen.

Radames als überzeugtem Atheisten ging das, was seiner bescheidenen Meinung nach nichts anderes war als eine Posse, allmählich auf die Nerven. Als der Priester das Vaterunser sprach und sagte: »Unser tägliches Brot gib uns heute«, konnte er nicht widerstehen, wenigstens leise zu murmeln: »Und wenn du schon dabei bist, leg auch zwei Scheiben Schinken darauf!«

Am Eingang zur Kirche umringte sie das gesamte Dorf, um ihnen ihr Beileid auszusprechen. Norma, der das Leben in der Provinz nie gefallen hatte, begriff in jenem Moment auch dessen positive Seiten: In Dörfern wie Stellata oder Viggiù war man nie allein, und unter so schmerzlichen Umständen wie diesem erwies sich die Zuneigung der Menschen, ihre Nähe, als wichtig.

Auch Bicicli und Ghelfa kondolierten Radames und seinen Kindern. Norma trat auf sie zu, um mit ihnen zu plaudern.

»Deine Großmutter wird mir fehlen. Sie hatte mich gern, und ich sie auch«, sagte Ghelfa mit feuchten Augen.

Nachdem sie erfahren hatte, dass Norma bald nach London aufbrechen würde, teilte sie ihr mit, dass auch Elia dort lebte. »Er macht seine Promotion, irgendwas mit Verbrennungsmotoren. Er möchte, dass ich dir seine Nummer gebe, ich habe sie hier in der Tasche … Nimm, das ist an der Uni, wo er arbeitet.«

Norma steckte sich den Zettel in die Tasche, musste sich aber beeilen, weil der Trauerzug sich bereits in Richtung Friedhof in Bewegung setzte.

Sie liefen die einzige Straße entlang, die quer durch den Ort führte. Sie kamen an dem Geschäft vorbei, das einmal von Luciana geführt worden war, dann an dem Haus, das vor Jahrhunderten Ludovico Ariosto gehört hatte. Sie erreichten den Brunnen, bogen um die Ecke und schlugen den Weg ein, der zum Gottesacker führte.

Neves Leichnam fand seine letzte Ruhe im Familiengrab, neben den sterblichen Überresten ihrer Eltern und Großeltern.

Nach einem allerletzten Gebet gingen die Leute, nur die engsten Familienmitglieder blieben. Starr blickten sie auf den Grabstein mit der vergoldeten Inschrift CASADIO, denn niemand hatte den Mut, Neve dort allein zu lassen, inmitten von so vielen Gebeinen.

Keiner von ihnen hatte eine Ahnung, dass auch der Leichnam von Viollca, der *zingara*, die vor zweihundert Jahren ihre Sippe begründet hatte, immer noch unverwest dort lag: die Hände mit den bunten Ringen über der Brust verschränkt, die Fasanenfedern wie eine Krone auf dem Haar.

ZWEITER TEIL

~ 1974 ~

Oktober

Weg, endlich weg! Donatas Tod hatte sie dazu veranlasst, die Vergangenheit hinter sich zu bringen. Früher hatten die beiden geplant, gemeinsam ferne Länder zu erkunden, doch daraus war nichts geworden. Jetzt war es an Norma, es für sie beide zu tun.

Zwei Stunden Flug, und schon wurde sie in eine neue Welt katapultiert. London war ein lebendiger Organismus, chaotisch, grenzenlos. Ein neues Babel, ein Gewimmel aus Sprachen und Kulturen, in dem sie sich verlieren konnte; in dem es möglich war, zu vergessen und neu geboren zu werden.

Vom allerersten Moment an war ihr klar, dass dieser Riesenmoloch von Stadt alle in sich aufnahm, ohne die Illusion zu vermitteln, man könne dabei zu einem Teil des Ganzen werden. Doch Anonymität war genau das, was sie sich wirklich wünschte. Sie hatte eine Familie hinter sich gelassen, die sich in ihrer Trauer verschloss, ein beklemmendes Leben in der Provinz und eine Arbeit als Grundschullehrerin, die sie nie geliebt hatte. Sie musste ein neues Kapitel ihres Lebens aufschlagen, und wenn es einen Ort gab, an dem sie das tun konnte, war dies, das spürte sie, London.

Von Beginn an liebte sie die schwermütigen Regentage in der Stadt, die stillen Nachmittage in herbstlicher Sonne, wenn Wege und Straßen mit Laub bedeckt waren, und den Nebel, der am Morgen wie eine weiche Decke über dem Fluss lag. Am Abend ging sie gerne in den Straßen der City bummeln und ließ die kalte Luft auf ihrer Haut prickeln. In Soho blieb sie vor den Vitrinen der kleinen chinesischen Restaurants mit ihren roten Papierlaternen stehen, in denen glasierte Enten mit dem Kopf nach unten baumelten. Vor den Rotlichtbars, wo die Männer mit blinkenden Lichtpfeilen zum Striptease, zur Peepshow oder zu erotischen Massagen gelockt wurden, beschleunigte sie ihren Schritt und bog in Richtung Fluss ab. Die Brücken schillerten wie Sternschnuppen über dem Wasser der Themse. Und dort leuchtete der Westminster Palace, der sich im Fluss spiegelte. Da war etwas Magisches an diesem Chaos aus Menschen, aus Stimmen, aus Lichtern. Ihr war, als erwarteten sie an jeder Straßenecke neue Wunder, neue Möglichkeiten, vielleicht eine große Liebe.

Sie hatte ein Zimmer in Dalston gefunden, einem beliebten Viertel nicht weit von der Innenstadt entfernt, und sich sogleich für den intensivsten Englischkurs eingeschrieben, den sie finden konnte: vier Stunden pro Tag – Montag bis Freitag –, dazu Sprachlabor am Nachmittag. Die Schule lag um die Ecke der Tottenham Court Road, ein staubiges Gebäude, das mit seinen Fenstern aus Buntglas, den knirschenden Holzböden und einem riesigen Marmorkamin im größten Vorlesungssaal an seine viktorianische Vergangenheit erinnerte. Doch die Schulbänke waren abgenutzt und für Erwachsene viel zu klein, und schon ab der zweiten Stunde litten die Schüler an Knieschmerzen. Dafür war der Lehrer, ein kahlköpfiger Mann um die sechzig mit flaschenbodendicken Brillengläsern, ein großer Komiker. Wenn seine Schüler nicht begriffen, was er meinte, versuchte er, die Lehrinhalte mimisch zu begleiten, und so kam es, dass seine Stunden überaus amüsant waren.

Norma schloss sofort Freundschaft mit Monique, einer

stets gut gelaunten und zum Plaudern aufgelegten Französin. Sie war ihr gleich aufgefallen, weil sie in einem bodenlangen Ethnofummel zum Unterricht erschien, um den Hals einen Schal aus bunten Federn, und mit einer riesigen Tasche, aus der Möhrengrün, Selleriestängel und anderes Gemüsezeug ragten. Monique war Vegetarierin, was damals noch nicht üblich war. Sie erzählte, sie habe die Achtundsechziger-Zeit in Frankreich erlebt, sei in Woodstock und auf dem Isle of Wight Festival gewesen und habe verschiedene andere Rockkonzerte rund um die Welt besucht. Auch in Indien hatte sie viel Zeit zugebracht: Zuerst war sie in einem Ashram in Kerala gewesen, dann hatte sie sich dem Sufismus, dem mystischen Zweig des Islam, angeschlossen. Sie gestand sogar, in ihrer Zeit in Kalifornien einer religiösen Gruppe angehört zu haben, die davon überzeugt war, die Aliens würden sie demnächst in Raumschiffen in Richtung Himmelreich abtransportieren.

»Und daran hast du geglaubt?«, fragte Norma, verdutzt von diesen Enthüllungen.

»Bei all den Drogen, die wir genommen haben, hättest du auch Aliens gesehen! Zum Glück hat es nicht lange gedauert: Ein paar Wochen, dann war ich wieder weg.«

Aus jener Periode der Experimente war ihr der ungewöhnliche Kleidungsstil geblieben: quietschbunte indische Kleider, mit kleinen Spiegeln besetzt, die in der Sonne funkelten, als wäre sie eine Göttin.

Die beiden Mädchen waren sofort ein Herz und eine Seele und gingen jeden Mittag zusammen essen. Monique hatte ein liebevolles Wesen und nannte Norma *Bonbon*: *»Mais oui, Bonbon …« »Of course, Bonbon …« »Listen, Bonbon …«*

Samstagabends gingen sie ins Kino oder auf ein Konzert. Am Nachmittag hatte Monique Meditationskurs, weshalb Norma diesen allein verbrachte. Sie stieg gerne in einen der Doppeldeckerbusse, setzte sich aufs Oberdeck und fuhr kreuz und quer durch die Stadt mit ihren Straßen mit vollkommen gleichen viktorianischen Häuschen und bunt angemalten Türen, jede in einer anderen Farbe. Und wie viele Parks es gab! Kleine grüne Oasen an allen Ecken und Enden, friedliche Plätze mit Bäumen, Vögeln und sogar Eichhörnchen. Letztere kannte sie bisher nur aus Zeichentrickfilmen.

Der Englischkurs war interessant, aber anstrengend. Wenn der Unterricht zu Ende war, holte sich Norma oft in dem chinesischen Restaurant im Erdgeschoss ihres Hauses eine Portion Nudeln oder Reis mit Shrimps zum Abendessen. Am Abend war sie müde, aber zufrieden. London war verführerisch. Alles war so neu, so lebendig, so anregend ... Sie hatte das Gefühl, an jeder Ecke warte eine Überraschung auf sie, etwas Schönes, Ungeahntes, das ihr Leben verändern würde.

Nach drei Monaten war ihr jedoch immer noch nichts derart Schönes oder Überraschendes über den Weg gelaufen. Mit dem Beginn des Winters hatte London viel von seinem Zauber verloren. Mehr und mehr kam ihr die Stadt schmutzig vor, die Gebäude finster und vernachlässigt. In dem *bedsit*, in dem sie wohnte, lief der Strom über einen Zähler, den man mit Fünfzig-Penny-Münzen füttern musste. Mehr als einmal hatte Norma bereits im Dunkeln gestanden, weil sie keine passenden Münzen hatte. Auch beim Kochen war ihr das passiert, und einmal sogar unter der Dusche.

Es war eine schrittweise Entzauberung, die sie durchlief, die jedoch im Laufe der Wochen immer deutlicher zutage trat. Der Tiefpunkt war eines Abends erreicht, als sie nach Hause kam, die Schachtel mit ihrem chinesischen Take-away öffnete, und der Geruch von Frittiertem sie mit Ekel erfüllte. Am Ende warf sie alles in den Müll.

Kurz nach ihrer Ankunft war ihr die Stadt wie ein Platz erschienen, der die Macht hatte, Träume zu wecken, ein Leben zu verändern, den Zauber der unendlichen Möglichkeiten heraufzubeschwören … Drei Monate später war London eine andere Welt geworden. Norma war siebenundzwanzig Jahre alt, und sie war es leid, das Leben eines Teenagers in den Ferien zu führen. Der Reiz der Großstadt hatte sich abgenutzt, und auch ihr Geld ging dahin. Ihr stand ein langer Winter in einem trostlosen Zimmer bevor, in dem sie für jede Stunde der Wärme und des Lichts Münzen in den Zähler werfen musste. Ihr fehlte ihre Familie und das Leben in Italien. Ihr fehlte Viggiù.

~

An einem Nachmittag im Dezember ging Norma im Hyde Park spazieren und dachte darüber nach, dass vielleicht der Moment gekommen sei, nach Italien zurückzukehren. In diese Gedanken verloren, überquerte sie eine riesige Wiese, als sie eine ihr wohlbekannte Musik hörte: die *Gymnopédie No. 1* von Erik Satie. Die hatten sie und Donata immer gehört, wenn sie traurig waren und es Zeit für vertrauliche Gespräche wurde. Sie folgte den Klängen und stand kurz danach vor einer Gruppe Menschen, die nach oben schauten und die akrobatischen Übungen eines Seiltänzers verfolgten. Der Junge, der auf dem Seil balancierte, trug eine Strumpfhose und eine mittelalterliche smaragdgrüne Jacke, mit Goldbordüren und Glöckchen besetzt, die bei jeder seiner Bewegungen klingelten. Er hatte einen schmächtigen Körper, zarte Gesichtszüge und langes, lockiges Haar. Er sah aus, als käme er direkt aus einem Gemälde der Präraffaeliten.

Statt einfach nur auf dem Seil zu gehen, gab er sich den Anschein, fliegen zu können. Unter ihm war kein Sicherheitsnetz, und die Zuschauer verfolgten seine Vorführung atemlos. Sobald er am Ende des Seils anlangte, machte er kehrt und begann, am Seil herumzuwirbeln wie ein Trapezkünstler. Er drehte sich voller Anmut und Lässigkeit, als wäre es für seinen Körper ein Leichtes, die Schwerkraft zu besiegen.

Während er den Kopf herunterhängen ließ, begegnete sein Blick dem von Norma. »*Hi!*«

»*Hi!*«, antwortete die überrascht.

Noch eine Kapriole, dann hatte er wieder Boden unter den Füßen. »Zeit für eine Pause. Trinkst du einen Kaffee mit mir?«

Sie dachte, vielleicht wolle er sie anbaggern, doch sie täuschte sich. Sie nahmen Platz, er holte eine Thermoskanne und schenkte ihnen Kaffee in zwei Plastikbecher. Eine Libelle schwirrte über seinem Kopf. Norma fand das in Anbetracht der Jahreszeit seltsam, doch sie wusste, dass das Leben von Insekten geheimnisvoll sein konnte.

»Hast du da oben keine Angst?«, fragte sie ihn.

»Nein, nie. Wenn du auf das Seil steigst, musst du einmal tief Luft holen und daran glauben, dass du für ein paar Minuten unsterblich bist.«

»Eine gefährliche Strategie.«

»Übung macht den Meister, man muss nur sein Gleichgewicht finden. Dann geht man weiter, Stück für Stück, einen Schritt nach dem anderen, genau wie im Leben auch.«

Sie lachte. »Wenn du das so sagst, klingt es leicht.«

»Das ist es auch. Es ist ein bisschen, als würdest du wieder zum Engel.«

»Zum Engel?«

»Dort in der Luft zu schweben, einen Schritt vom Tod entfernt, ist ein heiliger Zustand. Aber hören wir auf, von mir zu reden. Was machst du hier in London?«

»Ich lerne Englisch. Eigentlich war ich mit der Absicht gekommen hierzubleiben, aber seit Kurzem denke ich, dass es vielleicht an der Zeit ist, nach Hause zurückzukehren.«

»Auf gar keinen Fall. Ich habe das Gefühl, dass du noch viele Jahre in London bleiben wirst.«

Sie starrte ihn an, verblüfft über die Gewissheit, mit der er das gesagt hatte. »Und woher weißt du das?«

»Denk nicht weiter drüber nach, manchmal rede ich Unsinn«, fügte er lachend hinzu.

»In Wahrheit weiß ich nicht so recht, was ich mit meinem Leben anfangen soll«, gab Norma zu.

»Hör ruhig auf das, was das Leben dir zuflüstert. Manchmal braucht es gar nicht viel: einen Zug verpassen und den nächsten nehmen, eine Zeitung, die einem vor die Füße fällt, oder im letzten Moment die Meinung ändern, einfach so, ohne Grund. Man muss nur die Zeichen sehen, die das Schicksal einem gibt.« Er stand auf. »Ich muss wieder an die Arbeit. Danke für die Gesellschaft!« Eine Pirouette, die die Glöckchen an seinem Kostüm zum Klingeln brachte, und er stieg wieder aufs Seil.

Was für ein seltsamer Typ! Wer weiß, ob er überhaupt zu ihr gesprochen hatte. Und dann diese Libelle, mitten im Winter …

Langsam wurde es kalt, und Norma beschloss, nach Hause zurückzukehren. Sie machte sich auf den Weg zur Bushaltestelle und stieg kurz darauf in den Bus.

Sie trat auf den Schaffner zu. *»One ticket, please.«*

Als sie sich zum Bezahlen umdrehte, entdeckte sie auf dem Sitz neben sich eines der Blätter, die vor den U-Bahn-Stationen verteilt wurden. Es war bei den Jobanzeigen aufgeschlagen. Jemand hatte eine der Anzeigen eingekringelt. Neugierig geworden, griff Norma nach der Zeitung.

Dringend gesucht: zweisprachiges Personal Italienisch / Englisch für interessante Arbeit an der Universität von Edinburgh. Verantwortliche Tätigkeit, hohes Entgelt.

Es folgte die Telefonnummer einer in London ansässigen Agentur. Norma riss die Seite raus und schob sie in ihre Tasche.

Am nächsten Morgen rief sie an und wurde direkt zu einem Vorstellungsgespräch eingeladen.

Man erklärte ihr, es gehe um die Organisation von Austauschstipendien zwischen italienischen und schottischen Studenten. »Es handelt sich um die Vertretung einer Angestellten, die mindestens sechs Monate, möglicherweise länger, in Mutterschutz geht. Was meinen Sie?«

Die Arbeit war gut bezahlt, sie kam im richtigen Moment und würde ihr die Möglichkeit geben, eine neue Stadt kennenzulernen. Norma sagte sofort zu.

Die Mitarbeiterin fügte hinzu: »Die möchten so schnell wie möglich jemanden, es gibt dringende Deadlines. Wären Sie bereit, sofort anzufangen, noch vor Weihnachten?«

»Ich brauche nur ein paar Tage, um einiges zu erledigen, dann könnte ich in Edinburgh sein.«

»Sehr gut. Sie hatten bereits jemanden ausgesucht, doch die junge Frau hat es sich im letzten Moment anders überlegt. Ich glaube, Sie bringen die optimalen Voraussetzungen mit. Ich melde mich, sobald ich etwas weiß.«

Norma verließ das Büro voller Hoffnung und machte sich sofort auf den Weg zum Englischunterricht.

Als sie am selben Abend nach Hause kam, fand sie eine Nachricht auf dem Anrufbeantworter vor: Der Posten an der Uni gehörte ihr.

Diese Arbeit hätte zu keinem günstigeren Zeitpunkt kommen können. Alles fügte sich: Monique war auf der Suche nach einer Unterkunft, und sie könnte ihr das Zimmer untervermieten. Nur noch schnell die Koffer packen, das Zugticket kaufen – und los ging's! Ein neues Kapitel ihres Lebens würde aufgeschlagen.

Am Tag darauf kaufte Norma die Fahrkarte. Schon am Montag würde sie mit dem Mitternachtszug losfahren.

In ihrem Zimmer angekommen, öffnete sie den Schrank und begann voller Begeisterung mit dem Packen. Als sie die Hand in die Tasche einer Jacke schob, fand sie einen Zettel mit einer Telefonnummer. Ratlos schaute sie sie an, dann fiel ihr ein, dass Ghelfa sie ihr am Tag der Beerdigung ihrer Großmutter gegeben hatte. Es war Elias Nummer, und sie war all die Monate in dieser Tasche in Vergessenheit geraten. Zuerst wollte sie sie wieder hineinstecken, doch dann sagte sie sich: *Warum eigentlich nicht?* Sie hatte schon so lange mit niemandem mehr Italienisch gesprochen. Sie legte die Jacke aufs Bett und wählte die Nummer.

~

Elia stand an der Kaffeemaschine des Instituts. Es hatte in genau dem Moment geklingelt, als der Schaum in seinem Plastikbecher anfing, in sich zusammenzufallen. *Die rufen bestimmt noch einmal an*, hatte er sich gesagt. Doch es hörte nicht auf zu läuten, und so lief er schließlich zum Apparat, den Kaffee in der Hand balancierend.

»Hello?«

»Can I speak to Elia Bombarda, please?«, fragte eine Stimme mit italienischem Akzent.

»Speaking.«

»Ciao, weißt du, wer ich bin?«

»Keine Ahnung.«

»Als wir klein waren, wolltest du mich heiraten.«

»Norma.«

»Genau!«

»Ich habe dich nicht erkannt, weil ich deine Erwachsenenstimme noch nie gehört habe.«

»Für mich ist es auch komisch, deine zu hören.«

Es war nur eine kurze Plauderei, ein wenig steif, doch als Elia sie zum Abendessen in seine Wohnung einlud, sagte sie sofort zu. »Morgen Abend geht prima. Wo wohnst du?«

»In Kensington.«

»Donnerwetter! Da wohnen doch nur Reiche.«

»Nur die Gegend ist piekfein. Die Wohnungen, die die Uni den Doktoranden zur Verfügung stellt, sind Bruchbuden.«

»Gib mir die Adresse.«

~

Am Donnerstagabend nahm Norma den Doppeldecker Nummer dreißig, der von Dalston aus direkt in Elias Viertel fuhr. Sie stieg in den ersten Stock des Busses hoch und suchte sich einen Platz am Fenster. Es war bereits dunkel, und die Straßen waren weihnachtlich geschmückt: Kometen mit Schweif, Lichterketten, über die Straßen gespannt, Weihnachtswünsche in Blinkschrift … eine glitzernde, fröhliche Welt.

Um sieben Uhr kam sie in Kensington an. Sie stieg aus, den Stadtplan *A to Z* in der Hand, in dem sie sich den geplanten Weg markiert hatte. Auf langen Alleen, von georgianischen Häusern flankiert, kam sie an eleganten Fassaden in weißem Stuck vorbei, überquerte kleine Plätze, von alten Straßenlaternen beleuchtet. Fasziniert betrachtete Norma die Mansarden auf den obersten Stockwerken der Häuser, und fast glaubte sie, Peter Pan zu erkennen, der zum Flug über den Himmel von Kensington ansetzte, oder Mary Poppins, die an einem offenen Regenschirm herabsegelte, in der anderen Hand ihre Zaubertasche.

Nach kurzer Suche stand sie vor einer antiken Stadtvilla: schwarzer Zaun und ein von Säulen eingerahmter Eingang.

Hinter den Fenstern kleine Alltagsszenen: Eine Frau im Abendkleid betrachtete sich im Spiegel; weiter hinten saß ein alter Mann vor dem Fernseher und rauchte Pfeife; an einem anderen Fenster klebte ein Kind mit der Nase am Glas und starrte sie an. Norma konnte sich einfach nicht daran gewöhnen, dass es in London weder Rollläden noch Jalousien gab.

Sie fand den Namen BOMBARDA am Klingelschild und drückte auf den Knopf. Irgendwie war sie aufgeregt. *Wie blöd ich bin! Der wird ein stinklangweiliger Intellektueller geworden sein*, dachte sie, um ihre Nervosität zu bekämpfen.

»Ja?«

»Ich bin's. Norma.«

»Oberster Stock, linke Tür.«

Sie stieg die Treppe hoch, erreichte den Stock außer Atem und klopfte.

Es öffnete ihr der Junge von dem Porträt, das sie in Ghelfas Küche gesehen hatte: Haare bis auf die Schultern, dazu einen ausladenden Bart. »Du siehst ja aus wie Karl Marx!«, rief Norma aus.

»Du hingegen siehst noch genauso aus wie das kleine Mädchen, an das ich mich erinnere, nur größer.« Und er gab ihr einen Kuss auf die Wange.

»Für dich«, sagte sie und hielt ihm eine Flasche Wein hin.

»Danke. Die machen wir gleich auf.«

Das Wohnzimmer war klein. Da stand ein Sofa aus Kunstleder, ein gedeckter Tisch, auf einem Teller lagen jede Menge Christmas Crackers. An einer Wand ein Schrank, gefüllt mit Büchern, Ordnern, Poststapeln und allerlei anderem Papierkram. An der anderen Wand ein Schreibtisch und ein Fernseher auf einer Anrichte. An den Wänden eine Tapete mit roten und silbernen Blüten in Veloursoptik. Auf dem Boden lag ein abgewetzter Teppichboden im gelb-braunen Karomuster.

»Ist doch nicht schlecht hier«, kommentierte Norma in dem Bemühen, freundlich zu sein.

Er lachte. »Ich darf laut Vertrag nichts an der Einrichtung ändern, das kann ich zu meiner Verteidigung sagen. Komm, ich mache den Salat fertig, und dann können wir essen.«

Das Fenster der Küche ging auf einen kleinen Innenhof hinaus. Blaues Linoleum lag auf dem Boden. Auf der einen Seite des Raums standen ein Herd, ein Kühlschrank und ein Spülbecken, an der gegenüberliegenden Wand eine große Holzplatte, auf der zerpflückter Blattsalat lag. Elia gab den Salat in die Schüssel und verkündete theatralisch: »Und jetzt das Sahnehäubchen der Wohnung – tataaaa!« Er klappte die Holzplatte auf, und darunter kam eine viktorianische Badewanne mit vergoldeten Armaturen und Löwenfüßen zum Vorschein. »Die Küche ist in Windeseile in ein Bad verwandelt! Nur gut, dass sich das Klo in einem anderen Zimmer befindet«, scherzte er.

Norma musste lachen, und in diesem Moment sah Elia wieder das Mädchen vor sich, mit dem er vor so vielen Jahren auf dem Heuboden gespielt hatte.

Er fand sie schön, mit diesem weißen, zarten Hals, der ihn an die Bilder von Modigliani erinnerte. Ihn beeindruckte, wie blass sie war: Er hatte sie rotbackig von der Sommersonne in Erinnerung. Ihr Blick jedoch war derselbe wie damals: große, sehr helle Augen, die ein wenig schwermütig schauten, selbst wenn sie lächelte. Kein Make-up. Die Haare waren von einem hellen Kastanienbraun, glatt und lang und mit einem Samtreifen zusammengefasst, was sie jünger aussehen ließ als siebenundzwanzig.

»Und wie läuft's in London, hast du dich eingewöhnt?«, fragte er, nachdem er ihr Wein eingeschenkt hatte.

»Jetzt geht es mit dem Englischen besser, aber ich bin das

Leben hier ein bisschen leid. Gerade habe ich einen Job in Edinburgh gefunden.«

»Wann fährst du?«

»Kommenden Montag. Und du, wie fühlst du dich in England?«

»Man bezahlt mich fürs Studieren, und das funktioniert gut. Außerdem legen die Engländer großen Wert auf persönliche Freiheit, und das ist mir wichtig. Hier ist es den Leuten egal, wie du dich anziehst, und vor allem taucht niemand bei dir zu Hause auf, ohne es dir nicht mindestens eine Woche vorher zu sagen.«

»Das sind dieselben Sachen, die mich zu Beginn auch angesprochen haben. Aber ich bin ihrer müde geworden – du hingegen machst den Eindruck, als wärst du englischer als die Leute von hier.«

»Das glaube ich nicht. Als Ausländer lebst du irgendwann in einer Art kulturellen Zwischenwelt, in der du keinem Land mehr angehörst. Die Engländer sind tolerant, aber jeder bleibt für sich. In den zwei Jahren, die ich jetzt in London lebe, habe ich mich nur mit Ausländern angefreundet, zum größten Teil Kollegen aus dem Iran. Apropos: Samstag bin ich zu einem Fest eingeladen. Hast du Lust mitzukommen?«

»Gern«, erwiderte sie. Der Gedanke, ihn noch einmal wiederzusehen, machte sie glücklich.

»Die sind erstklassige Köche, ganz anders als meine Wenigkeit. Aber heute Abend hast du Glück: Das Ragout stammt von meiner Mutter. Ihr Geheimnis ist der Salbei. Mir schmeckt alles, was mit Salbei gekocht wird. Hast du denn hier Freunde gefunden?«, fragte er sie, während er die Fettuccine servierte.

»Ja, im Englischkurs. Das Problem ist, dass man hier, wenn man unter die Leute will, stundenlang mit den öffentlichen Verkehrsmitteln fahren muss.«

»Wohl wahr. Wir sind wie Bienen in einem riesigen Bienenstock: Wir leben dicht an dicht, aber jeder abgegrenzt in seiner eigenen Zelle. Es ist leicht, sich inmitten so vieler Menschen einsam zu fühlen.«

»Ich fühle mich eigentlich nie einsam. Genervt oder demotiviert, aber selten einsam.«

»Weil du eine Künstlerin bist. Als kleines Mädchen hast du nichts anderes gemacht, als zu malen und zu zeichnen.«

»Jetzt immer noch.«

»Siehst du? Schriftsteller, Maler, Musiker fühlen sich inmitten von Menschen einsamer, als wenn sie allein sind.«

»Und woher weißt du das?«

»Weil ich ebenso kreativ bin: Auch Motoren haben ihre Schönheit.«

Elia stellte sich als brillanter Gesprächspartner heraus, witzig und kein bisschen überheblich. Norma hingegen sprach nur wenig. Ihr gefiel es besser, ihm zuzuhören. Während er sprach, spielte er mit seinem Weinglas und ließ es über den Tisch tanzen wie eine gläserne Ballerina.

Nach dem Abendessen saßen sie nebeneinander auf dem Sofa und plauderten so entspannt, als hätten sie sich am Tag zuvor das letzte Mal gesehen. Ab und zu lachten sie amüsiert, besonders als sie sich gegenseitig berichteten, unter welchen Phobien sie litten.

»Wenn ich eine Zahlenreihe vor mir habe, kriege ich Panik«, gestand Norma.

»Das wäre bei meiner Arbeit ein ziemliches Problem. Ich hingegen leide unter Omphalophobie, unter der Angst, dass jemand meinen Nabel anfasst.«

»Da hast du es noch gut erwischt. Es ist leichter, auf eine Zahlenreihe zu stoßen, als auf jemanden, der unbedingt deinen Nabel anfassen will.«

Sie brachen in Gelächter aus, und dann wurden sie auf einmal ganz ernst und schauten einander an, ihre Blicke verschränkten sich. Es war nur ein einziger Moment, doch etwas in Normas Brust machte einen Satz: wie ein Zusammenzucken, ein kleiner Stromstoß.

»Schade, dass du abreist«, flüsterte Elia.

Norma hatte im selben Moment genau das Gleiche gedacht. »Du kannst mich in Edinburgh besuchen. Es heißt, es sei eine sehr schöne Stadt.«

Die Anspannung war greifbar: Jeder Nerv war angespannt, jedes Molekül ihres Körpers wartete darauf, dass sie einander berührten.

»Was hast du denn vor, wenn du deine Promotion beendet hast?«, fragte sie ihn, um über die Stille hinwegzugehen, die zwischen ihnen entstanden war.

»Vielleicht kehre ich nach Italien zurück. Ich arbeite an einem System für die Verbrennung in Sportwagen, und Ferrari, Maserati und Lamborghini haben alle ihren Sitz in der Emilia.«

Norma gefiel alles an Elia: sein langes, seidiges Haar, seine Augen mit den goldenen Sprenkeln, die großen Hände, sogar seine Knie. Man konnte ihre Form unter der Jeans erkennen: Sie waren kräftig und kantig, sehr männlich.

Der Abend war ruhig. Der Wein schmeckte nach Eichenfass und nach Gewürzen. Auf dem Plattenspieler lag eine Scheibe von Miles Davis. Sie waren beide siebenundzwanzig und dabei, sich ineinander zu verlieben.

Sie warf einen Blick auf die Uhr und sprang auf. »Meine Güte! Ich muss los, sonst verpasse ich den letzten Bus!«

»Warte, ich mach uns noch einen Kaffee. In fünf Minuten ist er fertig.«

Als er ihr die Tasse hinstellte, berührten sich ihre Hände. Sie nahmen noch einmal Platz, diesmal noch näher aneinander.

Küss sie, jetzt mach endlich. Sie will es doch auch, sagte sich Elia wieder und wieder.

Es hätte nur einer winzigen Geste bedurft, um die letzte Mauer einzureißen, doch an diesem Abend wollte es keiner von beiden. Es war vor allem Norma, die ihn nicht zu diesem Schritt ermutigen wollte: Die Intensität des Gefühls, das sie in sich aufsteigen spürte, machte ihr Angst. Sie fürchtete, an einen Ort gezogen zu werden, von dem sie nie wieder zurückkehren könnte; dabei war sie dabei, London zu verlassen. Sie konnte nicht zulassen, dass sich ihre Pläne in Luft auflösten.

Als sie sich wieder erhob, war es fast Mitternacht. »Es ist schon so spät! Danke, Elia. Es war wirklich schön, dich wiederzusehen«, sagte sie und schlüpfte schnell in ihren Mantel.

»Dann sehen wir uns also am Samstag, bei der iranischen Party …«

»Ja, ich rufe dich morgen an, und du sagst mir, wann und wo.« Und damit lief sie die Treppe hinunter.

»Wenn du den Bus verpasst, komm wieder hierher!«, schrie er ihr vom Treppenabsatz hinterher.

Er kehrte in die Küche zurück und fing an, trällernd den Abwasch zu machen. So gut hatte er sich schon lange nicht mehr gefühlt. Dann dachte er, die zwei Tage, bis er Norma wiedersah, würden sehr lang werden, und dann wäre sie weg.

Es klingelte. Er lief an die Sprechanlage. »Ja?«

»Hab den letzten 30er verpasst.«

»Komm hoch«, antwortete er, und Norma hörte an seinem Tonfall, wie sehr er sich freute.

~

Den Rest der Nacht verbrachten sie mit Plaudern. Sie machten noch eine Flasche Wein auf und schauten in die Zeitschrift *Time*

Out auf der Suche nach Kunstausstellungen. Elia schlug vor, am Samstagnachmittag eine über Impressionismus zu besuchen. Und sie entdeckten, dass sie die gleichen LPs mochten: Jimi Hendrix, Janis Joplin, aber auch Lauzi, de Gregori, Premiata Forneria Marconi. Und schließlich sprachen sie über Politik.

»Ich komme aus einer einfachen Familie, deshalb ist es für mich ganz natürlich, auf der Seite der Schwächsten zu stehen, aber ich habe nie ein Parteibuch gehabt. Das ist mir alles zu eng«, sagte Elia.

»Seit meine Cousine gestorben ist, will ich von Politik nichts mehr wissen.«

»Das kann ich mir denken. Meine Mutter hat es mir erzählt. Aber ich erinnere mich an deine Cousine nicht mehr.«

»Du hast sie nie kennengelernt. Ich … wollte dich für mich allein.« Sie bereute den Satz schon, bevor sie ihn beendet hatte.

»Ach, wirklich?«, antwortete er mit einem Lächeln.

Erst da wurde ihnen bewusst, dass es bereits Morgen war. Die Sonne schien durch das Fenster und brachte die roten und silberfarbenen Blumen auf der Tapete zum Leuchten. Hinter dem Glas ein Horizont aus Dächern, Gauben, Schiefer und Fernsehantennen.

»Ich glaube, ich schaffe es nicht mehr in den Englischunterricht«, sagte Norma.

»Ich bin auch ziemlich kaputt. Komm, gehen wir lieber schlafen.«

Sie schaute ihn an, ohne sich zu rühren.

»Ich hoffe, dass ich dir keine Umstände mache …«

»Aber nein, wie kommst du darauf?«

Sie gingen, ohne sich umzuziehen, ins Bett. Er nahm ihre Hand, eine ganz natürliche Geste, ohne Hintergedanken. Dann schliefen sie ein, wie vor so vielen Jahren auf dem Heuboden.

Beiden stieg wieder der Duft von getrocknetem Gras in die Nase und der Geruch des Flusses an langen Sommertagen.

~

Am späten Vormittag wachten sie auf und hatten Hunger. Er ging mit ihr in ein kleines Café um die Ecke, wo man rund um die Uhr ein englisches Frühstück bekommen konnte.

»Was für riesige Teller! Da sind wir ja bis morgen satt«, kommentierte sie und tauchte ein Stück Toast ins Eigelb. Es war Freitag, und beiden war klar, dass sie das ganze Wochenende miteinander verbringen würden.

Nach dem Frühstück gingen sie zu Norma nach Hause, damit sie sich umziehen und etwas Passendes für die iranische Party mitnehmen konnte, und dann machten sie sich auf den Weg in die Kunstausstellung.

Auf dem Fest am Samstagabend gab es köstliches persisches Essen: Reis mit Huhn, Zwiebel und Orangenschale, einen Braten mit Walnüssen und Granatapfelkernen sowie *bademjan*, ein Gericht mit Auberginen und Tomaten. Sie tanzten zu persischer Musik und versuchten etwas unbeholfen, den Tanzstil der Iraner nachzuahmen. Doch nach ein paar Glas Wein war es ihnen egal, wie es aussah, und sie amüsierten sich.

Auf jenem Fest war nur eine einzige junge Frau im Schleier; alle anderen trugen Jeans mit Schlag oder Miniröcke. Männer wie Frauen tranken Alkohol. Wer ihn allerdings nicht anrührte, war Bijan. Er war ein Freund von Elia, der bei der BBC arbeitete und, wie er Norma erklärte, praktizierender Muslim war.

»Ich weiß nicht viel über den Iran, aber ich finde die Modernisierungsbemühungen des Schahs gut«, sagte sie.

Sie merkte an seinem Gesichtsausdruck, dass sie in ein Fettnäpfchen getreten war.

»Reza Pahlavi ist ein Despot, einer der schlimmsten. Den Regimegegnern sägen sie Beine und Arme ab und werfen sie von Hubschraubern aus ins Meer.«

»Ich weiß, das ist schrecklich. Aber er hat doch auch Gutes getan. Zum Beispiel hat er Frauen das Recht gegeben zu wählen.«

»Und er hat die Benutzung des Schleiers verboten. In unserer Religion ist das ein nicht zu tolerierender Affront.«

Elia mischte sich ein, als der Ton der Diskussion schärfer wurde. »Was schlägst du denn vor? Den islamischen Staat, so wie ihn dieser Typ im Exil definiert … wie heißt er noch? Komeni? Komini? Der, der gesagt hat, dass die Demokratie nichts anderes ist als Prostitution?«

»Hör auf, Elia! Wir sind auf einem Fest«, ermahnte ihn Norma auf Italienisch.

»Er heißt Khomeini und ist ein großer Ayatollah! Genau der, den mein Land braucht«, stieß Bijan hervor.

~

Nach dem Fest gingen Norma und Elia zu Fuß nach Hause, und das Thema kam auf Bijan.

»Ich sollte nicht auf ihn hören. Der redet vom Leben in einem islamischen Staat, hat aber die westliche Kultur mit Löffeln gefressen«, schloss Elia.

Auf halbem Wege begann es zu nieseln.

»Nehmen wir ein Taxi?«, schlug er vor.

»Aber nein, das ist nur Nebel. Davon wird man nicht nass.« Und sie setzten ihren nächtlichen Spaziergang fort.

Elia blieb stehen, um sich eine Zigarette anzuzünden. »Mist, das ist meine letzte. Hast du noch welche?«

Einem Impuls folgend, ging sie auf die Zehenspitzen

und küsste ihn so schwungvoll, dass sie einen Moment lang schwankte. Kaum berührten sich ihre Lippen, gingen die Lichter der Stadt aus und leuchteten erst in dem Moment wieder, als ihre Münder sich trennten.

»Das ist, als hätten wir einen Blackout verursacht«, scherzte er, hob sie hoch und nahm sie fest in die Arme.

Sie gingen weiter, Hand in Hand, blieben aber alle hundert Meter stehen, um sich wieder zu küssen.

Kaum zu Hause angelangt, zogen sie sich aus, ohne dass es ihnen im Geringsten peinlich war. Sie schlüpften unter die Laken und streichelten sich lange, ohne Eile, erkundeten ihre Körper mit demselben Staunen, mit dem sie es in ihrer Kindheit getan hatten.

Die Liebe wurde in ihren Händen geboren, als sie einander berührten. Er sog sich an ihrem Mund fest, streichelte ihren Rücken, strich über das Rückgrat, Wirbel für Wirbel, und lernte ihren Körper kennen, Handfläche um Handfläche, Zentimeter um Zentimeter.

Nachdem sie sich geliebt hatten, lagen sie einander lange in den Armen. Elia schlief als Erster ein, Norma hingegen konnte nicht schlafen. Wie sollte sie auch? Noch vor einer Stunde war sie ein anderer Mensch gewesen: getrennt von ihm, eine Unbekannte für seine Berührungen, seine Zärtlichkeit, und sie wusste, dass sie nie wieder dieselbe sein würde. Es hatte ihr Angst gemacht, sich ihm so nah zu fühlen, so absurd glücklich und verletzlich zugleich, als festgestanden hatte, dass sie einander wiedersehen würden. Donata hatte immer gesagt, man müsse loslassen, und dieses Mal hatte Norma es getan. Doch sie würde nach Edinburgh ziehen, und das könnte jetzt sehr schwierig werden. Ein Gedanke, der sie traurig machte, doch sie beschloss, sich davon nicht die Laune verderben zu lassen. Es war noch Zeit bis Montagmorgen, und sie hatte nicht vor, sich auch nur einen Moment, den sie mit Elia verbringen konnte, entgehen zu lassen.

Er atmete leise, an sie geschmiegt. Plötzlich bewegte er sich, vielleicht im Traum, und brachte ihre Brust zum Beben. Dann drückte er sie noch enger an sich. Sie blieb ganz ruhig in seinen Armen, und auf einmal war da ein Spatz in ihrer Brust, der sang und mit den Flügeln schlug, so froh war er.

~

Am Montagmorgen begleitete er sie zur U-Bahn. Vor dem Eingang küsste er sie, ohne auf den prasselnden Regen zu achten und auf die Menschen, die an ihnen vorbeiströmten und -drängelten. Kurz bevor sie sich trennten, sagte er: »Sehen wir uns doch heute Abend noch einmal! Wir trinken was, und dann bringe ich dich mit dem Auto an den Bahnhof. Ich habe ein italienisches Taxi, das dir zur Verfügung steht, mitsamt Schild auf dem Dach.«

»Wow! Tatsächlich?«

»Im Ernst: ein Fiat 600 Multipla, flaschengrün, den ich einem italienischen Taxifahrer abgekauft habe, bevor ich nach England kam. Das Taxi-Schild ist immer noch an seinem Platz. Um wie viel Uhr soll ich dich denn abholen?«

»Lieber nicht. Abschiede sind immer so traurig. Außerdem sehen wir uns ja bald.«

»Na gut«, schloss er widerwillig. Ein letzter Kuss, dann überquerte er die Straße im Laufschritt.

Kaum war er auf dem gegenüberliegenden Bürgersteig angekommen, drehte er sich noch einmal um, in der Hoffnung, Norma stünde noch da, und da stand sie. »Sobald du in Edinburgh ankommst, ruf mich an.«

»Ist gut, aber jetzt geh, du wirst ja pitschnass!«

Er drehte sich um und lief durch den Regen davon.

Einen Augenblick kam in Norma der Impuls auf, ihm hinterherzulaufen, ihm zu sagen, dass sie nicht fahren wolle … *Ich muss verrückt geworden sein!*, schloss sie. Sie betrat den Bahnhof, lief die Treppe hinunter und fuhr zum Englischunterricht.

Kaum traf sie Monique, erzählte sie ihr von Elia und den Tagen, die sie miteinander verbracht hatten.

»*Bonbon*, bist du dir sicher, dass du nach Schottland willst?«

»Natürlich! Es war schön hier, aber ich muss an meine Zukunft denken.«

»Jedenfalls kümmere ich mich um deine Pflanzen, und wann auch immer du beschließt zurückzukommen, ist das Zimmer wieder deins.«

Norma kam am späten Nachmittag nach Hause. Sie musste nur noch den letzten Koffer vollmachen, ein bisschen aufräumen, dann war alles bereit für die Abfahrt.

Kaum betrat sie die Wohnung, sah sie, dass das Lämpchen am Anrufbeantworter blinkte. Sie ging darauf zu und drückte den Knopf, um das Band abzuhören.

Miss Martiroli, guten Tag! Hier spricht die Arbeitsvermittlung. Ich rufe an wegen der Stelle in Edinburgh … Miss Martiroli, es tut mir wirklich sehr leid, aber heute Morgen hat mich die Universität angerufen, um mir mitzuteilen, dass sie es sich anders überlegt hat. Wie es scheint, hat die erste Kandidatin, die junge Frau, die das Angebot abgelehnt hatte, ihre Meinung geändert, und die endgültige Wahl ist auf sie gefallen. Natürlich ist die Universität bereit, Ihnen alle Kosten zu ersetzen, die für die Reise angefallen sind. Rufen Sie mich bitte an. Ich bin mir sicher, dass ich etwas anderes Interessantes für Sie finde.

~ 2015 ~

Stellata, März

»Gehst du mir eine Schachtel Zigaretten kaufen?«

»Mama! Du weißt doch, dass das Gift ist!«

»Was kann denn eine Zigarette noch schaden?«

Ich schaue dich verärgert an, weiß aber, dass du im Grunde recht hast, und gehe hinaus, um dir das Päckchen zu kaufen.

Es ist ein kalter Morgen. Ich gehe der Kälte mit strammem Schritt entgegen und denke dabei an meine erste Zigarette. Das war damals mit Donata, wir waren dreizehn Jahre alt und hatten uns mit einem Päckchen MS, das ich meinem Papa stibitzt hatte, in den Park geflüchtet. Hinter einem Strauch verborgen, husteten wir ohne Ende, und uns tränten die Augen.

»Ekelhaft!«, jammerte ich.

»Wir müssen uns daran gewöhnen, sonst halten uns die Jungs für Betschwestern!«

An jenem Tag, versteckt im Park und voller Ekel, haben wir uns wichtig gefühlt und auf einmal erwachsen.

Glöckchen klingeln hinter mir. Ich drehe mich um: niemand. Es ist nicht das erste Mal, dass das passiert, und ich lächle.

Ich weiß, dass du hier bist, Donata. Wenn du zu mir zurückkommst, tust du es mit einem fröhlichen Klingeln oder mit anderen kleinen Zeichen: Du schaltest plötzlich das Licht aus, bringst ein Glas zum Wackeln, oder die Tür fällt laut ins Schloss, obwohl kein Lüftchen weht. Wenn ich an dich denke oder über dich spreche, stelle ich mir vor, wie du lachst oder einen Purzelbaum schlägst, wie damals als Kind. Manchmal klopfst du ganz leise an mein Fenster, wenn es Abend wird. Aber es ist jedes Mal nur ein Augenblick; das Klingeln der Glöckchen, ein Luftzug an der Wange, und dann bist du wieder fort.

Und doch habe ich, kurz nachdem du von uns gegangen warst, entdeckt, wie wenig ich dich eigentlich kannte. An dem Tag, an dem wir deine sterblichen Überreste identifizierten, sagte mir Onkel Dolfo etwas, das mich überraschte. Wir versuchten, aus der Tragödie schlau zu werden. Ich hatte die These aufgestellt, dass du dich in einer Situation befandest, die dir aussichtslos erschien, und du, die du niemals einen Kompromiss schlossest, hattest diesen Weg vielleicht vorgezogen, statt besiegt zu werden.

»Das ganze Leben ist ein Kompromiss. Donata wusste das und sagte, sie nehme sich einfach alles viel zu sehr zu Herzen. Aber deine Ausgeglichenheit hat sie bewundert«, hatte er mir geantwortet.

»Donata hat mich bewundert?«

»Hast du das nie bemerkt? Seit ihr klein wart, war jede noch so kleine Schandtat von ihr darauf ausgerichtet, dass du sie mochtest. Sie wollte von dir anerkannt und geschätzt werden.«

Zu entdecken, dass du meine Bewunderung nötig hattest, hat dich zerbrechlicher und deshalb noch liebenswerter gemacht.

Es ist dein Tod, Donata, der mich dazu gebracht hat, in England zu leben. Ich hätte Paris wählen können, jede andere Großstadt, doch ich wusste, wie sehr du London liebtest. Du hattest einen Englischkurs gemacht und sagtest, das sei der Ort auf der Welt, wo du am liebsten leben würdest. Und so beschloss ich, nach London zu gehen. Ich musste mein Leben leben und auch deins, das Leben, das du nicht mehr hattest.

~

»Da sind die Marlboro, Mama.«

»Danke.«

Du reißt mit ungeduldigen Fingern das Päckchen auf und zündest dir eine Zigarette an. Deine Hand zittert. Du inhalierst tief, mit geschlossenen Augen. Und dann hustest du, dein Körper wird von Krämpfen geschüttelt. Du hältst dir das Taschentuch vor den Mund, und als du es wieder wegnimmst, steckst du es schnell ein. Aber ich habe den roten Fleck gesehen, Mama. Ich habe die Spur des Todes gesehen, der dein Leben auffrisst, Stück für Stück.

~ 1974 ~

16. Dezember, abends

Elia machte früher Feierabend als sonst. Es war sinnlos, länger zu bleiben, denn er hatte sich schon den ganzen Tag nicht konzentrieren können.

Zu Hause ließ er sich auf das Sofa sinken. Die Tapete erschien ihm noch hässlicher als sonst, der Teppichboden mit den braunen Blumen ein Sinnbild der Trostlosigkeit. Er schloss die Augen und konzentrierte sich auf seine schönsten Momente mit Norma. In den vergangenen drei Tagen war er von Gefühlen überwältigt worden, von denen er gar nicht gewusst hatte, dass er sie empfinden konnte. Und sie? *Wir sehen uns ja bald*, hatte sie ihm gesagt. Klar, genau wie die Versprechen aus den Ferien am Meer, die man vergessen hat, sobald man wieder zu Hause ist.

Er warf einen Blick auf die Uhr; es war sechs. Der Gedanke, das Auto zu nehmen und zu ihr nach Dalston zu fahren, war verführerisch, aber wozu? Bei ihrem Abschied am Morgen hatte sie ihm gesagt, dass sie noch zu tun habe. Wenn er nun auf einmal bei ihr vor der Tür auftauchte, riskierte er, als Idiot dazustehen; als einer, der keine Kontrolle über sich hatte.

Er ging in die Küche und briet sich zwei Eier. Ohne großen Appetit verspeiste er sie, dann legte er sich aufs Bett.

Er zündete sich eine Zigarette an. Sie hatten nur drei Tage miteinander verbracht, doch diese drei Tage hatten genügt, um ihn davon zu überzeugen, dass es sich lohnen könnte, es mit ihr zu versuchen. Wirklich zu versuchen, nicht bloß für ein Wochenende in Edinburgh oder einen Urlaub. Er war zu allem mit ihr bereit. *Aber sie offenbar nicht*, schloss er.

Und doch … er konnte sich nicht getäuscht haben: Norma hatte die gleichen Gefühle wie er. Er dachte an die letzte Nacht zurück, die sie miteinander verbracht hatten, eng umschlungen im Bett, und in seinen Armen hatte sie gezittert.

Er drückte die Zigarette aus, schlüpfte in seine Jacke und lief die Treppe hinunter.

~

Nachdem Norma den Anrufbeantworter abgehört hatte, war ihre erste Idee, Elia anzurufen. Doch es war schon spät; zu dieser Uhrzeit war er bestimmt auf dem Heimweg von der Uni. Besser, sie wartete bis zum nächsten Morgen. Zuerst musste sie Ordnung in ihre Gedanken bringen und die plötzliche Änderung ihrer Pläne verarbeiten.

Um acht Uhr abends klingelte es an der Tür. Sie dachte, es sei Monique, und stürzte die Treppe hinunter, um zu öffnen.

»Taxi für Signorina Martiroli!« Elia stand auf der Schwelle, Schnee im Haar, seine Augen leuchteten. »Ich konnte dich einfach nicht fahren lassen, ohne mich noch einmal von dir zu verabschieden«, fuhr er fort. Seine Miene wurde ernst.

»Es ist nicht so, dass ich dich nicht sehen wollte. Vielleicht habe ich heute Morgen nicht die richtigen Worte gefunden.«

»Na ja, da bin ich jedenfalls. Jetzt kannst du mir alles sagen, was du willst … aber vielleicht könntest du mich erst reinlassen.«

»Ach, entschuldige. Komm!«

Sie stiegen die Treppe zu ihrem Zimmer hoch.

»Elia, in Edinburgh …«

Er nahm ihre Hände. »Geh nicht, Norma. Bleib bei mir!«

»Das wollte ich dir ja gerade sagen: Für diesen Job an der Uni haben sie ein anderes Mädchen genommen.«

»Im Ernst?«

Sie nickte.

Elia zog sie aufs Bett, umarmte sie, strich ihr durchs Haar. »Ich glaube es nicht! Du bleibst wirklich?«

»Offenbar ja.«

»Hattest du das Zimmer nicht deiner Freundin versprochen?«

»Ja, aber ich kann immer …«

»Warum ziehst du nicht zu mir?«

»Machst du Witze? Wir kennen uns doch kaum.«

»Wir kennen uns seit unserer Kindheit.«

»Es ist doch nicht nötig, dass ich zu dir ziehe. Wir können uns so oft sehen, wie wir wollen.«

»Was schlägst du vor? Dass wir uns am Dienstag, Donnerstag und am Samstagabend sehen? Dass wir es ruhig angehen lassen, dann kommt die offizielle Verlobung, ich knie vor dir und stecke dir den Ring an, und dann treten wir vor den Traualtar?«

»Mach keine Witze darüber. Es war alles so intensiv … Ich will bloß die Dinge nehmen, wie sie kommen, ganz ohne Eile.«

»Bitte mich nicht um so etwas, Norma! Das, was ich empfinde, ist stärker als dein guter Menschenverstand, da ist mir doch das richtige Maß egal! Manchmal bietet dir das Leben nur eine einzige Möglichkeit und vielen nicht einmal die. Wenn du aber das Glück hast, dass sie sich dir bietet, darfst du sie dir nicht entgehen lassen. Du musst sie beim Schopf packen, dich Hals über Kopf reinstürzen.« Er drückte sie an seine Brust. »Ich muss mit dir zusammen sein, Tag und Nacht. Verlang nicht von mir, dass ich mich mit etwas Lauwarmem, Gewöhnlichem zufriedengebe. Ich habe dieses Feuer in mir, und ich weiß, dass es wehtun kann, aber wenn wir uns von unseren Ängsten ausbremsen lassen, wenn wir verzichten, nur weil unser Verstand es uns sagt, dann wird dieses Feuer erlöschen.«

»Stellst du mich gerade vor vollendete Tatsachen?«

»Ich bitte dich nur, es mit mir zu probieren, es wirklich zu probieren, ohne Grenzen oder Bedingungen.« Er streichelte ihr Gesicht. »Überlass deiner Freundin das Zimmer. Du kannst sie doch nicht so enttäuschen …«, scherzte er.

Sie dachte an die Worte des Seiltänzers im Hyde Park zurück; sie dachte an die Arbeit, die sie im allerletzten Moment verloren hatte, und daran, dass all ihre Pläne von einem Augenblick auf den anderen umgeworfen worden waren.

Sie verbrachten Weihnachten zusammen und dann Silvester. Norma blieb bei Elia wohnen und kehrte nie wieder in ihr Zimmer zurück.

~ 1975 ~

Februar

Er war der Rebell geblieben, den sie als Kind in Stellata gekannt hatte. Jemand, der aus dem Fenster sprang, wenn er in der Schule nachsitzen musste, und der sich jeder Regel und jedem Verbot widersetzte. Er ertrug es nicht, wenn man ihm sagte: »Es ist Samstag, wir müssen einkaufen«, oder: »Heute ist Putzen dran.« Im Chaos fühlte er sich wohl. Selbst in seinem Papierkram herrschte eine ganz eigene Ordnung, eine nur für ihn sichtbare Harmonie. Und immer, wenn es galt, etwas zu suchen, wusste Elia ganz genau, wie und wo er es finden konnte.

Was Norma besonders an ihm nervte, war, dass er die Wanne nicht putzte, nachdem er ein Bad genommen hatte, und dass er nur bekleidet mit einer dieser schrecklichen weißen Unterhosen mit Eingriff, wie sie alte Männer trugen, in der Wohnung unterwegs war. Er zog auch keine Hose an, wenn jemand an der Tür klopfte; Norma hatte gesehen, wie er in dieser dürftigen Bekleidung einem Nachbarn geöffnet hatte, ohne sich auch nur im Geringsten zu schämen.

Elia wiederum warf Norma vor, von Ordnung besessen zu sein und einen Putzfimmel zu haben; Eigenheiten, die er nicht ertragen konnte. Es gefiel ihm auch nicht, dass sie beschlossen hatte, an welchem Tag eingekauft wurde, wann das Bett abgezogen und wann gewaschen wurde …

Das waren nur kleine Störfeuer, unvermeidliche Reibungen zwischen zwei Menschen, die sich erst noch kennenlernen und ihre Gewohnheiten aneinander anpassen mussten. Sie stritten um Kleinigkeiten, doch immer brachen sie irgendwann in Gelächter aus, weil sie wussten, dass es sich nur um kleine Scharmützel handelte, die keine Spuren hinterließen.

Sie führten ein ruhiges Leben: am Sonntag Kino, ab und zu Essen im indischen Restaurant, ein Spaziergang im Park … Am Samstag schliefen sie bis am späten Vormittag aus und frühstückten dann in einer französischen Patisserie in Hampstead Heath, wo sie sich mit ofenwarmen Croissants vollstopften und um die Seiten der Zeitung kämpften.

An einem dieser Samstagmorgen las Elia einen Artikel über Sartre und Simone de Beauvoir und kommentierte wie folgt: »Die leben eine freie Beziehung, ohne die Möglichkeit auszuschließen, Erfahrungen mit anderen Menschen zu machen. Das scheint mir richtig zu sein: Der Mensch ist kein monogames Wesen, und früher oder später geht er fremd. Umso wichtiger ist es, ehrlich zu sein und zu akzeptieren, dass man sich auch in einer festen Beziehung von anderen Menschen angezogen fühlen kann.«

»In der Theorie stimmt das vielleicht, aber irgendwann ist es doch unvermeidlich, dass einer von beiden eifersüchtig wird.«

»Eifersucht ist ein negatives Gefühl, und man muss lernen, es zu unterdrücken.«

»Es besteht immer das Risiko, dass ein kleines Abenteuer sich zu etwas Tieferem entwickelt und am Ende die Stabilität eines Paares ins Wanken bringt.«

»Dieses Risiko besteht in allen Beziehungen, die Monogamie ist nie eine Garantie«, beharrte er.

Norma war davon nicht überzeugt. Sie dachte an ihre Eltern, an das Fremdgehen ihres Vaters, und daran, wie viel es gekostet hatte, den Scherbenhaufen ihrer Leben wieder zusammenzusetzen. »Wenn man jemanden liebt, braucht man den Glauben daran, dass diese Beziehung unerschütterlich ist. Es ist normal, dass das so ist«, konterte sie.

»Was heißt denn normal? Normal ist das, was uns glücklich macht, das, was wir für richtig halten.«

»Willst du mir damit sagen, dass du dir auch eine Geliebte zulegen wirst?«

»Ich weiß es nicht, aber ich kann dir nicht schwören, dass ich dir *bis zum Tode* treu sein werde. Ich hoffe, wir werden gemeinsam alt, und dass du diejenige bist, die mir an meinem Grab die Münze unter die Zunge legt, mit der meine Überfahrt über den Styx bezahlt wird. Ist dir das nicht genug?«

Elia hat recht, sagte sich Norma wiederholt. Doch ein Teil von ihr sehnte sich auch danach, die Phrasen verliebter Menschen zu äußeren, so banal und überholt sie auch waren: »Es wird niemals enden«, oder: »Es ist für immer.«

»›Für immer‹ gibt es nicht, doch was wir haben, das nimmt uns niemand«, versicherte ihr Elia an jenem Samstag in der Patisserie in Hampstead Heath, und Norma glaubte ihm.

Sie vertraute ihm mit der bedingungslosen Ergebenheit eines Menschen, der zum ersten Mal liebt. Sie waren glücklich, fühlten sich berauscht ohne einen Tropfen Wein. Es war, als würde man die Welt sehen und sie nicht wiedererkennen. Wie an einem Tag im Sommer, wenn der Himmel blau und der Wind warm ist und man nicht glauben kann, dass jemals wieder ein Winter kommt.

~

Büschelweise Krokusse und Osterglocken blühten auf den Wiesen, das Gras leuchtete saftig in der Sonne. Hand in Hand gingen sie am großen Gewächshaus der Kew Gardens vorbei, und das Klacken ihrer Schritte hallte auf dem kiesbestreuten Weg wider.

»Warum heiraten wir eigentlich nicht?«, fragte sie unvermittelt.

Sie spürte, wie sich Elias Hand in ihrer versteifte. Sie hörte das Knirschen des Schotters, spürte die Schwere des Schweigens, das sich über sie gesenkt hatte. Der Himmel war lichtblau, die Luft mild. Doch noch war es die Wintersonne, die auf sie herabschien, an diesem ersten warmen Tag des Jahres, der einem vorgaukelte, es sei bereits Frühling.

»Ich dachte, du wärst auch so glücklich«, antwortete er.

»Jetzt zieh nicht so ein Gesicht, das war ein Witz!«, beeilte sich Norma zu sagen und hängte sich bei ihm ein.

Elia blieb unbewegt. »Du weißt, dass ich nicht an die Ehe glaube.«

»Hör auf! Ich wollte nur wissen, wie du reagierst. Komm, gehen wir in den Orchideenpavillon«, schlug sie vor, und sie ließen das Thema fallen.

~

Die Arbeitsvermittlung hatte Norma eine Stelle bei der Londoner Vertretung einer italienischen Versicherung besorgt. Es war eine Tätigkeit, die weniger interessant war als die in Edinburgh, doch für den Moment reichte sie ihr. Mit Elia an ihrer Seite hatte London seinen Reiz zurückerlangt, und Norma fühlte sich voller Energie und Tatendrang. Nachdem sie zu ihm umgezogen war, hatte sie sich für einen Abendkurs in Zeichnen angemeldet und auch wieder mit dem Malen angefangen. Wie sehr liebte sie den Geruch von Ölfarbe und Lösungsmittel und das Ritual, erst einmal mit sauberen Pinseln vor der leeren Leinwand zu sitzen, den Spachtel und die Farbtuben bereit zum Einsatz neben sich wissend. Sie saß ganz still da, in Erwartung des Moments von Erleuchtung, der sie, wenn sie Glück hatte, ganz plötzlich erfüllte. Und in diesen seltenen, herrlichen Momenten lockerten sich ihre Muskeln, und ihre Hände wurden zu Trägern von Poesie. Malen war ihr Leben, ihr richtiges Leben. Es war der Schweiß der Stunden von Arbeit ohne Unterbrechung. Es bedeutete, konzentriert zu bleiben, bis man ihn in sich spürte, den schöpferischen Saft, der ihren Körper ganz durchlief, bis er in den Fingerspitzen angelangt war, bis die Temperafarben dem, was vorher erloschen und unbewegt war, Energie und Bewegung einhauchten.

Kaum war sie aus dem Büro zurück, setzte sie sich vor die Staffelei, so sehr in ihre Arbeit versunken, dass sie nicht einmal Elia bemerkte, wenn er nach Hause kam.

Er überraschte sie, indem er von hinten an sie herantrat und die Arme um sie legte. »Bist du gerade fertig geworden?«, fragte er sie mit Blick auf die Leinwand.

»Ja. Gefällt es dir?«

»Es ist schön, aber deine Figuren sind beunruhigend. Zum Beispiel das Gesicht dieser Frau hier.«

»Es ist eine Beerdigung auf dem Lande, da wird nicht gelacht.«

»In deinen Bildern liegt immer etwas Finsteres: dunkle Farben, bedrohliche Himmel ...«

»Ich bin hier drin in dem Bild, auch in den dunkelsten Farbtönen bin ich ...«

Er schaute sie überrascht an. »An dir ist doch nichts Dunkles. Irgendwann machen wir mal eine Reise nach Polynesien, wie Gauguin. Ich bin mir sicher, dass deine Gemälde danach voller Farben sein werden, so wie es ihm passiert ist!«

»Danke für den Vergleich!«, antwortete Norma lachend.

~

Sie gingen nicht oft aus, doch ab und zu kam ihm eine bizarre Idee: ein nächtliches Picknick im Holland Park oder ein Spaziergang in der übel beleumdeten Gegend von East End.

»Ich habe Lust, das Meer zu sehen. Was hältst du von einem Ausflug an die Küste?«, schlug er eines Samstagabends vor.

»Jetzt? Es ist fast Mitternacht.«

»Die beste Zeit für eine Reise. Komm, zieh dich an. Ich bringe dich ans Ende der Welt.«

»Wie meinst du das?«

»Du wirst schon sehen. Ich nehme die Decke, pack du Wein und das Radio ein.«

Sie bestiegen den flaschengrünen 600 Multipla mit dem Taxischild auf dem Dach. Kaum hatten sie London hinter sich gelassen, fuhren sie auf die Autobahn und folgten den Schildern in Richtung Cornwall.

Als sie ankamen, wurde es langsam hell. Er stieg aus und öffnete die Tür für sie. »Milady, hier sind wir in Land's End, am Ende der Welt, wie versprochen. Wir sind am äußersten Zipfel Großbritanniens.«

»Das ist großartig«, flüsterte sie. Ein gewaltiger Felsvorsprung ragte in den Ozean hinaus und trennte die beiden Meere, die stürmisch aufeinandertrafen. Langsam nahm der Himmel Farbe an: zarte Töne von Violett bis Himmelblau, weiter hinten von Perlgrau bis Blassrosa. Unter ihnen ein Abhang, an dem sich majestätisch die Wellen brachen.

Elia breitete die Decke aus, und sie nahmen direkt vor dem Ozean Platz. Sie schalteten das Radio ein und öffneten den Wein: Er war aus dem Supermarkt und eher säuerlich, hielt sie aber warm. Später schliefen sie, ein wenig beschwipst, ein, die Stimme von Janis Joplin in den Ohren.

~

Am darauffolgenden Samstag klingelte es an der Tür.

»Norma, gehst du?«, rief Elia, der gerade in der Wanne mit den Löwenfüßen lag.

Sie öffnete die Tür, und vor ihr stand ein Bote mit einem großen Rosenstrauß.

»Ein Verehrer von dir?«, fragte Elia, als sie mit dem Strauß in der Hand vor ihm auftauchte.

»Das bezweifle ich.« Norma klappte das Kärtchen auf. »Das muss ein Scherz sein.« Sie reichte ihm das Brieflein.

Ich möchte, dass du immer die Meine bist.

»Sicher, dass du nicht weißt, von wem das kommt?«

»Ich habe keine Ahnung.« Sie nahm die Folie vom Strauß und stellte ihn, so gut es ging, in einen großen Topf, denn Blumenvasen hatten sie nicht. *Die werden sich in der Adresse geirrt haben*, überlegte sie halb verwirrt, halb geschmeichelt.

Am Tag darauf wurde wieder ein Strauß geliefert. Diesmal stand auf dem Kärtchen:

Keine ist wie du.

»Das ist doch lächerlich!«, brummte sie und zeigte den Brief Elia.

»Vielleicht jemand von der Arbeit. Dein Chef?«, schlug er vor.

»Der ist Großvater von drei Enkelkindern … außerdem, da hätte ich doch was gemerkt.«

So ging das eine ganze Woche weiter, an jedem einzelnen Tag wurden Blumen geliefert. Jeder verfügbare Topf war schließlich mit Rosen gefüllt, sodass Norma zuerst auf Plastikflaschen und dann auf das Waschbecken zurückgreifen musste. Mittlerweile sah es in der Wohnung mit all den Blumen wie in einem Gewächshaus aus.

Während sie sich beim allerersten Mal geschmeichelt gefühlt hatte, verstörten sie die vielen Blumen jetzt. »Vielleicht sagen die mir ja im Laden, wer sie schickt«, sagte sie eines Morgens, auf der Suche nach einem Platz für den zigsten Rosenstrauß.

»Vergiss es. Floristen sind wie Beichtväter, die verraten nichts«, entgegnete Elia.

»Dann gehe ich jetzt zur Polizei.«

»Um was zu sagen? Dass dir ein geheimer Verehrer Blumen schickt?«

»Das ist kein Witz. Der ist doch wahnsinnig.«

»Hör auf. Wahnsinnige zielen nicht mit Blumensträußen auf ihre Opfer.«

Ihn schien das Mysterium zu amüsieren; Norma hingegen glaubte mittlerweile wirklich, im Fadenkreuz eines Verrückten zu stehen.

Am Samstagmorgen stand wieder einmal der Bote vor der Tür und brachte diesmal lauter rote Rosen.

»Geben Sie die Ihrer Frau, oder schmeißen Sie sie weg«, sagte Norma ihm mit verschränkten Armen.

»Das kann ich nicht. Nehmen Sie sie, und werfen Sie sie selbst weg, wenn Sie wollen.«

Norma nahm den Strauß entgegen und machte Anstalten, ihn in den Müll zu schmeißen.

»Lies doch wenigstens, was unser *mystery man* schreibt«, schlug Elia vor.

Sie öffnete den Umschlag.

The Old Bell

95 Fleet Street, London, EC4Y 1 DH

Morgen Abend, zwanzig Uhr.

Nicht versäumen.

»Das könnte ihm so passen!«

»Geh hin, sonst findet diese Geschichte nie ein Ende.«

»Bist du verrückt geworden?«

»Ich komme mit, dann brauchst du dir keine Sorgen zu machen. Wenn ich weit genug von dir weg sitze, sollte es gehen.«

~

In dem Pub an der Fleet Street traten sie getrennt ein: zuerst Elia, der sich einen Tisch in einer Ecke suchte, und dann, fünf Minuten später, Norma, die gut sichtbar an einem Tisch in der Mitte des Raumes Platz nahm.

In dem Lokal roch es nach Eiche, Whisky und Bier. Alles war aus Holz: die alten Deckenbalken, der lange Tresen, die gewienerten Regale mit den umgekehrt aufgehängten Schnapsflaschen, die knirschenden Böden und die Tische. In einem großen Steinkamin knisterte das Feuer.

Eine Musikband trat auf; der Sänger hatte blondes Haar, das ihm bis auf den Rücken hing, und eine Brille mit kleinen runden Gläsern.

Es war gemütlich warm, die Atmosphäre entspannt, doch Norma saß ganz steif da. Sie schaute sich um, aber niemand schien ihr Aufmerksamkeit zu schenken. Sie blickte auf die Uhr: zehn nach acht. Dann schaute sie zu Elia. Der bedeutete ihr, ruhig zu bleiben.

Dann war es Viertel nach acht, und niemand hatte sich ihr genähert. Norma dachte, dass ihr *mystery man* sich nicht mehr melden würde.

»Das nächste Lied spielen wir auf freundlichen Wunsch. Und es ist für Norma!«, kündigte der Sänger an.

Aha. Jetzt, dachte sie.

When the moon hits your eye like a big pizza pie, that's amore

When the world seems to shine, like you've had too much wine, that's amore …

Bells will ring, ting-a-ling-a-ling, ting-a-ling-a-ling, and you'll sing, »Vita bella« …

Komisches Lied für einen Rosenkavalier, sagte sich Norma.

Elia trat auf sie zu. »Er kommt nicht mehr.«

»Ach komm, klar! Wenn er dieses Lied für mich spielen lässt, muss er hier sein.«

»Mir scheint, er kommt ganz sicher nicht.«

In diesem Moment sagte der Sänger: »Und jetzt habe ich noch eine wichtige Nachricht. Norma, Elia möchte dir eine Frage stellen …«

Der Schlagzeuger machte einen Trommelwirbel, und dann rief wieder der Sänger: »Norma, willst – du – ihn – heiraten?«

»Norma Martiroli: Möchtest du meine Frau werden?«, wiederholte Elia nun selbst.

»Aber … du hast immer gesagt, du glaubst nicht an die Ehe«, stammelte sie.

»Aber du wünschst es dir, und das ist für mich das Wichtigste. Leider … war das hier das Einzige, was ich mir leisten konnte.« Und er streckte ihr einen der Ringe entgegen, die man auf der Kirmes kauft oder in einem Überraschungsei findet.

»Mein Geld ist komplett in den Taschen des Floristen gelandet«, erklärte er.

Sie brach in Gelächter aus, doch sie hatte auch einen Kloß im Hals.

»Ich bitte dich, sag was. Alle schauen uns an«, flüsterte Elia ihr ins Ohr.

»Ja, ich sage: Ja!«, rief sie aus.

Im Pub brach tosender Applaus aus.

»Herzlichen Glückwunsch, Norma! Du hast es aber ganz schön spannend gemacht!«, scherzte der Sänger.

Norma steckte sich den Ring aus goldbemaltem Metall an. Der Stein war aus rotem Glas, das ein wenig an Rubin erinnerte. »Er ist perfekt!«, rief sie aus.

Nach Hause zurückgekehrt, konnte Norma immer noch nicht glauben, was geschehen war. »Und auf Hochzeitsreise fahren wir nach Brasilien!«, sagte sie aufgeregt.

»Ausgerechnet dorthin?«

»Dort unten lebt eine Verwandte von mir, die uns bestimmt gerne bei sich wohnen lässt. Was meinst du?«

»Dass Brasilien Grund genug ist, dich zu heiraten.«

»Du bist ganz schön frech«, scherzte sie und warf ein Kissen nach ihm.

Norma hatte die Einladung nicht vergessen, die sie von Adele während ihres nächtlichen Spaziergangs beim Fest in Stellata bekommen hatte. »Komm nach Cachoeira Grande«, hatte sie gesagt. »Ich bin mir sicher, Brasilien wird dich bezaubern.«

Gab es denn einen besseren Anlass für einen Besuch?

~ 2015 ~

Stellata, April

Du riechst. Wenn ich in deine Nähe komme, ist er sofort da, der Geruch von altem Urin. Du hast immer darauf bestanden, dich selbst zu waschen, doch mittlerweile macht es dir Mühe, dich zu bücken, du kannst dich kaum auf den Beinen halten, kriegst wenig Luft. Es ist der Moment gekommen, an dem ich dir helfen muss, dich sauber zu halten; etwas, das wir beide immer vermieden und wovor wir uns gefürchtet haben. Ich kann mich nicht erinnern, dich jemals nackt gesehen zu haben. Als ich klein war, hast du dich immer eingeschlossen, wenn du dich umziehen wolltest.

Du bist auf dem Sessel eingeschlafen. Du atmest mit offenem Mund, und ein Speicheltropfen hängt an deinen Lippen.

Ich denke an deine Reaktion zurück, als ich dir am Telefon sagte, ich wolle heiraten.

»Bist du schwanger?«

»Nein, Mama, ich bin nicht schwanger.«

»Warum dann diese Eile?«

»Du könntest wenigstens ein bisschen Begeisterung zeigen.«

»Jetzt bist du verliebt, aber das ändert sich wieder.«

Es lag Bitterkeit in deiner Stimme, ein Gefühl, das ich nicht gewillt war zu ertragen. »Danke, du bist ermutigend wie immer!« Ich schmiss den Hörer auf die Gabel.

Vielleicht wolltest du mich damals nur beschützen, mich davor be-

wahren, dass ich Fehler mache. Ich bin ungerecht zu dir gewesen. Und auch jetzt bin ich es, während ich dich anschaue und mit Entsetzen sehe, welche Zerstörung die Krankheit in deinem Körper angerichtet hat. Mit Entsetzen über diesen Speicheltropfen, der bebend an deinen Lippen hängt …

Was mache ich hier eigentlich, Mama? Meine Tochter hatte recht, als sie sagte, du bräuchtest eine Krankenschwester, nicht meine Anwesenheit. Ich schaue dich an und empfinde nichts, in mir ist gar nichts. Diese Reise hat uns keine Lösung gebracht. Ich erinnere mich an keine einzige Umarmung zwischen uns. Eine wirkliche Umarmung, meine ich. Wenn wir uns nach längerer Zeit wiedersahen, gingen wir aufeinander zu, ohne unser Unbehagen verstecken zu können, und alles endete in einem kurzen körperlichen Kontakt, den wir so schnell wie möglich wieder beendeten. Sofort fingst du eine Plauderei an, wie man sie mit Nachbarinnen führt. »Setz dich, ich mach dir einen Kaffee … Du siehst gut aus …«

Ich antwortete einsilbig oder mit Banalitäten.

Heute jedoch müssen die Mauern zwischen uns fallen. Du musst dich mir nackt zeigen. Ich muss dich einseifen, mit dem Schwamm über deinen Körper fahren, muss deine intimsten Stellen berühren, und das will ich nicht. Etwas in mir weigert sich, die Mauer einzureißen, die wir in all den Jahren zwischen uns aufgebaut haben. Meine Schuld, deine Schuld, was bedeutet das noch? Die Wahrheit ist, dass ich dir nie verziehen habe, Mama. Die Wahrheit ist, dass es mich viel kostet, dir zu helfen, dir so nahe zu sein. In Viggiù hatte jede von uns ihr eigenes Leben, man sah sich wenig. Diese Nähe jetzt ist erstickend. Hier sind nur wir zwei, du und ich, die ganze Zeit. Ohne Ablenkung, ohne das Seniorencenter, ohne eine Ausstellung, ohne Kino, ohne den Tee mit einer Freundin … Du beschwerst dich, wenn ich auch nur eine halbe Stunde aus dem Haus gehe, um einzukaufen oder mir die Beine zu vertreten. Erst gestern hast du es wieder getan.

»Und wenn es mir dann schlecht geht?«

»Es sind nur zwanzig Minuten, Mama. Was soll dir denn passieren?«

»Na gut, aber beeil dich.«

»Ich muss mir von dir keine Erlaubnis einholen, das Haus zu verlassen!«, sagte ich und schlug die Tür hinter mir zu.

Ich gehe einkaufen, auch wenn im Haus gar nichts fehlt, aber ich muss durchatmen. Ich gehe hinaus, weil ich Luft schnappen, weil ich Distanz zu dir schaffen muss, weil ich eine halbe Stunde lang deinen Tod vergessen will. Ich bin voller guter Absichten losgefahren, doch jetzt spüre ich, dass ich allmählich kapituliere. Die Zeit, die ich dir widme, all die Zeit, die ich von meinem eigenen Leben abschneide, nimmt zu viel Raum ein. Ich bin es leid, deine Krankenschwester zu sein, deine Pflegerin, die Tochter, die immer noch um deine Zuneigung bettelt wie um Almosen. Und wem nützt es überhaupt, dieses Familienschauspiel? Wem nützen sie, diese Wochen erzwungener Freundlichkeit, in denen es nur darum geht, gute Miene zum bösen Spiel zu machen?

Du hustest, der Speicheltropfen an deiner Lippe platzt. Du öffnest die Augen und schaust mich verwirrt an. »Ist es Morgen?«

»Es ist vier Uhr nachmittags. Du bist ein paar Minuten eingeschlafen.«

»Aha. Denk dir nur, ich habe sogar geträumt.«

»Und was hast du geträumt?«

»Ich weiß nicht, ich erinnere mich nicht mehr …« Du starrst ins Leere, hast offenbar die Orientierung verloren.

Hass ist ein Gefühl, das man einem Menschen vorbehält, gegen den man kämpfen kann, vor dem man sich verteidigt, bevor man zu einem neuen Angriff übergeht. Auf einmal tut sie mir wieder leid, diese alte Frau vor mir, die voller Ängste dem Tod entgegengeht.

Ich nehme deine Hand. »Na komm, jetzt ist es Zeit für ein Bad. Keine Widerrede.«

Ich helfe dir aufzustehen, und du folgst mir gefügig, mit kleinen Schritten.

Ich lasse Wasser in die Wanne laufen. Du setzt dich auf den Schemel, und ich fange an, dich auszuziehen. »Heb die Arme hoch.«

Du gehorchst. Ich ziehe dir den Pullover aus, dann das Wollunterhemd und den BH. Die Brüste hängen schlaff über dem Bauch. Du, die du immer so prüde warst, versuchst gar nicht erst, sie zu verstecken, lässt sie einfach frei hängen. Die Brustwarzen zeigen zum Boden.

Ich ziehe dir die Unterhose aus. Sie ist schmutzig; du schaffst es nicht mehr, dich sauber zu halten. Ich lege sie rasch beiseite, damit du sie nicht siehst. Du warst früher immer so pingelig mit der Körperpflege … Immer hast du nach Seife und Kölnischwasser geduftet, du hast gut gerochen, Mama, und ich erkenne die Frau, die du mal warst, kaum wieder in diesem alten Wesen mit der fleckigen Haut, dem schlaffen Fleisch und dem strohigen Haar …

Du richtest dich auf und stehst nackt vor mir, du hast auch den letzten Rest Scham abgelegt. Ich helfe dir beim Einsteigen in die Wanne. Du hebst ein Bein, stellst einen Fuß hinein. Zitternd klammerst du dich an meinen Arm, um nicht das Gleichgewicht zu verlieren.

»Gut, und jetzt den anderen. Ganz ruhig, ich halte dich …«

Du hebst das zweite Bein, und endlich bist du drin. Du setzt dich. Ich nehme den Schwamm und verteile ein paar Tropfen Flüssigseife darauf. Ich fahre damit über deinen Rücken. Hier ist die Haut ganz glatt und makellos, wundersamerweise ohne Leberflecke, ohne Falten. »Du hast einen schönen Rücken, wie ein junges Mädchen.«

»Wirklich?«

»Ja. Glatter und frischer als meiner.«

»Du bist ja auch nicht mehr die Jüngste«, sagst du mit einem verschmitzten Lächeln.

Es braucht so wenig, Mama, um dich glücklich zu machen.

~ 1975 ~

27. März

Die Hochzeit wurde im Rathaus von Kensington gefeiert, und nur die Brautleute und ihre Trauzeugen waren anwesend: Monique für Norma, Bijan für Elia. Die Braut trug ein puderrosa Kleid, das ihr bis knapp übers Knie ging, ein passendes Jäckchen und einen Hut mit breiter Krempe. Elia hatte sein langes Haar zu einem Zopf gebunden und sich dazu überreden lassen, seinen Bart zu stutzen. Zu diesem Anlass war er sogar bereit, Hemd und Krawatte zu tragen, doch dazu hatte er Jeans und ein Paar bequeme Mokassins an. Die Festivitäten mit den Familien waren für später geplant, wenn sie einen Abstecher nach Italien machen würden.

Normas Eltern hatten keine Ahnung, wer Elia war. Guido erinnerte sich nur an Bicicli, mit Ghelfa hatte er nie geredet.

Bicicli und seine Frau hatten sich über die Nachricht sehr gefreut, auch weil sie Norma bereits seit ihrer Kindheit kannten.

»Siehst du, was ich zustande gebracht habe, indem ich dir die Nummer meines Sohnes gegeben habe!«, hatte Ghelfa Norma gegenüber ausgerufen.

»Liebe ist die Kraft, die die Sonne bewegt und alle anderen Sterne! Ich habe immer schon gewusst, dass ihr beiden irgendwann zusammenkommt«, hatte Bicicli kommentiert, der sich damit brüstete, die berühmtesten Stellen aus der *Göttlichen Komödie* auswendig zu können.

Es gibt nur wenige Fotos von jenem Tag: den Moment der Unterschrift, die kleine Hochzeitsgesellschaft vor dem Rathaus von Kensington, die Brautleute, die sich küssen, während Monique in einem traditionellen indonesischen Kleid Reis wirft. Außerdem noch ein Bild von Norma und Monique, die die Zunge herausstrecken, und ein anderes von Braut und Bräutigam, die lächelnd und Hand in Hand zum Hochzeitsessen im Imperial College gehen. Das hatten Elias iranische Kollegen im Saal der Studentenvertretung organisiert. Das gesamte Essen war hausgemacht, und es spielte eine Band von befreundeten Musikern. Bis in die späte Nacht wurde getanzt und reichlich getrunken.

Gegen Ende der Feier bemerkte Norma ein Mädchen, das Elia keinen Moment allein ließ. Sie wirkte betrunken und fuhr mit einem Finger über seine Krawatte. Dann küsste sie ihn auf den Mund.

»Was ist das denn für eine?«, wollte Norma von Bijan wissen.

»Eine Kollegin. Siehst du, was der Alkohol anrichtet?«, antwortete er ihr.

»Nicht mit meinem Mann.« Norma stand auf und ging zu den beiden.

Das Mädchen hatte immer noch die Arme um Elias Hals geschlungen und flüsterte ihm ins Ohr.

Norma packte ihn am Ärmel. »Es ist spät, gehen wir nach Hause.«

»Ach, warte noch! Zuerst müssen wir allen Auf Wiedersehen sagen.«

»Dann machen wir das jetzt. Ich bin müde.«

Sie begannen, sich von ihren Freunden zu verabschieden.

»Fahrt ihr in die Flitterwochen?«, wollte ein Kollege von Elia wissen.

»Morgen geht unser Flug nach Brasilien. Norma hat da unten Verwandtschaft.«

»Bei uns wird es höchstens Ramsgate«, sagte Monique ironisch. Sie stand neben Bijan und lächelte. Die beiden waren den ganzen Tag über unzertrennlich gewesen.

Draußen auf der Straße hielten Norma und Elia ein Taxi an. Zu Hause angekommen, schwankten sie die Treppe hoch und ließen sich, voll bekleidet, aufs Bett fallen.

»Es heißt, eine Hochzeit macht am Ende alles kaputt«, lallte Norma, die immer noch betrunken war.

»Das behaupten nur Neider und Geschiedene.« Elia zog sie an sich und fügte hinzu: »Wir müssen Monique zum Essen einladen. Bijan hat mich gebeten, etwas mit ihr zu arrangieren.«

»Im Ernst? Die beiden würden nie miteinander auskommen.«

»Lass sie das doch selbst entscheiden.«

»Na gut. Sobald wir aus Brasilien zurück sind, machen wir ein Abendessen zu viert.« Dann schaute sie ihn ernst an. »Warum hast du zugelassen, dass dieses Mädchen dich küsst?«

»Sie war betrunken, und ich konnte mich auch kaum mehr auf den Beinen halten. Das war weniger ein Kuss, als dass wir uns gegenseitig gestützt haben«, sagte er mit einem Lachen.

»War dir aber anscheinend nicht unangenehm.«

»Die war blau. Morgen wird sie sich nicht einmal mehr daran erinnern.«

»Und wenn mich jemand so geküsst hätte?«

»Es hatte nichts zu bedeuten. Außerdem weißt du ja: Was für mich gilt, gilt auch für dich.«

»Wie kannst du jetzt über so etwas reden?«

»Du hast diese Geschichte aufgebracht.« Und er versuchte, sie zu umarmen.

Norma stieß ihn zurück und schaute ihm direkt in die Augen. »Schwör mir, dass du mich nicht betrügen wirst.«

»Hör auf, du weißt, dass ich nicht schwöre.«

»Diese Demütigung hättest du mir wenigstens am Tag meiner Hochzeit ersparen können.«

»Demütigung? Was für eine Demütigung? Bloß weil eine Besoffene mich auf den Mund geküsst hat?«

»Es war ein richtiger Kuss!«

»Woher weißt du das? Du warst doch am anderen Ende des Saals!«, brüllte er aufgebracht.

Sie setzte sich auf dem Bett auf. »Oh, man hat trotzdem gesehen, wie gut es dir gefallen hat! Was für ein großartiger Moment, dein Ego als unwiderstehliches Mannsbild zu stärken! Bravo!« Und sie fing an, langsam zu klatschen, die Augen glasig vom Alkohol.

Er beschloss, sie zu ignorieren, doch Norma ließ nicht locker. »*Ladies and gentlemen*, da hätten wir ihn, den großen Eroberer, den Schürzenjäger ohne Furcht und Tadel!«

Elia sprang auf. Er ging in die Küche, öffnete den Wasserhahn und trank in großen Schlucken.

Sie folgte ihm, entschlossen, ihn weiter zu provozieren. »Hast du nichts zu sagen?«

»Trink, sonst hast du morgen einen Mordskater.«

»Ich habe drüber nachgedacht, weißt du das? Offene Beziehung, Sartre, bla, bla, bla … Leck mich doch am Arsch!« Und sie schlug ihn mitten ins Gesicht.

Sie standen stumm voreinander, zu betrunken und zu aufgewühlt, um zu reagieren.

»Entschuldige, ich weiß nicht, was in mich gefahren ist, Elia, entschuldige …« Sie lief aufs Klo, beugte sich über die Schüssel und begann, sich zu übergeben.

Er kam zu ihr und hielt ihr den Kopf, bis sie sich schließlich erschöpft auf den Boden gleiten ließ.

»Steh auf. Es ist spät, besser, wir gehen ins Bett«, sagte er.

Norma strich sich eine Haarsträhne aus dem Gesicht, die ihr die Augen bedeckte, und schaute ihn an. Sie war bleich, und die Wimperntusche floss ihr übers Gesicht. Sie fuhr sich mit der Hand über den Mund. »Wenn du mich betrügst, könnte ich dir niemals verzeihen. Niemals. Hast du gehört? Nenn mich Kleinbürgerin, nenn mich spießig, aber für mich ist das so.« Ihre Stimme war belegt, doch in ihrem Ton lag ein solcher Schmerz, dass es keinen Zweifel an der Wahrheit dieser Worte geben konnte.

»Norma, ich bitte dich. Morgen brechen wir zu einer Reise auf, an die wir uns für den Rest unseres Lebens erinnern werden. Mach nicht alles kaputt.« Er hob sie auf seine Arme und trug sie schwankend zum Bett.

Sie brachen darauf zusammen und schliefen, immer noch in ihrer Kleidung, ein.

~

Brasilien, Ende März

Maria Luz, die Tochter von Tante Adele, erwartete sie am Flughafen, in einer Hand ein Blatt Papier mit ihren Namen, in der anderen einen Apfel, in den sie ab und zu hineinbiss. Sie trug ein bodenlanges Kleid und einen Schal mit Fransen aus türkischer Seide. Ein dicker Zopf weißen Haares hing seitlich über ihre Schulter. Norma wusste, dass die Cousine etwa fünfundvierzig Jahre alt war. Für ihr Alter war das weiße Haar ungewöhnlich, doch sie fand, dass es ihr gut stand.

»*Welcome to Brazil!*«, hieß sie die beiden willkommen und fügte, ebenfalls auf Englisch, hinzu: »Entschuldigt, aber mein Italienisch ist sehr schlecht.« Sie biss erneut in den Apfel. »Ich habe draußen den Wagen stehen. Besser, wir fahren gleich los, wenn wir vor Einbruch der Dunkelheit in Cachoeira Grande sein wollen.«

Auf dem Sitz im Auto stand eine große Palette mit weißen und roten Äpfeln. »Die habe ich gerade gekauft. Bedient euch, die schützen vor Diabetes und senken den Cholesterinspiegel.«

Norma und Elia merkten schnell, dass Maria Luz eine Plaudertasche war. Als sie erfuhr, dass Norma malte, rief sie aus: »Das muss in der Familie liegen!«

»Malst du auch?«

»Vor allem bin ich als Bildhauerin tätig, und ich unterrichte Kinder von sechs bis elf Jahren an einer Privatschule in Kunst. Es ist eine Arbeit, die mich sehr erfüllt. Nur schade, dass ich keine eigenen Kinder habe, aber als ich jung war, fühlte ich mich nicht bereit dazu, und als ich bereit war, war es zu spät.«

»Da haben wir schon eine Gemeinsamkeit«, pflichtete Norma ihr bei.

»Magst du Kinder auch?«

»Ich wollte sagen, dass wir beide die Kunst lieben.«

»Das ist nicht das Einzige, was uns verbindet. Zuallererst einmal hast du die Augen meiner Mutter.«

»Stimmt. Die hellen Augen der Träumer.«

»Träumer – wer, meine Mutter? Nein, sie ist Geschäftsfrau! Sie denkt nur an Kaffee und die Marktpreise.«

»Als junge Frau hat sie Italien verlassen, um hier einen Mann zu heiraten, den sie noch nie gesehen hat. Man braucht Mut, um so etwas zu machen. Und die Fähigkeit zu träumen.«

»Vielleicht. Ich weiß nicht viel über sie. Wir sprechen wenig miteinander.«

»Dann erzähle ich dir alles, du kriegst einen Abriss der ganzen Familie. Die eine Hälfte besteht aus uns Träumern, und die andere Hälfte hat seherische Fähigkeiten.«

Zwanzig Minuten später hingegen war Norma bereits eingeschlafen, weswegen Maria Luz sich darauf beschränkte, mit Elia zu plaudern. In dem angeheirateten Cousin erkannte sie sofort einen unbefangenen und unterhaltsamen Gesprächspartner. Auch Norma gefiel Maria Luz: Sie war anmutig, hatte die gleichen Augen wie ihre Mutter, jedoch einen sanfteren Charakter.

Als sie zum Mittagessen anhielten, begann Maria Luz, Pläne zu schmieden. »Ihr müsst unbedingt den Norden des Landes besuchen, aber da oben spricht niemand Englisch. Wenn ihr wollt, könnte ich euch ein paar Tage begleiten, um zu übersetzen.«

»Es wäre schön, wenn du länger als ein paar Tage bei uns bliebst«, beeilte sich Norma zu sagen.

»Oh nein. Ich habe meine Arbeit, und außerdem ist es doch eure Hochzeitsreise.«

»Der Norden scheint mir eine ausgezeichnete Idee. *Macumba, Candomblé* … Glaubst du, wir könnten einer der spirituellen Veranstaltungen beiwohnen?«, fragte Elia.

»Das möchte ich bezweifeln. Das sind Zeremonien der schwarzen Bevölkerung, Außenstehende sind nicht willkommen. Aber ich könnte euch vielleicht eine Droge probieren lassen, die in den Riten des Santo Daime verwendet wird.«

»Welche ist das?«, wollte Elia wissen.

»*Ayahuasca*. Ein Halluzinogen, das aus einer Liane aus dem Amazonasgebiet gewonnen wird. Es wird bei bestimmten religiösen Feiern konsumiert, die sowohl vom Katholizismus, dem afrikanischen Animismus als auch dem Schamanentum beeinflusst sind. Ich habe *Ayahuasca* probiert, und es war eine einzigartige Erfahrung, wirklich erleuchtend.«

»Ist es gefährlich?«

»Nicht, wenn man es mit den richtigen Personen macht, aber es ist auch nicht so, als würde man nur eine Tasse Tee trinken. *Ayahuasca* schafft einen Kontakt zum Unterbewussten und ins Jenseits. Nicht umsonst nennt man es auch die ›Liane der Toten‹. Euch kommt es vielleicht lächerlich vor, aber als ich die

Droge nahm, hatte ich eine Begegnung mit meinem Vater. Er ist gestorben, als ich zwei war, und ich hatte keinerlei Erinnerung an ihn, und doch ist mir seitdem seine Stimme präsent, die Bewegungen seines Gesichts, der Hände …«

»Woher weißt du denn, dass es nicht bloß ein Traum war?«

»Träume hat man nach ein paar Stunden wieder vergessen. Aber ich habe alles noch genau im Kopf, bis ins kleinste Detail. Es war nicht so, als würde man ein Gespenst sehen; ich berührte meinen Vater, er war dort, und ich spürte, dass mir nichts Schlimmes passieren konnte. Doch der Konsum von *Ayahuasca* kann auch beängstigend sein: Entweder du wirst von deiner Freude überwältigt, oder du stürzt in eine furchterregende Finsternis. In beiden Fällen gehst du daraus hervor mit einer entscheidenden Nachricht, die das Leben dir sendet.«

Norma und Elia waren erschüttert von dieser intensiven Schilderung, und Maria Luz beschloss, dass es besser war, sich leichteren Themen zuzuwenden. »Morgen müsst ihr euch ausruhen, wir beschränken uns auf einen Rundgang auf der *fazenda*, dem Landgut. An den darauffolgenden Tagen werde ich euch einiges zeigen. Wir fangen bei Cachoeira Grande an, dem Wasserfall, der unserer Kaffeeplantage, der *cafezal*, ihren Namen gibt. Könnt ihr reiten?«

»Geht so«, erwiderte Elia.

»Ich habe noch nie auf einem Pferd gesessen«, gestand Norma.

»Es ist die einzige Möglichkeit, um hinzukommen, aber keine Sorge, auf einem sanften Pferd lernst du das Reiten sofort. Der Wasserfall liegt am Gipfel eines Berges, dort ist es wie im Paradies: Pflanzen, Blumen, Vögel … Man hat mir gesagt, als kleines Mädchen hat mich Papa oft hingebracht.«

»Sein Verlust muss ein großer Schmerz gewesen sein.«

»Als er starb, hat sich meine Mama in die Arbeit gestürzt, das hat sie gerettet. Aber sie hat auch aufgehört, mir eine Mutter zu sein. Aufgezogen hat mich Núbia Vergara, eine Dienstbotin. Morgen lernt ihr sie kennen. Sie lebt immer noch auf der *fazenda* und gehört praktisch zur Familie. Und bei dir, Elia, wie sind deine Eltern?«

»Normale Leute. Sie kabbeln sich jeden Tag, aber sie haben einander gern.«

»Eine normale Familie zu haben, ist ein großes Glück. Wenn sie dir ein gutes Beispiel gewesen ist, wirst du ein hervorragender Ehemann.«

»Ich weiß nicht, ob Norma auch dieser Meinung ist. Wir haben sogar in der Hochzeitsnacht gestritten.«

Maria Luz lächelte. »Ich habe mit meinem Ehemann nie gestritten, und unsere Ehe ist trotzdem gescheitert. Wenn wir uns mehr gezankt hätten, wären wir vielleicht noch zusammen. Stattdessen wurde uns nach einigen Jahren bewusst, dass wir uns vollkommen auseinandergelebt hatten. Abgesehen davon bin ich nie in ihn verliebt gewesen.«

»Warum hast du ihn dann geheiratet?«, fragte Norma.

»Um gegen meine Mutter aufzubegehren. Deshalb konnte es auch nicht gut enden.«

Angesichts eines so intimen Geständnisses verstummten Norma und Elia.

Maria Luz hingegen fuhr fort: »Mama und ich, wir waren uns nie einig. Früher habe ich sie sogar gehasst. Mit zwanzig ist es normal, deine Mutter für dein eigenes Scheitern verantwortlich zu machen; mit vierzig wäre es lächerlich.«

»Achilles' einziger verletzlicher Punkt war die Sehne, an der seine Mutter ihn festhielt, als sie ihn in den Styx tauchte. Das muss doch etwas bedeuten«, unterstrich Norma.

»Die alten Griechen wussten vieles schon lange vor Freud. Ich schlage vor, wir trinken auf die Mythologie, auf unsere Ferien und auf alle Mütter, ob sie nun gut oder schlecht waren!«, schloss Elia, und sie hoben die Gläser.

~

Es war bereits nach Mitternacht, doch Adele erwartete sie unter dem Portikus der *fazenda*. Die Luft war frisch, und sie zog sich den Schal enger um die Schultern. Ihr Blick fiel auf den Jacaranda im Garten: Den Baum hatte Rodrigo gepflanzt, als sie mit ihrem ersten Kind schwanger gewesen war.

»Er wird zusammen mit unserem Kind wachsen«, hatte ihr Mann beim Ausheben der Grube gesagt.

Das Neugeborene war wenige Tage nach der Geburt gestorben, doch er hatte den Baum weiter gegossen und gedüngt. »Es wird andere Kinder geben, *meu amor*. Der Jacaranda ist ein Zauberbaum. Es heißt, es gebe einen auf der Plaza Flores in Buenos Aires, der, wenn ein Wind aufkommt, Tangomelodien pfeift.«

Adele musste noch immer lachen, wenn sie sich an dieses Gespräch erinnerte.

Einige Jahre später war Rodrigo gestorben, und innerhalb weniger Wochen war der Jacaranda vertrocknet.

»Wir sollten ihn besser fällen«, hatte ihre Dienstbotin gesagt.

Adele hatte einen kleinen Zweig in der Mitte durchgebrochen und ihn ihr gezeigt. »Siehst du? Innen ist er noch lebendig.«

»Er ist trocken«, entgegnete Núbia Vergara.

»Die Blätter sterben ab, doch dann wachsen sie wieder nach«, hatte ihr Adele geantwortet und den Baum weiter gegossen. Blüten hatte er jedoch nie wieder getragen.

Das ferne Brummen eines Autos riss sie aus ihren Erinnerungen. Adele sah die Scheinwerfer eines Wagens, der im Zickzack an der Flanke des Berges entlangfuhr.

Wenige Minuten später hielt das Auto vor dem Haus.

»Hallo, Mama, wie geht es dir?«, begrüßte Maria Luz sie, als sie ausstieg.

»Die üblichen Zipperlein, aber an die bin ich gewöhnt«, antwortete Adele und richtete ihre Aufmerksamkeit sogleich auf die Neuankömmlinge. »Norma! Wie schön, dass du hier bist, und was für einen hübschen Ehemann du mitgebracht hast! Kommt, kommt rein.« Sie hängte sich rechts und links bei ihnen ein und ließ ihre Tochter hinter sich.

Drinnen bot Adele an, eine Kleinigkeit zum Essen herzurichten, doch die beiden wollten nur ein wenig Wasser.

Die Tante machte sich in der Küche zu schaffen, holte Gläser und Zitronen und füllte den Krug. Ihr war bewusst geworden, wie kalt ihre Begrüßung Maria Luz gegenüber gewesen war, und so versuchte sie, freundlicher zu ihrer Tochter zu sein. Sie stellte alles auf den Tisch und setzte sich zu ihr. »Wie läuft's bei der Arbeit?«

»Ich bin müde, Mama. Lass uns morgen drüber sprechen.«

»Ja, natürlich. Wir gehen besser schlafen.«

~

Auf dem Bett ausgestreckt, dachte Adele immer noch über ihre Tochter nach. Wieso hatte sie sie bei ihrer Ankunft links liegen lassen? Die Beziehung zu ihr war immer schwierig gewesen, von Geburt an. In den ersten Monaten hatte die Kleine Tag und Nacht geweint, und Adele war oft kurz davor gewesen, den Verstand zu verlieren. Eines Abends, nachdem sie sie stundenlang vergeblich gewiegt hatte, begann sie, sie zu schütteln. »Es reicht jetzt, es reicht!«, hatte sie geschrien und das Kind auf das Sofa geworfen.

Auf einmal hatte das kleine Mädchen aufgehört zu weinen. Es hatte reglos dagelegen, das Gesicht unter der Decke versteckt. Adele hatte erschrocken auf das Sofa gestarrt, unfähig, sich zu nähern.

Ich hab sie umgebracht, hatte sie gedacht. Sie war hinausgelaufen und die ganze Nacht über die Felder geirrt.

Erst am nächsten Morgen, als die Sonne schon hoch am Himmel stand, hatte Rodrigo sie gefunden. Sie hatte Kratzer an den Armen und am Gesicht und starrte ihn verwirrt an, als bereitete es ihr Mühe, ihn wiederzuerkennen. Er war vom Pferd gestiegen und hatte sie an der Hand genommen. »Komm, wir gehen nach Hause.«

»Die Kleine …«

»Es geht ihr gut. Du bist es, die mir Sorgen bereitet.«

Er hatte sie davon überzeugt, dass es sich nur um Erschöpfung handle und ihre negativen Gefühle Anzeichen für eine Depression seien, die manchmal auf eine Geburt folge. Er hatte sie beruhigt und gesagt, sie würden diese schwierige Zeit gemeinsam durchstehen; er würde jemanden anstellen, der ihr helfen würde. Doch Adeles Probleme mit ihrer Tochter waren geblieben. Dann war Rodrigo gestorben, um Maria Luz hatte sich die Dienstbotin gekümmert, und der Bruch zwischen Mutter und Tochter war immer tiefer geworden.

~

»Wie sympathisch deine Cousine ist!«, lobte Elia, nachdem er die Zimmertür geschlossen hatte.

»Sie ist voller Energie. Sie packt das Leben so entschlossen an, wie sie in ihren Apfel beißt. Aber ich finde es irritierend, dass sie unter allen Umständen unseren Urlaub organisieren will.«

»Es ist ihre Art, uns willkommen zu heißen.«

»Du hast recht. Meine Güte, was für eine anstrengende Reise! Am liebsten würde ich zwölf Stunden am Stück schlafen.«

Doch Norma litt unter dem Jetlag und fand keinen Schlaf. Nach einer Stunde hob sie die Beine aus dem Bett, nahm ihre Zigaretten und ging hinaus in die Säulenhalle.

Maria Luz saß auf der Hollywoodschaukel, und sie nahm neben ihr Platz. »Kannst du auch nicht schlafen?«

»Für mich ist das normal. Ich bin daran gewöhnt, höchstens vier, fünf Stunden am Stück zu schlafen. Außerdem ist es so eine schöne Nacht … Schau nur, da oben!«

Weit weg von bewohnten Großstädten war der Himmel tiefschwarz und mit Myriaden von Sternen besetzt. Es wehte eine angenehme Brise, und der Duft der Rosen erfüllte die Säulenhalle.

»Stimmt es wirklich, dass Leute in unserer Familie seherische Fähigkeiten haben?«, wollte Maria Luz wissen.

»Nur diejenigen, die auf das fahrende Volk zurückgehen.«

»Ich habe gehört, dass es einmal eine *zingara* in unserer Familie gegeben hat, aber das sind uralte Geschichten. Gab es in jüngerer Zeit noch jemanden mit hellseherischen Kräften?«

»Meine Großmutter hat den Zeitpunkt ihres eigenen Todes auf den Tag genau vorausgesagt, und meine Cousine Donata konnte die Zukunft aus Tarockkarten lesen und hat dabei immer richtiggelegen. Kennst du Donatas Geschichte?«

»Ja, meine Mutter hat mir davon erzählt. Ein tragisches Ende.«

»Als ich das letzte Mal gesehen habe, wie sie die Karten legte, sagte sie voraus, sie würde eine Reise machen, ›die längste Reise von allen‹. Erst nach ihrem Selbstmord habe ich begriffen, dass sie von ihrem eigenen Tod redete. Dann hat sie noch seltsame Dinge hinzugefügt: dass sie durch den Mann, den ich liebe, zu mir zurückkehren würde.«

»Was bedeutet das?«

»Das habe ich nie verstanden.«

Beide Frauen schwiegen betroffen. Die Stille wurde durch den Ruf eines Vogels durchbrochen.

»Das ist das Liebeswerben eines weiblichen Käuzchens; die Männchen machen das nicht«, erklärte Maria Luz. Dann fügte sie hinzu: »Elia liebt dich sehr, das fällt sofort ins Auge. Ich glaube, er hängt ziemlich an dir.«

»Das Gegenteil ist der Fall. Er hat einen sehr unabhängigen Charakter; ich bin diejenige, die dazu tendiert, an Menschen zu hängen. So war es auch mit Donata. Sie war meine Heldin.«

»›Unglücklich das Land, das Helden nötig hat‹, hat mal irgendjemand gesagt. Die wahren Helden sind die Menschen, die ohne viel Aufhebens durchs Leben gehen, die trotz vieler Probleme und ihrer eigenen Schwächen immer weitermachen. Die Überlebenden sind die eigentlichen Helden, Norma, und du bist dafür ein Beispiel.«

»Und was habe ich überlebt?«

»Du hast ein unbefriedigendes Leben hinter dir gelassen und bist ins Ausland gegangen. Man braucht Mut, um so eine Entscheidung zu treffen. Man muss gelebt haben und gelitten. Elia ist wie ein überschäumendes Kind, er ist voller Charme und bemerkenswert intelligent, doch ohne dich wäre er verloren.«

»Und das alles hast du in wenigen Stunden begriffen?«

»Dazu muss man kein Hellseher sein. Elia glaubt nicht an die Ehe und hat dich trotzdem nach nur wenigen Monaten geheiratet; und er himmelt dich an, als wärst du die Muttergottes.«

Ein Blitz erhellte den Himmel, und aus der Ferne kam lautes Donnergrollen. Große Regentropfen begannen, auf das Blechdach der Hollywoodschaukel zu prasseln.

»Besser, wir gehen schlafen«, sagte Norma und drückte ihrer Cousine einen Kuss auf die Wange.

»Boa noite, prima«, wünschte ihr Maria Luz.

Norma betrat das Zimmer auf Zehenspitzen. Elia schlief. Sie

schlüpfte ins Bett und achtete dabei darauf, ihn nicht zu wecken. Neben ihm ausgestreckt, ließ sie das Gespräch mit Maria Luz Revue passieren. Zuerst hatte sie sie ein wenig aufdringlich gefunden, doch jetzt, unten in der Säulenhalle, hatte sie sich ihr sehr nah gefühlt.

Nichts deutete darauf hin, dass das Gewitter bald enden wollte. Ab und zu wurde es am Himmel hell, und der Spiegel auf der Kommode reflektierte Bruchstücke der Blitze. Wenige Sekunden später brachte heftiger Donner das gesamte Haus zum Beben. Die Fenster zitterten unter den starken Windböen, und die Grundmauern des Hauses ächzten im Dunkeln.

Dann, so plötzlich, wie er gekommen war, flachte der Wind ab. Zurück blieb die Reglosigkeit der Bäume, das Gluckern des Wassers in den Zisternen und das leise Tropfen der Regenrinnen.

~

Am Morgen danach war alles ruhig und der Himmel strahlend blau. Norma trat mit nackten Füßen in die Säulenhalle hinaus. Nach dem Gewitter stieg ein Duftgemisch aus feuchter Erde und Rosen aus dem Garten auf.

Sie schaute sich um. Das Haus lag auf der Kuppe eines Hügels und war ringsum von Kaffeeplantagen umgeben. Es war eine Kolonialvilla aus weiß gestrichenem Holz, die Säulenhalle mit roter und lila Bougainvillea überwachsen. Entlang der Balustrade standen Reihen von Iris, Rosensträucher und Strelitzien.

»Gut geschlafen?« Elia umarmte sie.

»Wie schon seit Jahren nicht mehr!«

»Komm, es gibt Frühstück.«

Abgesehen von dem großen Kühlschrank schien alles in der Küche aus dem vergangenen Jahrhundert zu stammen: Der Boden war aus Holz, rechts und links des großen Kamins standen zwei Sessel aus abgenutztem Leder. Es gab einen Kochherd, portugiesische *azulejos* an der Wand und eine Spüle aus Stein mit Messingarmaturen.

Adele stellte gerade einen großen Kaffeekocher auf den Herd. Norma malte sich all die Erinnerungen an dieses Haus aus, die ihre Tante in ihrem Herzen bewahrte. Sie sah sie vor sich, wie sie vor fünfzig Jahren in Cachoeira Grande angekommen war, wie sie neben dem Unbekannten, den sie gerade geheiratet hatte, auf der Kutsche saß, verängstigt von einer Zukunft, der sie nun nicht mehr entfliehen konnte. Norma stellte sie sich jung und schön vor, mit einer weißen Strähne über der Stirn. Im Haus von Nonna Neve hatte sie einmal ein Foto von ihr gesehen; es war an dem Tag aufgenommen worden, an dem Adele nach Brasilien in See stach. Lächelnd stand die junge Frau vor der *Principessa Mafalda*, dem Dampfschiff der Regia Marina, und ihre weiße Strähne hatte Normas Aufmerksamkeit ganz besonders geweckt.

Am großen Tisch in der Küche schnitt die Tante, ein wenig gebeugt unter der Last ihrer Jahre, dicke Scheiben Brot. Eine sehr alte Frau mit tief liegenden Augen und krausem Haar kam herein und ging auf Adele zu, um sie zu begrüßen.

»Lass nur, Núbia, ich mach schon. Setz dich, ich bringe dir einen Kaffee«, sagte Adele auf Portugiesisch zu ihr. Ihr Ton war ein wenig brüsk, doch es sprach auch Vertrautheit und Zuneigung daraus. »Sie ist fast blind und nicht mehr gut auf den Beinen, aber sie will immer noch arbeiten«, erklärte die Tante.

»Wie alt ist sie denn?«, wollte Elia wissen.

»Das weiß nicht einmal sie genau, aber auf jeden Fall über neunzig. Sie hatte schon graues Haar, als ich damals hierherkam.«

»Guten Morgen, liebe Leute!«, rief Maria Luz, die in der Tür erschien. Sie trug Hose und Reitstiefel, und ihr weißer langer Zopf war zu einem dicken Chignon aufgerollt. Sie ging auf Núbia Vergara zu und küsste sie auf die Wange. *»Bom dia, Vovò.«*

»Als du klein warst, hast du mir immer so ein Küsschen gegeben, wenn du etwas von mir wolltest.«

»*Vovò*, ich brauche jemanden aus der *senzala*, der die Riten von Santo Daime praktiziert.«

»Nein, *meu amor*. Das sind ernste Angelegenheiten.«

»Die Herrschaften kommen von weit her und möchten gerne *Ayahuasca* probieren. Was ist daran schlimm?«

»Es ist eine heilige Pflanze, kein Zeitvertreib für Touristen. José wird das mit Sicherheit nicht wollen.«

»José … welcher José?«

»Versuch nicht, mich auszutricksen!«

»Na komm schon, *Vovò* … Sag mir nur den Namen. Wenn er nicht will, belasse ich es dabei.«

Elia und Norma nahmen am Tisch Platz, ohne ein Wort zu verstehen, doch am Ende sahen sie, wie Maria Luz lächelte und die Dienstbotin umarmte.

Während des Frühstücks verkündete Maria Luz, sie müsse in die *senzala*, die kleine Ansammlung von Häusern, in denen die Arbeiter der *fazenda* lebten, und forderte die Gäste auf mitzukommen.

»Gern«, sagte Norma prompt.

»Wenn es für euch in Ordnung ist, würde ich lieber eine Runde reiten gehen«, antwortete Elia.

Kurz darauf setzten sich die beiden Frauen auf dem Pfad in Bewegung, der an der Hinterseite des Hauses entlang in Richtung *senzala* führte.

Während des Spaziergangs sprach Maria Luz wieder über ihren Ehemann. »Wir waren sehr verschieden: Ich liebe Kunst, Musik, gehe gerne ins Theater, und für all diese Dinge hat er sich überhaupt nicht interessiert. In den Jahren, die ich mit ihm verbrachte, war ich eine sehr unglückliche Frau.«

»Das kann ich mir kaum vorstellen, du bist so gut gelaunt und voller Leben.«

»Ich war nicht immer so. Meine Jugend habe ich damit zugebracht, Dinge auszuprobieren und zu scheitern, und ich habe ständig gegen mein mangelndes Selbstbewusstsein angekämpft. Wenn du dich von deiner Mutter nicht geliebt fühlst, ist es nicht leicht, an deine Qualitäten zu glauben oder zu denken, dass dich jemand wirklich lieben könnte … Und du, was suchst du in einem Mann?«

»Ich habe ein Bild im Kopf, seit ich klein war: ein Zimmer am Ende einer Treppe, und auf dem Bett schlafen ein Mann und eine Frau, nackt. Ich schaue sie an und weiß, dass sie einander sehr lieben.«

»Sehr romantisch, aber keine Liebe, nicht einmal die größte, kann dir Glück schenken. Das musst du in dir selbst finden.«

»Für mich bleibt die Liebe der Weg zum Glück.«

»Oder zur Verzweiflung, beides ist möglich. Ach, aber hör nicht auf mich.«

Während des Spaziergangs sprach Norma über Elsa und dass sie sich von Kindesbeinen an ihrem Vater Guido näher gefühlt habe. Bei Maria Luz war es so leicht, sich zu öffnen. Es war, als würden sie sich schon immer kennen. Schließlich erzählte Norma ihr sogar Dinge, die sie noch nie jemandem anvertraut hatte, nicht einmal Donata oder Elia. Sie vertraute Maria Luz den schrecklichen Satz an, den ihre Mutter damals auf dem Campingplatz zu ihr gesagt hatte.

Maria Luz lauschte ihr aufmerksam. »Familiäre Beziehungen sind diejenigen, die uns am meisten verletzen können; ich weiß, wovon ich rede. Aber eines Tages habe ich begriffen, dass ich aufhören muss, mich selbst zu bemitleiden. Ich habe an mir gearbeitet. Es waren Jahre der Analyse, aber am Ende habe ich mit meiner Mutter Frieden geschlossen. Jetzt akzeptiere ich sie so, wie sie ist.«

»Und was wünschst du dir vom Leben?«

»Ich möchte mich unsterblich verlieben, begreifen, was man dabei genau empfindet. In meinen fünfundvierzig Jahren ist mir das noch nie passiert.«

»Du hast doch gerade gesagt, dass du nicht glaubst, die Liebe könne einem Glück bringen.«

»Aber ich glaube an das Leben, und ich denke nicht, dass es richtig ist zu sterben, ohne jemals wirklich geliebt zu haben.«

Mittlerweile waren sie ganz in der Nähe der *senzala* angelangt, und Maria Luz wollte allein weitergehen. »Warte hier auf mich. Es ist besser, wenn ich mit dem Schamanen allein spreche.«

Eine halbe Stunde später kam sie lächelnd zurück. »Morgen beginnen wir mit der Vorbereitung der Zeremonie.«

Fröhlich wie zwei kleine Mädchen kehrten die beiden nach Hause zurück. Die Einwände von Núbia Vergara und von Adele waren nutzlos; Norma und Elia waren bereit, jene magische Erfahrung zu machen.

~ 2015 ~

Geriatrische Abteilung des Krankenhauses von Ferrara, April

Vergangene Woche mussten wir dich ins Krankenhaus bringen. Du stehst nicht mehr auf, und man hat begonnen, dir Morphium zu geben.

Auf seiner Morgenrunde ist der Arzt an deinem Bett stehen geblieben. Stirnrunzelnd hat er sich deine Werte angesehen. Ich habe ihn beiseitegenommen und ihn gefragt, wie es dir geht.

»Keine grundlegende Veränderung, aber es kann nur schlechter werden.«

»Hat sie Schmerzen?«

»Nein, seien Sie ganz beruhigt. Sie bekommt genügend Schmerzmittel.«

Ich lebe in der stetigen Angst, du könntest leiden, ohne es artikulieren zu können. Ich gehe eine Stunde vor der Morphium-Injektion ins Krankenhaus, um sicherzustellen, dass sie dich nicht vergessen und sich auch nicht verspäten, um mit eigenen Augen zu sehen, wie eine kleine Ampulle dir deinen Frieden zurückgibt.

Um elf Uhr beginnst du zu stöhnen. Ich hole eine Pflegerin. »Könnten Sie meiner Mutter die Injektion geben? Sie leidet sehr.«

»Es ist noch eine Stunde bis dahin. Warten Sie, ich rufe den Arzt.«

Fünf Minuten später ist sie wieder da, zum Glück mit dem Morphium. Sie drückt die Ampulle direkt in den Tropf. Einige Sekunden, dann entspannt sich dein Gesicht.

Ich nehme wieder neben dir Platz. Ich stütze den Kopf am Rücken des Sessels ab und mache die Augen zu. Es heißt, von Morphium bekomme man wundervolle Visionen. Wer weiß, wovon du träumst. Und mir fällt wieder jene Erfahrung ein, die wir vor all den Jahren in Brasilien mit Ayahuasca gemacht haben. Es ist viel Zeit vergangen, doch die Empfindungen sind mir immer noch präsent, die Bilder präzise …

… Wieder hatte es in der Nacht jede Menge Regen gegeben. Bei Morgengrauen machten sich Elia, Maria Luz und ich zu Fuß in Richtung der senzala auf, wo uns mehrere Tage des Fastens, der Gebete und einstimmender Gesänge erwarteten.

Der Schamane, ein zierlicher Mann von mildem Wesen und angenehmer Stimme, empfing uns mit größter Höflichkeit. Durch Maria Luz, die uns als Dolmetscherin diente, erklärte er, dass Ayahuasca in uns eine Substanz entstehen lasse, die im Körper sonst nur bei zwei Gelegenheiten produziert werde: während der Geburt und im Moment des Todes.

Zwei Tage lang beschränkten wir uns darauf, an Rohrzucker zu lutschen und Wasser zu trinken, in dem Tabakblätter eingeweicht wurden. Am dritten Tag waren wir müde und hungrig. Ab und zu brachen wir in Gelächter aus, weil uns das Warten so nervös machte. Am vierten Tag weckten uns der Schamane und sein betagter Vater um vier Uhr morgens. Wir liefen im Gänsemarsch in Richtung Fluss. Dort zogen wir uns aus und traten in die Fluten, ein reinigendes Ritual, das uns auf die Verabreichung des Getränks vorbereiten sollte. Nach dem Bad malte der Schamane uns das Gesicht mit dem roten Saft einer Waldfrucht an und schenkte uns das Ayahuasca-Gebräu ein.

»Wir können anfangen zu trinken«, sagte Maria Luz und erklärte: »Wenn wir uns nicht mehr auf den Beinen halten können, wird jeder von uns in seine eigene Ecke gebracht. Dort bleiben wir allein. Es wird uns schwindelig und schlecht werden, und dann setzen die Visionen ein.«

Das Gebräu hatte mehrere Tage gezogen und schmeckte ekelhaft, zäh und bitter. Wir tranken es in kleinen Schlucken, bis alles weg war. Dann brachten sie jeden von uns an einen anderen Ort.

Eine halbe Stunde später musste ich mich übergeben, legte mich auf eine Bambusmatte und begann zu zittern. Ich starrte ans Himmelsgewölbe, atmete nur flach. Ich spürte jede Bewegung im Wald, den Gang eines Tieres, den Flug der Vögel. Mein Körper brannte wie Feuer, doch ich spürte weder Schmerz noch Angst. Ich schwebte, körperlos, vermischte mich mit dem, was mich umgab. Vielleicht war die Ekstase der Mystikerinnen so gewesen, vielleicht hatten sie das gleiche Gefühl absoluten Friedens verspürt, der Harmonie mit dem Universum, das in diesem Augenblick in mir herrschte.

Der Mond war aufgegangen und übergoss den Oleander mit seinem weißen Schein. Die Visionen überstürzten sich, eine nach der anderen: Ich war eins mit der Natur und stürzte rückwärts in der Zeit, Epizentrum aus Lava und Feuer, Wiege der Gebeine und der Wurzeln, aus Wildschweinköpfen, Reptilien und Fischen.

Von der Erde stieg ein Rauschen von Muscheln auf, der Geruch von Moder und Asche. Ich war die ägyptische Königin mit den immer geöffneten Augen, mein Atem schillerte in der Dunkelheit. Das Ende eines jeden Geräusches begann in jener Waldesstille, indem ich meinen Atem mit den langsamen Bewegungen des Waldes vermischte. Über allem stand der Mond in seinem Schöpfungsakt: Er sog die Wellen ein, befruchtete die Knollen, nährte die Samen der Rosen.

Unbekannte Gesichter beugten sich über mich, doch ich starrte auf zwei Schatten, die ich von hinten laufen sah: Es waren zwei undefinierbare Gestalten, wie eingetaucht in den Nebel. Ich versuchte, sie zu unterscheiden, doch es gelang mir nicht. Dann hob sich auf einmal der Nebel. Da war ein Mann, der ein kleines Mädchen, nicht älter als vier, an der Hand hielt. Der Mann war Elia, ich erkannte ihn auch von hinten an seinem Gang, an der Art, wie er sich die Haare zum Zopf gebunden hatte. Ich rief nach ihm, doch er hörte mich nicht.

Dann rief ich ihn noch einmal, lauter, doch nur das Mädchen drehte sich um.

Es war sie, Donata, als kleines Mädchen: die gleichen schwarzen Locken, der unverkennbar spitzbübische Gesichtsausdruck. »Donata …«, stieß ich mühevoll hervor. Ich wollte zu ihr, wollte sie umarmen, doch sie hatte sich weggedreht und ging weiter, Hand in Hand mit Elia, bis der Nebel sie wieder verschluckt hatte.

Der Handschuh der Nacht berührte meinen Körper, er zog den Schleier fort, der mich von der Welt der Toten trennte. Die Dunkelheit öffnete sich für eine andere Dunkelheit, und aus dieser Finsternis waren andere Menschen getreten, die langsam näher kamen. An jedem von ihnen fand ich etwas Vertrautes: Viele hatten hellblaue Augen wie ich, andere tiefschwarze … Und dann kam meine Großmutter Neve …

»Nonna …« Sie kam langsam näher. Wir waren an einem Ort, an dem keine Trennung zwischen Vergangenheit und Gegenwart, zwischen meinem Leben und ihrem Tod existierte. Wir betrachteten uns, und seltsamerweise brauchten wir keine Worte: Ich wusste alles, was ihr durch den Kopf ging, und sie nahm jeden Gedanken von mir wahr.

»Bist du glücklich?«, fragte ich sie in unserer Geheimsprache.

»Chi a sto pran ben! *Es geht mir gut hier!« Und sie fügte hinzu: »Wenn das Schicksal bestimmt, dass er in deinem Leben bleibt, kann ihn dir nichts und niemand wegnehmen; doch wenn das nicht so ist, kann nichts und niemand ihn dazu bringen zu bleiben.« An diesem Punkt verschwand sie und ließ einen Hauch von ihrem Duft zurück.*

Ich war wieder allein, eine Rose aus Glas blühte in meinem Brustkorb. Die Nacht stand still. Es wehte kein Wind, nur die Sterne standen reglos am Himmel. Dann begann ein Körnchen Licht zwischen den Himmelskörpern zu brennen, es teilte sich in zwei Fragmente, in vier, dann in sechzehn … Der Embryo stürzte sich in das Fruchtwasser.

Das war die letzte Vision gewesen. Auf einmal wurde mein Körper leichter und immer leichter … Der neue Tag wurde in einem blauen Gefäß geboren: der ganze Himmel, eingefangen in einer blauen und türkisgrünen Schale. Vögel tuschelten in den Zweigen, flatterten flink mit den Flügeln. Die Stunde war still, rein wie das Wasser und der Stein. Langsam erwachte ich wieder zum Leben.

»Elia …«

»Ich bin hier.«

Ich umarmte ihn und brach in Tränen aus. Niemals war ein Traum so intensiv, so lebendig gewesen …

»Maria Luz?«

»Sie schläft noch. Jetzt ruh dich aus. Dann kehren wir nach Hause zurück.«

~ 1975 ~

Brasilien, April

Die Abendessen in der Säulenhalle von Cachoeira Grande gehörten zu den angenehmsten Momenten jener Reise. Gesprochen wurde Italienisch oder Englisch, für Núbia Vergara wurde das Wichtigste ins Portugiesische übersetzt. Oft entfachten sich leidenschaftliche Streitgespräche über Politik oder Religion, und die Atmosphäre am Tisch wurde hitzig. Adele war nicht besonders religiös, weshalb sie an dem Abend, an dem Elia seine Meinung über Maria Magdalena kundgetan hatte, auch nicht allzu entsetzt war. »Sie ist eine Figur der Zeitgeschichte, so wie übrigens auch Jesus eine war. Wahrscheinlich waren die beiden miteinander verheiratet. In den Evangelien wird nicht ausgeschlossen, dass er sich eine Frau genommen hat oder auch mehrere, wie es damals üblich war.«

Als sie diese Theorie für Núbia übersetzt hatten, riss diese die Augen auf, zeigte mit dem Finger auf Elia und beschimpfte ihn.

»Sie ist sich sicher, dass du für diese Ideen in der Hölle schmoren wirst«, übersetzte Maria Luz.

»Sag ihr, dass es die Hölle nicht gibt, aber sie wird ohnehin ganz bestimmt im Paradies landen.«

Núbia Vergara war ein Mensch, der nicht leicht klein beigab. *»Palavra fora da boca e pedra fora da mão não voltam atraás.«*

»Ein geäußertes Wort und ein geworfener Stein kehren niemals zurück«, übersetzte Maria Luz und schalt die Dienstbotin aus. »*Vovò*, hör auf damit! Du verängstigst die Gäste.«

~

Als der Moment kam, zum großen Wasserfall aufzubrechen, ging es Norma nicht gut. »Geht ihr beiden. Ich bleibe gerne zu Hause, die Tante und ich haben uns so viel zu erzählen.«

»Wir können auch morgen gehen«, schlug Maria Luz vor.

»Dann regnet es vielleicht. Heute ist ein perfekter Tag, das sollte man besser nutzen.«

Sie versuchten noch, sie umzustimmen, doch dann stiegen die beiden in den Sattel.

»Wir sind bald zurück!«, rief Elia, und die beiden galoppierten los.

»Dein Mann reitet wie ein richtiger *gaucho*«, kommentierte Normas Tante.

»In der Tat. Ich wäre nur ein Klotz am Bein gewesen. Was hältst du von einem Tee? Ich möchte, dass du mir alles über die erste Zeit in Brasilien erzählst und auch über deinen Mann.«

»Erwarte dir keine Liebesgeschichte wie im Film. Kurz nach unserer Hochzeit lief es zwischen mir und Rodrigo alles andere als gut. Dann haben wir eine lange Reise gemacht, und erst da habe ich gemerkt, dass ich ihn liebte. Jene Reise solltet ihr beide auch machen. Es gibt hier so wundervolle Orte; es ist, als wären sie gerade erst von Gottes Händen erschaffen worden.«

~

Elia und Maria Luz galoppierten die roten Sträßchen der *cafezal* entlang, das Gesicht im Wind, die Sonne schien heiß auf ihre Köpfe. Elia trug die Haare offen. Für Maria Luz sah er aus wie ein *conquistador*, der gerade einer spanischen Galeone entstiegen war.

Der Himmel war kobaltblau, und die Morgensonne schien auf sie herab wie ein Segen. Sie ritten über die Hügel, die Pferde galoppierten über Wege aus gestampfter Erde und wurden nur langsamer, wenn sie kleine Rinnsale aus kristallklarem Wasser überqueren mussten.

»Genau so muss Amerika damals Christoph Columbus erschienen sein, mit diesen leuchtenden Farben, dieser Kraft!«, rief Elia aus.

Sie ritten den Hang eines Berges hoch. Als sie am Gipfel angekommen waren, banden sie die Pferde an und gingen den steilen Pfad zu Fuß weiter. Der Pflanzenbewuchs wurde immer dichter. Die Sonne schaffte es kaum noch, die Baumwipfel zu durchdringen, und nach dem kürzlich herabgegangenen Gewitter war der Boden von faulenden Blättern übersät. Maria Luz geriet immer wieder ins Schlittern.

»Gib mir deine Hand«, schlug Elia vor. So gingen sie weiter, Hand in Hand, bis die Bäume die Sicht auf den Himmel ganz verdeckten.

Zwanzig Minuten Fußmarsch, dann lockerte sich die Vegetation, und sie traten auf eine Lichtung, die wie ein Hufeisen geformt war. Vor ihnen ragte eine gewaltige Felswand empor, von deren Oberkante sich ein mehr als drei Meter breiter Wasserfall in einen türkisgrünen See ergoss.

»Atemberaubend …«, sagte Elia so leise, als könnte seine Stimme den Zauber brechen.

»Das ist der Wasserfall, der der *fazenda* den Namen gibt. Das Türkisblau rührt von einem Mineral im Wasser her«, erklärte sie.

Sie setzten sich auf einen glatten Felsen. Sie waren umgeben von Eukalyptusbäumen, Farnen, tropischen Blumen … Pflanzen, die Elia bislang nur in Treibhäusern gesehen hatte.

»Komm, gehen wir schwimmen«, schlug Maria Luz vor, als sie wieder zu Atem gekommen waren.

»Ich habe keine Badehose dabei.«

»Ist doch egal; hier kommt niemand her.«

Nackt stiegen sie ins Wasser, erhitzt vom Fußmarsch, und erschauderten beim Kontakt mit dem kühlen Nass. Sie schwammen und achteten darauf, einen gewissen Abstand zueinander zu halten. Als sie sich auf den Rücken drehte, entfernte sich Elia ein Stück. Sie schwammen mit ausladenden Zügen, ließen sich dann mit geschlossenen Augen ein wenig treiben, in den Ohren nur das majestätische Rauschen des Wasserfalls. Die Sonnenstrahlen stahlen sich durch die Äste des Waldes und beleuchteten ihre Körper. Sie waren in einem irdischen Paradies; wie Adam und Eva, die aus den Anfängen der Zeit auf die Erde zurückgekehrt waren.

Wieder an Land, trockneten sie sich so gut ab, wie es ging, und zogen sich wieder an. Sie setzten sich nebeneinander, plauderten lange und vergaßen sogar den Proviant, den sie mitgebracht hatten.

Elia wollte alles von ihr wissen. Er fragte nach ihrer Arbeit, was sie in ihrer Freizeit mache, ob sie gerne in São Paulo lebe, was für Musik sie höre …

»Alles querbeet, nur keine Discomusik«, sagte sie.

»Dann bist du offenbar ein Snob«, nahm er sie auf den Arm.

Als Maria Luz jedoch auf das Verhältnis zu ihrer Mutter zu sprechen kam, hörte ihr Elia ernst und voller Mitgefühl zu. »Ich habe bemerkt, wie sie bei deiner Ankunft zu dir war. Ist das schon immer so gewesen zwischen euch?«

»Ich habe oft dieses Bild von mir, wie ich mich als Kind an ihrem Kleid festklammerte. Ich will unbedingt auf ihren Arm, aber sie schaut mich nur ungerührt an und hebt mich nicht hoch.«

»Deine Mutter schleppt bestimmt ihre eigenen Erfahrungen und Widersprüche mit sich herum, so wie wir alle. Maria Luz, du hast mir noch gar nicht von deinen Erfahrungen mit *Ayahuasca* erzählt …«

Ihr Gesicht verfinsterte sich. »Ich habe den Moment meines Todes gesehen, und der ist nicht allzu weit entfernt. Ein Unfall.«

»Das war nur ein Traum, lass dir keine Angst einjagen.«

»Und du, was hast du erlebt?«

»Es war so unglaublich intensiv.«

»Etwas Schönes?«

»Zum größten Teil, ja. Nur gegen Ende war es beunruhigend. Ich schwebte an einem schwarzen Himmel, umgeben von Vögeln mit blauen Federn. Krächzend flogen sie um mich herum und kamen immer näher. Dann wurde es wieder hell, und in dem Licht habe ich Norma gesehen.«

»Wie habt ihr euch eigentlich kennengelernt?«

»Wir kennen uns schon von Kindesbeinen an; man könnte sagen, es war Liebe auf den ersten Blick. Na ja, fast auf den ersten Blick, denn als ich sie zum ersten Mal sah, hat sie mir ans Schienbein getreten, und ich habe sie an den Haaren gezogen. Aber man sieht sofort, dass das Schicksal uns zusammenbringen wollte.«

»Sag nicht, dass du an das Schicksal glaubst.«

»Ich glaube, dass das Leben ein bisschen so ist, als stünde man im Auge eines Sturmes, der uns in sich einsaugt, mitreißt und uns oft unbegreiflich erscheint. Manchmal gehen wir aus diesem Strudel schlauer hervor, manchmal sind wir am Boden zerstört. Doch es ist immer der Ort, von dem wir kommen, und der Ort, an den wir gehen.«

»Das scheint mir aber nicht sehr wissenschaftlich zu sein.«

»Doch, das ist es: Alles wird von Kräften bestimmt, über die wir keine Kontrolle haben. ›Wir alle tanzen nach einer geheimnisvollen Melodie, die ein unsichtbarer Spieler in den Fernen des Weltalls anstimmt.‹ Weißt du, wer das gesagt hat? Albert Einstein.«

Sie lachte. »Dann ist also auch die Liebe Teil eines größeren Ganzen?«

»Ja, das denke ich wirklich.«

Sie blieb nachdenklich, richtete die Augen fest auf das Wasser. »Du musst sie wirklich sehr lieben«, sagte sie schließlich.

»Norma ist für mich das Wichtigste überhaupt.«

~

Zwei Tage später war alles gepackt für ihre Reise in Richtung Norden, doch Maria Luz verkündete, sie könne Norma und Elia nicht begleiten. »Ein Problem bei der Arbeit, ich muss auf der Stelle nach São Paulo zurück.«

»Wie schade! Du wirst uns fehlen«, beklagte sich Norma.

»Ihr kommt auch ohne mich bestens zurecht.« Maria Luz verließ noch am selben Tag Cachoeira Grande.

Am Morgen danach brachen Elia und Norma gen Norden auf; auf Vorschlag der Tante planten sie, der Route zu folgen, auf der sie und Rodrigo fast fünfzig Jahre zuvor unterwegs gewesen waren.

Sie besuchten Urwälder, Strände mit schneeweißem Sand; Wüsten, die aussahen, als lägen sie auf dem Mond; riesige Flächen, auf denen nichts war, kein Haus, kein Dorf, keine Kirche. Wenn man sich Brasilien anschaute, kam einem Europa winzig klein und überfüllt vor.

In einem Dorf namens Piranha schwammen sie im kristallklaren Wasser eines Flusses, nur um später zu entdecken, dass das Dörfchen nach den Fischen in diesem Fluss benannt war. Es war der Wirt des Hotels, der sie davon in Kenntnis setzte, doch er fügte lachend hinzu: »Macht nicht so ein Gesicht! Unsere Piranhas sind Pflanzenfresser!«

In Salvador de Bahia stiegen sie in demselben Hotel an der Praça São Francisco ab, in dem auch Adele mit ihrem Mann gewohnt hatte. »Nach einer Fehlgeburt und nachdem mein zweites Kind wenige Tage nach der Geburt gestorben war, wurde ich dort schwanger mit Maria Luz. Ich habe immer gedacht, sie habe deshalb überlebt, weil Rodrigo und ich, als wir sie gezeugt haben, sehr verliebt waren. Wer weiß schon, wie das mit den Kindern funktioniert und wann sie beschließen, auf die Welt zu kommen.«

Norma hatte diese Theorie gefallen, und der Gedanke, nach so vielen Jahren im selben Hotel abzusteigen, begeisterte sie. »Was denkst du? Vielleicht haben sich Adele und Rodrigo auf dieser kleinen Terrasse geküsst, und Maria Luz wurde genau in diesem Bett gezeugt. Der Gedanke, dass Kinder nur dann auf die Welt kommen, wenn man sich voller Liebe nach ihnen sehnt, mag absurd sein, aber ich finde ihn wunderschön.«

»Die Zeugung eines Kindes findet nur dann statt, wenn man keine Empfängnisverhütung betreibt.«

»Du bist so langweilig! Adeles Theorie ist doch viel romantischer.«

Nachdem sie Salvador de Bahia verlassen hatten, reisten die beiden nach Belém weiter. Sie schifften sich auf einem Bananendampfer ein, der sie in einer Woche entlang des Amazonas nach Manaus brachte. Wie alle anderen Passagiere schliefen sie in Hängematten und teilten sich mit ihnen die gleichen einfachen Mahlzeiten aus Reis, gebratenen Bananen und Bohnen.

Sie kamen an tropischen Wäldern vorbei, schipperten an Dörfern aus Hütten mit Strohdach entlang oder an Holzhäusern auf Stelzen inmitten der Mangroven. Jedes Mal, wenn das Schiff anhielt, schwammen Kinder darauf zu und begrüßten die

Passagiere mit lautem Geschrei und Gelächter: die Gesichter tiefschwarz, die Zähne weiß wie Schnee.

Manaus erreichten sie bei Sonnenuntergang, der Himmel leuchtete in allen Farben des Feuers. Der Fluss schimmerte wie Silber. Der Hafen war voller Menschen, rennenden Kindern und Frauen, die lauthals ihre Waren anpriesen. Karren, brechend voll mit Zuckerrohr, Bananen und anderen tropischen Früchten, wurden von Eseln und Pferden gezogen. Die Zeit schien hier vor einem Jahrhundert stehengeblieben zu sein.

»Wer weiß, wie lange das alles noch anhalten wird«, sagte Norma.

»Vielleicht ein paar Jahre, dann ist nichts mehr davon da«, sagte Elia voraus.

Zwei Wochen später, als das Flugzeug auf der Heimreise nach London abhob, hatten sie bereits wieder Heimweh nach Brasilien und nach Cachoeira Grande. Sie nahmen Fahrt auf, überflogen die Myriaden von kleinen Lichtern, die in der Nacht von São Paulo brannten. Dann machte das Flugzeug einen großen Bogen, bis auch der allerletzte Lichtpunkt verschwunden war. Unter ihnen lag jetzt nur noch der riesige schwarze Ozean.

~

Stellata, Sommer

In den Ferien im August fuhren Norma und Elia nach Italien, und um ihre Hochzeit nachzufeiern, wurde ein Essen im Haus der Eltern des Bräutigams gegeben. Guido kannte Bicicli noch aus jungen Jahren, doch Elsa und Ghelfa hatten nie miteinander geredet, sodass der Abend beiden Paaren eine wunderbare Gelegenheit bot, Freundschaft zu schließen.

Ghelfa hatte sich Strähnchen machen lassen und sah in dem

Palazzo-Hosenanzug, den sie im besten Klamottenladen in Ferrara gekauft hatte, wie eine Schauspielerin bei der Oscarverleihung aus.

»Ist noch was von der Knoblauch-Salami da? *A go ancora na budlina voda.* Mein Magen ist immer noch gähnend leer«, verkündete Bicicli.

»*At sé propria an guget!* Du frisst wirklich wie ein Schwein! Denk doch mal an deine Leber«, tadelte Ghelfa ihn.

»Wenn wir sterben müssen, dann doch lieber mit vollem Bauch.«

Bicicli saß neben seinem Sohn und zog ihn gelegentlich durch den Kakao. »Ich könnte dir ein paar Tricks verraten, wie man Autos frisieren kann! Dazu hättest du nicht bis nach London reisen müssen.«

»Da hast du recht, Papa«, antwortete Elia gut gelaunt.

Ghelfa hingegen unterhielt Elsa mit alten Kamellen. »Als diese beiden da ganze Nachmittage oben auf dem Heuboden verbracht haben, wer weiß, was sie da schon alles getrieben haben«, sagte sie kichernd. Offenbar war sie etwas beschwipst.

Bicicli füllte erneut die Gläser. »Guido, sing uns doch was vor.«

»Damit habe ich schon vor Jahren aufgehört.«

»Schade! Du hättest ein berühmter Tenor werden können. Na komm, nur eine Arie …«

»Ich hab dir gesagt, dass ich nicht singe«, schnitt ihm Guido verärgert das Wort ab.

Es trat ein Moment der Stille ein, den Ghelfa sich beeilte zu füllen. »Trinken wir noch einmal auf das Hochzeitspaar: Dass es immer so glücklich sei wie heute!«

»Und wenn wir schon mal dabei sind: ein Hoch auf unsere Enkelkinder!«, fügte Bicicli hinzu und erhob sich schwankend.

»*Tegn sodi, Bicicli, ca' riscém ad fnir par tèra!* Mach mal langsam, Bicicli, sonst landen wir alle unter dem Tisch!«, ermahnte ihn Guido, der jetzt wieder fröhlich dreinblickte.

Die Stimmung war blendend, und Ghelfa schlug vor, sich noch einmal zu einem Abendessen zu treffen.

»Das müssen wir ein anderes Mal machen. Morgen fahren wir an die Lidi Ferraresi«, antwortete ihr Elsa.

»Schon?«, rief Norma aus.

»Als wir reserviert haben, wussten wir ja nicht, dass du dich von einem Tag auf den anderen zum Heiraten entschließen würdest«, erwiderte ihre Mutter. Und am folgenden Morgen fuhren sie und Guido weg.

Norma war enttäuscht.

»Warum fahren wir denn nicht auch an die Lidi Ferraresi?«, bot Elia an.

»Sie haben es nicht einmal vorgeschlagen. Man merkt, dass sie gut allein zurechtkommen.«

Zwei Tage später brachen Elia und Norma nach Venedig auf, wo sie all die Dinge machten, die junge Brautleute tun: Sie gaben ein Vermögen für eine Fahrt in der Gondel aus, kauften eine Karnevalsmaske, eine alte Briefmarke und eine Glaskugel mit der Basilika von San Marco, in der es schneite, wenn man sie schüttelte. Elia wollte sie unbedingt haben.

»Bist du sicher?«, fragte Norma.

»Was wäre denn ein Urlaub ohne eine Schneekugel?«

Elia war ein Mensch, der gern gegen den Strom schwamm. Er mochte Altes und Antikes lieber als das, was gerade in Mode war, und wollte von den neusten Entwicklungen nichts wissen – ob es nun um Joggen oder um Yoga oder die politischen Stimmungen ging. Yoga machte er bereits seit den Sechzigerjahren, als es in Europa noch weitestgehend unbekannt gewesen war, und er hatte in dem Moment aufgehört, als alle mit geradezu religiöser Inbrunst damit begannen. Wenn es um

Politik ging, war er nicht dogmatisch und konnte auch seine Meinung ändern, wenn es ihm lohnend erschien. Er ließ einzig und allein seinen Kopf entscheiden, auch wenn dies bedeutete, dass er oft gegen die vorherrschende Meinung auftrat, die in jenen Jahren zum Beispiel die Streiks der Grubenarbeiter gegen die Schließung der Minen unterstützte. Elia hingegen war der Ansicht, die britische Wirtschaft brauche die Erneuerung und müsse sich auf die Finanzen und neue Wissenschaften wie die Informatik fokussieren. »Es ist absurd, mit dem Abbau von Rohstoffen weiterzumachen, wenn man diese für einen Bruchteil der Kosten aus dem Ausland kriegen kann«, lautete sein Standpunkt.

Norma war nicht dieser Meinung, aber sie liebte ihn für seine intellektuelle Unabhängigkeit.

Vor ihrer Rückkehr nach London machten sie noch einmal einen Abstecher nach Stellata. Auf einem Foto aus jenen Tagen sah man Norma mit offenem Haar, den Kopf gesenkt, wie sie zwischen den Heuballen am Flussdamm entlangging. Dieses Foto hatte Elia an dem Nachmittag gemacht, als sie zum Schwimmen an genau die Flusskrümmung zurückkehrten, wo sie sich mit zwölf im Gras gebalgt hatten.

Es war auch genau dort, wo sie Nena Casini wiedersahen, die zusammen mit ihren Hunden im Boot unterwegs war. Norma erinnerte sich noch an die Geschichten aus ihrer Kindheit: Ihr Vater hatte ihr erzählt, als junge Frau sei Nena eine große Fischerin gewesen, und dass er und Dolfo sie einmal gesehen hätten, wie sie mit einem riesigen Stör kämpfte und ihn bestieg wie ein Pferd.

»Heutzutage beschränkt sie sich darauf, Leute in ihrem Boot ans andere Ufer des Po zu schippern«, sagte Elia. Auf einmal sprang er auf und schrie: »He, Nena, wohin des Weges? Zu deinem Schätzchen?«

»*Eh, a son vecia oramai*, dafür bin ich viel zu alt!«, lachte die Frau. »*Incó i pes là sota i par n'al mez d' un cumìsi!* Heute scheinen die Fische da unten eine Versammlung abzuhalten!« Dann schalt sie einen der bellenden Hunde aus, und entfernte sich, im Stehen rudernd: gertenschlank ihr Körper, in Gummistiefeln, das Gesicht vom Alter und der Sonne gezeichnet.

»Hat sie nie geheiratet?«, fragte Norma.

»Nein, aber offenbar hat sie als junge Frau mal ein Kind bekommen.«

»Und wer war der Vater?«

»Das weiß keiner. Aber im Dorf kursiert eine Sage …« Und er erzählte eine seltsame Geschichte.

Ein Bauer hatte berichtet, er sei während einer Vollmondnacht neben der Rocca Possente eingeschlafen und irgendwann von einem lauten Ächzen geweckt worden. Auf der Suche nach dem Geräusch ging er in Richtung Po. Noch bevor er den Fluss erreichte, hatte er begriffen, dass es sich um das lustvolle Stöhnen einer Frau handelte. Kaum erreichte er das Ufer, sah er Nena: Sie lag nackt auf dem Wasser und stöhnte, als läge sie in den Armen eines Geliebten. Über ihr stand ein riesiger Mond, kleine silbrige Fischlein sprangen aus dem Wasser, Schwärme von Vögeln zwitscherten am Himmel. Der Mann schwor, an einem bestimmten Punkt habe Nena die Beine gespreizt, den Mund aufgerissen und ein langes Seufzen ausgestoßen. Dann habe sie gerufen: »Mein Geliebter … o mein Geliebter!«

»Nena hat mit dem Fluss Liebe gemacht!«, schwor der Bauer.

Niemand hatte ihm geglaubt, doch neun Monate später hatte sie einen Jungen zur Welt gebracht. Als er zwei Jahre alt war, starb er. Vielleicht lag es an dem Schmerz um ihren verlorenen Sprössling, den sie in ihrer mageren, knochigen Brust verschloss, dass Nena Kinder so sehr liebte. Sie erzählte ihnen Geschichten und Sagen über den Fluss, so wie die über das *pa-*

radís di putin 'angà, das »Paradies der ertrunkenen Kinder«, das sich genau dort an der Flusskrümmung befand, wo der Sand so fein und weiß war wie Puder.

»Genau hier, wo wir jetzt sind?«, fragte Norma.

»Genau hier.«

»Was für eine Geschichte!«, seufzte sie und lehnte den Kopf an Elias Schulter.

Zwei kleine Mädchen schlugen Rad auf dem Sand. Nena, die immer noch in ihrem Boot stand, hatte fast das andere Ufer erreicht. Die drei Hunde blickten mit aufgestellten Ohren zum Horizont, die Pfoten auf der Kante des alten Kahns.

Langsam ging die Sonne unter, und der Hochzeitsgesang der Grillen erhob sich über den Brombeersträuchern. Die beiden Mädchen hatten sich ans Ufer gesetzt und hängten die Füße ins Wasser. Die Luft war heiß und von Licht durchströmt, der Fluss glitzerte wie im Schein eines riesigen Lüsters.

~

London, 18. Oktober

Die kleine Kaffeemaschine brodelte auf dem Herd. Norma stand gähnend in der Küchentür.

»Guten Morgen! Der Kaffee ist fertig. Ich gehe schnell runter und hole eine Zeitung«, sagte Elia ihr.

Einige Minuten später war er wieder da, den *Guardian* unter dem Arm. Er wedelte mit einem Brief. »Aus Brasilien!«

»Endlich!«, rief Norma.

Seit sie zurückgekehrt waren, hatten sie weder von Adele noch von Maria Luz gehört. Norma hatte Verständnis für ihre Tante, die schließlich eine alte Dame war, doch wenigstens ihre Cousine hätte schreiben können. Sie selbst hatte dies bereits dreimal getan, doch nun kam zum ersten Mal eine Antwort. Sie öffnete den Umschlag und las laut vor.

Cachoeira Grande, 10. Oktober 1975

Ihr Lieben,

zuallererst bitte ich euch, mein Schweigen zu entschuldigen, doch in diesen Monaten ist viel passiert, einiges davon ist sehr schmerzlich.

Zu meinem großen Bedauern muss ich mit einer traurigen Nachricht beginnen. Im vergangenen Monat ist meine Mutter von mir gegangen. Ihr Herz hat nicht mehr mitgemacht, und eines Morgens fand Núbia sie leblos im Bett auf. Ihr Gesicht war entspannt und ruhig, und für mich ist der Gedanke tröstlich, dass ihr Tod ein sanfter war.

Ich bin immer noch auf der fazenda. *Nach dem Begräbnis fehlte mir der Mut, Núbia allein zu lassen, doch ich wollte sie auch nicht in irgendein Hospiz bringen; aber das ist nicht der einzige Grund, warum ich geblieben bin. Es ist so, als hätte sich Cachoeira Grande mit dem Tod meiner Mutter einen größeren Platz in meinem Herzen erobert. Als ich noch jung war, hat mich nichts weniger gekümmert als die* cafezal, *doch jetzt, da meine Mutter nicht mehr da ist, spüre ich die Verantwortung, die Kaffeeplantage am Leben zu erhalten. Hier liegt die Vergangenheit meiner Familie, und jemand muss sich um sie kümmern. Und so dachte ich: Warum nicht ich? Gott allein weiß, ob ich dazu in der Lage bin, doch ich kann mir Cachoeira Grande einfach nicht in den Händen eines Fremden vorstellen.*

Ich hoffe, es geht euch gut, und warte darauf, von euch zu hören. Ich verspreche, wieder öfter zu schreiben, und umarme euch beide.

Maria Luz

~

»Arme Tante, sie wirkte so stark«, kommentierte Norma traurig. Nach einer Weile fügte sie hinzu: »Aber die Entscheidung von Maria Luz ist sonderbar.«

»Wieso sonderbar?«

»Sie ist Künstlerin. Sie sagte, sie liebe São Paulo und ihre Arbeit, und jetzt verlässt sie die Stadt urplötzlich, um auf dem Land zu arbeiten?«

»Vielleicht ist es ja eine Geste des Friedens gegenüber ihrer Mutter.«

»Du hast recht. Ich muss los, sonst komme ich zu spät zur Arbeit.«

Elia hatte gerade seine Promotion beendet, Norma arbeitete immer noch bei der Versicherungsagentur. Die Arbeit war angenehm, und London war mittlerweile ihr Zuhause.

Am Wochenende trafen sie sich mit Bijan und Monique, die nicht nur ein Paar geworden waren, sondern auch mit dem Gedanken spielten zu heiraten.

»Macht es dir keine Angst, dass er einer anderen Kultur angehört?«

»Er lebt seit Jahren hier, außerdem ist der Islam eine faszinierende Religion. Wir haben nur viel zu viele Vorurteile.« Monique hatte eine Pause gemacht und fügte dann hinzu: »Ich habe angefangen, den Koran zu studieren. Wenn ich Bijan heiraten will, muss ich konvertieren.«

»Dann könnt ihr nicht wie wir im Rathaus getraut werden?«

»Seine Familie würde das nicht akzeptieren, und außerdem macht es mir Freude.«

»Wirst du danach eine Burka tragen?«, hatte Norma gescherzt.

»*Peut-être.* Bijan würde es freuen, und was kostet es mich schon?«

~

»Was hältst du von Moniques Idee, zum Islam zu konvertieren?«, fragte Norma an jenem Abend ihren Ehemann.

»Ich habe den Eindruck, dass sie es nur für Bijan macht.«

»Mir hat sie gesagt, sie wird vielleicht sogar die Burka tragen.«

»Das kann doch nur ein Scherz gewesen sein.«

Doch in der Tat: An einem Samstag, an dem sie sie zum Essen eingeladen hatten, präsentierte sich Monique von Kopf bis Fuß in Schwarz, nur die Augen waren durch einen Schlitz zu sehen.

Norma stand wie versteinert in der Tür. Kaum waren die beiden Frauen allein, griff sie sie an. »Bist du denn von allen guten Geistern verlassen? Du bist Feministin!«

»Ob mit Burka oder ohne – ich bin immer noch ich selbst. Außerdem gehen alle Kompromisse ein, wenn sie heiraten.«

»Aber doch nicht so weit, dass sie sich in diesem … in diesem Ding begraben lassen.«

»Wenn es dich so sehr nervt, dann ziehe ich eben meine Konsequenzen.«

Norma begriff, dass sie den Bogen überspannt hatte. »Entschuldige, ich habe keineswegs das Recht, so mit dir zu reden. Komm, tragen wir die Teller auf den Tisch.«

~

Im November heirateten Monique und Bijan. Eine kleine Gruppe Verwandte flog von Teheran aus nach London. Ihre Eltern weigerten sich allerdings, an der Trauung teilzunehmen.

Bijans Mutter, eine Dame mit blond gefärbtem Haar und hohen Absätzen, erklärte in einem nahezu perfekten Englisch, sie leite eine Tanzschule, und ihr Mann sei Dirigent eines Orchesters.

Am Abend vor der Hochzeit wurde bei Monique zu Hause das *Hana Bandān* abgehalten, die Hennazeremonie. Die zukünftige Schwiegermutter rührte die Farbpaste an und stellte sie in die Mitte des Zimmers auf ein Silbertablett, das von Kerzen umgeben war. Zwei Cousinen von Bijan legten einen Schleier mit roten Blüten über Moniques Kopf. Sie ließen sie in der Mitte des Raumes Platz nahmen und malten ihr mit Henna Blumendekorationen auf Hände und Füße.

Norma war fasziniert von der Zeremonie und meinte schließlich: »Wesentlich besser, als im Rathaus zu heiraten!«

Am Tag des Festes war Bijans Wohnung mit Blumengirlanden verziert, und im Wohnzimmer wurde für das Hochzeitsbankett gedeckt; zur Dekoration gehörten die Symbole, die das Paar beschützen und seine Fruchtbarkeit fördern sollten: Mohnsamen, Reis, Engelwurz, Walnüsse, Schwarzkümmel, Schwarzteeblätter und Weihrauch.

Während der Zeremonie hielten Bijans Cousinen einen Seidenschal über die Köpfe der Brautleute. Der Vater des Bräutigams gab ein Ständchen auf der Violine zum Besten. Das Bankett zog sich mehrere Stunden hin und endete mit dem Anschneiden der Hochzeitstorte, was nach islamischer Tradition mit einem Schwert geschah.

Die Flitterwochen würden Monique und Bijan im Iran verbringen, um den Rest der Familie kennenzulernen, und Monique war begeistert, als sie zurückkam. »Es ist ein faszinierendes Land, und alle waren so freundlich und liebevoll. Vielleicht werden wir eines Tages dort leben.«

An jenem Abend sagte Norma zu ihrem Mann: »Hast du bemerkt, wie sehr sie sich verändert hat? Diese voll verschleierte Frau ist nicht mehr die Monique, die während der Achtundsechziger in Paris auf die Barrikaden gegangen ist. Was geschieht nun nach der Hochzeit mit ihr?«

»Gar nichts. Bijan ist kein Extremist, und er ist sehr verliebt in sie.«

»Hoffen wir nur, dass die Liebe Wunder wirkt«, schloss Norma.

»Ganz gewiss. Schau dir mich an: Ich mache jetzt nach dem Baden sogar die Wanne sauber!«

In jenen Monaten lernten sich Norma und Elia wirklich kennen und verstanden es immer besser, mit den Eigenheiten des anderen zu leben. Tatsächlich stritten sie fast gar nicht mehr.

»Unsere Diskussionen beschränken sich mittlerweile darauf, ob wir Makkaroni oder Farfalle kochen sollen«, witzelte sie.

Am Samstagmorgen nahm Norma Papier und Stifte und machte sich zur National Gallery auf den Weg, wo sie zur Übung die Meisterwerke der Vergangenheit kopierte. Am Nachmittag traf sich Elia mit ihr am Leicester Square, und sie besuchten ein kleines Kino namens *The Prince of Wales*, das für wenige Pfund gleich zwei Vorführungen anbot.

Sie sahen *Frühstück bei Tiffany* und *Love Story*. Den ersten Film zogen beide vor, während ihnen der zweite überhaupt nicht gefiel. »›Liebe bedeutet, niemals um Verzeihung bitten zu müssen.‹ Hätten die sich keinen kitschigeren Satz ausdenken können?«, kommentierte er.

»Und die Geschichte ist so deprimierend! Was hältst du davon, unsere Stimmung in einem chinesischen Restaurant zu heben?«

An jenem Abend, vor einem Teller Nudeln mit Scampi, beschlossen sie, sobald er eine Arbeit gefunden habe, würden sie sich eine neue Wohnung suchen und vielleicht sogar Nachwuchs planen.

~

Im Mai 1976 erfüllte sich der erste Wunsch. Elia hatte eine gute Anstellung bei McLaren gefunden, und mithilfe eines Kredits konnten sie sich eine Wohnung kaufen. Es war die allererste, die sie sich anschauten, doch sie erfüllte all ihre Wünsche. Sie lag in einem Viertel in der Innenstadt, war hell und typisch viktorianisch: kleine Kamine in jedem Raum, Fenster mit Buntglas, hohe Wände. Und sie hatte hinten sogar einen kleinen Garten. Es war Liebe auf den ersten Blick.

Bijan half ihnen, die gesamte Wohnung zu streichen, und schleppte beim Umzug mit. Monique, die zur Hochzeit unter anderem eine Nähmaschine bekommen hatte, fertigte Vorhänge und eine herrlich bunte Patchworkdecke fürs Bett an. Elia und Norma hatten Spaß daran, die Möbelgeschäfte nach Schnäppchen aus zweiter Hand zu durchforsten. Sie kauften sich einen Schrank und eine Kommode, beides in viktorianischem Stil, ein altes Metallbett und ein Geschirrservice aus den Zwanzigerjahren, zu dem auch eine Suppenschüssel und kleine Mokkatassen gehörten.

Am Tag des Umzugs lernte Norma auf der Treppe die Bewohnerin der gegenüberliegenden Wohnung kennen. Es handelte sich um eine ältere Dame im Rollstuhl, die so winzig war, dass sie in ihrem ausladenden Kleid aus smaragdgrünem Samt etwas verloren wirkte. Sie hatte schwarz gefärbtes Haar, im Stil der Sechziger toupiert, und winzige Hände, die in einem Paar antiker, fingerloser Handschuhe aus Spitze steckten. Die Nägel waren knallrot lackiert, und sie trug einen auffallenden Ring mit einem großen lila Stein und mehrere Perlenketten. Ihr Gesicht war ausgezehrt und vom Alter gezeichnet, doch ihre Augen blickten spitzbübisch, und der karmesinrote Lippenstift betonte ihr erstaunlich junges Lächeln.

»Hallo, meine Liebe! Wie läuft der Umzug?«, fragte sie Norma und vollführte eine halbe Drehung mit ihrem Rollstuhl.

»Es ist das reinste Chaos.«

»Umzüge und Scheidungen sind die beiden stressigsten Ereignisse in einem Leben, doch ich sage immer *carpe diem!* Nimm, was der Tag dir gibt; es kann sehr aufregend sein, in jungen Jahren einen eigenen Hausstand zu gründen. Wie heißt du?«

»Norma, und mein Mann heißt Elia. Er ist da drüben und versucht, das Bett aufzubauen, aber der Schraubenzieher hat sich verzogen und ist nirgendwo zu finden.«

Die alte Dame brach in Gelächter aus. Sie hatte ein herzhaftes und tiefes Lachen, das so gar nicht zu ihrer zarten Gestalt zu passen schien. »Ich bin Saša, aber alle nennen mich ›die Herzogin‹. Ich freue mich, dass ihr einzieht. Hier im Haus haben wir dringend ein bisschen frisches Blut gebraucht.«

»Wieso nennt man Sie ›die Herzogin‹?«

»Ach, du Schöne, weil ich es einfach bin! Vor der Revolution gab es nur wenige Familien wie die meine in St. Petersburg. Dann, 1917, kamen die Bolschewiken, und wir mussten alles zurücklassen: den Palast, das Geld, die Möbel … alles bis auf unseren Titel. Das Geld können sie dir nehmen, aber der Adel bleibt. Du hast einen Akzent … kommst du aus Spanien?«

»Italien.«

»*Bože moj!* Mein Gott! Venedig, Portofino, Florenz … alles absolut herr-li-che Städte! Ganz zu schweigen von den Männern! Die werfen dir Blicke zu, als wollten sie dich gleich auf der Straße ausziehen. Ich hatte einen Geliebten, wenn ich mich recht erinnere, kam er aus Perugia … Der Allerbeste! Ach, Liebes, wenn du wüsstest! So viele Herzen habe ich damals gebrochen …« Lachend drückte sie die Hände aufs Gesicht und schloss: »Na ja, es heißt ja, jeder Sünder hat eine Zukunft, und jeder Heilige eine Vergangenheit.« Und sie zwinkerte ihr zu.

Norma lachte. Die Herzogin packte sie am Arm. »Ein guter Rat: Sei bei denen von oben vorsichtig. Das sind zwei Schnapsdrosseln. Am Freitag holt er sich seinen Lohn ab und bleibt so lange im Pub, bis das Geld weg ist. Dann kommt er nach Hause, brüllt, grölt und haut seiner Frau ein paar runter … Mach nicht so ein Gesicht, sie gibt ihm ordentlich Kontra. Jedes Mal landen sie dann im Bett, ramponiert, aber glücklich. Na ja, jedem Tierchen sein Pläsierchen … Jetzt muss ich weiter, Rudy kommt bald, und ich muss noch kochen.«

»Rudy?«

»Das ist mein Mann, ein großer Musiker. Was hältst du davon, wenn ich dich und deinen Mann zum Essen einlade, vielleicht morgen, damit wir uns alle kennenlernen?«

»Ach, wirklich …«

»Keine Widerrede: Morgen um acht. Und jetzt komm, ich gebe dir unseren Schraubenzieher.«

~

Es war fast Mitternacht, als Norma und Elia sich, vom Umzug erschöpft, aufs Bett fallen ließen.

Eine halbe Stunde später kam der Mieter vom Stockwerk darüber nach Hause. Es war Freitag, und wie die Herzogin vorhergesagt hatte, war er betrunken. Sie hörten ihn torkelnd die Treppe hochgehen, ein paarmal stolpern und stürzen. Als er endlich seine Wohnung erreichte, begannen sofort die Beleidigungen und Beschimpfungen. Er und seine Frau schrien einander mit starkem irischem Akzent an. Aus dem Stockwerk darüber hörten Norma und Elia das Rumpeln von umgestürzten Objekten und Geschirr klirren. Dann ein großer Knall: Ein ganzes Möbelstück musste umgefallen sein, vielleicht der Schrank.

Besorgt stand Elia auf, um nach dem Rechten zu schauen, doch die Herzogin war ihm zuvorgekommen.

Er traf sie auf dem Treppenabsatz, wo sie mit einem Besen gegen die Decke stieß. *Bum bum bum!* »Idioten! Hier sind Leute, die schlafen wollen. Habt ihr verstanden?« *Bum bum bum!* »Wenn ich jünger wäre, käme ich hoch und würde euch den Schädel einschlagen!«

Sie machte mehr Aufruhr als die beiden Iren.

Dann Totenstille. Die beiden hatten sich offenbar beruhigt.

Am Tag darauf begegnete Norma den beiden Streithähnen auf der Treppe: ein Pärchen um die fünfzig, kleinlaut und offenbar wieder versöhnt. Sie hielt sich am Arm ihres Mannes fest und schaute ihn verliebt an. Als sie lächelte, sah man, dass ihr ein Schneidezahn fehlte. Mit leisem Stimmchen stellte sie sich vor: »Guten Tag, freut mich, euch kennenzulernen. Ich heiße Carmel, und das ist Mick.«

Sie wechselten ein paar Worte, dann verabschiedeten sich die beiden mit einem *»Bye, love!«* und gingen Händchen haltend auf der Straße davon.

~

Um acht Uhr abends trafen Norma und Elia mit einem Blumenstrauß und einer Flasche Chianti bei der Herzogin ein. Sie empfing sie mit überschwänglichem Dank und begrüßte sie herzlich, dann stellte sie sie ihrem Ehemann vor.

»Das hier ist Rudy. Er mag klein und mager sein, aber für mich ist er Rodolfo Valentino.« Sie gab ihm einen Kuss und hinterließ einen roten Abdruck auf der Wange.

»Hör auf, Saša, wir sind doch keine achtzehn mehr«, protestierte er. Offenbar war es ihm etwas peinlich.

So exzentrisch, schrill und überschwänglich seine Frau war, so schlicht und reserviert war Rudy. Er hatte einen freundlichen Gesichtsausdruck, glattes weißes Haar und Sommersprossen, die ihn wie ein zu schnell gealtertes Kind aussehen ließen. Er wirkte jünger als die Herzogin, doch ihr Alter war wegen ihrer üppigen Aufmachung nur schwer einzuschätzen.

Ihre Wohnung war eher bescheiden. Der Stoff der Sessel war abgewetzt, die Tapeten begannen, sich abzulösen. An den Wänden hingen Reproduktionen von van Gogh, Monet, anatomische Studien von Leonardo da Vinci … Und in einem massiven vergoldeten Rahmen prangte ein großes Foto der Zarenfamilie Romanow.

Rudy erzählte, er stamme aus dem Norden Schottlands und verdiene seinen Lebensunterhalt mit Harfenspiel.

»Er ist der Allerbeste«, unterstrich die Herzogin. Sie hingegen, so sagte sie, verkaufe Antiquitäten an einem Marktstand in Camden Town. »Viktorianische Teller, Silberschmuck, Nachthemden aus Spitze, bestickte Tischdecken … Ein bisschen was von allem, Hauptsache, es ist echt und edel. Für dich, meine Liebe, habe ich ein Paar Ohrringe aus Türkis im Kopf, die ein absoluter Traum sind! Komm mich auf dem Markt besuchen, dann zeige ich sie dir. Frag nach der Herzogin, und du findest mich sofort.«

Das Menü an diesem Abend war russisch: Es gab *soljanka*, eine landestypische Suppe, gefolgt von gebratenem Fisch und *golubcy*, Kohlrouladen mit Fleisch und saurer Sahne. Die Herzogin war die unangefochtene Unterhalterin des Abends; sie sprach viel und begleitete ihre Erzählungen mit tiefen Seufzern. »Ah, mein wunderschönes Russland! Wälder, kristallklare Seen, weiße Holzhäuschen … Mein Palast in St. Petersburg hatte Marmorböden und Kandelaber von zwei Metern Durchmesser … Die Vorhänge und Diwane stammten direkt aus Paris … Meine Mutter ließ alles aus Paris kommen. Wir hatten sogar eine Datscha direkt an einem Fluss. Ah, und meine Birken! Sie waren wie aus Silber, mit diesen winzigen Blättern, die im Frühling vor dem blauen Himmel leuchteten … ein Himmel, so groß, wie ich ihn nie mehr gesehen habe. Mein größter Wunsch ist es, noch einmal nach Russland zurückzukehren, bevor ich in die Gruft steige. Aber das ist ein Traum, der nicht erfüllt werden kann: Mein Vater war Offizier der Kosaken, und die Kommunisten würden mich sofort in den Knast stecken.«

»Welche Rolle haben denn die Kosaken damals gespielt?«, wollte Elia wissen.

»Sie waren die Gendarmen des Zaren. Während der Paraden marschierten sie auf und nahmen an den Empfängen bei Hofe teil. Sie schossen selbst im Sattel mit größter Genauigkeit und konnten stehend reiten, sogar im Galopp. Ihr hättet meinen Vater in seiner Ehrenuniform sehen sollen, so schneidig haben selbst Leute im Film nicht gewirkt! Wenn ich an Mama denke, sehe ich sie auf ihrer Chaiselongue liegen und schluchzen, weil Papa sie mal wieder betrogen hatte. Wie sehr hat sie wegen ihm gelitten! So waren sie eben, die großen Liebesbeziehungen von damals, heute sieht man so etwas gar nicht mehr. Genau wie die Sachen, die ich verkaufe: Erinnerungen an eine Vergangenheit, die es nicht mehr gibt, an eine Welt, die vom Fortschritt überrollt wurde … wie die Oktoberrevolution 1917. Von wegen Fortschritt! Wir sind bei Nacht und Nebel geflohen, in den Kleidern, die wir anhatten, um in die Oper zu gehen. Ich rannte und habe mir sogar einen Absatz abgebrochen, und mein armer Papa musste mich huckepack nehmen. Wenn sie uns erwischt hätten, hätte uns das gleiche Schicksal wie den Zar und seine Familie ereilt … Gott segne ihre Seelen!« Und sie schickte dem Bild an der Wand einen Luftkuss. Dann, urplötzlich, schloss sie die Augen und ließ den Kopf nach vorne sinken, als wäre sie tot.

»Keine Angst, das passiert ab und zu. Schuld ist die Spanische Grippe, die sie vor mehr als einem halben Jahrhundert erwischt hat, zumindest sagt sie das. Sie wird bald wieder wach«, erklärte

Rudy und machte es seiner Frau ein wenig gemütlicher, indem er ihre Wange auf der Tischdecke ablegte.

Während die Herzogin schnarchte, zogen sie auf das Sofa um und begannen eine Diskussion über die Streiks der Grubenarbeiter, die schon seit Jahren anhielten.

Rudy erzählte: »Von wegen *Swinging London!* Im Winter 1973 hatte man den Eindruck, es herrsche wieder Krieg. Da konnten wir von Miniröcken, Blumenkindern und Musik zu jeder Tages- und Nachtzeit nur träumen. Am Abend waren die Straßen leer gefegt, selbst im Fernsehen lief ab zehn nichts mehr. Die Leute arbeiteten nur drei Tage die Woche, damit die Kohle nicht knapp wurde. Das Einzige, was sie erreicht haben, war der Sturz der Heath-Regierung und die Einsetzung eines Minderheitenkabinetts, dem die Hände gebunden sind. Man hätte den Minenarbeitern mehr Zugeständnisse machen müssen, als der richtige Moment da war. Dann wäre es nie so weit gekommen.«

»Aber, Rudy, der Kohleabbau ist doch eine Branche, die zum Tode verurteilt ist. Es ist traurig, aber ich sehe keine andere Lösung«, bemerkte Elia.

»Ich komme aus einer Gegend, wo alle Männer in den Minen arbeiten. Bergarbeiter zu sein, ist dort ein Lebensstil, die Kohle ist das Bindeglied der Gemeinschaft … Was machen diese Familien, wenn sie noch weitere Gruben schließen?«

In diesem Moment öffnete die Herzogin zuerst ein Auge und dann das andere, richtete sich auf und sagte zu Norma, als wäre nichts geschehen: »Komm, Liebes. Ich will dir was zeigen.«

Sie führte sie in ihr Schlafzimmer, öffnete einen großen Schrank aus Walnussholz und zog ein altes Ballkleid aus roter Seide heraus, das mit Spitze, Bordüren und Perlen geschmückt war. »Das ist das Kleid, das meine Mutter trug, als wir aus St. Petersburg geflohen sind. Ich hatte es an, als ich Rudy 1932 geheiratet habe, und ich werde es auch bei meiner Beerdigung anhaben. Sogar der Tod hat seine Schönheit und – *carpe diem!* Ich will diesen Moment genießen und mit Stil gehen.«

»*Darling*, was redest du da? Lass doch diese traurigen Themen!«, tadelte ihr Mann sie und kam ins Schlafzimmer. Behutsam nahm er ihr das Kleid aus den Händen und hängte es in den Schrank zurück.

Sie gingen wieder ins Wohnzimmer und nahmen Platz. Es dauerte jedoch nur wenige Minuten, dann sank das Kinn der Herzogin erneut auf ihre Brust, und sie war wieder eingeschlafen.

»Es ist nicht ihr Abend. Besser, wir bringen sie ins Bett«, kommentierte Rudy. Er versuchte, sie hochzuheben, doch so schmächtig, wie er war, bereitete es ihm sichtlich Mühe.

»Ich mach das schon«, bot sich Elia an und hob die Herzogin auf seine Arme.

»Jeden Tag wird es schwieriger für mich, Saša zu versorgen«, sagte Rudy traurig.

»Wenn Sie Hilfe brauchen, rufen Sie mich«, sagte ihm Elia, als sie sich verabschiedeten.

Doch das war gar nicht nötig. Elia machte es sich seit diesem Abend zur Angewohnheit, jeden Morgen vor der Arbeit bei den Nachbarn vorbeizuschauen und oft am Abend auch noch einmal, um Rudy dabei zu helfen, seine Frau zu Bett zu bringen.

~

Einige Tage später besuchten Norma und Monique die Herzogin auf dem Markt von Camden Town.

Sie gingen am Camden Lock spazieren, und sahen auf den Kanal auf der einen Seite, auf eine Reihe Secondhand-Mode-Geschäften auf der anderen. Immer tiefer drangen sie in das lärmende Labyrinth von Ständen ein, fragten, wo sich der Verkaufsstand der Herzogin befand, und verirrten sich mehrmals, auch weil Monique alle drei Schritte bei einem Stand stehen blieb, um sich umzuschauen. Sie bestaunte bolivianische Pullover aus Alpaka, bewunderte Kleider aus den Zwanzigerjahren mit Pailletten und wollte zu ihrer Burka alle möglichen Hüte anprobieren, darunter auch eine der winzigen Kopfbedeckungen der Frauen aus den Anden.

»Wie sehe ich aus?«, fragte sie und drehte sich zu Norma.

Die hatte Mühe, ernst zu bleiben. »Für mich siehst du aus wie Belphegor auf Peruanisch.«

Zum Glück fing auch Monique an zu lachen.

Auf dem Markt konnte man alles finden: von türkischen Pantoffeln bis zu Essen aus Afghanistan oder Tibet; von antiken japanischen Briefmarken bis zu Original-Miniröcken von Mary Quant aus zweiter oder dritter Hand.

»Schau dir diesen Faltenrock aus rot kariertem Kiltstoff an. Ist der hübsch!«, rief Monique aus.

»Und wann ziehst du den an?«

»Zu Hause natürlich! Ich bin mir sicher, dass er Bijan gefällt.«

Am Ende kaufte Monique den Rock, zusammen mit dem peruanischen Hütchen, einer mit Spitzen besetzten Tee-Tischdecke, und Räucherstäbchen. Norma hingegen erstand eine afrikanische Holzmaske für das Wohnzimmer ihrer neuen Wohnung, die in Moniques Augen »einfach nur scheußlich« war.

Nachdem sie mehrfach im Kreis gelaufen waren, gelang es ihnen endlich, den Stand der Herzogin aufzuspüren: Es war ein Arsenal aus viktorianischer Weißwäsche, Silberschmuck, antiken Teeservices, Öllampen … Die Herzogin saß mit zwei russischen Kolleginnen zusammen und aß mit ihnen zu Mittag: geröstete Maiskolben und Ofenkartoffeln mit Butter und Käse.

»Norma! Ach, ich freue mich, dass du gekommen bist! Und wen hast du da Schönes mitgebracht?«

Norma stellte Monique vor und war froh, als weder die Herzogin noch ihre Freundinnen Fragen zur Burka stellten. Die Herzogin präsentierte wiederum ihre russischen Freundinnen als Anastasia, eine Dreißigjährige mit Dreadlocks, und Aalina, die nur Gelb trug: vom Hut bis zum Kleid, von Armreifen, dem Brillengestell bis zu den Schuhen leuchtete alles so hell wie Eidotter.

»Man nennt mich *Yellow Lady*, weil ich nur gelbe Sachen verkaufe«, erklärte sie. »Was macht man nicht alles fürs Business!«

»Und wieso Gelb?«, wollte Monique wissen.

»Das ist die Farbe, die am meisten Aufmerksamkeit auf sich zieht, und außerdem ist sie fröhlich wie die Sonne!«

Die Herzogin warf ein: »Aalina ist auch meine persönliche Chauffeuse. Morgens holt sie mich ab, um auf den Markt zu fahren. Ohne ihren Lieferwagen und ihre Freundlichkeit wäre ich aufgeschmissen.«

Nachdem sie fertig gegessen hatten, zeigte die Herzogin Norma die türkisen Ohrringe, von denen sie bei ihrem Abendessen gesprochen hatte. Norma gefielen sie, und sie wollte sie kaufen, doch die Herzogin weigerte sich, Geld von ihr anzunehmen. »Sie sind ein Geschenk, und du weißt ja, dass man Geschenke nicht ablehnt. Das gehört sich einfach nicht. Es ist so wunderbar, euch zu Freunden zu haben!«

~

Cachoeira Grande, 1976

Meine Liebsten,
mit diesem Brief möchte ich euch ein überwältigendes Weihnachten in eurer neuen Wohnung wünschen! Die Fotos, die ihr mir geschickt habt, sind wunderschön, und ein bisschen beneide ich

euch um die viktorianische Atmosphäre, die ihr jeden Tag dort atmet.
Bestimmt habt ihr schon gesehen, dass ich euch auch ein Foto beigelegt habe: Meine Damen und Herren, hiermit stelle ich euch meine Tochter Renata vor!
Überrascht? Bestimmt nicht so überrascht wie ich selbst, denn Mutter zu werden, grenzt in meinem Alter an ein Wunder. Eine Hochzeit gibt es nicht zu verkünden. Wir sind allein, meine Tochter und ich, aber es ist in Ordnung so, wir sind einander genug. Nach dem anfänglichen Schock hat sogar meine Mutter diesen Gedanken akzeptiert. Ich habe ihr wenige Wochen vor ihrem Tod verraten, dass ich schwanger war. Als ich euch von ihrem Ableben berichtet habe, wusste ich bereits von der Schwangerschaft, zog es aber vor, euch nichts zu sagen, weil das Risiko in meinem Alter nicht unbeträchtlich ist.
Renata ist der eigentliche Grund, warum ich beschlossen habe, in Cachoeira Grande zu bleiben. So wie es meine Mutter nach dem Tode von Papa mit mir gemacht hat, bleibe auch ich hier, weil meine Tochter an den Orten aufwachsen soll, die so tief mit unserer Familie verbunden sind.
Ein weiteres Wunder ist die Tatsache, dass Núbia Vergara kaum zu altern scheint. Abgesehen von ihrer schwachen Sehkraft und der Arthrose, die sie plagt, erfreut sie sich guter Gesundheit. Sie schickt euch Küsse und umarmt euch, und sie trug mir auch auf, euch zu sagen, dass ihr bald wieder nach Brasilien zurückkehren sollt. Ich wäre sehr glücklich darüber: Ihr seid meine einzige Familie und werdet in diesem Haus immer willkommen sein.
Lasst mich wissen, wie das Leben in eurer kalten Stadt im Norden verläuft. Ich hoffe, dass wir uns bald wiedersehen, bis dahin umarmen wir uns.
In tiefer Zuneigung
Maria Luz, Núbia und Renata

Norma legte den Brief auf den Tisch. »Donnerwetter! Ein Kind allein aufzuziehen, in ihrem Alter …«

»Es war ihre letzte Chance, außerdem fehlen ihr wenigstens nicht die finanziellen Mittel.«

»Wer wohl der Vater ist? Hat sie dir nichts gesagt?«

»Nein, aber sie ist keine Betschwester, sie wird schon irgendwelche Beziehungen gehabt haben.«

»Schau nur, was für ein hübsches Baby«, sagte Norma.

Er schien zu spüren, was ihr durch den Kopf ging, und nahm sie in die Arme. »Warum versuchen wir es nicht auch? Ich habe eine gute Arbeit, und Kinder macht man am besten, wenn man jung ist.«

»Meinst du wirklich?«

»Aber ja.«

»Warte!« Norma holte zwei Gläser und eine Flasche Wein. »Trinken wir auf unseren Kleinen … oder unsere Kleine … Was wäre dir lieber?«

»Ein Mädchen! Das könnte ich dann genauso verwöhnen wie dich!« Und sie ließen die Gläser klingen.

~

Es waren Monate vergangen, und Norma war immer noch nicht schwanger. Der Arzt versicherte ihr, es gebe keinerlei Grund zur Sorge. Sie müsse sich nur entspannen, es oft versuchen, und dann würde sich das Problem lösen.

Monique war mit dem ärztlichen Rat, sich zu entspannen, einverstanden, fügte aber noch hinzu: »Ich würde Honig mit Zimt zu mir nehmen. In der Zeit der Pharaonen brachte man Honig den Göttern der Fruchtbarkeit dar.«

»Glaubst du wirklich, ich soll mir bei den Göttern des alten Ägypten Rat holen?«

»Es kann da durchaus ein Fünkchen Wahrheit drinstecken: Unverarbeiteter Honig enthält Aminosäuren, und wenn man ihn mit Zimt vermischt, erhöht das die Durchblutung in den Fortpflanzungsorganen.«

Norma fand, dass es einen Versuch wert war.

Elia und sie beschlossen, zwecks Entspannung dem Garten neues Leben einzuhauchen. Sie verbrachten das Wochenende damit, Unkraut zu jäten, Zwiebeln von Iris und Narzissen einzupflanzen und Beete mit Lavendel und aromatischen Kräutern anzulegen. Norma plante begeistert Ausflüge in die Gewächshäuser der Gegend und bestellte große Mengen Petunien, Klematis, Boston-Efeu und ihre weiße Lieblingssorte Rosen.

»Super! Gärtnern ist ein gutes Mittel, um sich zu entspannen. Züchtet auf jeden Fall auch Tomaten«, kommentierte die Herzogin.

Doch ihre Begeisterung hielt nicht lange an. Es stellte sich heraus, dass jener Sommer zu den trockensten des Jahrzehnts gehören sollte, und nach einem langen Arbeitstag hatten Norma und Elia keine Lust mehr, stundenlang zu gießen, und legten sich lieber mit einem Glas Beaujolais Nouveau oder einem guten Côtes du Rhône in den Liegestuhl. In nur wenigen Monaten waren von dem Garten nur noch ein Kaktus mit besonders viel Stehvermögen sowie ein armseliger Rosmarinbusch übrig. Und bis Weihnachten hatte sich auch der verabschiedet.

~

Der Job bei McLaren zwang Elia dazu, sich Arbeit mit nach Hause zu nehmen. Damit er es leichter hatte, stellte Norma den Fernseher ins Schlafzimmer, und sie machten aus dem Wohnzimmer ein Arbeitszimmer. Elia blieb bis spät in die Nacht wach und arbeitete an seinem neuen Gerät, das ihm die Firma gestellt hatte und das er für ein Wunder hielt: dem Apple II, einem *personal computer*, wie ihn Elia bezeichnete. Er sagte, der Apparat sei in Kalifornien von ein paar jungen Leuten, kaum älter als zwanzig, entwickelt worden, und er war sich sicher, dass in zehn, maximal zwanzig Jahren jeder Haushalt einen solchen Computer haben würde.

Am Abend, während er arbeitete, schaute Norma im Schlafzimmer fern, doch oft war es nur ein gedankenloses Glotzen, ohne dass sie sich konzentrieren konnte. Irgendwann ging sie dann zu ihrem Mann und schlang von hinten die Arme um ihn. »Hast du noch viel zu tun?«

»Noch eine halbe Stunde, dann komme ich«, antwortete Elia, ohne sich umzudrehen.

Bis spät in die Nacht zu arbeiten, wurde ihm zur Gewohnheit. Norma begann sogar den Verdacht zu hegen, er ziehe es vor, für sich zu sein.

»Was ist denn los? Was passt dir nicht?«, fragte sie ihn eines Abends.

»Es ist nichts. Du musst nicht ständig in jede Falte meines Gehirns kriechen!«, antwortete er, leicht ungeduldig. »Entschuldige, ich stecke nur bis über beide Ohren in Arbeit«, fügte er kurz darauf ruhiger hinzu, als er ihre Betroffenheit sah. »Auch ich mache Fehler, Norma. Ich bin nicht perfekt«, flüsterte er.

»Ich habe auch nie behauptet, dass du das bist.«

»Manchmal habe ich das Gefühl, du stellst mich auf die Probe.«

»Ich … was? Hör mal, es ist spät, und ich habe keine Lust zu streiten.«

Er schlüpfte ins Bett und versuchte, sie zu umarmen.

»Diesen Ton kannst du dir zukünftig bei mir sparen«, sagte Norma und drehte ihm dem Rücken zu.

~

»Ich mache Frühstück und bringe es dir ans Bett«, schlug Elia am nächsten Morgen vor.

Es war Samstag, und sie aßen im Sitzen auf den Laken im Ofen aufgewärmte Brioches und Milchkaffee, zubereitet mit der Bialetti, die ihnen Ghelfa zu Weihnachten geschickt hatte. Hinterher liebten sie sich, ins Morgenlicht getaucht, ohne Eile, und ohne Sorge, die Nachbarn könnten sie hören.

Immer noch in seinen Armen, während seine Finger zärtlich durch ihr Haar strichen, ging es Norma durch den Kopf, dass manche ihrer Gedanken einfach sinnlos waren. Elia brauchte seinen Raum. Er war ein Freigeist, und hatte sie sich nicht genau deshalb in ihn verliebt? Sie fuhr sich mit der Hand über den Bauch. *Diesmal bin ich bestimmt schwanger geworden*, dachte sie und spürte, wie gute Laune sie durchströmte.

Ein paar Wochen später stellte sie fest, dass sie sich erneut getäuscht hatte.

»Nächsten Monat geht es bestimmt besser«, versuchte Elia, sie zu trösten.

»Mir scheint, ein Kind zu kriegen, interessiert dich überhaupt nicht mehr.«

»Natürlich interessiert es mich, aber ich habe dich nicht der Kinder willen geheiratet. Wir sind auch zu zweit ein gutes Team, Norma. Manchmal scheinst du das zu vergessen.«

~ 1977 ~

April

Es war fast ein Jahr her, dass sie in das Haus an der Caledonian Road gezogen waren, und Rudy und die Herzogin behandelten sie mittlerweile wie ihre eigenen Kinder. Norma wusste, dass sie selbst eine Tochter namens Olga gehabt hatten. Sie hatte ihre Fotos in der Wohnung gesehen, doch als sie danach gefragt hatte, hatte die Herzogin das Thema gewechselt. Eines Tages jedoch hatte sie gesagt: »Leben ist das Kostbarste, was es gibt, aber manchmal auch das Schwierigste. Nicht alle schaffen es.«

Rudy spielte in einem kleinen Café in den Wäldern von Highgate, und an einem Nachmittag im April begleitete Norma ihn zur Arbeit. Kaum waren sie an der U-Bahn-Station ausgestiegen, sahen sie eine Gruppe junger Leute, die eine Spritze herumgehen ließen. Rudy schaute sie an und sagte dann verstört: »Sie umwerben den Tod wie einen Geliebten, als wäre das Sterben ihr einziger Lebenszweck. Und früher oder später wird es ihnen gelingen. Früher oder später werden ihre Eltern hilflos dabei zusehen müssen, wie sie sich umbringen; so wie das bei uns und unserem Kind war.«

Als sie den U-Bahnhof verlassen hatten, machten sie sich auf den Weg durch den Wald. In London lässt sich der Frühling Zeit; mühevoll zieht er sich über Wochen dahin, und dann, von einem Tag auf den anderen, erwärmt sich die Luft, und in den

Parks sprießen überall Blumen. Es war ein lichtdurchfluteter Nachmittag im April, einer dieser gesegneten Tage, an denen es den Anschein hat, als würde innerhalb weniger Stunden jede Form des Lebens erwachen. Der Wald war voller Krokusse und Büscheln von Narzissen. Der Duft von feuchter Erde, von Moos und Maiglöckchen erfüllte die Luft.

»Rudy, wie kommt es eigentlich, dass Saša im Rollstuhl sitzt?«, fragte Norma.

Er wandte den Blick nicht vom Weg ab. Sie bemerkte, dass sein Schritt schneller und hektischer geworden war. »Saša hat Knochenkrebs. Sie hätte schon vor langer Zeit sterben sollen, doch sie hat keinerlei Absicht zu gehen. Dabei denkt sie nicht an sich; sie kämpft für mich, weil sie mich nicht allein lassen will …« Er konnte nicht weitersprechen.

Sie kamen zu dem Café, wo Rudy arbeitete. Es war ein kleines viktorianisches Gebäude mit einer schmalen Freifläche zwischen den Bäumen. Vor dem Eingang lag eine Terrasse, umgeben von Kirschbäumen in voller Blüte. Norma setzte sich an einen der kleinen Tische. Er nahm hinter seiner Harfe Platz. Sie sah, wie er die Augen schloss und zärtlich über sein Instrument strich. Seine Finger berührten die Saiten nur ganz leicht, und die Klänge, die daraufhin den Raum erfüllten, waren klar, präzise, zugleich aber auch zart und voller Melancholie.

Rudy ist wie seine Musik, ging es Norma durch den Kopf.

~

Wenn es etwas gab, das die Herzogin aufbrachte, war es die Antipathie, die ihr Mann der königlichen Familie entgegenbrachte. Saša, die die Romanows verehrt hatte und bei gleich zwei Gelegenheiten mit der Zarin den Tee genommen hatte, hegte eine große Zuneigung für Elizabeth II. und ihre Familie.

Sie verfolgte alles, was die Royals anging, und liebte besonders den Klatsch rund um die neuesten Liebesaffären von Prinz Charles. Eine von ihnen war Camilla Parker-Bowles: Charles war verrückt nach ihr, doch am Hof betrachtete man sie als »zu gereift«. Dann waren da noch Laura Watkins, die jedoch als Katholikin nicht infrage kam, und Davina Sheffield, die ebenfalls durch das Raster fiel, weil sie keine Jungfrau mehr war. »Man stelle sich das mal vor! Die sind doch heutzutage seltener als Einhörner«, schimpfte die Herzogin.

Früher war ihr großes Idol Prinzessin Margaret gewesen, die sie wie eine Heilige verehrte. »Sie liebte Peter Townsend, doch wie konnte sie einen geschiedenen Mann heiraten, wo ihre Schwester der Kirche vorsteht? Und die arme Margaret hat sich der Monarchin untergeordnet und für das Wohl des Landes auf ihr eigenes Glück verzichtet. Leute, wenn das kein Heroismus ist …«, erklärte sie eines Abends während eines Abendessens bei Norma.

»Jetzt hör doch auf, Saša, du und deine Royals!«, brummte Rudy. Als guter Schotte begriff er nicht, was es mit dieser Liebe zur Königin auf sich hatte; schon seit Jahrhunderten forderte Schottland vergeblich die Unabhängigkeit von London. In jenem Jahr, mit dem silbernen Thronjubiläum vor der Tür, hatte die Regierung in Edinburgh zum zigsten Mal einen Appell an die Krone gerichtet, doch die Hoffnungen waren wieder einmal zerstört worden: Am vierten Mai hatte Elizabeth II. sich ans Parlament gewandt und unterstrichen, dass es ihre Pflicht sei, das Königreich vereint zu lassen, auch wenn sie für die Hoffnungen Schottlands Verständnis habe.

»*Bullshit!*«, hatte Rudy während jener Diskussion ausgerufen.

»Rudy, *Darling*, es ist nicht nötig, so vulgär zu werden!«

»Herzogin, werden Sie an den Feierlichkeiten zum Thronjubiläum teilnehmen?«, fragte Norma.

»Aber sicher. *Carpe diem*! Wann bietet sich mir denn schon mal eine solche Gelegenheit? Aber ich werde wohl alleine hingehen, nachdem ich einen halben Bolschewiken geheiratet habe …«

»Ich begleite Sie«, schlug Norma vor.

»Wirklich? Danke, Liebes. Und da ich im Rollstuhl sitze, kriegen wir sogar einen Platz in der ersten Reihe!«

In Erwartung der Feierlichkeiten im Juni war das Land in freudigem Aufruhr. Touristen überschwemmten London, und die Geschäfte hatten sich mit Tassen, Teekannen, Tellern und Geschirrtüchern mit dem Abbild der Königin eingedeckt. Poster der königlichen Familie hingen überall: an Häusern, Mietshäusern, Wohnungen, Schaufenstern, Fenstern … An jeder Ecke Londons sah man den Union Jack, die britische Flagge. Selbst die Drehbuchschreiber der damals beliebtesten Soap des Landes, *Coronation Street*, hatten die königliche Parade anlässlich des Jubiläums in eine ihrer Folgen eingebaut. Die Punkrockband Sex Pistols brachte eine eigene Version von »God Save the Queen« heraus, die es sogar in die Charts schaffte.

Am 7. Juni, dem wichtigsten Tag der Feierlichkeiten, gab es überall in Großbritannien Partys und Feste. Der Union Jack wurde an allen Straßen aufgehängt. Die Leute brachten Tische und Stühle nach draußen, und überall im Vereinigten Königreich wurden spontane Bankette abgehalten.

Am frühen Morgen begaben sich Norma und die Herzogin mit dem Taxi zu St. Paul's, wo die Königin an der Jubiläumsmesse teilnehmen würde. Sie nahmen ihren Platz in der ersten Reihe ein, in dem Bereich, der für Menschen mit Behinderung frei gehalten wurde. Das Stimmengewirr war ohrenbetäubend, die Atmosphäre wie elektrisch aufgeladen.

»Da sind sie, da sind sie!«, schrie jemand nach Stunden des Wartens.

Die Menschenmenge drängte sich an den Absperrungen, die Fotoapparate gezückt, um ein Bild von der Königin zu schießen.

»Herzogin, ich sehe schon die Motorräder der Polizei«, schrie Norma, die sich von der allgemeinen Aufregung anstecken ließ.

»Wo, wo?«

»In einer Minute sind sie da.«

Die goldene Kutsche kam näher – und endlich war sie da! Die Königin fuhr an ihnen vorbei, nur wenige Meter von ihnen entfernt. Sie lächelte in die Menge, winkte formvollendet, in ihrem bonbonrosa Kostüm mit passendem Hütchen. Neben ihr saß Prinz Philip in Gardeuniform.

»Das ist wie im Märchen, stimmt's, Herzogin?«, seufzte Norma, bekam aber keine Antwort. Sie drehte den Kopf und sah, dass der Herzogin das Kinn auf die Brust gesunken war. Sie schlief. Saša hatte ausgerechnet das Vorüberfahren der königlichen Karosse verpasst.

~

Bei ihrer Rückkehr nach Hause kursierte das Gerücht, die Sex Pistols seien überraschend aufgetreten und hätten in einem Boot auf der Themse ihre Version von »God Save the Queen« zum Besten gegeben: eine deutliche Persiflage auf die Prozession der Monarchin auf dem Fluss, die für zwei Tage später angesetzt war. Die Polizei hatte eingegriffen und die Sex Pistols gezwungen anzulegen. Die Band und mehrere Mitglieder ihrer Entourage waren verhaftet worden.

»Das geschieht ihnen recht!«, rief die Herzogin, kaum hatte sie von den Ereignissen erfahren. »Diese Punks sind ein Angriff auf den guten Geschmack: stoppelige Haare, zerrissene Klamotten, Ketten, Sicherheitsnadeln in der Wange … Bei Gott, wie weit ist es mit uns gekommen!«

»Das ist ja genau der Punkt. Für sie ist das ein revolutionärer Akt«, kommentierte Elia, der vergaß, dass allein das Wort »revolutionär« dazu in der Lage war, bei der Herzogin Entsetzen zu verursachen.

»Was wollen die denn? Die königliche Familie aufs Schafott bringen? Oder sie erschießen, so wie sie es in Russland gemacht haben? Gott stehe ihnen bei …« Und sie bekreuzigte sich, eine Geste, die sie jedes Mal machte, wenn die Sprache auf die Romanows kam.

»Saša, so beruhige dich doch. Diese Aufregung tut dir nicht gut«, versuchte ihr Ehemann, sie zu beschwichtigen.

Seine Worte erwiesen sich als Prophezeiung, denn in jener Nacht fühlte sich die Herzogin schlecht, und sie mussten den Krankenwagen rufen.

Die Ambulanz brachte sie ins Krankenhaus, wo es hieß, Rudy solle sich auf das Schlimmste gefasst machen. Doch entgegen jeder Prognose erholte die Herzogin sich wieder.

Nach drei Wochen kehrte sie nach Hause zurück, sichtlich besser gelaunt als vorher, und war wieder ganz die Herzogin, wie man sie kannte: stark geschminkt, exzentrisch, fürstlich. »Krankenhäuser sind bloß dazu gut, dass man sich die Mandeln rausnehmen lässt oder ein Kind zur Welt bringt. Um mich ins Jenseits zu befördern, braucht es schon was anderes!«, scherzte sie.

Sie sprach von einem Wunder, von göttlichem Beistand. »Was mich gerettet hat, waren meine Gebete an Xenija, die Schutzheilige von St. Petersburg. In Russland betrachtet man sie als *jurodstva*, als ›Verrückte in Christo‹. Sie hatte die Fähigkeiten einer Seherin und wurde wie eine Heilige verehrt. Sie ist es, die mich kuriert hat. Willst du sie sehen?«

Und sie zeigte Norma das Bild der Xenija, das sie in einem Silbermedaillon um den Hals trug. »In Momenten der Not hat sie mir immer geholfen, und sie wird es wieder tun.«

~

»Der Jude ist wie ein giftiger Wurm, der sich von einem verwesenden Körper ernährt.« Das war einer der berühmtesten Sätze von John Tyndall, dem Anführer der National Front.

1967 gegründet und auf der Naziideologie basierend, war die National Front für kurze Zeit zur vierten Partei in England geworden. Vor allem aktiv in den ärmsten Vierteln von London, versuchte sie, in der Bevölkerung rassistisches Gedankengut zu etablieren. Im Sommer 1977 hatte die National Front unter dem Vorwand, gegen die Eskalation städtischer Kriminalität aufzutreten, einen Demonstrationszug nach Lewisham angekündigt, einem Arbeiterviertel im Südosten Londons. Es hatte zahlreiche Proteste dagegen gegeben, doch weder die Aufrufe verschiedener antifaschistischer Organisationen noch ein Antrag beim höchsten Gerichtshof hatten es geschafft, die Demonstration zu verhindern.

Am Morgen des 13. August begannen etwa fünfhundert Mitglieder der National Front, sich in der Nähe des Bahnhofs von New Cross zusammenzurotten. In der Zwischenzeit versammelten sich Tausende von Gegendemonstranten und verschiedene Anführer der Gemeinde Lewisham, darunter der Bürgermeister und der Bischof von Southwark, zu einer pazifistischen Gegenveranstaltung. Um die Mittagszeit stand eine gewaltige Menschenmenge bereit, um den Durchmarsch der National Front zu verhindern. Unter ihnen waren auch Norma und Elia.

Ein Mann wandte sich mit dem Mikrofon in der Hand an die Menge: »Freunde, ich spreche zu euch als Stimme des Volkes von Lewisham. Wir lassen uns nicht provozieren und hindern die Faschisten daran, Zwietracht in unserer Gemeinschaft zu säen!«

Die Demonstranten der National Front begannen zu marschieren, schwenkten den Union Jack und priesen eine Gesellschaft, die von der »beschmutzenden« Gegenwart von Fremden und Ausländern gereinigt sei, doch die Gegendemonstranten waren deutlich in der Überzahl, und zwischen den beiden Gruppierungen wurde die Stimmung von Minute zu Minute feindseliger. Auf der Hälfte ihres Marschweges gab es für die Mitglieder der National Front kein Durchkommen mehr, und sie mussten von der Polizei zu den Autobussen begleitet werden, die sie in Sicherheit bringen sollten.

In diesem Moment warf jemand einen Ziegelstein auf eine der Ordnungskräfte, und ein anderer begann, Steine von einer nahe gelegenen Baustelle zu verteilen. Flaschen wurden auf die Polizisten geschleudert, man baute aus umgedrehten Mülltonnen Barrikaden gegen die anrückende Polizei, mehrere Motorräder wurden in Brand gesetzt. Um die Situation unter Kontrolle zu halten, kamen mehr als fünftausend Beamte zum Einsatz, sogar berittene Polizei marschierte auf.

Norma und Elia befanden sich mitten in der Menge, die versuchte, sich in Sicherheit zu bringen.

»Da rüber!«, schrie Elia und zeigte auf eine kleine Seitenstraße, doch es waren so viele Menschen um sie herum, die drängelten und drückten, dass sie sich nicht bewegen konnten.

Elia nahm Normas Hand. »Halt dich fest!«

Doch kurz darauf wurde sie angerempelt und ließ los.

»Elia!«, schrie sie, während sie in all dem Gedränge weggerissen wurde.

Er streckte einen Arm aus, drängte sich vorwärts, war kurz davor, sie zu erreichen, als die Frau vor ihm stolperte und gegen ein Eisengitter gedrückt wurde.

»Hilfe!«, schrie sie. Einer ihrer Füße steckte zwischen den Eisenstäben fest.

Elia blieb stehen, unsicher, was er tun sollte.

»Elia!«, schrie Norma und wurde von der Menge fortgerissen.

»Bitte, ich kann mich nicht selbst befreien …«, flehte ihn die Frau an und klammerte sich an seine Jacke.

Elia kniete sich neben sie. Er versuchte, ihren Fußknöchel loszumachen, doch er ließ sich nicht bewegen.

»Berittene Polizei, die greifen an!«, schrie jemand.

Elia machte einen letzten Versuch, den Fuß der Frau zu befreien, doch er war vergeblich. Er hörte die Schreie der Menschen, die wegrannten, hörte das Klappern der Hufe, das immer näher kam. Er hatte gerade noch Zeit, den Kopf zu drehen, als ein Schlagstock ihn voll ins Gesicht traf.

Ein lautes Krachen, das Geräusch von Knochen, die zertrümmert wurden. Das Wiehern eines Pferdes, das scheute. Das Letzte, was Elia sah, war eine Wand aus schwarzem Fell, die sich vor ihm aufbaute und mit den Vorderhufen durch die Luft wirbelte. Die Frau mit dem feststeckenden Fuß stieß einen Schrei aus. Elia warf sich über sie, um sie zu schützen. Der zweite Schlag eines Knüppels traf ihn am Kopf. Dann spürte er nichts mehr.

~

»Elia, Schatz …«

Die Stimme seiner Mutter schien aus weiter Ferne zu ihm zu dringen. Er öffnete die Augen einen Spalt, doch ein stechender Schmerz in seinem Kopf ließ ihn erneut die Lider schließen.

Erst zwei Tage später öffnete er wieder die Augen und sah als Erstes Normas Gesicht.

»Du hast uns einen gehörigen Schrecken eingejagt …«

Dann erblickte er seine Mutter.

»*Al me putin!* Mein Junge!«

»Mama, was machst du denn hier?«

»Was ich hier mache? Du bist fast gestorben, und das hätte mich auch umgebracht …«

»Was ist passiert?«

»Ein berittener Polizist hat dich mit dem Knüppel attackiert und dir eine Gehirnerschütterung verpasst. Zum Glück gab es keine bleibenden Schäden«, erklärte Norma.

»Und die Frau …«

»Sie hat sich den Knöchel gebrochen, aber wenn es dich nicht gegeben hätte, wäre es viel schlimmer ausgegangen. Der Polizist, der dich niedergeschlagen hat, wurde suspendiert.«

»Und bei dir, Norma?«

»Alles gut. Ich habe eine offene Tür gefunden und dahinter zwei vollkommen verstörte schwarze Kinder. Ich bin bei ihnen geblieben, bis es wieder ruhig war. Es war die Hölle da draußen; mehr als hundert Verletzte. Ein Wunder, dass niemand getötet wurde.«

~

Ghelfa und Bicicli blieben so lange in London, bis Elia wieder nach Hause durfte. Als es ihm besser ging, wollte Norma ihnen die wichtigsten Sehenswürdigkeiten der Stadt zeigen, doch sie waren zu erschüttert, um auf Touristenpfaden zu wandeln.

Um sich die Zeit zu vertreiben, machte sich Ghelfa ans Kochen. Als gute emilianische Hausfrau rollte sie am Sonntag Nudelteig und kochte Fleischbrühe. Das Problem war, dass in London keine brauchbaren Hühner aufzutreiben waren. *»L'acqua l'è bona sol s'a gh'è dentar al capón«* beharrte sie.

»Ich weiß, dass eine Brühe nur gut wird, wenn ein Kapaun drin ist, aber hier musst du dich mit Hähnchen aus dem Supermarkt begnügen«, erwiderte Norma.

Dank ihrer Kürbis-Tortellini machte Ghelfa die Bekanntschaft der Herzogin. Sie brachte den beiden Nachbarn einen Teller zum Probieren, und die beiden freundeten sich auf der Stelle an. Sie begannen, sich gegenseitig im Kochen und im guten Benehmen zu unterrichten: Die Herzogin brachte ihr bei, wie man einen Tisch elegant deckte, und lernte umgekehrt bei Ghelfa, wie man Spaghetti aß, ohne sich mit Soße zu bekleckern. Die eine Frau sprach Russisch, die andere tiefen Ferrareser Dialekt, doch irgendwie schienen sie einander zu verstehen. Ab und zu brachen sie in lautes Gelächter aus: bei Ghelfa klang das fein und hell, bei der Herzogin ein wenig ordinär.

Bicicli hingegen langweilte sich. Ihm fehlten seine Freunde aus der Bar, die Motoren und die Diskussionen mit Don Romano. Er zählte die Stunden, bis er endlich wieder zurück nach Stellata und in seine Werkstatt konnte.

Als sie wieder nach Italien zurückkehren wollten, stellte Ghelfa ihrem Sohn und der Schwiegertochter die Frage, die die ganze Zeit schon im Raum stand: »Und, wann macht ihr uns endlich zu Großeltern?«

»Wir arbeiten dran«, antwortete Elia.

Norma schwieg, die Augen starr aufs Fenster gerichtet.

~

Im Oktober beschloss Norma, den Garten zu neuem Leben zu erwecken. Sie pflanzte Blumenzwiebeln und Kriechpflanzen, jätete Unkraut in den Beeten, verbrachte ganze Tage mit Spaten und Schaufel in der Hand. Dieses Mal betrachtete sie die Arbeit als persönliche Herausforderung und war entschlossen, ihr kleines Stückchen Land zum Blühen und Gedeihen zu bringen.

Elia hatte sich wieder erholt, zögerte jedoch, sich ebenfalls im Garten zu engagieren. Seine ideale Umgebung war die Stadt, vom Menschen gestaltet und konstruiert; oder das Land, ob in der Üppigkeit des Julis oder im Novembernebel. Gartenarbeit hingegen betrachtete er als nutzlosen Zeitvertreib und hörte immer schon nach einer Stunde wieder damit auf.

»Wenn du mir mehr helfen würdest, hätten wir auch mehr Glück mit den Pflanzen«, beklagte sie sich.

»Das ist doch sinnlos, dafür sind wir nicht gemacht«, beschränkte er sich darauf zu antworten.

Doch Norma gab sich nicht geschlagen. Sie düngte und goss regelmäßig, doch trotz ihres Einsatzes welkten die Blumen im Frühjahr, die Rosenknospen ließen den Kopf hängen, noch bevor sie sich geöffnet hatten, und auch der Lorbeer und der Rosmarin starben ab.

Es war in jener Zeit, dass Norma es sich zur Gewohnheit machte, ein Katzenheim zu besuchen. Jeden Tag, wenn sie von der Arbeit nach Hause ging, kam sie daran vorbei, und eines Abends beschloss sie hineinzugehen.

Sie sah die zahlreichen Reihen Käfige, einer über den anderen gestapelt, die vielen Katzen, die zusammengeringelt auf dem kleinen Zementplatz lagen. Es waren Tiere, die verlassen oder deren Besitzer verstorben waren. Ab und zu kam jemand, um sich eine auszusuchen und nach Hause mitzunehmen, doch die meisten Leute wollten putzige junge Kätzchen, um sie ihren Kindern zu schenken, und interessierten sich nicht für die erwachsenen Tiere.

Norma bat darum, sie streicheln zu dürfen, was man ihr erlaubte. Von da an besuchte sie das Katzenasyl jeden Tag nach der Arbeit und streichelte die verlassenen Stubentiger. Sie nahm sie auf den Schoß, kraulte sie am Kinn und strich so lange über ihren Rücken, bis sie anfingen zu schnurren. Besonders angetan hatte es ihr ein Weibchen mit gestreiftem Fell und grünen Augen. Sie war bereits zwölf Monate im Katzenheim, doch niemand wollte sie adoptieren, weil sie schon zehn Jahre alt war. Norma gab ihr den Namen Ciccia. Wenn sie kam, begrüßte Ciccia sie schon mit aufgeregtem Mauzen. Norma nahm sie auf den Schoß und kämpfte gegen den Wunsch an, sie mit nach Hause zu nehmen. Elia war allergisch gegen Katzen, und so wusste sie, dass sie den Gedanken daran, Ciccia zu adoptieren, verwerfen musste.

Jedes Mal, wenn sie aus dem Katzenasyl nach Hause kam, war Normas Stimmung im Keller. Die gute Laune von Elia, sein Vorschlag, in den Ferien aufs Land zu fahren und durch die englischen Kanäle zu schippern, seine Projekte auf der Arbeit … alles irritierte sie. Norma fühlte sich allein, und er schien es nicht einmal zu bemerken. Wie konnte er nur so ruhig bleiben, wenn sie es nicht schafften, ein Kind in die Welt zu setzen? Wer war ihr Mann wirklich? Manchmal hatte Norma das Gefühl, dass hinter seiner gut gelaunten Art und seiner ständigen Suche nach dem Kitzel des Neuen ein Mann steckte, der ihr vollkommen unbekannt war.

~

Mit Ankunft des Winters verschlechterte sich die Gesundheit der Herzogin erneut. Mittlerweile verließ sie das Haus nicht mehr, und es kam der Moment, an dem sie bettlägerig wurde. Norma und Elia hörten, wie sie jammerte und wehklagte. Besonders nachts, wenn es im Haus still war, hörte man sie vor Schmerzen weinen.

Manchmal klopften sie an die Tür der Nachbarn und fragten, wie es ihr gehe. Rudy schüttelte nur den Kopf. »Unverändert.«

»Wenn Sie was brauchen, rufen Sie uns, ganz gleich, wie spät es ist«, sagte Elia immer wieder.

»Danke. Morgens kommt eine Pflegerin, die mir hilft, aber

sie so leiden zu sehen, wird immer schwerer. Der Rücken schmerzt sie, sie schläft nicht mehr. Keinen einzigen Moment der Ruhe hat sie. Manchmal, wenn ich aufwache, hoffe ich, dass sie tot ist.«

~

Es geschah in einer Freitagnacht im Januar. Mick, der irische Mieter, kehrte betrunken nach Hause zurück, und im obersten Stock erklang wieder einmal das übliche Getöse.

»Ich schaue mal rüber«, sagte Elia.

Als er auf den Treppenabsatz hinaustrat, bemerkte er, dass die Wohnungstür der Herzogin nur angelehnt war. Er trat ein.

Rudy stand vor dem weit offen stehenden Fenster des Wohnzimmers, neben ihm saß seine Frau im Rollstuhl. Sie trug das Kleid aus roter Seide ihrer Mutter, hatte die Augen geschlossen, ihr Kopf war zur Seite gesunken. Einen Moment lang dachte Elia, dass sie vielleicht nur wieder plötzlich eingeschlafen war. Erst als sein Blick sich mit dem von Rudy kreuzte, hatte er verstanden.

Er trat auf die beiden zu, darauf bedacht, keinen Lärm zu machen, so wie man zu einem Kind tritt, das nach einer schlaflosen Nacht endlich zur Ruhe gefunden hat. Die Herzogin schien zu lächeln.

»Das Leiden meiner Saša ist zu Ende«, sagte Rudy leise. Dann fügte er hinzu: »Sie hat mich schon lange darum gebeten. Sie bettelte und flehte, und am Ende fehlte mir der Mut, wieder Nein zu sagen. Es war leicht zu besorgen, ich wusste, wo.«

Elia starrte ihn verstört an, doch er stellte keine Fragen. Er ging zum Fenster und machte es zu.

»Sie wollte, dass sie nach Osten schaut, wenn ihr Leben endet, zu ihrem geliebten Russland«, erklärte Rudy.

»Legen wir sie aufs Bett«, sagte Elia und hob die Herzogin hoch. Ein letztes Mal hielt er sie auf den Armen.

In ihrem roten Samtkleid auf der Decke ausgebreitet, sah sie aus wie eine Königin.

Rudy ging auf sie zu und küsste sie auf den Mund. »Wart auf mich, Saša.«

~

Am Tag darauf bereiteten Anastasia und Aalina, die russischen Kolleginnen vom Markt in Camden, das Sterbezimmer nach den Gebräuchen der russisch-orthodoxen Kirche vor. Aalina, die *yellow lady*, trug zum Zeichen ihrer Trauer von Kopf bis Fuß Schwarz, weswegen Norma sie im ersten Moment gar nicht erkannte.

Sie stellten eine Ikone am Kopfende der Herzogin auf und drapierten rote Tücher an den Wänden. Rudy schob seiner Frau das Foto ihrer Tochter Olga sowie das silberne Medaillon mit dem Bild der heiligen Xenija zwischen die Finger.

Am dritten Tag kam das Bestattungsinstitut und transportierte die Bahre in die russisch-orthodoxe Kirche von Kensington. An der Trauerfeier nahmen nur wenige Menschen teil: Norma und Elia, Mick und Carmel aus dem oberen Stock, Anastasia und Aalina. Rudy trug das zeremonielle Gewand seines schottischen Clans: den Kilt, den *sporran*, das Täschchen, das unterhalb des Gürtels hängt, weiße Kniestrümpfe und schwarze Schuhe, die mit langen Schnürsenkeln um die Wade gebunden waren.

Während der Feier küssten die Anwesenden die Herzogin auf die Stirn und arrangierten Blumen auf der Bahre. Norma legte drei weiße Rosen ab, doch Aalina nahm eine wieder weg. »In Russland schenkt man Blumen immer in gerader Anzahl.«

Der Leichnam wurde auf dem Friedhof von Putney Vale bestattet, in der Nähe des Grabes von Kerenskij, einem Freund der Herzogin, der gegen die Oktoberrevolution gekämpft hatte und im Exil gestorben war. Vor ihrem Tod hatte Saša dem Wunsch Ausdruck verliehen, in seiner Nähe die letzte Ruhe zu finden.

~

Das Leben ging weiter, leerer und stiller, seit die Herzogin nicht mehr da war. Rudy verließ nur noch für die Arbeit in dem Café in Highgate das Haus. Ab und zu folgte er einer Einladung zum Essen bei Norma und Elia, doch man merkte ihm an, dass es ihm schwerfiel und er es nur ihnen zu Gefallen tat. In den Wochen, die auf die Beerdigung folgten, sahen Norma und Elia ihn selten. Dann, als sie von einer Reise nach Paris zurückkehrten, mit der sie ihren Hochzeitstag gefeiert hatten, stellten sie fest, dass Rudy nicht mehr in ihrem Haus wohnte. Er war gegangen, ohne eine Nachricht oder eine Adresse zu hinterlassen.

Norma suchte in dem Café in Highgate nach ihm. Er war an seinem Platz, spielte Harfe, umgeben von blühenden Kirschbäumen; es war wieder Frühling. Sie spürte einen dumpfen Ton in ihrer Brust. Sie nahm vor ihm Platz und nickte ihm zu.

Als er Pause hatte, plauderten sie ein wenig. Sie fragte ihn, wo er wohne, doch Rudy ließ sich nicht in die Karten schauen: Er sagte nur, er lebe bei einem Freund, der ebenfalls Musiker sei. Norma nahm ihm das Versprechen ab, sich zu melden. Er schwor, sie anzurufen, was er jedoch nicht tat.

Norma wartete einige Wochen, dann suchte sie erneut das Café auf. Diesmal war sein Platz zwischen den Kirschbäumen leer.

Sie fragte den Wirt nach ihm.

»Er ist von einem Tag auf den anderen verschwunden. Ich habe ihm sogar noch Geld geschuldet, aber er hat sich nicht mehr blicken lassen. Dann hat jemand angerufen und gesagt, Rudy habe einen Unfall gehabt oder er sei krank geworden … Es fällt mir gerade nicht mehr ein. Und jetzt, was mache ich jetzt mit der Harfe? Die nimmt so viel Platz ein. Das ist ja nicht gerade eine Flöte oder eine Gitarre!«

»Die Harfe kann ich nehmen«, schlug Norma vor.

Sie ließ sich das Instrument nach Hause bringen und deponierte beim Wirt des Cafés eine Nachricht für den Fall, dass Rudy zurückkehrte.

Sie hörte nie wieder von ihm, und im Laufe der Jahre folgte die Harfe Norma bei jedem ihrer Umzüge.

~ 1979 ~

London, Frühling

Frauen, rund und reglos wie Schiffe auf dem Meer. Ihre prallen Bäuche machten sie Göttinnen gleich. Mit ihren trägen Bewegungen und den schweren Brüsten ähnelten sie Liebesbotinnen aus dem sechzehnten Jahrhundert. Wie die russischen Holzpuppen, die in ihrem Bauch immer kleinere Holzpuppen hatten; Zauberwesen, die wie von selbst Hände, Pupillen, kleine Füße und alle zehn Finger erschaffen konnten.

Norma saß mitten unter ihnen, doch ihr Bauch war flach. Zweieinhalb Jahre hatte sie versucht, schwanger zu werden, und als es ihr schließlich gelungen war, dauerte es nur ein paar Wochen, bis sich die Blutung einstellte. Jetzt saß sie in jenem Saal im Krankenhaus und wollte wissen, ob das Herz des Embryos immer noch schlug. Elia drückte ihre Hand. Auch er war angespannt, bemühte sich aber, es nicht zu zeigen.

Norma strich sich mit der Hand über den Unterleib, suchte nach einem Zeichen, einer kleinen Schwellung, nach irgendetwas, das ihr Hoffnung schenken könnte. Sie schaute sich jene zufriedenen Frauen an, Frauen mit heiterem Blick, mit glücklichen Gesichtern, und empfand Neid. Sie war neidisch auf ihre prallen Bäuche, auf diese sichtbare Fruchtbarkeit, die ihr wie auf dem Tablett serviert wurde. Sie war neidisch auf die Kinder, die sie zur Welt bringen und die ihnen ähnlich sein würden, den Eltern, den Großeltern oder Verwandten, die nicht mehr da waren. Bei jeder einzelnen Geburt vollbrachten diese Frauen ein Wunder: Sie schenkten ihren Toten neues Leben. Zellen und Stimmen, die im Dunkel des Universums verloren gegangen waren, verbanden sich mit ihrem Blut und kehrten mit dem Gewicht eines Engels auf die Erde zurück. Nur wenige Tage, dann würden diese Frauen ihre Kinder zur Welt bringen; den weichen Kopf, das Herz, das in ihrer Brust stürmisch schlug. Diese Frauen würden mit der Geburt ein Leben aufbauen. Die kleinen Tritte, die sie jetzt in ihrem Bauch spürten, kamen von ihren Kindern, und diese Kinder würden schon bald mit offenen Schnürsenkeln auf der Wiese spielen, den Sonnenschein wie eine Blüte in ihren Haaren.

»Norma Martiroli.«

Die Krankenschwester führte sie in den Ultraschallraum. Norma legte sich auf die Liege, schob ihre Hose nach unten und den Pullover nach oben. Das Gel war kalt, doch sie blieb ungerührt. Mit angehaltenem Atem blickte sie suchend auf den Monitor, versuchte, das Pulsieren eines kleinen Herzens zu erkennen, konnte jedoch nur Muskelgewebe sehen, eine Wüste aus Schatten, nicht zu deutenden Formen. Sie drückte Elias Hand noch fester. Keiner der beiden traute sich, Fragen zu stellen.

»Kein Herzschlag. Tut mir leid.« Der Arzt flüsterte es fast, als wollte er ihr weniger wehtun.

~

»In Ihrem Alter enden mehr als zwanzig Prozent aller Schwangerschaften in einem Spontanabort. Die Jahre vergehen, allmählich besteht Grund zur Eile, und man sollte nichts mehr dem Zufall überlassen.«

»Ich bin erst zweiunddreißig.«

»Ja, aber Sie haben auch einige gesundheitliche Probleme, und nach dem fünfunddreißigsten Lebensjahr sinkt die Fruchtbarkeit von Frauen auf nur noch fünfzig Prozent.« Der Gynäkologe sprach vom verfrühten Altern der Eizellen, als wären die Verstopfung eines Eileiters und ein polyzystisches Syndrom nicht allein schon Grund zur Verzweiflung.

Und so wurde das Leben zu einem Wettlauf gegen die Zeit: Es begann eine endlose Reihe von Injektionen, Tests, es wurde Temperatur gemessen und der Zyklus kontrolliert, die fruchtbaren Tage mit Rot im Kalender angestrichen. Norma hörte auf, Alkohol zu trinken. Viel war es sowieso nie gewesen, doch der Arzt hatte gesagt, der Alkohol verringere die Hormonproduktion, und dieses Risiko konnte sie nicht eingehen.

Der Strudel, in dem sie sich befand, riss sie immer mehr in ein Wechselbad der Gefühle. Von Freude ging es zu Angst, von Momenten der Hoffnung zu Krisen der totalen Entmutigung. Sex wurde zu einer Leibesübung, deren Zeitpunkt basierend auf der Körpertemperatur entschieden wurde, und fand an bestimmten Tagen und bevorzugt am Morgen vor der Arbeit statt, weil die Möglichkeit, schwanger zu werden, dann als höher galt. Man stellte den Wecker auf den frühen Morgen, auch wenn man keinerlei Lust hatte, aber es musste alles versucht werden.

Der Frauenarzt sprach von neuen Methoden, von der Avantgarde der Gynäkologie. Er meinte, sie könnten froh sein, in England zu leben; der Papst spiele hier keine Rolle, es gebe verschiedene Optionen, und es stehe ihnen frei, die beste Wahl für sich zu treffen. Sorgfältig erklärte er Begriffe, die sie noch nie gehört hatten: Da gebe es die künstliche Insemination, und für den Fall, dass diese nicht erfolgreich sei, auch die In-vitro-Befruchtung.

Hier begann Normas Kreuzweg: Tabletten, Hormone, die

Stimulation der Eierstöcke, es wurde Blut abgenommen, mit Ultraschall gemessen, es gab Mittel zum Schlucken und Injektionen. Das Ganze gefolgt von einer Entnahme von Eizellen über eine transvaginale Sonde, dann wurden mehrere Eizellen im Labor befruchtet, und schließlich kam die Phase des Transfers in die Gebärmutter.

Norma verwandelte sich in ein Versuchskaninchen, das für jede Art von wissenschaftlichem Experiment zur Verfügung stand. Sie wurde zu einem wandelnden Lexikon, das alles über Unfruchtbarkeit und die Möglichkeiten, sie zu kurieren, wusste. Sie kannte die technischen Begriffe, die Namen und Wirkungsweisen von jeder Substanz, die man ihrem Körper verpasste, wie aus dem Effeff. Sie machte begleitende Therapien, Kuren mit Progesteron, es folgten ein endloses Warten und neue Tests zur Feststellung einer Schwangerschaft. Und am Ende wieder die unausweichliche Enttäuschung.

Drei Versuche mit In-vitro-Befruchtung in einem Jahr. Und drei Mal gescheitert.

Jedes Mal starb die Hoffnung. Sie ertrank im Monatsfluss, der sich schließlich doch einstellte.

~

Cachoeira Grande, Sommer

»Renata, komm her! Iss erst dein Brot, bevor du spielst!«

»Ich kann nicht. Großmutter wartet auf mich.« Und sie lief auf den Hof.

Maria Luz beobachtete die Kleine von der Küchentür aus. Sie sah sie lachen, reden, als hätte sie tatsächlich jemanden vor sich. Die Großmutter spiele jeden Tag mit ihr, sagte Renata immer wieder. Zu Beginn hatte Maria Luz gedacht, es handle sich um die Hirngespinste eines kleinen Mädchens, doch seit Kurzem geriet die Situation außer Kontrolle.

Eines Tages, als sie nach dem Mittagessen in die Küche gegangen war, um aufzuräumen, hatte sie festgestellt, dass das Spülbecken leer und das Geschirr gespült war. Núbia Vergara war im vorigen Jahr gestorben, und von einem dreijährigen Mädchen konnte diese Arbeit unmöglich geleistet worden sein.

»Wer hat das Geschirr gespült?«, hatte sie ihre Tochter gefragt.

»Die Großmutter«, hatte Renata geantwortet.

Kurz darauf hatte Maria Luz mit einer Kinderpsychologin in São Paulo telefoniert und einen Termin ausgemacht.

Die Psychologin hatte sie beruhigt. »Es ist normal, wenn ein dreijähriges Kind sich einen imaginären Freund ausdenkt, erst recht, wenn es so isoliert aufwächst wie Ihre Tochter. Seien Sie ganz beruhigt, Frau Schiavon: Sobald Renata in den Kindergarten kommt, löst sich das Problem von allein.«

Die Episode mit dem Geschirr hatte Maria Luz nicht erwähnt. Ihr war es lieber gewesen, die Sache nicht weiter zu beachten und der Hoffnung nachzuspüren, dass es keine solchen Verrücktheiten mehr geben würde. Jetzt jedoch beobachtete sie ihre Tochter beunruhigt von der Küchentür aus: Renata war unter den Jacarandabaum gelaufen, hatte sich auf den Boden gelegt, und sie hörte sie rufen: »Aufhören, Großmutter, nicht kitzeln!« Dabei warf sie sich hin und her, als würde sie jemand piesacken.

Schon im Moment ihrer Geburt hatte Maria Luz begriffen, dass sie ein besonderes Kind auf die Welt gebracht hatte. Man hatte sie ihr auf die Brust gelegt, und da war so viel Leben in den Augen, so viel Wissen in ihrem Blick, dass Maria Luz den Eindruck bekam, sie habe sie nicht nur geboren, sondern in die

Welt zurückgebracht. Dann hatten die seltsamen Dinge begonnen: die Monologe ihrer Tochter, die immer wieder geäußerte Behauptung, ihre Großmutter sei bei ihr … Doch Maria Luz glaubte tatsächlich, dass die Kleine, wenn sie erst einmal in den Kindergarten ging, ruhiger werden würde.

Renata saß unter dem Jacarandabaum, lachte, führte Selbstgespräche, während ihre Mutter sie von der Küchentür aus beobachtete. Maria Luz richtete den Blick auf den Baum: Seit sie sich erinnern konnte, war daran nicht eine einzige Knospe gewachsen, doch sie wusste, dass ihr Vater ihn einst gepflanzt hatte. Ab und zu bekam er immer noch neue Blätter, und solange auch nur das geringste Leben in ihm war, würde sie ihn nicht fällen lassen.

~

Renata war in Schlangenlinien durch den Garten gelaufen, und Adele hatte ihre Mühe, sie wieder einzufangen. Schließlich setzten sich die beiden zu Füßen des großen Baumes, und die Großmutter hatte das Mädchen mit Küssen bedeckt und dann begonnen, es zu kitzeln. Renata hatte eine laute und ansteckende Lache, die Adele nicht müde wurde zu hören.

»Großmutter, komm schon, hör auf!«, flehte die Kleine.

»Was denn nun – soll ich kommen, oder soll ich aufhören? Entscheide dich!«

Renata lachte noch lauter, und die Großmutter lachte mit ihr. Als sie wieder ruhiger wurden, strich ihr Adele über die Stirn und verscheuchte behutsam die Libelle, die über ihren Haaren schwebte. An dem Tag von Renatas Geburt hatte sich das erste Mal eine Libelle auf sie niedergesetzt, und seither war immer eines dieser Insekten in der Nähe der Kleinen.

»Großmutter, erzähl mir eine Geschichte«, bat Renata.

Adele begann, von ihrem Leben in Stellata zu erzählen. Ihre Enkelin lauschte ihr gebannt, hörte von den Frauen des fahrenden Volkes mit den Fasanenfedern im Haar, von Kindern, die mit Toten redeten, und von einem Vorfahren namens Giacomo, der sein Leben damit zugebracht hatte, Archen wie die von Noah zu bauen, die jedoch eine nach der anderen im Fluss versunken waren.

»Und er baute trotzdem immer weiter?«

»Ja, weil es das Einzige war, was ihn glücklich machte.«

»Aber wie war denn Viollca nach Stellata gekommen?«

»Die Leute vom fahrenden Volk waren im Dorf gelandet, bevor sie auf die Welt kam. Es regnete seit Tagen, und die Räder ihrer Wägen waren im Morast stecken geblieben. Die Felder standen unter Wasser, dann waren auch die Wege, die Straßen, die Hinterhöfe, sogar die Piazza verschwunden. Um sich fortzubewegen, hatten die Leute von Stellata begonnen, mit Ruderbooten herumzuschippern …«

Auf dem Schoß von Adele zusammengerollt, lauschte ihr Renata und konnte sich kaum satthören an den Geschichten aus jenem Dörfchen, das einen so schönen Namen trug, dass man kaum glauben mochte, es könne tatsächlich existieren. Doch die Großmutter sagte, dieses Stellata gebe es wirklich, nur dass es am anderen Ende der Welt liege.

Adele streichelte die schwarzen Löckchen ihrer Enkelin. Niemals hätte sie gedacht, so sehr lieben zu können …

~

Als Maria Luz ihr von ihrer Schwangerschaft erzählt hatte, war ihre erste Reaktion Bestürzung gewesen. Sie hatte sich an die Depression erinnert, der sie selbst damals nach der Geburt verfallen war, an all die Schwierigkeiten, die es ihr bereitet hatte, ihre kleine Tochter aufwachsen zu lassen. »Es ist eine große Verantwortung, ein Kind allein zu erziehen. Wer ist der Vater?«, hatte sie gemurmelt.

»Das hat keine Bedeutung. Mutter zu werden, ohne verheiratet zu sein, ist nicht mehr so schwierig wie zu deiner Zeit. Wenn ich das Glück habe, dieses Mädchen auf die Welt zu bringen, werde ich es auch schaffen, es allein großzuziehen.«

»Woher weißt du denn, dass es ein Mädchen wird?«

»Ich weiß es einfach. Punkt. Und sie wird Renata heißen.«

Adele hatte vor ihrer Entschlossenheit die Segel streichen müssen. »Das ist ein schöner Name«, hatte sie am Schluss gesagt.

Es war sinnlos, ihrer Tochter zuzusetzen, außerdem war Maria Luz sowieso zu alt, um diese Schwangerschaft bis zum Ende durchzuziehen. *Vielleicht löst sich das Problem ja von alleine*, hatte sie beschlossen. Doch die Schwangerschaft schritt voran, auch noch nach Adeles Tod.

Schließlich war Adele mitten in der Nacht einem Infarkt zum Opfer gefallen. Doch kaum hatte sie ihr Leben ausgehaucht, stellte sie zu ihrer Überraschung – oder besser zu ihrem Entsetzen – fest, dass sie zwar tot war, und daran konnte es nicht den Schatten eines Zweifels geben, aber dennoch in der Lage, zu sehen, Stimmen zu hören, und im ganzen Haus umherzugehen, ohne den Boden zu berühren …

War der Tod also wirklich so bedeutungslos? Bestand er tatsächlich aus dieser Art Parallelwelt, in der sie jetzt unterwegs war, verwirrt, aber immer noch fähig, die Welt der Lebenden wahrzunehmen? Andererseits weigerte sich diese Welt, ihre Anwesenheit anzuerkennen. Warum also sollte sie weiter so existieren, irgendwo in der Mitte, und das Leben beobachten wie hinter einer Glasscheibe?

Den Grund dafür hatte sie an dem Tag begriffen, als das kleine Mädchen auf die Welt kam. Sie war während der Wehen an Maria Luz' Seite gewesen, machtlos angesichts ihrer Schmerzen, da sie ihr nicht einmal die Hand drücken konnte.

An einem bestimmten Punkt hatte die Hebamme gerufen: »Jesus, Maria und Josef! Da kommt ja kein Kopf, sondern ein Arm!«

Adele war zu ihr geeilt und hatte das Händchen gesehen, das bereits draußen war und wedelte, als wollte es sie grüßen. Dann griff die kleine Hand nach ihrem Finger. Erschrocken wich Adele einen Schritt zurück, doch das kleine Mädchen hatte nicht losgelassen, bis es auf der Welt war.

Die Hebamme hatte die Nabelschnur durchtrennt und einen erleichterten Seufzer ausgestoßen. »Dieses Wesen wurde mit der Hilfe unseres Herrn auf die Welt gebracht!«, rief sie aus und legte das Neugeborene Maria Luz auf die Brust.

Es war in genau dem Moment gewesen, dass die Libelle zum ersten Mal auftauchte. Sie war durchs Fenster hereingeflogen und schwirrte mit ihren schillernden Flügeln auf den Säugling zu. Überwältigt von einer gewaltigen Welle ungekannter, berückender Gefühle, betrachtete Adele das kleine Mädchen. Irgendwann drehte die Kleine den Kopf und schaute sie direkt an. *Es ist doch nicht möglich, dass sie mich sieht,* hatte sich Adele gesagt. Sie wusste, dass Neugeborene nur Schatten wahrnehmen können, auf gar keinen Fall aber Geister oder Gespenster oder wozu auch immer sie geworden war. Sie trat zur Seite, und danach hatte sie versucht, ans Fußende des Bettes zu gehen, doch das Mädchen verfolgte jede ihrer Bewegungen mit dem Blick. Mittlerweile hatte Adele keine Zweifel mehr: Ihre Enkelin konnte sie tatsächlich sehen. Und während sie und die Kleine einander betrachteten, bereits jetzt wie verzaubert voneinander, wurde sie von einer Welle der Liebe ergriffen, die so intensiv war, so machtvoll … Und in jenem Moment hatte sie es verstanden:

Gott bot ihr eine letzte Möglichkeit, ihre Fehler als Mutter wiedergutzumachen. Damit sie jene Liebe empfinden konnte, war es ihr gestattet worden, weiterhin in jenem Grenzland zwischen Leben und Tod zu bleiben, an der Grenze zwischen der Wirklichkeit und dem, was ein kleines Mädchen sah …

~

Adele kehrte in die Gegenwart zurück und senkte den Blick auf Renata. Sie war zu Füßen des Jacaranda eingeschlafen, den Kopf auf ihrem Schoß und die Libelle auf ihrer Schulter. *Sie wächst zu schnell*, dachte sie. In wenigen Wochen schon würde Renata in den Kindergarten kommen, und sie wusste, dass ihre Anwesenheit dann zum Hindernis würde.

In diese Gedanken versunken, verharrte sie, die Haare des Mädchens streichelnd, bis die Kleine wieder erwachte. »Na, hast du was Schönes geträumt?«, fragte Adele sie.

»Alle Träume sind schön, Großmutter.«

»Du hast recht. Komm, wir geben dem Jacarandabaum deines Großvaters ein bisschen Wasser.«

»Mama sagt, dass er tot ist.«

»Das ist nur das, was sie mit ihren Augen sieht. Innen drin ist der Baum am Leben.«

»Und warum hat er dann keine Blüten?«

»Weil es nicht seine Zeit ist. Willst du die Geschichte hören, die man sich über diesen Baum erzählt? Am Amazonas gab es einmal einen Vogel namens Mitù, mit einem gelben Schnabel und Federn in Rot und Smaragdgrün. Eines schönen Tages setzte sich Mitù auf einen Jacarandabaum, und auf seinen Flügeln trug er eine Prinzessin. Die Prinzessin stieg von dem Baum, um in einem Dorf zu leben und den Leuten den Unterschied zwischen Gut und Böse beizubringen. Als alle von ihr viele weise

Dinge gelernt hatten, kehrte sie auf den Jacaranda zurück, und auf einmal war der ganze Baum mit lila Blüten übersät. Da flog der Vogel Mitù wieder los, mit der Prinzessin auf seinem Rücken, und brachte sie zu ihrem Bräutigam zurück, dem Sohn der Sonne. Von da an sagte man, wenn eine Jacarandablüte auf jemanden fällt, bringt sie diesem Menschen Glück.«

»Und wenn keine Blüten wachsen?«

»Sie wachsen schon, wenn wir den Baum ernähren und weiter daran glauben. Es ist ein bisschen wie bei mir: Deine Mama sagt, dass ich nicht echt bin, aber du siehst mich, und wir spielen miteinander.«

»Ach komm, Großmutter, natürlich bist du echt!«

»Renata, hör mir zu: Bald gehe ich zu deinem Großvater zurück, genauso, wie es die Prinzessin mit ihrem Bräutigam gemacht hat.«

»Das will ich nicht! Du musst bei mir bleiben.«

»Du weißt doch, dass ich über den Ozean gereist bin, um ihn zu heiraten, und jetzt wartet Großvater auf mich.«

»Warst du schön, als du jung warst?«

»Ja, so hieß es, aber als ich damals mit meinen dreißig Jahren nach Brasilien kam, um zu heiraten, hatte ich bereits eine weiße Haarsträhne über der Stirn. Und genau das wird dir auch passieren.«

~

Am Morgen danach gingen Adele und Renata auf den Hof, um die Hühner zu füttern. »Hol die Eier und leg sie ins Körbchen«, sagte die Großmutter zu ihr.

In diesem Moment verspürte Adele einen Schmerz im Arm, so stark, dass ihr die Luft wegblieb. Sie lehnte sich an die Mauer, die Augen geschlossen.

»Großmutter, was hast du?«, fragte Renata, die gerade ein Ei aus dem Stroh holte.

»Es ist nichts; ich muss mich nur ein bisschen ausruhen.«

Dann wieder ein reißender Schmerz in ihrer Brust, wie in der Nacht, in der sie gestorben war. Sie musste die Ruhe bewahren, damit die Kleine keine Angst bekam. »Komm, setzen wir uns ein bisschen unter den Jacarandabaum und ruhen uns aus.«

»Schau nur, Großmutter, der Baum!«, rief Renata aus.

Adele hob den Blick und sah, dass der Jacaranda voller lila Blüten war. »Es war Großvater Rodrigo, der sie zum Blühen gebracht hat. Ich gehe jetzt zu ihm, aber du darfst keine Angst haben.«

»Ich habe nie Angst.«

»Ich weiß, du bist ein mutiges Mädchen …« Adele verzog das Gesicht vor Schmerz.

Renata blickte sie an, ihre Miene wurde ernst. Nach einem Augenblick sagte sie: »Großmutter, schläfst du, oder bist du tot?«

»Vielleicht bin ich ja diesmal wirklich tot, das werden wir sehen …«

»Machen Tote einem Angst?«

»Nur, wenn du sie nicht kennst. Aber wenn es Menschen sind, die dich gerngehabt haben, suchst du nach ihnen, und früher oder später kommen sie zu dir.«

Dort unter dem blühenden Jacarandabaum ausgestreckt, sah Adele die wichtigsten Momente ihres Lebens an sich vorüberziehen: ihre Kindheit am Flusse Po, die Reise nach Brasilien, die ersten, desaströsen Jahre ihrer Ehe, dann die Liebe zu Rodrigo und ihre so besondere Bindung an Renata. Und sie zog den Schluss, dass das alles die Mühe wert gewesen war: Trotz des Schmerzes, den das Schicksal ihr beschert hatte, trotz der Einsamkeit eines ganzen Lebens hatte es sich gelohnt. Renata streichelte ihr die Stirn. Adele dachte, allein diese zärtliche Geste gebe ihrer gesamten Existenz einen Sinn.

»Großmutter, kann ich mit dir kommen?«

»Nein, mein Schatz, deine Mama wäre viel zu traurig. Du musst groß werden, heiraten …«

»Aber ich will, dass du dabei bist, wenn ich heirate!«

Adele machte die Augen auf, und trotz des Schmerzes gelang ihr ein Lächeln. »Ich lasse dich nie allein. Jetzt gib mir einen Kuss. Deine Großmutter ist so müde …«

Renata gab ihr einen Kuss, und obwohl sie noch so jung war, begriff sie, dass es ein Abschiedskuss war.

Drei lila Blüten fielen auf Adeles Gesicht.

»Bis bald, mein Schatz! Der Hauch eines Lebens …«

Und sie schloss die Augen für immer.

~ 2015 ~

Geriatrische Abteilung des Krankenhauses von Ferrara, April

Ein Körper, eine Nummer, ein Name. Hier gibt es keine Blumen. Es gibt auch keine bunten Schirme, keine roten Mäntel, keine Kinder. Es ist eine weiße Welt, rein wie Salz.

Es ist mitten in der Nacht, doch die Kranken schlafen nicht. Sie bewegen sich langsam, schleppen sich mit ihren zusammengeflickten Körpern durch die Flure wie Geister. In Krankheit und Schmerz verliert der Körper an Substanz. Die Kranken gehen den Weg der Genesung ohne einen Laut, fast ohne den Boden zu berühren, die ersehnte Gesundheit als das größte irdische Glück begreifend.

In dieser langen Nacht ohne Grenzen oder Beschränkungen sitze ich bei dir. Um uns herum die Kämpfe derjenigen, die auf der Zielgeraden ihres Endes sind. Deine Zimmergenossin ist aufgewacht und schreit. Die Engel des Morphiums eilen herbei. Mit ihren schmalen Händen bringen sie ihr wenige Tropfen Liebe wie ein Geschenk. Die Nadel dringt ins Fleisch ein, und die Frau löst sich auf, als wäre sie aus Zucker. Ihr Kopf sinkt auf das Kissen zurück, weich wie ein Pfirsich.

In den Nächten, die ich im Krankenhaus verbringe, gibt es immer eine Frau, die brüllt oder jammert, eine alte Dame, die nach Hilfe ruft, ein Telefon, das klingelt und mich zusammenzucken lässt. Ab und zu stößt jemand einen Fluch aus. Nicht einmal Gott bleibt der Schmerz erspart, der hier regiert. Manchmal schlafe ich ein, dann schrecke ich wieder hoch, in der Angst, dass du allein gestorben bist. Ich lausche dem Keuchen, das aus deinem Mund kommt, jeder Atemzug bereitet dir Mühe. Im Halbschatten richte ich den Blick auf dein Gesicht: auf die drei kleinen Narben von den Windpocken, die aus der Kindheit auf deinem Gesicht zurückgeblieben sind, auf deinen leeren Mund, die geschlossenen Augen. Doch diese Augen blicken bereits in die Ferne, Mama.

Heute Morgen hat mir der Arzt gesagt, dass du langsam ins Koma hinübergleitest. Lichte Momente werden immer seltener, der Schmerz hingegen wird stärker. Es ist ungerecht. Eigentlich müsste man mit der gleichen Ahnungslosigkeit sterben, mit der man zur Welt kommt, in der gleichen Sanftheit.

Es sind die langen und dunklen Tage deines Endes. Um uns herum die stillen Stunden, die dem Morgengrauen vorausgehen. Nächte ohne Zeit, Mama. Nächte, die kein Ende finden.

~ 1980 ~

Mai

Liebe Norma, lieber Elia,
ich habe eine große Neuigkeit: Ende Juli kommen ich und die Kleine nach Italien! Ich träume schon seit Jahren davon, und nun habe ich den Entschluss endlich gefasst und mir Tickets besorgt.
Ich würde gerne die wichtigsten Kunststätten des Landes besuchen, doch zuallererst möchte ich Stellata kennenlernen. Seit meine Mutter nicht mehr unter uns weilt, verspüre ich das Bedürfnis zu sehen, wo sie geboren ist und wo unsere Familie ihre Wurzeln hat.
Wäre es möglich, dass ihr zu mir stoßt? Sonst komme ich nach London, aber treffen müssen wir uns auf jeden Fall.
Ich kann es kaum erwarten, euch in die Arme zu schließen und ein wenig Zeit mit euch zu verbringen!
MARIA LUZ
und ein Kuss von Renata

PS: Anbei das jüngste Foto von der Kleinen. Ich kann es kaum glauben, dass sie schon vier Jahre alt ist!

~

Am 26. Juli warteten sie im Bereich der internationalen Ankünfte am Mailänder Flughafen auf sie.

»Da sind sie!«, rief Norma, kaum hatte sie Maria Luz erblickt: ein langes, ausgestelltes Kleid, ein weißer Zopf, das kleine Mädchen an der Hand.

Norma nahm Renata sofort auf den Arm. »Wenn ich eine Tochter hätte, wünschte ich mir, sie wäre genau wie sie«, sagte sie aufgewühlt, während sie versuchte, die Libelle zu verscheuchen, die um die Kleine herumsurrte.

»Kaum hatten wir das Flugzeug verlassen, war gleich wieder eine da!«, kommentierte Maria Luz.

Norma war so von dem Mädchen eingenommen, dass ihr diese seltsame Bemerkung nicht weiter auffiel. »Sie sieht aus wie Donata, als sie noch klein war«, bemerkte sie, während sie sich gemeinsam auf den Weg zum Auto machten, Renata immer noch auf Normas Arm.

In Stellata würden sie in dem Haus am Damm wohnen, das früher einmal Neve und Radames gehört hatte. Nach dem Tod seiner Eltern hatte Guido seinen Geschwistern ihren Anteil ausgezahlt und das Haus übernommen. Im Moment benutzten sie es nur für gelegentliche Ferienaufenthalte, doch er und Elsa planten, dorthin umzuziehen, wenn sie erst einmal in Rente waren.

»Wir haben ein bisschen sauber gemacht und die Betten bezogen, aber hier lebt schon seit Jahren niemand mehr«, erklärte Norma während der Fahrt.

»Das ist alles wunderbar. So müde, wie wir sind, könnten wir auch im Stehen schlafen!«, meinte Maria Luz.

Kaum waren sie angekommen, aßen sie etwas und stiegen dann ins obere Stockwerk hoch, um sich auszuruhen. Als sie an Neves Schlafzimmer vorbeikamen, lief das Mädchen prompt hinein.

»Renata!«, rief ihre Mutter sie zurück.

Die Kleine fing an, im Schrank zu kramen.

»Was sucht sie denn?«, wollte Norma wissen.

»Ich weiß es nicht. Sie redet von irgendwelchen Karten, die in einer Schachtel sein müssen.«

»Das ist die Stelle, wo Donata damals die Tarockkarten gefunden hat«, antwortete Norma ungläubig.

»Passt bloß auf, gleich kommt das Gespenst der *zingara* mit den Fasanenfedern im Haar!«, scherzte Elia.

»Wie kannst du dir erklären, dass Renata weiß, wo die Karten waren?«

»Das wird ihr vermutlich Donata angedeutet haben. Vielleicht spricht deine Cousine im Jenseits auch Portugiesisch.«

Als sie im Bett waren, bekam Norma die seltsamen Zufälle nicht aus dem Kopf.

»Jetzt hör auf, Norma. Es kommt schon mal vor, dass jemand einem Großvater wie aus dem Gesicht geschnitten ist oder sogar einem entfernten Verwandten. Mein Vater zum Beispiel ähnelt einem Vorfahren aufs Haar genau.«

»Und wie erklärst du dir, dass die Kleine die Karten an genau an der gleichen Stelle gesucht hat wie Donata damals?«

»In Schränke zu schauen, ist vielleicht ein Spiel von ihr, eine Art Schatzsuche oder Schnitzeljagd. Denk nicht mehr drüber nach.«

~

Als Norma am Morgen danach aufwachte, war sie allein im Bett. Sie zog sich ein Kleid an und ging in die Küche hinunter.

»Guten Morgen, du Schlafmütze!«, begrüßte Maria Luz sie und stellte ihr eine Tasse Kaffee hin.

»Wo ist Elia?«

»Ist mit Renata an den Fluss gegangen.«

»Ich trinke meinen Kaffee aus und gehe zu ihnen. Kommst du auch mit?«

»Es ist schon zu heiß. Vielleicht vor dem Abend.«

Norma stieg die Stufen am Damm hoch, die zur Straße führten. Von dort erblickte sie ihren Mann und Renata am Ende des Weges. Sie waren von hinten zu sehen und spazierten Hand in Hand in Richtung Rocca.

»Elia!«, schrie sie, doch er hörte sie nicht. Sie rief lauter. »Elia!«

Nur Renata drehte sich um.

Norma verschlug es den Atem: Genau diesen Moment hatte sie schon einmal erlebt … Jetzt fielen ihr die *Ayahuasca*-Visionen wieder ein: Das kleine Mädchen, das sie im Traum gesehen hatte, war Renata gewesen!

~

Nach dem Mittagessen kehrten sie ins Haus zurück, um der Hitze zu entfliehen und ein Schläfchen zu halten. Die Läden waren angelehnt, die Ventilatoren liefen auf Hochtouren. Das Haus schien zusammen mit den Schlafenden zu atmen, träge und faul an diesem glühend heißen Sommernachmittag.

Kaum begann die Sonne unterzugehen, begaben sich alle in die Bar an der Piazza Pepoli.

Maria Luz schaute sich voller Neugier um. »Genau so habe ich mir Stellata vorgestellt: alte Backsteinhäuser, der Fluss, die Piazza mit ihren Säulengängen und der Turm … Hier ist es so, als wäre die Zeit stehengeblieben.«

»Bis auf die Autos hat sich im Laufe der Jahrhunderte nicht viel verändert«, bestätigte Elia.

Nach dem Aperitif bat Maria Luz darum, auf den Friedhof zu gehen und das Grab der Familie zu besuchen.

Sie machten sich auf den Weg, kamen an dem Haus vorbei, in dem vor Jahrhunderten der Sohn von Ariost gelebt hatte.

Dort bogen sie nach links ab, und am Ende der Straße lag nun der Kirchhof. Renata ließ die Hand ihrer Mutter los und fing an zu rennen.

»Die ist ja nicht zu bremsen!«, seufzte Maria Luz.

Elia legte einen Zahn zu. Als er die Kleine erreichte, hob er sie hoch und legte sie sich quer über die Arme.

»Wir versuchen schon seit Jahren, ein Kind zu kriegen«, murmelte Norma verbittert.

Maria Luz legte ihr einen Arm um die Schultern und drückte sie an sich. »Niemals die Hoffnung verlieren! Schau mich an: Ich bin mit fünfundvierzig noch Mutter geworden!«

»Kümmert sich denn Renatas Vater um sie?«

»Er weiß nicht von ihr.«

»Das war mutig von dir … Ich hätte es wohl genauso gemacht.«

»Ich weiß. Wir sind gleich, du und ich.«

~

In Stellata verbrachten sie eine ganze Woche, aßen abwechselnd bei Ghelfa und den verschiedenen Mitgliedern der Familie Casadio, die immer noch im Dorf wohnten. Dann bereiteten sich ihre brasilianischen Gäste darauf vor, nach Florenz und Rom weiterzureisen. Vor ihrer Abfahrt schoss Maria Luz noch Fotos vom Haus, von der Piazza Pepoli und von der Rocca. Die letzten Schnappschüsse machte sie auf dem Damm, als die Koffer bereits im Auto waren. Renata wollte nichts davon wissen, sich in Positur zu bringen.

»Hör auf zu zappeln!«, schimpfte ihre Mutter.

Renata schnaubte verächtlich und stellte sich schließlich vor die Linse. Die Libelle folgte ihr und setzte sich auf ihre Haare. Die Kleine blickte mit herausfordernder Miene in die Kamera:

einen Fuß vorgestellt, die Hände auf den Hüften, streckte sie die Zunge heraus. In ihren Augen lag ein Ausdruck von Unverfrorenheit, der die Anwesenden jedoch nicht verärgerte, sondern sie zum Lächeln brachte.

Norma lief es eiskalt über den Rücken: Das hier war genau die Stelle, an der mehr als dreißig Jahre zuvor Donata und sie fotografiert worden waren.

Das Foto stand bis heute auf ihrer Kommode. Jetzt war nur noch ein Mädchen abgebildet, doch ansonsten war es das gleiche Bild.

~

Nach London zurückgekehrt, konnte sich Norma gedanklich nicht von den seltsamen Zufällen lösen, die es in Zusammenhang mit dem kleinen Mädchen gegeben hatte, einschließlich der Libelle, die in regelmäßigen Abständen aus dem Nichts auftauchte. Es war nicht das erste Mal, dass ein solches Insekt ihre Aufmerksamkeit auf sich gezogen hatte: Auch während ihres Gesprächs mit dem Seiltänzer im Hyde Park war eine Libelle im Spiel gewesen, und auch in Brasilien, während sie unter dem Einfluss des *Ayahuasca* gestanden hatte, war ein solches Insekt erschienen.

Sie ging in die Bibliothek und suchte nach einem Band über Insekten. Als sie das richtige Buch gefunden hatte, blätterte sie darin.

LIBELLULA (Linnaeus 1758): *Gebräuchlicher Name der Kerbtiere, die zur Ordnung der* Odonati *gehören. Lat. Scient.* Libellula *von* Libella, *»livella«, abgeleitet von* libra, *der Waage, weil das Insekt im Flug die Flügel horizontal hält.*

Rasch überflog sie die Informationen über physische Eigenheiten und Verhaltensmuster und blieb beim letzten Absatz hängen.

In manchen Ländern ist die Libelle symbolisch mit der Unsterblichkeit und Begriffen wie Glück und Wiedergeburt verknüpft. In anderen steht sie in Verbindung mit dem Totenkult; hier repräsentiert sie die Seele der Verstorbenen auf der Suche nach ihrer ewigen Ruhe.

Re-Nata … Die, die wiedergeboren wurde … wieso war sie darauf nicht schon längst gekommen? Sogar der Name gab ihr recht!

~

London

Am ersten Februar 1979 kehrte der schiitische Ayatollah Ruhollah Khomeini nach fünfzehn Jahren Exil nach Teheran zurück. Tausende von Menschen hießen ihn am Flughafen willkommen; die Menschen, die in den vergangenen Wochen den Schah Reza Pahlavi dazu gezwungen hatten, den Iran zu verlassen.

Kaum war er an der Macht, hatte Khomeini alle politischen Kräfte ausgeschaltet, entschlossen, das Land in eine islamische Republik umzuwandeln und sich selbst zu deren religiösem und politischem Anführer zu machen.

Bijan war begeistert von dieser radikalen Veränderung. »Wir werden mit dem Land einen Neuanfang machen und den Gesetzen, die wir für richtig halten, Geltung verschaffen – nicht den Systemen, die uns vom Westen aufgezwungen werden.«

»Ihr ersetzt ein autoritäres System durch ein oligarchisches, das noch schlechtere Perspektiven hat? Sehr zweifelhaft, Bijan. Denk nach, mehr verlange ich nicht von dir«, beharrte Elia.

»Wenn du an das Wort Gottes glaubst, kann es keine Zweifel geben. Gott und der Staat müssen ein und dieselbe Sache sein.«

Während die beiden diskutierten, erklärte Monique Norma, die neue Regierung habe Bijan einen hervorragenden Job in einem der Ministerien angeboten, und verkündete, dass sie bis zum Ende des Jahres nach Teheran umziehen würden.

Kurz nach Weihnachten brachen sie auf. In den darauffolgenden Monaten wurden Normas und Elias Befürchtungen bestätigt, und es kamen immer beängstigendere Nachrichten aus dem Iran. Jegliche Opposition im Lande wurde brutal niedergeschlagen. Soziale Spannungen und standrechtliche Hinrichtungen nahmen zu, ebenso öffentliche Auspeitschungen, die Steinigung von ehebrecherischen Frauen, die Hinrichtung von Dissidenten sowie von Homosexuellen. Die internationalen Spannungen erreichten ihren Höhepunkt, als eine Gruppe Studenten etwa fünfzig Diplomaten in der amerikanischen Botschaft von Teheran als Geiseln nahm. Dann, im September 1980, begann ein blutiger Krieg zwischen dem Iran und dem Irak, den Letzterer angezettelt hatte.

»Bijan ist ein überaus fähiger Mann, blitzgescheit, aber er hat sich zu einem Handlanger der Macht entwickelt«, kommentierte Elia verbittert.

Monique schrieb, es gehe ihnen gut. Sie gab zu, dass die Situation schwierig sei, war sich aber ganz sicher, dass sich alles wieder einrenken würde. Bijan hingegen hatte mit dem Verlassen Londons alle Brücken hinter sich abgebrannt.

»Von keinem der beiden hört man Kritik oder einen negativen Kommentar«, unterstrich Norma.

»Wahrscheinlich fürchten sie die Zensur«, mutmaßte Elia.

Dann, von einem Tag auf den anderen, war auch von Moniques Seite Funkstille.

Erst Ende 1980 traf erneut ein Brief von ihr ein. Er war in Frankreich aufgegeben worden.

Teheran, Dezember 1980

Liebe Norma, lieber Elia,
Bijan befürchtete, wenn ich euch schreibe, könnte das seine Arbeit und unsere Sicherheit beeinträchtigen, deshalb musste ich den Briefwechsel einstellen. Zum Glück ist jedoch ein Freund, der an der französischen Botschaft arbeitet, auf dem Weg nach Paris und hat sich angeboten, diesen Brief von dort aus abzuschicken.
Die Situation hier ist ernst. Ich halte mich nicht damit auf, euch die Übergriffe der neuen Regierung aufzulisten, weil ich davon ausgehe, dass ihr in der westlichen Presse genug darüber zu lesen bekommt. Die Zeitungen vergessen jedoch, dass es im März des vergangenen Jahres eine Volksabstimmung gegeben hat, bei der mehr als 89 Prozent der Bevölkerung für eine islamische Republik votiert haben. Diese Veränderung einzuleiten, ist kein leichtes Unterfangen, und manchmal kann die Situation auch aus dem Ruder laufen, doch um genau das zu vermeiden, braucht man Menschen wie Bijan.
Zu Hause ist die Situation nicht weniger schwierig. Meine Schwiegereltern haben ihre Arbeit verloren. Das Orchester, in dem Bijans Vater gespielt hat, wurde aufgelöst, ebenso wurde die Schule für klassischen Tanz, die meine Schwiegermutter geleitet hatte, geschlossen, denn Musik und Tanz werden nun als sündhafte Tätigkeiten betrachtet. Und als wäre das nicht genug, hat die Regierung die Haltung von Haustieren verboten. Meine Schwiegermutter besitzt einen Pudel, den sie liebt wie ein Kind. Er heißt Nurejew, und nach der Revolution war es nicht mehr möglich, ihn Gassi zu führen. Mittlerweile muss er sein Geschäft auf dem Balkon verrichten, und da er an seine täglichen Spaziergänge

gewöhnt war, winselt er von morgens bis abends. Ich weiß, dass da draußen furchtbare Dinge im Gange sind und ich mich nicht um das Schicksal eines Hundes sorgen sollte, aber ständig sein Gejaule zu hören, ist unerträglich.
London fehlt mir. Und ihr beide fehlt mir auch. Ich drücke euch ganz fest.
MONIQUE

~

Es vergingen weitere vier Monate, bevor wieder ein Brief kam. Auch dieser war in Frankreich abgeschickt worden.

Teheran, April 1981

Liebe Norma, lieber Elia,
erneut nutze ich eine Reise meines Freundes an der französischen Botschaft, um euch zu schreiben. Uns geht es gut, auch wenn dieser Satz nur wenig zu der Atmosphäre zu passen scheint, die hierzulande herrscht. Auch die Eltern von Bijan sind immer noch sehr betroffen; als hätte es nicht genügt, dass sie ihre Arbeit verloren haben, waren gestern auch noch Revolutionsgarden bei ihnen und haben die Musikinstrumente meines Schwiegervaters konfisziert. Als Bijan das erfahren hat, ist er ausgerastet. Wochenlang hatte er versucht, die Ministerien davon zu überzeugen, das Musikverbot zu lockern. Alles vergebens.
Ich möchte gern nach Europa zurück, doch Bijan ist entschlossen, hier zu bleiben, in seinem Land, und mein Platz ist an seiner Seite.
Ich umarme euch voller Sehnsucht.
MONIQUE

PS: Nurejew, der Pudel meiner Schwiegermutter, ist nicht mehr da.

Vor einigen Wochen hat Bijan, der das Gewinsel nicht mehr hören konnte, ihn nach draußen mitgenommen und kam zwei Stunden später ohne ihn zurück. Niemand, nicht einmal seine Mutter, hat ihn gefragt, wo der Hund geblieben ist.

~

Norma und Elia versuchten, die beiden anzurufen. Irgendwann ging jemand dran, dessen Stimme sie nicht kannten, dann wurde der Hörer an Bijan weitergereicht. »Elia, bitte, ruft uns nicht mehr an. London ist in unserem Leben ein abgeschlossenes Kapitel, mit dieser Vergangenheit haben wir nichts mehr zu tun.«

»Sehen wir uns wieder?«

»Ich glaube nicht. Unser Leben ist jetzt hier. Ich bitte euch, lasst uns in Ruhe.« Dann wurde die Verbindung unterbrochen.

Einige Tage später machte Norma noch einmal einen Versuch. Sie rief zu einer Zeit an, von der sie wusste, dass Bijan nicht zu Hause war. Doch unter der Nummer gab es keinen Anschluss mehr.

~ 1982 ~

Riviera Ligure, Sommer

Ein farbloser Himmel, nicht zu unterscheiden von der grauen Fläche des Meeres. Um sie herum Mütter, die ihren Kindern zuriefen, sie sollten aus dem Wasser heraus, fliegende Händler, die den alten Singsang »Cocco-bel-lo!« entlang des Wassers riefen.

»Wir gehen besser langsam zum Bahnhof«, sagte Elia, ohne den Blick vom Horizont zu lösen. Es war noch mehr als eine Stunde bis zur Abfahrt des Intercity, der ihn nach Mailand bringen würde, aber sein Ton ließ keinen Raum für Widerworte.

Sie hatten die Ferien in Italien verbracht. Normalerweise blieben sie ein paar Tage an den Lidi Ferraresi bei Guido und Elsa, bevor sie gen Süden weiterfuhren. In diesem Jahr jedoch waren sie zu Onkel und Tante nach Chiavari gefahren, in die Wohnung, die Dolfo gekauft hatte. Von dort aus war es leicht, den Urlaub mit ein paar Arbeitsterminen zu kombinieren, die Elia in Mailand hatte.

Es war drei Uhr nachmittags, und am Strand rührte sich kein Lüftchen. Der Sommer hatte den Duft einer überreifen Frucht, das süßliche Aroma jenes Wochenendes im Hause Dolfos, mit den verwelkten Blumen in der Vase und dem Bild des heiligen Antonius, das Zena an die Vitrine der Anrichte geklebt hatte. Es schien die Wermutgläser zu beschützen, die Kristallkelche und die guten Kaffeetassen. Überall hingen Bilder von Donata.

Ein vergrößertes Foto nahm die halbe Wohnzimmerwand ein: Sie lächelte, im Hintergrund der Lago Maggiore, den Strohhut auf den schwarzen Locken, in einer ärmellosen Bluse und Jeans.

Zwei Stunden vorher hatten sich Norma und Elia in jenem Zimmer geliebt. Sie hatte darauf bestanden, weil es ihre fruchtbaren Tage waren und sie unbedingt jede Chance nutzen wollte. Sie hatten es stehend getan, seine Hand auf ihrem Mund, aus Angst, Onkel und Tante könnten sie hören.

»Gehen wir, sonst verpasse ich den Zug«, beharrte Elia am Strand und nahm die Füße aus dem Wasser.

Sie stiegen ins Auto, die Hitze war drückend. Er fuhr im ersten Gang, weil immer wieder Badende im Weg waren. Er schnaubte, wenn jemand mitten auf der Straße lief, fluchte, wenn die Fußgänger sogar auf dem Mittelstreifen anhielten, um zu plaudern.

Als sie an den Bahnhof kamen, war immer noch eine Dreiviertelstunde Zeit bis zur Abfahrt des Zuges. Es standen viele Leute am Gleis, doch sie fanden Platz auf einer Bank. Er rauchte, um sich zu beschäftigen, oder vielleicht auch nur, weil er nichts zu sagen hatte. Sie betrachtete die Werbetafeln: Fortgeschrittenenkurse in Englisch, Zahnpasta, die den Atem erfrischte, Reisen nach Thailand zu Schleuderpreisen.

Ein Mann um die fünfzig nahm neben ihnen Platz. Er schaute ihr ins Dekolleté, als wollte er darin untertauchen. Norma bemerkte es nicht einmal. An Elia hingegen ging es nicht spurlos vorüber, doch er tat so, als wäre nichts, und zündete sich noch eine Zigarette an.

Reisende waren in Scharen an den Bahnsteigen unterwegs: Männer in verschwitzten Hemden, Kinder mit eisverschmierten Mündern, Jugendliche mit Irokesenschnitt und reihenweise Ringen am Ohr. Manche trugen Leinenhosen und Ray-Ban-Sonnenbrillen, aber zum größten Teil handelte es sich um

Leute in Schlappen mit beachtlichen Schweißflecken unter den Achseln. Sie zerrten riesige Koffer hinter sich her, als wären es Hunde, die sich sträubten, auch nur einen Schritt weiterzugehen.

Norma schloss die Augen. Alles in diesem Bahnhof war unerträglich. Die Sonne piesackte sie, raubte ihr die Gedanken und zerquetschte sie auf dem Boden, zusammen mit den Zigarettenstummeln und dem fettigen Papier der Pizzastücke. Ab und zu schoss ein Zug auf Durchfahrt an ihnen vorbei, so schnell, dass sie zusammenzuckte. Sie machte die Augen wieder auf und sah nur noch die Schemen der Passagiere in den vorbeisausenden Waggons.

Jetzt wurde der Intercity nach Mailand angesagt.

Sie sahen, wie er sich näherte.

Er wurde langsamer und blieb schließlich mit einem lauten Quietschen stehen.

»Bleib …«, flüsterte sie ihm zu, in den Augen die Angst vor Dingen, die keine Zukunft haben.

»Es sind doch nur vier Tage«, antwortete Elia und wich ihrem Blick aus.

Die Türen des Zuges öffneten sich. Norma beugte sich zu ihrem Mann, um ihn zu küssen, verfehlte ihn aber.

»Ich ruf dich an, sobald ich da bin«, sagte er ihr und tat so, als hätte er nicht bemerkt, dass Norma ihn hatte küssen wollen. Er stieg ein.

Kurz darauf beugte er sich aus einem der Fenster. Norma winkte ihm zu, drehte sich dann um und machte sich auf den Weg zum Ausgang. Am liebsten wäre sie weggelaufen, doch sie zwang sich dazu, langsam zu gehen. Sie wollte nicht, dass jemand die Tränen bemerkte, die ihr übers Gesicht liefen.

Elia hatte sie jedoch bemerkt, und er schaute ihr mit ernstem Gesichtsausdruck hinterher. Einen Moment lang dachte er darüber nach, auszusteigen, zu ihr zu laufen, sie zu küssen und zu sagen: »Ich fahre doch nicht fort …« Doch er tat es nicht.

Plötzlich kam ihm ein Gedanke: *Wusste Norma es? Hatte sie etwas gemerkt?* Sein Herz begann, schneller zu schlagen, das Blut hämmerte in seinen Schläfen. Er ließ sich in seinen Sitz sinken. Schnell ging er in Gedanken jedes schmerzliche Detail ihres Abschieds durch: der Kuss, dem er ausgewichen war, die Überraschung in Normas Augen, der Schmerz, den sie zu verbergen suchte. Die Hitze war drückend, sein Hemd mittlerweile von Schweiß durchtränkt. Zum dritten Mal in fünf Minuten schaute er auf die Uhr. Er wollte, dass der Zug losfuhr, damit es hier drinnen endlich ein wenig Durchzug gab.

Zwei Männer gegenüber von ihm diskutierten über den Skandal beim Banco Ambrosiano. Zu dem finanziellen Desaster der Bank war noch so manches obskure Detail hinzugekommen, wie der Tod ihres Präsidenten Roberto Calvi, den man erhängt unter der Blackfriars Bridge in London gefunden hatte.

Der Fahrgast neben ihm las hingegen einen Artikel über die Fußballweltmeisterschaft. Die Überschriften lauteten Italien–Deutschland 3:1 und darunter: WELTMEISTER!

Der Stationsvorsteher pfiff.

Ein langes Quietschen.

Ein erster Ruck, dann noch einer.

Der Zug setzte sich träge und schleppend in Bewegung.

Ganz langsam nahm er an Fahrt auf, und endlich wehte ein Lüftchen durch das Abteil.

Elia schloss die Augen, zwang sich dazu, die Diskussion über den Crash des Banco Ambrosiano nicht mehr zu verfolgen.

Um diese Zeit wird sie bereits in Mailand sein und wartet im Hotel auf mich, ging es ihm durch den Kopf. Und ihre Gesichtszüge standen vor seinem inneren Auge; die vollen Lippen, der kleine

Leberfleck neben dem Mund … Er erinnerte sich an ihr ansteckendes Lachen, an ihre seltsame Art und Weise zu niesen: so lächerlich, wie ein Zwitschern …

Er lächelte. An sie zu denken, machte ihn glücklich, es ließ ihn die Durchschnittlichkeit seines Lebens vergessen. Ausgerechnet er, der immer geschworen hatte, sich nicht anzupassen, führte eine bürgerliche Existenz. Er arbeitete immer noch bei McLaren und hatte dort im Laufe der Jahre Karriere gemacht, doch es gab nichts, was ihn mit Begeisterung erfüllte. Er hatte bereits die ersten weißen Haare, und in ein paar Jahren würde er ein alter Mann sein. Er führte ein stinknormales Leben: Haus und Büro, im Sommer Urlaub in Italien, gelegentlich aus Anlass eines Jahrestages Essen im Restaurant … Alles gleich, immer gleich, Jahr für Jahr … Was war aus seinem rebellischen Wesen geworden? Wo war sein soziales Gewissen? Er hatte gelernt, sich anzupassen, so wie es alle taten. Und dann war da Norma: Norma, die nicht mehr lachte, die manchmal nicht einmal mehr vor Genuss die Augen schloss, wenn sie sich liebten. Im Jahr zuvor, als sie von einem neuen Fernsehsender, Channel 4, übernommen worden war, hatte er gehofft, die anspruchsvollere Arbeit würde sie ablenken und sie ihre Besessenheit, endlich schwanger zu werden, vergessen lassen. Doch es hatte nichts geholfen. Er hatte sich schon vor Jahren damit abgefunden, dass sich bei ihnen kein Nachwuchs ankündigte; sie hingegen wollte sich einfach nicht geschlagen geben. Sie liebten sich mit dem einzigen Ziel, ein Kind zu zeugen, und nur, nachdem sie in den Kalender geschaut, Temperatur gemessen und weitere Injektionen in Normas Oberschenkel gejagt hatten.

Als er in Genua ankam, stieg Elia aus dem Zug und lief zu einem öffentlichen Telefon. Er warf einen Gettone ein und rief die Nummer des Hotels in Mailand an.

Kaum hatte man ihn zu ihr durchgestellt, sagte sie: »Du hast mir so gefehlt …« Und dann fügte sie, fast flüsternd, hinzu: »Ich liebe dich, Elia. Ja, das wollte ich dir einfach mal sagen.«

Er hielt den Atem an. Er wusste, dass sie sich in diesem Moment gewünscht hätte, ihn sagen zu hören: »Ich liebe dich auch«, doch das konnte er nicht. »Wie war denn die Reise?«, beschränkte er sich zu fragen.

»Ich bin sehr müde, aber glücklich. Wann kommst du?«

»Ein paar Stunden, dann bin ich bei dir. Jetzt muss ich los, sonst verpasse ich den Anschluss. Bis später!«

Als er im nächsten Zug saß, ließ er sich auf seinen Sitz sinken und schloss die Augen.

Erst jetzt, nach dem »Ich liebe dich«, das sie zum ersten Mal geäußert hatte, spürte Elia, dass er Norma tatsächlich betrog. Bis dahin hatte es sich nur um Sex gehandelt, um wenige, verstohlene Treffen während seiner Geschäftsreisen. Sex, der keine Spuren hinterließ, den man unter der Dusche wegwaschen konnte. Keine Schuldgefühle, nur Glück. Glück in seiner reinsten Form. Doch in jenem Moment, in diesem Zug, der in Richtung Mailand raste, spürte Elia, dass er dabei war, die Kontrolle zu verlieren. Mit diesem kurzen Telefonat hatte sich etwas verändert. Nach dem »Ich liebe dich« war es mit jeglicher Heuchelei vorbei, es war sinnlos, sich weiter irgendwelche Märchen aufzutischen: Sie wussten beide, dass es sich nicht nur um Sex handelte.

Zu Beginn ihrer Geschichte hatte er keinen Zweifel daran gelassen, dass er Norma niemals verlassen würde. Sie hatte ihm versichert, für sie sei es vollkommen in Ordnung, wenn sie sich nur ab und zu sahen. Wenn sie sich trafen, waren sie glücklich, und das genügte ihr. Es war eine Entscheidung von erwachsenen Menschen, frei von Lügen und Heuchelei. Sie waren Komplizen, Liebende, Freunde. Und das war ihnen genug.

In dem Zug nach Mailand erinnerte sich Elia an den Abend

zurück, den sie in einem Hotel in Wien verbracht hatten. Sie hatten im Fernsehen *Casablanca* gesehen und über den Film diskutiert. Er hatte angefangen, Humphrey Bogart nachzumachen. »›Nicht zu fassen: Von allen Kaschemmen der ganzen Welt kommt sie ausgerechnet in meine.‹« Und sie war sofort in Bergmans Ton verfallen. »›War das Artilleriefeuer, oder klopft mein Herz so laut?‹« »Mir scheint, das sind bloß die Busse unten auf der Straße …«, hatte er gescherzt.

Seit jenem Abend verabschiedete sie sich immer mit den Worten aus dem Film von ihm, den beide fortan für *den ihren* hielten. »›Uns bleibt immer Paris‹«, sagte sie ihm jedes Mal.

Die anderen Fahrgäste aus dem Abteil waren bereits ausgestiegen. Elia zog seine Sandalen aus und legte die Füße auf den Sitz gegenüber. Er fasste den Entschluss, jegliche finsteren Gedanken aus seinem Hirn zu verdrängen, und konzentrierte sich auf sie, die im Hotel auf ihn wartete. Die Wahrheit, dass er, wenn sie einander begegneten, ganz und gar und auf absurde Weise glücklich war. Kostbare Momente, einem unbefriedigenden Alltag entrissen, die ihm so notwendig geworden waren wie die Luft zum Atmen. Darauf zu verzichten, hätte bedeutet, einen Teil von sich zu töten. Außerdem hatte er niemals etwas auf Monogamie gegeben, auch nicht auf das Ehegelöbnis oder auf die verlogenen Moralvorstellungen der bürgerlichen Gesellschaft. Die Realität war komplexer als das, was sie und ihr Spießbürgertum ihm auferlegen wollten.

Hätte Norma doch nur seinen Standpunkt geteilt, dann wäre er auch nicht gezwungen gewesen, sie anzulügen. Hätte umgekehrt sie sich in einen anderen verliebt, hätte er sie nicht daran gehindert, sich mit ihm zu treffen. Sicher, er hätte befürchtet, sie zu verlieren, doch er hätte sie nicht daran gehindert.

~ 1983 ~

Seit dem letzten Brief von Monique war mehr als ein Jahr vergangen, als eines Abends das Telefon klingelte.

Elia ging dran. »Monique, endlich! Wir haben uns solche Sorgen gemacht. Geht es dir gut?«

»Nein, gar nicht, leider. Ich kann nicht lange telefonieren, aber ich wollte euch mitteilen, dass ich alles tue, um zurückzukehren. Aber Bijan hat mir den Pass abgenommen.«

»Willst du, dass ich etwas tue, zum Beispiel deine Botschaft informieren?«

»Das haben schon meine Eltern getan. Meine Mutter hat Bijan auch geschrieben, dass es meinem Vater sehr schlecht geht. Bald will sie mir per Telegramm mitteilen, dass er im Sterben liegt. Ich hoffe, dass es funktioniert und sie mich ausreisen lassen.«

Elia gab das Telefon an Norma weiter. An diesem Punkt brach Monique in Tränen aus.

»Hallo? Was ist denn, warum weinst du?«

»Ich bin schwanger, *Bonbon*. Ich muss aus Teheran raus, bevor man es sehen kann, sonst wird mir Bijan nie erlauben, den Iran zu verlassen.«

»Kannst du dich nicht scheiden lassen?«

»Im Falle einer Scheidung bekommen hier immer die Männer das Sorgerecht für die Kinder. Ich kann nicht das Risiko eingehen, mein Kind zu verlieren, aber ich kann auch nicht zulassen, dass es hier aufwächst …«

»Monique … Hallo, Monique?«

Sie hatte aufgelegt – oder jemand hatte es für sie getan.

Sie befürchteten, dass sie nie wieder etwas von ihr hören würden, doch dann, kurz vor Weihnachten, meldete sie sich aus Frankreich: Es gehe ihr gut, und sobald das Kind auf der Welt sei, wolle sie nach London zurück.

»Du kannst auf uns zählen«, versicherte ihr Elia.

Fünf Monate später wurde ein Junge geboren. Monique gab ihm den Namen Pierre und wollte Norma und Elia zu seinen Taufpaten machen. Die Taufe fand in ihrer Heimatstadt Lille statt. Dann, als der Kleine knapp ein Jahr alt war, kehrte Monique mit ihm zusammen nach England zurück. In Frankreich zu bleiben, hätte bedeutet, von ihrer Familie abhängig zu sein, und sie wollte zurück in ihr Leben als Single, wollte genau dort weitermachen, wo sie vor ihrer Ehe aufgehört hatte.

~

London, Oktober

Elia, mein Lieber,

draußen ist es noch dunkel. Ich habe bereits ein Taxi gerufen und lasse dir diesen Brief auf dem Kissen liegen. Mir ist es lieber zu gehen, solange du noch schläfst. Für mich ist es unerträglich geworden, dich in immer anderen Städten zurückzulassen, in irgendeinem namenlosen Hotelzimmer wie diesem hier. Am Anfang hatte ich dir versprochen, die Zeit, die du mir widmen kannst, würde mir genügen, doch da habe ich gelogen, denn jetzt reicht sie mir nicht mehr. Mein Platz in deinem Leben ist mir zu klein geworden. Ich bin es müde, so zu tun, als wäre alles in

Ordnung, und nicht »Ich liebe dich« zu sagen, nur damit du dich besser fühlst. Und ich bin es leid, mit Männern ins Bett zu gehen, die mir nichts bedeuten, nur um dir eins auszuwischen.
Gestern Abend, als ich dir von meinem letzten Liebhaber erzählte, hätte ich mir gewünscht, einen Hauch von Schmerz in deinen Augen zu sehen, bloß ein winziges Körnchen Eifersucht. Doch du hast nur ganz ruhig gesagt, das sei mein gutes Recht, und es sei wichtig, die Bedürfnisse des anderen zu respektieren.
Weißt du, was ich gestern Nachmittag gemacht habe? Ich bin dorthin gefahren, wo du wohnst. Ich habe denselben Weg genommen, den du jeden Abend gehst, wenn du zu deiner Frau zurückkehrst. Wie eine armselige Pilgerin habe ich die gleiche Luft geatmet, habe den gleichen Regen auf meiner Haut wahrgenommen wie du. Ich habe ihn deutlich gespürt, den Schmerz, dich inmitten der Dinge zu belassen, die nicht mir gehören. Als hätte ich niemals existiert, und als gehörte jenes Haus, jener Baum, jener alte Mann auf der Straße mehr zu dir als zu den Augen, mit denen ich sie erblickte. Als ich dann vor deinem Haus stand, habe ich ins Fenster gespäht, wie eine Einbrecherin. Ich wollte das Sofa sehen, auf dem du und deine Frau sitzen, wenn ihr fernseht, den Tisch, an dem ihr esst …
Ich empfand Eifersucht, Wut, und ich fühlte mich einsam. Doch vor allem habe ich mich geschämt. Ich benehme mich wie eine Figur aus einer Soap. Ich werde zu dem Typ Frau, den ich immer verachtet habe, und das kann ich nicht ertragen.
Gestern war ich so weit unten, wie ich es noch nie gewesen bin, Elia, und ich werde nicht zulassen, dass das noch einmal geschieht. Wir werden uns nie wiedersehen.
Uns bleibt immer Paris.
Ein Kuss.

~

Elia wachte vom Schrillen der Sirene eines Krankenwagens auf, der durch die Straße fuhr. Er sah den Brief auf dem Kissen. Atemlos las er ihn. Rasch zog er sich an, lief die Treppen hinunter, ohne auf den Lift zu warten. Er hielt ein Taxi an und ließ sich nach Heathrow bringen.

Sie stand am Tresen des Check-in. Er näherte sich ihr von hinten, während sie in Richtung Gepäckkontrolle ging, und zog sie an sich, umarmte sie fest. »Bleib! Ich werde mir etwas ausdenken, und wir verbringen ein paar Tage zusammen … Ich bitte dich, verlass mich nicht.«

Sie erkannte an seiner Stimme, wie sehr er litt und dass er es ehrlich meinte. Die Bordkarte zerknüllte sie in ihrer Hand.

~ 1985 ~

London, 20. November

Der Postbote brachte Norma ein Einschreiben. Auf dem Umschlag stand: ITALIENISCHES GENERALKONSULAT IN SÃO PAULO.

Sie unterschrieb und schloss die Tür. Ihr zitterten die Hände, als sie den Brief öffnete.

São Paulo, 15. November 1985

Sehr geehrte Signora Martiroli,
wir wenden uns an Sie, weil sie uns von Signora Maria Luz Schiavon als nächste Verwandte benannt wurden.
Zu unserem großen Bedauern müssen wir Ihnen mitteilen, dass die Signora am 10. November dieses Jahres bei einem Autounfall verstorben ist.
Den Anweisungen im Testament folgend, das von Signora Schiavon bei Notar Joao Marcelo da Silva in dieser Stadt hinterlegt wurde, wurde ihre sterbliche Hülle eingeäschert. In ihrem Letzten Willen bat die Signora darum, die Hälfte ihrer Asche auf der cafezal *von Cachoeira Grande zu verstreuen. Die andere Hälfte soll nach Italien gebracht werden, in das Heimatland ihrer Mutter.*
Im Testament verleiht die Signora dem Wunsch Ausdruck, das Sorgerecht für ihre Tochter Renata solle Ihnen und Ihrem Mann

übertragen werden. Im Moment befindet sich das Mädchen bei einer Freundin der Mutter, und wir erwarten dringend Anweisungen, wie weiter zu verfahren ist.

Mit tief empfundenem Beileid verbleibe ich

FABIO PRIMI,

Sekretär des Italienischen Generalkonsulats in São Paulo

~

Sie schloss sich den ganzen Tag in der Wohnung ein. Sie weinte, dachte an all die schönen Momente, die sie und Maria Luz geteilt hatten. Auch um das Mädchen tat es ihr leid; mit nur zehn Jahren war es zum Waisenkind geworden.

Am Nachmittag griff sie zum Hörer, um Elia anzurufen, legte aber wieder auf, bevor sie die vollständige Nummer gewählt hatte.

An jenem Abend stand sie auf der Straße und wartete auf ihn. Die Luft war kalt, kleine Pfützen glänzten auf dem Gehweg. Dann sah sie ihn am Ende der Straße auftauchen. Als er bei ihr war, gab er ihr einen Kuss auf die Stirn.

»Ich habe eine schlechte Nachricht. Komm!«, sagte Norma zu ihm.

Sie setzten sich in die Küche. Wortlos reichte sie ihm das Schreiben.

Sie sah seine Blässe, die Ungläubigkeit in seiner Miene, während er las.

»Warum bittet sie denn darum, dass wir uns um das Kind kümmern? Renata hat einen Vater, er müsste sie doch großziehen«, sagte sie zu ihm, als er fertig gelesen hatte.

»Der Vater bin ich«, antwortete Elia.

DRITTER TEIL

~ 1975 ~

Cachoeira Grande, April
Zehn Jahre zuvor

An den Wasserfall waren sie allein gegangen. Sie waren nackt geschwommen, Komplizen noch vor der allerersten Berührung. Dann, auf einer Felszunge sitzend, hatten sie geplaudert, und schließlich war das Gespräch auf Norma gekommen.

»Du musst sie sehr lieben«, hatte Maria Luz gesagt.

»Norma ist für mich das Wichtigste überhaupt.«

Sie saßen so nah beieinander, dass Elia ihren Atem an seiner Wange spüren konnte. Ihre Finger berührten sich, es war eine natürliche, fast ungewollte Bewegung. Dann hatten sich ihre Gesichter einander genähert, die Lippen sich geöffnet …

»Besser, wir gehen«, sagte Elia, der aufgesprungen war.

Auch Maria Luz hatte sich urplötzlich erhoben, aufgewühlt angesichts seiner Geste, war jedoch auf einem Stein ausgerutscht und gestürzt. »Es ist nichts«, versicherte sie ihm, doch ein Rinnsal aus Blut lief an ihrer Lippe herab.

Elia half ihr aufzustehen und strich mit dem Finger über ihre Lippe. »Du hast dich geschnitten …«

Es war diese federleichte Berührung, kaum wahrnehmbar, die dazu führte, dass sie die Grenze überschritten. Sie schauten sich an, ihre Blicke konnten sich nicht mehr voneinander lösen. Ein Augenblick der reinsten, vollkommenen Stille. Dann hob er ihr Kinn an und küsste sie, ohne sich um das Blut an seinen Lippen zu scheren, ohne auch nur einen Moment nachzudenken.

Um sie herum keine Bewegung, kein Geräusch, kein Atem, kein Tier, das vorbeistreifte, kein Vogel, der flog. Das Summen der Bienen hatte aufgehört. Das Rascheln des Grases, das Rauschen des Wasserfalls, das Knistern der Blätter, das Kitzeln einer Ameise an der Wade … Alles war jetzt reglos, im Schwebezustand. Und in jenem Stillstand jeglicher Bewegung, Naturgesetze und Regeln vibrierten nur ihr Atem, die Muskeln, die Nerven, die Zellen und die Neuronen weiter, im Einklang mit der veränderten Welt um sie herum …

Nachdem sie sich geliebt hatten, schloss sich der Kreis wieder. Das Mahlwerk der Zeit setzte sich erneut in Bewegung, und das Summen der Bienen, das Rascheln des Grases, das Rauschen des Wasserfalls, das Knistern der Blätter, das Kitzeln der Ameise an der Wade begannen wieder zu existieren.

»Das darf nie wieder passieren«, sagte Elia ihr, noch als sie in seinen Armen lag.

Sie traten den Heimweg zur *fazenda* an, ritten ohne ein Wort durch die Hügel der *cafezal*, langsam und rhythmisch klapperten die Hufe der Pferde auf dem Weg.

Zwei Tage später war Maria Luz unter einem Vorwand nach São Paulo zurückgekehrt.

Als sie dann entdeckt hatte, dass sie schwanger war, hatte sie es vorgezogen, Elia nichts davon zu sagen. Für sie war die Schwangerschaft wie ein Geschenk, sie hatte weder vor, eine Ehe zu zerstören, noch wollte sie Norma wehtun. Doch je älter Renata wurde, desto mehr kam Maria Luz zu der Überzeugung, dass das Mädchen das Recht hatte zu erfahren, wer sein Vater war. Sie selbst war aufgewachsen, ohne ihren eigenen Erzeuger zu kennen, und es schien ihr nicht richtig zu sein, ihre Tochter zu dem gleichen Schicksal zu verurteilen. Und so waren sie und Renata, als das Mädchen bereits vier war, nach Stellata gefahren.

~

Sie hatte einen Nachmittag abgewartet, an dem Norma auf ihrem Zimmer war, um sich auszuruhen, um mit Elia zu sprechen.

Er starrte sie an, ohne irgendeine Reaktion zu zeigen.

»Elia, hast du mich gehört? Renata ist deine Tochter«, sagte Maria Luz ihm mehrmals.

Er schloss die Augen, als könnte er so die Wirklichkeit von sich schieben, ihre Worte ungesagt machen und die Zeit zurückdrehen, damit alles wieder so war wie vorher. Erst nach ein paar Sekunden sagte er: »Ich hatte diesen Verdacht bereits, aber ich war überzeugt, die Möglichkeit, dass ich der Vater bin, wäre verschwindend gering.«

»Du bist zu nichts verpflichtet. Du kannst dieses Gespräch einfach vergessen.«

Er begann, in dem Zimmer auf und ab zu gehen, bleich geworden, sein Atem wurde immer schneller. »Ich weiß nicht, was ich will, Maria Luz! Gib mir Zeit zum Nachdenken.« Auf einmal blieb er stehen und schaute sie an. »Für mich ist nur eine Sache klar: Norma darf nichts davon erfahren. Aus dieser Geschichte müssen wir sie vollständig raushalten.«

»Diese ›Geschichte‹, wie du sie nennst, ist deine Tochter. Du kannst ganz beruhigt sein, ich will niemandes Leben auf den Kopf stellen. Ich möchte nur, dass die Kleine dich ab und zu sieht, innerhalb der Grenzen, in denen es dir möglich ist. Wenn dir die Vaterrolle nicht angenehm ist, könntest du ihr wie ein Cousin sein, ein Freund der Familie, der Weihnachtsmann. Das ist deine Entscheidung.«

In jener Nacht hatte Elia kein Auge zugemacht. Am darauffolgenden Morgen stand er früh auf und machte einen Spaziergang am Po. Eine Tochter – sein Verantwortungsgefühl hinderte ihn daran, sie zu missachten. Doch er war verheiratet, hatte ein anderes Leben. Wie sollte er sich um dieses Kind kümmern, das so weit weg von ihm lebte? Und da war auch noch sie, Maria Luz. Ein Blick hatte ihm genügt, um zu begreifen, dass die Anziehungskraft zwischen ihnen auch nach fünf Jahren nicht erloschen war.

Elia hatte den Heimweg in Richtung Damm angetreten, doch dann bog er auf den Weg ab, der zum Haus seiner Eltern führte. Er hatte das Bedürfnis, sich frei zu machen, mit jemandem zu reden, der ihn gernhatte.

Bicicli fehlten die Worte, er ließ sich auf einen Stuhl fallen. »Mein Gott, hättet ihr denn nicht aufpassen können?«

Ghelfa hingegen blieb stocksteif wie eine Statue stehen. »*Mi a dig che al Signor al t'ha fat la testa par tégnar dispartì li ureci!* Und ich sag dir, der Herr hat dir bloß deshalb einen Kopf gegeben, damit du was zwischen den Ohren hast!«, brüllte sie.

»Das Kind ist in den Brunnen gefallen; sinnlos, sich aufzuregen«, fügte ihr Mann hinzu.

»Was willst du denn jetzt tun? Du wirst es doch wohl deiner Frau nicht sagen, oder?«, fragte Ghelfa.

»Norma darf nichts davon wissen. Wenigstens in dieser Hinsicht sind wir uns einig.«

Es war Morgen, doch Bicicli hatte jedem von ihnen einen Grappa eingeschenkt. »Aber deine Pflicht musst du erfüllen. Lass der Mutter das Geld zukommen, das sie braucht, um das Mädchen großzuziehen, aber dann ist auch Schluss.«

»*Mo tasi, ca't fè più bèla figura!* Schweig, sonst redest du dich nur noch mehr ins Unglück! Dieses Kind ist dein Enkelkind. Wie schaffst du es bloß, so zu tun, als wäre nichts?«, rief seine Frau aus.

Bicicli schaute sie erschüttert an: Dieses Detail hatte er überhaupt noch nicht bedacht.

»Ich bin ihr Vater, und ich werde tun, was zu tun ist«, schloss Elia.

~

Nach jener Reise nach Italien hatte sich Maria Luz eine englische Kinderfrau genommen, damit die Kleine bei ihr die Sprache lernte und mit Elia kommunizieren konnte. Es war beschlossen worden, dass sie und Renata ihn während ihrer Auslandsreisen besuchen würden, und wenn gerade keine solche Reise anstand, würde Elia eine Möglichkeit finden, sie in Cachoeira Grande zu besuchen. In der Zwischenzeit, wenigstens für den Moment, war es besser, wenn die Kleine ihn einfach als einen Verwandten betrachtete.

Anlässlich von Renatas fünftem Geburtstag hatten sie sich ein paar Monate später auf der *cafezal* wiedergesehen.

Die Kleine konnte sich gut an Elia erinnern und freute sich, ihn wiederzusehen. Auf einem Foto vom Fest saß sie auf den Knien ihres Vaters und blies die Kerzen aus. Eine Libelle hatte sich auf ihrer Schulter niedergelassen.

Am Nachmittag hatte Elia sie auf einen langen Ausritt im Hügelland mitgenommen. Er ritt einen gemächlichen Galopp, und das Mädchen, das bei ihm im Sattel saß, schien keinerlei Angst zu haben. »Schneller, noch schneller!«, spornte es ihn an.

Als es Abend wurde, war die Kleine zu aufgeregt, um ins Bett gehen zu wollen. »Warum soll ich schlafen gehen, wenn ich nicht müde bin? Ich gehe nicht ins Bett.«

»Und wie du gehst! Na los, ab ins Bad, und ich ziehe dir den Schlafanzug an.«

»Das ist nicht gerecht! Du bist aufgestanden, wann du wolltest, und ich nicht«, lehnte sich Renata auf.

Hätte es an Elias Vaterschaft auch nur den Schatten eines Zweifels gegeben, so hätte er sich in Luft aufgelöst, sobald man die Kleine näher betrachtete. In Renata hatte Elia sofort seinen eigenen Charakter wiedererkannt, den gleichen Wagemut und das aufrührerische Gemüt, das er in seiner Kindheit offenbart hatte.

Später waren Elia und Maria Luz, ohne dass es eines weiteren Wortes bedurft hätte, Hand in Hand auf ihr Zimmer gegangen. Förmlichkeiten waren nicht angebracht, und sie wussten beide, dass aus ihnen ohnehin früher oder später wieder Geliebte werden würden.

Zwei Tage vor Weihnachten kehrte er nach London zurück. Maria Luz brachte ihn zusammen mit dem Mädchen an den Flughafen. Als er durch die Sperre ging, schickte ihm Renata viele Kusshände. Elia erwiderte den Gruß, dann drehte er sich um und verschwand.

Es wird immer so sein. Jedes Weihnachten, nach jedem unserer Treffen, geht er zurück zu seiner Frau, ging es Maria Luz durch den Kopf.

»Wann kommt denn der Onkel wieder?«, wollte Renata wissen.

»Bald, mein Schatz. Komm, wir fahren nach Hause.«

~

In all diesen Jahren hatte Norma niemals einen Verdacht gehegt. Es hatte Hinweise gegeben, die sie dazu hätten veranlassen können, auf der Hut zu sein, doch es gibt nichts Leichteres, als jemanden zu täuschen, der volles Vertrauen in dich hat. Bestimmte Warnzeichen waren dennoch nicht zu leugnen gewesen. Vor einer Reise ihres Mannes hatte Norma bemerkt, dass Elia vergessen hatte, einen Schlafanzug einzupacken. Als sie den Pyjama schnell in seinen Koffer legte, fand sie darin eine Puppe.

»Was ist das denn?«, wollte sie wissen.

»Die gehört einem Kollegen. Der fährt mit mir nach Boston und hat sie im Büro vergessen.«

»Hättest du ihm die nicht nach der Reise geben können?«

»Er hat sie für eine Nichte gekauft, die dort lebt«, lautete prompt die Erwiderung von Elia, und sie hatte ihm geglaubt.

Da war auch noch die Quittung für ein Hotel in einem Skigebiet gewesen und die Rechnung für ein Restaurant in Brüssel, einer Stadt, in der Elia, soweit Norma wusste, noch nie gewesen war. Doch sie glaubte einfach nicht, dass Elia ihr etwas verheimlichen könne. Was sie an ihrem Ehemann am allermeisten liebte, war seine Offenheit, und so hatte sie fünf lange Jahre niemals einen Verdacht geschöpft.

Bis sich dann, im November 1985, alles veränderte.

~ 1985 ~

São Paulo, 9. November

Bei jener Reise hatte sich Maria Luz allein mit Elia getroffen. Renata war älter geworden, und es wurde immer schwieriger, sie für einige Wochen einfach von der Schule zu nehmen. Sie hatten sich eine kleine Wohnung im Zentrum von São Paulo gemietet. Die Atmosphäre dort war intimer als in einem Hotel und gab ihnen das Gefühl, ein »normales Leben« zu führen, wie man so schön sagte. Nicht, dass Normalität etwas gewesen wäre, das sie anstrebten; sie waren und blieben vor allem ein Liebespaar.

Eines Abends, beim Essen in einem Restaurant in Paris, hatte sich Elia ein ungewöhnliches Wildgericht bestellt, und der Kellner hatte bemerkt: »Ihr Mann hat einen raffinierten Geschmack, Madame.«

»Das ist nicht mein Ehemann; er ist mein Geliebter«, hatte Maria Luz ihn korrigiert und damit ein peinliches Schweigen verursacht.

Beide empfanden ihre Beziehung nicht als etwas, das falsch war. Für sie war jede ihrer Begegnungen ein Geschenk des Lebens, wie ein guter, gereifter Wein, den man eben nur gelegentlich genießt. Sie glaubten nicht an die bürgerliche Moral und betrachteten ihre Liebesgeschichte bestenfalls als eine »wundersame fleischliche Sünde«.

In den ersten Jahren war das Maria Luz genug. Sie hatte mit

Elia einen Pakt geschlossen und wollte diesen aufrechterhalten. Doch je mehr Zeit ins Land ging, desto deutlicher kam in ihr, ohne dass sie es wollte, der Wunsch nach der Alltäglichkeit zum Vorschein, die Norma und Elia teilten. Zuerst hatte sie über Konzepte wie »Normalität« die Nase gerümpft, doch die Situation hatte sich geändert.

An jenem letzten Abend in São Paulo waren sie bereits im Bett, als Elia einen Blick auf die Uhr warf. »Entschuldige mich einen Moment.«

Er nahm das Telefon ins Bad mit und machte die Tür hinter sich zu, doch sie konnte es nicht vermeiden, einige Sätze seines Gesprächs aufzuschnappen. »Du fehlst mir auch … Sicher, bald bin ich wieder zu Hause.«

Als er ins Bett zurückkehrte, drehte ihm Maria Luz den Rücken zu.

»Was ist denn?«

»Ich bin diese Unehrlichkeit leid. Unsere Beziehung ist auf Lug und Trug aufgebaut. Besser, wir beenden das, Elia, ein für alle Mal.«

»Ich kann dich nicht verlieren.«

»Du bist nicht in der Position, das zu entscheiden. Das mache ich für uns beide.«

»Wir müssen an Renata denken; und auch du bist längst ein Teil meines Lebens.«

»Was hätte ich denn für einen Platz in deinem Leben? Bin ich deine Geliebte, ein Zeitvertreib oder die Mutter der Tochter, die deine Frau dir nicht geben kann?«

»Sei nicht gemein.«

Sie wandte den Blick ab. »Du hast recht, Norma trifft keine Schuld.« Und kurz darauf fügte sie hinzu: »Nächsten Monat heirate ich.«

»Wen?«

»Was geht es dich an? Du bist auch verheiratet.«

»Liebst du ihn?«

Sie gab keine Antwort.

»Bist du in ihn verliebt?«, hakte Elia nach.

»Das Mädchen wird immer größer und braucht einen Vater.«

»Sie hat einen Vater.«

»Dann benimm dich auch wie einer! Leb an ihrer Seite, hör ihr zu, wenn sie dich braucht. Mach es möglich, da zu sein, während sie aufwächst, und auch später, wenn ihr jemand das Herz bricht.«

»Aber das hatten wir nicht vereinbart.«

»*Vereinbart?* Was bin ich denn, deine Geschäftspartnerin? Es ist mir scheißegal, was ich vor fünf Jahren gesagt oder versprochen habe! Die Situation hat sich verändert, ich und Renata brauchen Stabilität.«

Er blieb stumm.

»Ich heirate, Elia. Zwischen uns endet es hier«, bekräftigte sie.

Er setzte sich auf den Bettrand und zündete sich eine Zigarette an.

»Ich sehe, die Nachricht von der Hochzeit hat dich nicht allzu sehr erschüttert.«

»Du hast das Recht, dein Leben zu leben.«

»Wenn man anfängt, über Rechte und Pflichten zu reden, machen Beziehungen keinen Sinn mehr. Dann lohnt es sich nicht mehr, sie zu erleben.«

Und an jenem Punkt löschte sie das Licht und drehte ihm erneut den Rücken zu.

Am Morgen darauf war sie allein im Bett, als sie aufwachte. Elia war bereits gegangen. Er hatte ihr einen Zettel auf den Tisch gelegt: zwei Zeilen und eine Telefonnummer.

Ich gehe zu einem Meeting. Ich bitte dich, ruf mich an. Wir müssen reden.

Maria Luz dachte an die Diskussion vom vergangenen Abend zurück. Es war ein Moment der Eifersucht gewesen, doch es war dumm zu streiten. Sie wusste, dass ein Zusammenleben mit Elia unmöglich war: Sie waren sich zu ähnlich, waren beide unabhängige Menschen, die nur wenig dazu neigten, Kritik oder Ratschläge von anderen anzunehmen. Und dann war da Norma; Maria Luz hatte sie gern und hätte ihr niemals etwas Böses gewollt. Weshalb also die wenige Zeit, die sie und Elia zusammen verbringen konnten, aufs Spiel setzen?

Sie schaute auf die Uhr: schon halb zwölf. An jenem Nachmittag würde er in den Flieger steigen, und wer wusste schon, wann sie sich wiedersehen würden …

Sie lief ans Telefon und rief ihn an. »Hallo! Ich wollte dir sagen … es tut mir leid wegen gestern Abend. Was hältst du davon, wenn wir zusammen zu Mittag essen?«

»Ja, klar. Aber komm gleich, um zwei muss ich an den Flughafen. Schaffst du es, dich etwa um zwölf mit mir zu treffen, gleicher Platz wie immer?«

Sie schaute aus dem Fenster: Es goss in Strömen. »Ich hoffe nur, dass ich bei diesem Sauwetter ein Taxi bekomme. Wenn du mich nicht siehst, mach dir keine Gedanken, es heißt nur, dass ich es nicht pünktlich geschafft habe. Ich wollte dich nicht einfach so fahren lassen nach unserem Streit. Alles ist in Ordnung, mein Geliebter. Einverstanden?«

»Einverstanden. Aber versuch zu kommen, ich möchte dich sehen.«

Maria Luz zog sich rasch an und lief auf die Straße hinaus. Draußen war Weltuntergang; der Wind blies einem direkt ins Gesicht, es regnete wie aus Kübeln, und man sah kaum mehr als einen Meter weit. Sie versuchte, ein Taxi anzuhalten, doch ihr war auf der Stelle klar, dass es bei diesem Regen unmöglich sein würde, eines zu finden, das frei war.

Dann war es zehn vor zwölf, und sie stand immer noch auf der Straße. Vielleicht konnte sie es ja zu Fuß schneller schaffen. Sie fing an zu rennen, rempelte mehrfach Passanten an. Mit einem stieß sie zusammen.

»He, pass doch auf, wo du hingehst!«, schrie der Mann sie an.

Bei den sintflutartigen Regenfällen kam Maria Luz nur mühsam voran. Das würde sie nie schaffen … Sie schaute auf die andere Straßenseite: Der Bürgersteig gegenüber war nicht ganz so überfüllt. Einem Impuls folgend, überquerte sie die Straße.

Bremsen quietschten, und das Auto traf sie voll, katapultierte sie meterweit, bis sie vor einem Gebäude aus rotem Backstein liegen blieb.

In den wenigen Augenblicken, die sie noch bei Bewusstsein war, sah Maria Luz die ängstlichen Blicke der Passanten, die sich über sie beugten. Dann raubte ihr ein Schmerz, tief in ihrer Brust, den Atem. Mehrere Menschen, die schaulustig auf sie herabblickten, hielten die Grimasse auf ihren Lippen fälschlicherweise für ein Lächeln. Maria Luz spürte, wie eine heiße Welle ihr die Kehle hochstieg. Voller Angst griff sie nach dem Handgelenk der jungen Frau, die neben ihr auf die Knie gegangen war.

~

Trotz des Gewitters war es Elia gelungen, ein Taxi anzuhalten.

Er gab dem Taxifahrer die Adresse des Restaurants. »Ich bin zu spät dran. So schnell Sie können, bitte.«

Doch es war dichter Verkehr, der Regen prasselte, und sie kamen nur im Schritttempo voran.

Sie fuhren an einem Gebäude aus rotem Backstein vorbei. Eine Menschengruppe stand davor und blockierte den Verkehr.

»Bitte, machen Sie schnell!«, bat Elia den Fahrer.

Das Taxi beschleunigte, fuhr auf den freien Streifen für die Autobusse hinüber und ließ den hinter der Menschenmenge verborgenen Körper von Maria Luz hinter sich.

In der Zwischenzeit sah sie, wie die Farben der Welt eine nach der anderen verblassten. Ihr allerletzter Gedanke galt nicht dem Mann, den sie heiraten wollte, sondern Elia. Dort auf dem Gehweg ausgestreckt, während ihr Atmen immer mühsamer wurde, verspürte sie Sehnsucht nach seiner sanften Art, nach der Zärtlichkeit, die er zu schenken vermochte, nach dem guten Menschen, der er sein konnte … Dann wurde um sie herum alles schwarz, und das aufgeregte Gerede der Menge, die Stimme, die rief, man solle einen Krankenwagen rufen, und der Regen, der auf sie herabfiel, verschwanden.

Sie spürte, wie sie weggebracht wurde, oh, so weit weg, mein Gott … ein Lichtsplitter zwischen den Gestirnen. Sie spürte, wie sie sich in einem Augenblick absoluter Perfektion auflöste, und ihr wurde bewusst, dass sie jeden Tag ihres Lebens dafür gelebt hatte, diesen Moment der grenzenlosen Freude, der uneingeschränkten Klarheit zu erreichen. Langsam ließ ihre Hand den Puls der jungen Frau, die neben ihr auf den Knien lag, los. Ein Seufzen, dann hörte sie auf zu atmen.

~

London, 22. November

Zwei Tage nach dem Eintreffen des Briefes vom Italienischen Generalkonsulat ging er. Draußen vor dem Fenster nur Wind und Himmel und die eisige Luft eines Winters, der lange vor seiner Zeit begonnen hatte.

Norma wartete in der Küche. Sie hörte seine Schritte auf dem Parkett im Flur. Kurz darauf stand er in der Tür, mit dem

Koffer in der Hand. Er sah aus wie ein in Ungnade gefallener Gast, der sich verlegen aus dem Staub machte.

Er hatte sich beim Rasieren geschnitten. *Das hat er nie gelernt*, ging es ihr durch den Kopf. Sie machte einen Schritt auf ihn zu und wischte ihm ein Blutströpfchen von der Wange. Und sie dachte wieder daran zurück, wie anders, fast fremd, er ihr vor einem Jahr erschienen war, als er beschlossen hatte, sich den Bart abzunehmen. »Wo ist denn mein Mann geblieben?«, hatte sie damals ausgerufen.

»Gefalle ich dir nicht mehr?«, hatte er erwidert und sie in die Arme genommen.

»Hör auf, es fühlt sich fast so an, als würde ich Ehebruch begehen!«, hatte sie gescherzt.

Während sie ihm nun das Blutströpfchen abwischte, ging ihr durch den Kopf, dass sein Lieblingshemd noch im Wäschepuff bei den schmutzigen Sachen lag und dass sie seine blaue Jacke aus der Reinigung abholen musste. Was für ein Blödsinn einem in gewissen Momenten durch den Kopf ging … Das lag daran, dass ein Gehirn eine solche Unmenge an Schmerz einfach nicht auf Dauer ertragen konnte, ohne nicht zumindest gelegentlich eine Pause einzulegen.

Sie starrten einander an. Es gab nichts mehr zu sagen. Schluss mit dem »Warum?«, mit dem »Wie konntest du nur?«, Schluss auch mit der Verzagtheit, der Wut, dem Groll. Sie hatte nicht einmal mehr Lust, ihm ein deftiges »Du Scheißkerl!« an den Kopf zu werfen. Hätte sie es doch nur gekonnt. Es hätte ihnen beiden geholfen.

»Ich hole den Rest ab, sobald ich aus Brasilien zurück bin«, beschränkte sich Elia zu sagen und ging auf die Tür zu.

»Als wir geheiratet haben, dachte ich, es sei für immer«, sagte Norma, als er bereits auf der Schwelle stand.

»Das wird es auch sein«, antwortete Elia. Und dann ging er.

Sie starrte die Tür an, unfähig, zu weinen, zu schreien, überhaupt irgendetwas zu empfinden.

Die Verzweiflung kam am Abend, im Bad, als sie ein wenig Rasierschaum im Waschbecken fand, und dann noch einmal später im Bett. Da lag sie, die Augen an die Decke gerichtet, in ihrem Kopf nur das Bild von Elia mit Maria Luz. Maria Luz, und da war kein bisschen von der Trauer, die man angesichts eines Verstorbenen empfindet. Maria Luz, die mittlerweile nur noch ein Häuflein Asche war, das darauf wartete, Elia ausgehändigt zu werden. Sie wollte nichts davon wissen: Sollte er sich doch darum kümmern, um die Asche und um ihre Tochter.

Als sie merkte, mit welcher Kälte sie an das Mädchen dachte, kamen ihr die Tränen. Sie würde nie wieder von Renata hören, auch kein Foto würde sie mehr von ihr sehen. Es war ein Schmerz, der sich mit anderem Schmerz paarte.

Was sie quälte, war nicht der Gedanke an Elia und Maria Luz, wie sie Sex hatten; es war die Vorstellung eines intimen Moments zwischen ihnen, eines Kusses, und das unerträgliche Drängen in einer ihrer Zärtlichkeiten. Es war nicht einmal Hass, was sie empfand: nur ein rauer, anhaltender Schmerz. Wie eine Art Übelkeit.

Sie konnte ganze Nächte nicht schlafen, lauschte dem Schmerz wie einem schlagenden Hammer in ihrer Brust. Zehn gemeinsame Jahre, und jetzt war er weg, einfach gegangen. Verschwunden. So wie man einen Mantel wechselt oder einen abgelaufenen Joghurt in den Müll wirft.

Eins. Zwei. Drei Uhr nachts. Und sie war immer noch wach.

Erst kurz vor Morgengrauen spürte sie, wie der Schmerz von ihrem Herzen glitt wie schwarzer Morast. Sie kauerte sich in den Laken zusammen, machte sich ganz klein. Schlafen. Elia vergessen, alles vergessen. Schlafen, auch wenn es nur für ein paar Stunden war.

~ 2015 ~

Geriatrische Abteilung des Krankenhauses von Ferrara, April

Dein Körper trägt den Winter in sich, doch draußen ist die Luft mild, und die Welt öffnet sich für einen neuen Frühling.

Die Krankenschwester kommt ins Zimmer und streut Brotkrümel auf das Fensterbrett. »Für die Spatzen«, sagt sie.

Auf den Wiesen steht das Gras bereits hoch, die Vögel zwitschern. Tiere wissen nicht, was der Tod bedeutet. Sie haben einen Überlebensinstinkt, doch sie begreifen die Bedeutung des Lebens nicht, und ihnen ist auch nicht bewusst, dass es einmal enden wird. Nur wir wissen um die Endlichkeit unseres Daseins auf der Erde, und wir wissen, dass wir zerbrechliche Wesen sind, sterbliche Wesen.

Dein Atmen ist mühsam, doch deine Seele ist ganz still. Sie bereitet sich darauf vor, deinen Körper zu verlassen, ohne einen Geruch oder ein Geräusch.

Vielleicht stimmt es ja, dass ein Teil von uns nicht stirbt. Was von uns überlebt, Mama? Was bleibt von uns nach dem Tod? Vielleicht nichts. Nur Erinnerungen an Wasser und Salz. Nur die Lebenden, die lachen, gehen, essen … Die Lebenden, die sich nur selten erinnern. Um wen weint man, Mama? Um das Fleisch, in dem kein Leben mehr ist? Um jemanden, der nicht mehr existiert?

Als Papa gestorben ist, habe ich ihn nicht wiedererkannt. Von ihm blieb nur Materie, dazu bestimmt, zu vergehen, in der Erde zu ver-

schwinden. Wo war er? Als Elia mich verlassen hat, war es für mich so, als wäre er tot. Ich habe bis zur Erschöpfung geweint, und ich wollte es zusammen mit dir tun.

Du und Papa, ihr wart damals erst vor Kurzem nach Stellata gezogen. Es war euer erster Winter in dem Haus am Damm, und nach Jahren der Vernachlässigung waren jene riesengroßen Zimmer eisig. Alles hattet ihr so gelassen, wie es war: die alten Möbel in der Küche, die abgelaufenen Arzneimittel in der Schublade, die Nachttöpfe unter dem Bett; sogar die gestärkten Bettlaken in der Kommode von Nonna Neve. Die Heizung war launisch, und manchmal versetzte Papa dem Heizkörper einen Fußtritt. Wir hielten uns die ganze Zeit in der Küche auf, wo zum Glück noch der Holzofen von Großmutter stand. Am Abend wart ihr wieder dazu übergegangen, die Betten aufzuheizen, indem ihr jene mit glühenden Kohlen gefüllten Wärmflaschen, die »Priester«, unter die Laken schobt. Du, Mama, warst damals wenig begeistert; du sehntest dich nach eurer Wohnung in den Bergen mit der Zentralheizung und den anderen Annehmlichkeiten zurück. Mir hingegen gefiel dieses alte Ritual, das Bett vorzuwärmen. Es war so tröstlich, sich die heißen Laken bis über die Nase hochzuziehen, wie ein Tier, das in seiner Höhle Zuflucht sucht.

Wie viel habe ich damals geweint! Auch abends, wenn wir vor dem Fernseher saßen und Scala 40 spielten, brach ich manchmal in Schluchzen aus, mit den Karten in der Hand. Ihr wusstet nicht, was ihr sagen oder tun solltet. Ihr habt darauf gewartet, dass dieses Weinen mich von all den bösen Dingen, die in mir drin waren, befreien würde.

»Verzeih ihm. Mach es für dich, nicht für ihn. Die andere ist nicht mehr da, sie ist tot«, sagtest du mir immer wieder.

»Er hat mich während unserer Hochzeitsreise betrogen; er hat ein Kind mit ihr bekommen. Sie haben sich jahrelang getroffen, Mama … Wie soll ich es schaffen, ihm das zu verzeihen?«

»Ich sage ja nicht jetzt. Das braucht Zeit.«

Papa war still, für ihn warst du die Vermittlerin. So war das früher eben. Dann sagte er mir eines Abends: »Für Leute meines Alters währt eine Ehe für immer. Denk daran, dass dein Mann sie hätte wählen können und es nicht getan hat. Außerdem ist da noch das Kind.«

»Klar. Das Kind, das ich ihm nicht schenken konnte.«

»Du kannst dich dafür entscheiden, es gernzuhaben. Wenn du darüber nachdenkst, ist dieses kleine Mädchen vielleicht das Kind, das wie dein eigenes sein könnte.«

~ 1986 ~

London, Mai

Zurück aus Brasilien, kam Elia in die Wohnung, um seine Sachen abzuholen. Norma war an jenem Tag außer Haus, und in den darauffolgenden Monaten ließ er nichts mehr von sich hören.

Für Norma fühlte sich die Wohnung an der Caledonian Road mittlerweile fremd an. In dem Bett zu schlafen, das sie zehn Jahre lang mit Elia geteilt hatte, war zu schmerzlich, und so zog sie eines Abends aufs Sofa um.

Die Katze der Nachbarn war läufig und durfte die Wohnung nicht verlassen. Ihre Liebesschreie waren unerträglich, und vom Sofa aus hörte Norma sie noch deutlicher: ein langes, ersticktes Jammern, ähnlich dem Weinen eines Neugeborenen. Sie steckte den Kopf unters Kissen und verfluchte die dünnen Wände und ihren Nachbarn, weil er die Katze nicht hatte sterilisieren lassen.

Sie war gerade eingeschlafen, als das Telefon klingelte. Sie griff nach dem Hörer, ohne das Licht anzumachen. »Hallo?«

»Ich bin's. Elia. Entschuldige, dass ich dich so spät noch anrufe …«

»Was willst du?«

»Ich habe noch die Hälfte der Asche von Maria Luz. Vielleicht wäre es jetzt angebracht, sie im Familiengrab in Stellata zu bestatten, aber ich kann das nicht. Vielleicht du, beim nächsten Mal, wenn du unten bist …«

»Ich will nichts damit zu tun haben.«

»Verständlich.«

»Und das musstest du mir mitten in der Nacht sagen?«

»Ich musste einfach deine Stimme hören. Ich wollte mich versichern, dass es dir gut geht …«

»Na klar, mir geht's blendend!«

»Mir geht's auch beschissen.«

»Das glaube ich. Deine Geliebte ist unters Auto gekommen.«

Norma rechnete damit, dass er sich derlei Gemeinheiten verbitten würde, doch er sagte nichts.

»Wie geht's Renata?«, fragte sie ihn nach einer Weile.

»Für sie ist es nicht leicht, aber sie ist stark und wird es schaffen.«

Wieder verfielen sie in Schweigen. Ihr Atem durchdrang die tausend Drähte des städtischen Telefonnetzes, verlor sich in den Gassen, den Rillen der Mauern, glitt durch die Rohre unter den Gehwegen. Und mit jenem Schweigen verletzten sie einander erst und trösteten sich dann. Das Schweigen, um sich zu hassen und wieder zu lieben, einander zu wollen, und sich zurückzuweisen und wieder zu wollen, nur zu wollen …

Das Schweigen, um ihren Stolz zu vergessen und ihm sagen zu können: »Wo bist du? Ich ziehe meinen Mantel an und komme zu dir. Sag mir nur, wo du bist …« Doch sie blieb stumm.

Sie schwiegen beide, die Lippen wie zu einem Kuss an den Hörer gepresst.

Tränen strömten ihr übers Gesicht, ihre Nase lief.

»Nicht auflegen. Ich bitte dich, Norma, rede mit mir …«

»Was willst du? Dein schlechtes Gewissen beruhigen oder mir vielleicht anbieten, dass wir Freunde werden? Ach, geh doch zum Teufel!« Und sie legte auf.

Erst jetzt machte sie das Licht an. Sie griff nach einem Papiertaschentuch und starrte das Telefon an. Im Grunde hoffte sie, es würde wieder klingeln, doch die Minuten vergingen, und er rief nicht mehr an.

In der Stille der Nacht war nur noch das Ticken des Weckers. Ticktack. Ticktack.

Sie war zu aufgewühlt, um wieder einzuschlafen. Eine Stunde später machte sie das Licht wieder an. Sie brauchte ein Buch, um einen klaren Kopf zu bekommen und sich zu entspannen. Sie stand auf und ging zum Regal hinüber. Sie griff nach einem Band und schlug ihn auf.

Ein Stück Papier rutschte heraus und fiel auf den Boden. Sie bückte sich.

Ich möchte, dass du für immer mir gehörst.

Es war eines der Kärtchen aus den Blumensträußen, die Elia ihr geschickt hatte, bevor er um ihre Hand angehalten hatte. Norma zerriss es in winzige Stücke, steckte sie sich in den Mund und begann voller Wut zu kauen.

~ 1987 ~

London, 18. Mai

Lieber Elia,
gestern kam ich an der Videothek vorbei. Ich griff wahllos in die Kiste und holte Paris, Texas *heraus, deinen Lieblingsfilm. Davon hattest du mir vor langer Zeit im Springfield Park erzählt. Erinnerst du dich? Es war ein sonniger, windiger Morgen. Ich habe die Videokassette direkt wieder zurückgelegt, mit der gleichen Abscheu, mit der man einen verwesten Fisch oder eine tote Maus anfasst.*
Ich habe alles unternommen, um dich zu hassen, aber ich habe festgestellt, dass Hass nichts hilft. Du bist da, bist immer da gewesen, auch wenn ich dich nicht sehe, nicht berühre. Du lebst in mir wie ein ungeborenes Kind. Du lebst in den Farben, die ich mit Öl anmische und auf die Leinwand auftrage. Du bist wie eine Substanz, die mir durch die Adern rinnt, wie Blut, wie Urin. Du bist meine Erinnerung, du bist die Zärtlichkeit der Kindheit. Und die Erinnerung an dich kehrt jedes Mal zu mir zurück, wenn ich den Titel eines Films sehe oder Salbei rieche, den du immer so gern mochtest, oder wenn ich die Bücher berühre, die du hier zurückgelassen hast. Die Erinnerung an dich kehrt jeden Tag zurück, mein Geliebter, immer wenn ich an einem Poster vorbeikomme, auf dem für eine Reise nach Polynesien geworben wird, und ich daran zurückdenke, dass du da mal mit mir hinfahren wolltest,

oder wenn mir auf der Straße ein Mann mit langem Haar begegnet oder wenn ich deinen weißen Pullover in den Händen halte, den ich nie gewaschen habe, damit ein bisschen von deinem Duft drin haften bleibt.
Komm zu mir zurück.
NORMA

Sie las den Brief ein letztes Mal. Dann zerknüllte sie ihn und warf ihn in den Papierkorb.

~

November

Gewohnheit überdeckt alles und lähmt jeden Schmerz. Der Wecker klingelte: halb acht. Sie ging ins Bad, putzte sich die Zähne und hatte Mühe, die Frau zu erkennen, die ihr aus dem Spiegel entgegenblickte. Vierzig Jahre, das war nicht alt, doch ihre Haut war stumpf, sie hatte tiefe Ringe unter den Augen und jede Menge weißer Haare. Letztere waren üblich in ihrer Familie, doch die Falten waren alle im Verlauf weniger Monate aufgetaucht, alle auf einmal.

Sieben Uhr vierzig. Sie ging in die Küche. Zwei Scheiben Toastbrot, sie schaltete den Wasserkocher ein. Dann ging sie ins Zimmer zurück und zog sich an. Jede Handlung, jede Gewohnheit, so groß oder klein sie auch sein mochte, wurde fortgesetzt, trotz der Leere, die sie in sich spürte.

Sieben Uhr fünfundvierzig. Sie kehrte in die Küche zurück und setzte sich zum Frühstücken an den Tisch.

Um acht Uhr kam auf der Straße der Postbote vorbei, wie immer pfeifend, wie immer pünktlich zur gleichen Zeit und sommers wie winters in einer knielangen Hose.

Acht Uhr zehn. Das Mädchen aus der Wohnung gegenüber, in der früher Rudy und die Herzogin gewohnt hatten, verließ wie jeden Morgen türenschlagend das Haus. Und wie jeden Morgen schrie ihre Mutter ihr hinterher: *»For Christ's sake, don't bang the door!«*

Norma bestrich den Toast mit Butter und sprach es ihr leise nach: »Um Himmels willen, nicht die Tür zuschlagen!«

Acht Uhr zwanzig. Sie stellte die Tasse und den Toastteller in die Spüle, direkt auf die schmutzigen Teller vom vergangenen Abend. Früher hatte sie einen Putzfimmel gehabt, doch jetzt vergingen Wochen, ehe sie wieder einen Lappen in die Hand nahm. Sie bezog nur selten das Bett frisch, und hätte es ihren Job nicht gegeben, wäre sie nicht einmal unter die Dusche gegangen. Monique sagte, wenn man sich nicht wasche, sei das ein Anzeichen für Depression, aber sie wollte nichts davon wissen. Ordnung, der Duft von Seife, frisches Bettzeug – das alles erinnerte sie nur an ein Leben, das sie nicht mehr hatte, und an die Frau, die sie nicht mehr war.

Die Wochenenden verbrachte sie im Schlafanzug und beachtete weder die Wäsche, die dringend gewaschen werden musste, noch den Staub auf den Möbeln. Manchmal zog sie eine Schublade auf und betrachtete die wenigen Dinge, die sie von ihrer Ehe aufbewahrt hatte: die Glaskugel mit dem Schnee, der auf Venedig fiel, ein Fotoalbum, das puderrosa Kostüm, in Seidenpapier gehüllt. Das war alles, was ihr von zehn Jahren mit Elia geblieben war.

Eines Samstagmorgens stand sie auf und stellte fest, dass die Welt hinter dem Fenster mit Eis bedeckt war. Der Garten, seit Jahren vernachlässigt, war jetzt nur noch ein trostloser Fleck Erde voller Gestrüpp und zugefrorenen Pfützen. Im Nachbarsgarten waren die Obstbäume mit Raureif bedeckt. Die Reihen von Tomatenpflanzen, Zucchini und Lattich waren verschwunden, und an ihre Stelle waren unbeackerte Erdschollen und Haufen trockener Zweige getreten. Die letzten Kohlköpfe in einem bläulichen Lila waren die einzigen Farbflecken inmitten dieser Wüstenei.

Zum Glück würde an diesem Nachmittag Monique mit ihrem kleinen Sohn kommen.

Norma holte die beiden mit dem Auto an der U-Bahn-Station ab, weil sie wusste, dass ihre Freundin vollbepackt sein würde: Sie hatte nicht nur Pierre, dessen kleinen Rucksack und sein Fahrrad dabei, sondern auch eine dieser riesigen Einkaufstaschen auf Rädern, randvoll mit Überraschungen. »Die Tasche von Mary Poppins«, nannte Norma sie.

Auch an jenem Samstag war Monique von Kopf bis Fuß eingemummelt, die Handtasche schräg über der Brust. An der einen Hand hielt sie Pierre mit seinem Rucksack, in der anderen die unverzichtbare Einkaufstasche auf Rollen.

Kaum saß sie im Wagen, begann Monique, ohne Punkt und Komma zu reden, sagte, sie habe ihr einen Roman mitgebracht, den sie unbedingt lesen müsse, dass sie Erdbeer-Trifle gekauft habe, nach dem sie vollkommen verrückt sei, und außerdem habe sie am Morgen in einem *charity shop* in High Gate gestöbert und einige wunderschöne Teile entdeckt, darunter auch einen Hut, *très chic*, der ihr mit Sicherheit fantastisch stehen würde.

Monique war Expertin im Shoppen von Secondhandkleidung geworden. Sie besuchte die Läden in reichen Vierteln, wo man für ein paar Pfund tolle Designerklamotten finden konnte. Mittlerweile arbeitete sie in einer Anwaltskanzlei und hatte ihrer Hippiemode abschwören müssen. »Ich muss für meinen Sohn sorgen, da kann ich nicht mehr wie ein Freak rumlaufen«, erklärte sie.

Als Pierre zwei Jahre alt geworden war, hatte sich Monique

eine Arbeit als zweisprachige Sekretärin gesucht und war in Windeseile zur persönlichen Assistentin eines der bekanntesten Staranwälte der Stadt geworden. »*Et voilà!* Mit Leib und Seele dem kapitalistischen System verschrieben. Ein hoffnungsloser Fall!«, pflegte sie über sich selbst zu scherzen.

Kaum waren sie bei Norma zu Hause angelangt, packte Monique ihre morgendlichen Errungenschaften aus. Außer dem *très chic*-Hut hatte sie eine Bluse von Dior, einen leichten Mantel im Stil der Zwanzigerjahre, einen Hosenanzug sowie zwei Blumenkleidchen von Laura Ashley gefunden. Sie beschloss, jetzt werde erst einmal alles anprobiert. »Und jedes Teil kriegt diejenige, der es am besten steht!«

Eine halbe Stunde lang fühlten sich Norma und Monique wie zwei kleine Mädchen im Schlaraffenland. Sie zogen sich an, sie zogen sich aus und bewunderten sich dazwischen gegenseitig im Spiegel.

»Shoppen ist das beste Antidepressivum für Frauen, *Bonbon*. Das ist und bleibt die Wahrheit!«, rief Monique und zog die Hose an ihrem Hintern zurecht.

Nach der Anprobe der Secondhandteile saßen sie bei einer Tasse Tee zusammen, während Pierre mit Lego einen Turm baute.

Monique blickte sich um. »Diese Wohnung war mal wundervoll.«

»Ich hätte aufräumen sollen, aber ich habe es nicht geschafft.«

»Du weißt doch, wie unwichtig ich Ordnung finde! Aber du kannst dich nicht mehr so gehen lassen. Du musst dir Hilfe holen, Norma. Da draußen gibt es Leute, die dich unterstützen können: Gesprächstherapeuten, Psychologen …«

»Früher oder später mache ich das. Aber nun erzähl mir, was du so treibst.«

Monique hatte sich am Birkbeck College der Universität

London für ein Abendstudium eingeschrieben und berichtete von ihrer neuen Routine. »Der Unterricht ist grundsätzlich nach fünf Uhr nachmittags, sodass ich weiterarbeiten kann. Am Morgen stehe ich um vier Uhr auf, um zu lernen, um acht wecke ich dann Pierre … Mir ist es wichtig, dass ich ihm Frühstück mache, bevor das Au-pair ihn in den Hort bringt, dann geht es eilig ins Büro. Es ist hart, *Bonbon*, aber ich schaffe es. Wenn ich bei Bijan geblieben wäre, könnte ich von der Uni nur träumen. Alles im Leben geschieht aus einem Grund.«

Sie nannte Bijan »die Liebe ihres Lebens«, und das, obwohl er ihr nach all den Jahren immer noch die Scheidung verweigerte. Er benötigte die offizielle Trennung nicht und hatte nach islamischem Ritus wieder geheiratet. »Eine Cousine, fünfzehn Jahre jünger als er. Am Ende werde ich ihn noch bezahlen müssen, damit er die Papiere endlich unterzeichnet«, beklagte sich Monique.

Abgesehen davon, dass sie Mutter war, in der Anwaltskanzlei arbeitete und sich auf einen Abschluss in Anglistik vorbereitete, hatte Monique seit einiger Zeit ein Auge auf die Partnerschaftsannoncen im *Guardian* und in *Time Out* geworfen, doch bislang hatte die Recherche keine besonders guten Ergebnisse erzielt. »Zum größten Teil sind das Taugenichtse, die nur auf ein Abenteuer aus sind, solche Leute erkenne ich mittlerweile im Schlaf.«

Sie hatte eine raffinierte Auswahltechnik für die Kandidaten entwickelt. Als ersten Schritt befragte sie sie am Telefon und sprach Klartext. »Ich suche jemanden, der mit mir und meinem Sohn eine Familie gründen will. Ich liebe Rockmusik, aber kein Heavy Metal. Wenn du nur mit mir ins Bett willst, sag es gleich, dann verliert keiner von uns Zeit.«

Viele verschwanden auf der Stelle von der Bildfläche. Ab und zu hielt jemand durch und landete auf der Liste von Rendezvous fürs Wochenende. Moniques Suche nach einem Mann hatte mittlerweile eine erstklassige, fast industrielle Effizienz erlangt. Sie schaffte es, bis zu sechs Treffen an einem einzigen Tag zu organisieren: Jeder bekam sechzig Minuten Zeit, drei traf sie am Nachmittag und drei am Abend. Noch hatte sie ihren Mister Right nicht gefunden, aber Norma war sich sicher, dass sie es bald schaffen würde.

»Warum inserierst du eigentlich nicht im *Guardian, Bonbon?* Allmählich wird es Zeit, dass du dich umschaust«, schlug sie Norma an jenem Nachmittag vor, während sie das Erdbeer-Trifle verspeisten.

»Lass gut sein«, unterbrach Norma sie.

Wenn Monique sie bedrängte, sie solle doch mit jemandem ausgehen, fuhr Norma ihr sofort über den Mund; erwähnte sie Elia, war das Gespräch auf der Stelle beendet. Ihn bezeichnete Monique häufig nur noch als »dieses Arschloch«, was Norma nervte. »Vielleicht hat Elia ja recht. Die Welt wäre ein glücklicherer Ort, wenn die Leute damit aufhörten, an Eifersucht zu leiden.«

»Aber denk doch nur, in den Sechzigerjahren ging es mir auch so, obwohl ich an offene Beziehungen und freie Liebe geglaubt habe. Die Wahrheit ist, dass zwei Philosophieschmöker nicht die Gefühle der Leute verändern können. Wenn wir betrogen werden, leiden wir genauso darunter wie die Leute vor hundert Jahren, so wie wir Menschen das immer getan haben. Das eigentliche Problem ist, dass Liebe zu einer Form von Abhängigkeit führt. Das ist es, was dich runterzieht.«

»Zu einer Form von Abhängigkeit und von Egoismus. Wir akzeptieren nur das, womit es uns gut geht, nicht das, was für den anderen gut wäre.«

»Wenn du es gewesen wärst, die ihn betrogen hätte, die sich von ihrem Liebhaber ein Kind hätte machen lassen, was glaubst du wohl, wie dein Elia mit seinem ganzen aufklärerischen Gehabe reagiert hätte?«

»Vielleicht sehr schlecht, vielleicht aber auch gar nicht. Er hat seine ganz eigene Art, mit den Dingen umzugehen.«

»Hast du denn wenigstens beschlossen, die Scheidung einzureichen?«

»Noch nicht.«

»Worauf wartest du? Du musst dem Ganzen ein Ende bereiten, *Bonbon*. Solange du seine Frau bist, wird es immer schwierig sein, ein neues Kapitel in deinem Leben aufzuschlagen.«

An jenem Abend dachte Norma über Moniques Worte nach. Für sie war es immer schwer gewesen, ein neues Kapitel in ihrem Leben aufzuschlagen. Eigentlich hatte sie es nur ein Mal getan, damals, als sie beschlossen hatte, nach London zu ziehen, doch sie musste ihrer Freundin recht geben: Der Punkt war gekommen, es wieder zu tun. Sie dachte an die Herzogin zurück, daran, wie sie immer gerufen hatte: *»Carpe diem!«* Sie dachte auch an Maria Luz, die ihr Leben mit der gleichen Gier angegangen war, mit der sie in ihre Äpfel gebissen hatte. Sie wäre gern so gewesen wie diese beiden Frauen, hätte gerne eine Seite des Buches umgeschlagen und noch einmal von vorne angefangen. Doch wie?

~ 1988 ~

März

Sie öffnete die Augen und brauchte eine Weile, um sich von dem Traum zu lösen, den sie gerade gehabt hatte. Sie blieb im Bett liegen und ließ die Bilder Revue passieren. Darin war sie einen Flur entlanggegangen, mit vielen Türen auf beiden Seiten. Sie hatte weder gewusst, welche sie öffnen sollte oder wonach sie gesucht hatte, noch, wer sich hinter den Türen befand. Dann war von ganz hinten im Flur Donata gekommen und hatte ihr einen Schlüsselbund überreicht. »Mit denen hier schaffst du es«, hatte sie ihr gesagt. Norma hatte die Schlüssel entgegengenommen und mit ihnen eine der Türen geöffnet. Sie hatte dann in einem Wald gestanden, am Ufer eines Flusses. Sie hatte begonnen zu gehen, war ins Straucheln geraten. Vor ihr hatte ein Sack gestanden, oder genauer gesagt ein großes Bündel, etwas, das in eine Decke eingehüllt gewesen war. Sie war davor in die Hocke gegangen, hatte die Decke angehoben, und darunter hatte ein totes kleines Mädchen gelegen. *Sie haben sie umgebracht*, hatte sie sofort geschlossen. Wer auch immer es gewesen war, hatte die Kleine vorsichtig zugedeckt, wie um sie vor der Kälte zu beschützen, und ihr Blumen ins Haar gesteckt. Norma hatte sich über das Mädchen gebeugt und es geküsst. Im selben Moment war sie aufgewacht. Was für ein sonderbarer Traum …

Sie stand auf und ging in die Küche. Ein Blick aus dem Fenster: Feiner Regen fiel auf die Welt. Auf der Straße ging ein Mädchen unter einem bunten Schirm spazieren. Im Park gegenüber standen büschelweise Narzissen, und der Kirschbaum neben dem Eisenzaun war in voller Blüte. Alles war so wunderschön da draußen, so friedlich und ordentlich ... In genau diesem Moment wurde Norma bewusst, dass der Schmerz dort drinnen in ihrer Brust sich gelegt hatte. Ihr Atem war gleichmäßig, und ihr Herz schlug ruhig, beharrlich und unversehrt. All das Schreckliche, was in der Vergangenheit geschehen war, zog vor ihrem inneren Auge vorbei, doch an diesem Morgen spürte sie, dass es sich um tote Dinge handelte, Dinge, die vorbei waren. Und was vorbei war, konnte ihr nicht mehr wehtun.

Sie schaltete den Wasserkocher ein und stellte den Klassiksender im Radio ein: Sie übertrugen *La Primavera* von Vivaldi. Frühling – Norma verstand es als ein Zeichen. An diesem Morgen begann sie, wieder zu leben.

Tag für Tag, Schritt für Schritt kehrte sie in die Welt der Lebendigen zurück. Das Erste, was sie tat, war, zum Friseur zu gehen. »Ich vertraue Ihnen, machen Sie, was Sie wollen.« Heraus kam sie mit einer neuen Farbe, Mahagoni, und einem kurzen, frechen Schnitt.

Am Wochenende war es vorbei mit dem Herumlungern im Schlafanzug. Sie besuchte wieder Kunstausstellungen und entdeckte die *fringe theatres*: winzige Bühnen mit wenigen Zuschauerplätzen, wo die Schauspieler zwanzig Zentimeter vor den Nasen des Publikums auftraten. Manchmal ging sie mit Monique ins Kino. Ihre Freundin mochte Thriller, während diese ihr Angst machten. Und so wechselten sie sich ab: An einem Sonntag sahen sie *Sea of Love – Melodie des Todes* mit Al Pacino, beim nächsten Mal *Harry und Sally*.

Es war auch in dieser Zeit, dass Norma beschloss, die Wohnung an der Caledonian Road aufzugeben. An diesem Haus hingen zu viele Erinnerungen: die glücklichen Tage mit Elia, die Freundschaft mit der Herzogin und mit Rudy … Alles ein Teil der Vergangenheit, alles vorbei. Über Bicicli und Ghelfa bat sie ihren Mann, die entsprechenden Papiere zu unterzeichnen, damit sie die Wohnung verkaufen konnte. Elia unterschrieb und ließ sie wissen, dass er von der Verkaufssumme nichts haben wollte. Sie bestand nicht darauf, ihn auszuzahlen.

In Camden Town fand sie ein neues Zuhause. Diesmal gab es keinen Garten, nur ein paar Blumentöpfe mit Kräutern auf dem Fensterbrett in der Küche. Es war eine Wohnung im zweiten Stock eines Hauses am Kanal. Kaum setzte sie zum ersten Mal einen Fuß hinein, spürte Norma, dass dieses Haus auf sie gewartet hatte. Es war ein modernes, schnörkelloses Apartment, doch die Zimmer waren lichtdurchflutet. Man hatte einen herrlichen Blick auf den Kanal und sogar einen großzügiges *bow window*, ein Erkerfenster, in dem unter anderem Rudys Harfe einen würdigen Platz fand. Sie machte sofort ein Angebot und bekam den Zuschlag. *Carpe diem*!, wie die Herzogin immer gesagt hatte.

Sie liebte es, vom Wohnzimmerfenster aus die langen Boote zu beobachten, die auf dem Kanal ankerten. Es lebten Menschen auf diesen *barges*, und mit der Zeit lernte Norma, sie auseinanderzuhalten. Da war ein Paar, das gern bei Kerzenlicht dinierte, tagsüber jedoch oft in heftigen Streit ausbrach. Auf dem Boot davor lebte ein junger Mann, der Bluesstücke auf der Gitarre spielte. Und auf dem Boot dahinter eine Sopransängerin, die um acht Uhr morgens das halbe Viertel mit ihren Tonleitern weckte. Auf der ramponiertesten *barge* lebte ein alter Mann mit seinem Hund. Herr und Hund sahen sich ähnlich, so wie das oft bei alten Ehepaaren ist; der gleiche schleppende Gang, die gleichen traurigen Augen, und das lange graue Haar des Alten sah genauso aus wie das lange graue Fell des Setters.

Norma machte sich mit den Gewohnheiten der Bootsbewohner vertraut. Sie wusste, wann die Sopransängerin ihren Liebhaber empfing, weil sie immer dann die Vorhänge zuzog. Jeden Samstag, pünktlich um sechs Uhr abends, stieg der Junge auf sein Fahrrad, die Gitarre auf den Rücken geschnallt. Vielleicht spielte er in irgendeinem Pub oder in einer der Weinbars, die gerade überall in London wie Pilze aus dem Boden schossen. Der alte Mann verließ sein Boot nur, um mit dem Hund Gassi zu gehen oder einzukaufen. Der Hund trödelte vor ihm her, und manchmal verlor der Alte die Geduld und gab ihm einen Tritt, aber nur sanft, um ihm nicht wehzutun. Ab und zu diskutierten sie. Der Mann redete mit dem Tier, als würde es jedes Wort verstehen und könnte ihm antworten. Und manchmal tat der Hund das auch. Norma sah, wie sie brummelten oder winselten und immer den richtigen Moment abwarteten, um sich wieder zu vertragen.

In jüngster Zeit hatte sie auch wieder mit dem Malen angefangen. Es war ihr gelungen, an ein paar Ausstellungen teilzunehmen, und bei einer in White Chapel hatte sie sogar ein Gemälde für tausend Pfund verkaufen können.

»Welches denn?«, fragte sie die Organisatoren erstaunt, als diese ihr die frohe Kunde brachten.

»›Die Beerdigung auf dem Lande‹.«

Das verwunderte sie; es war eines der ältesten ihrer Bilder, und Elia hatte zu Recht daran bemängelt, dass die Farben sehr düster seien. »Wer hat es gekauft?«

»Ich weiß es nicht. Anscheinend wurde bar bezahlt.«

»Tausend Pfund in bar? Kamen die aus der Geldwäsche?«

Kürzlich hatte sie sich auch für einen Kurs in anatomischem Zeichnen an der Saint Martin School of Art eingeschrieben.

In der allerersten Unterrichtsstunde setzte sie sich mit einem guten Dutzend anderen Studenten in einen Kreis. Das Modell, ein Mann um die siebzig, posierte nackt in der Mitte: einen Fuß auf dem Stuhl, den Ellbogen auf das aufgestellte Bein gestützt.

In der allgemeinen Stille hörte man nur das Kratzen der Kohle auf Papier, gelegentliches Husten und die Schritte des Lehrers, der reihum ging und hin und wieder stehen blieb, um die Arbeiten der Schüler zu kommentieren.

Norma nahm an diesem Unterricht mit einer gewissen Schüchternheit teil. Mit Kohle zu zeichnen, war sie nicht gewöhnt, ihr kam es mehr wie ein Beschmieren von Papier vor, nicht wie die Art zu zeichnen, die sie kannte. Und dann schienen ihr die Proportionen der Gliedmaßen nicht richtig zu sein, irgendwie waren sie immer falsch, sogar lächerlich.

Der Lehrer war jedoch anderer Meinung. »In deiner Zeichnung liegt sehr viel Kraft. Sie verströmt große Energie.«

»Die Beine sind zu kurz.«

»Das ist nicht wichtig. Das Bild ist voller Leben.« Und er ging weiter.

Norma stand da, der Kohlestift schwebte mitten in der Luft. *Voller Leben …* Eine schönere Beurteilung hätte sie nicht bekommen können.

Mittlerweile ging es mit dem Kohlestift besser, und sie hatte auch wieder mit Ölfarben angefangen. Ihre Bilder zeigten nun sonnendurchflutete Landschaften, Stände mit Obst, Kinder … Sujets, die oft nur sie selbst erkannte.

Monique sah auf den Bildern nur wilde Pinselstriche und Farbkleckse. »Aber sie gefallen mir, *Bonbon*«, versicherte sie Norma.

»Hör auf! Sie müssen dir nicht unbedingt gefallen«, hatte Norma ihr lachend geantwortet.

»Ich verstehe von Kunst nicht besonders viel, aber dieses Bild hier mag ich wirklich. Außerdem tut dir das Malen gut, ich habe dich so lange schon nicht mehr lachen sehen.«

Und das stimmte: Es war Norma gelungen, ihr Leben wieder in die Hand zu nehmen. Sie erinnerte sich an die Worte von Maria Luz vor so vielen Jahren: *Die Überlebenden sind die eigentlichen Helden, Norma, und du bist dafür ein Beispiel.*

Ihr wurde bewusst, dass sie sich ohne Ressentiments an diesen Satz erinnern konnte, ja sogar voller Zuneigung, und das machte sie glücklich.

Sie dachte oft an Renata. Normas Mutter hatte von Ghelfa erfahren, dass Elia und das Mädchen nach Bologna umgezogen waren. Renata musste mittlerweile dreizehn Jahre alt sein. *Sie wird groß und schön sein, wie Donata in ihrem Alter*, ging es Norma durch den Kopf. Sie stellte sich vor, dass das Mädchen bestimmt immer von einer Schar Jungs umringt war. Sie dachte an sie, so wie man an ein niemals geborenes Kind denkt: mit viel Liebe, einem Gefühl des Verlusts und der größten Sehnsucht.

~ 1989 ~

London

Sie bemerkte ihn während einer Mittagspause in der Cafeteria unter ihrem Büro. Er erinnerte sie an einen Wikinger: nordisches Aussehen, kantiges Gesicht, graue Augen und blonde Wimpern.

Er setzte sich an den Tisch gegenüber und begann, sie verstohlen anzuschauen. Er versuchte, sich dabei nicht erwischen zu lassen. Sie bemerkte es dennoch und fühlte sich geschmeichelt. Es handelte sich bei ihm nicht nur um einen schönen Mann, er war auch jünger als sie – vielleicht zweiunddreißig, maximal fünfunddreißig.

Am Tag darauf saß er wieder gegenüber von ihr, und am Tag darauf ebenfalls.

An jenem Tag trat er auf sie zu. »Entschuldige, aber … kennen wir uns nicht?«

»Nicht, dass ich wüsste.«

»In Formentera, vor zwei Jahren. Du wärst fast ertrunken.«

»Bin nie dort gewesen.«

»Dann … in den französischen Alpen?«

»Ich glaube, du verwechselst mich mit jemandem.«

»Okay … Was dagegen, wenn ich mich zu dir setze?« Und noch bevor sie eine Antwort geben konnte, nahm er ihr gegenüber Platz.

»Du hättest dir aber schon einen besseren Spruch ausdenken können«, sagte Norma.

»Ich bin eben schüchtern, und da zieht es ganz gut, wenn ich mich blöd stelle. Fangen wir einfach noch mal von vorne an? ›Da ist etwas an dir, das mich fasziniert, vielleicht dein Blick, du bist immer so weit weg … Du machst mich neugierig, und ich habe große Lust bekommen, dich kennenzulernen.‹ Besser so?«

»Ich würde sagen, ja«, antwortete sie und versuchte, ernst zu bleiben.

Sie plauderten ein wenig, dann sagte sie: »Ich gehe jetzt. Die Arbeit ruft.«

»Wenn du magst, erreichst du mich unter dieser Nummer.« Und er gab ihr eine Visitenkarte.

MARK SHEFFIELD
FREIBERUFLICHER JOURNALIST

»Über was schreibst du?«

»Über Wirtschaft und Finanzen.«

»Davon verstehe ich nicht viel.«

»Nicht schlimm, ist bei mir auch manchmal so.«

Sie steckte die Visitenkarte in ihre Tasche und lächelte ihm zu.

~

Am Morgen danach rief sie ihn an.

»Ich hätte wetten können, dass du mich nicht anrufst«, sagte er überrascht.

»Genau deshalb habe ich es gemacht«, konterte Norma.

»Wir sollten das schöne Wetter nutzen. Hast du heute schon was vor?«, fragte er wie aus der Pistole geschossen.

»Nein, gar nichts.«

Er lud sie in ein Thai-Restaurant in Epping Forest zum Mittagessen ein. Vor einer Garnelensuppe mit Chili und Kokosmilch erzählte Mark ihr, er sei seit Kurzem geschieden. »Susan ist eine außergewöhnliche Frau, aber in mancher Hinsicht auch das reine Chaos. Sie führt Herztransplantationen durch, kann aber kein Auto mit Schaltung fahren. Denk doch nur, sie kann bei der Fernbedienung des Fernsehers nicht einmal die Batterien wechseln. So ist sie einfach.« Er sagte es mit einem Lächeln und spielte dabei mit seinen Essstäbchen, den Blick nach unten gerichtet. »Entschuldige, aber ich sollte eigentlich gerade nicht über meine Ex reden«, fügte er rasch hinzu.

»Es nervt mich nicht.«

»Und du?«

»Seit vier Jahren getrennt.«

Nach dem Nachtisch streichelte er ihr das Gesicht. »Wollen wir ein bisschen allein sein?«

Sie nickte.

»Warte einen Moment.« Und er ging in Richtung Bar.

Nach einer Minute kehrte er zurück. »Komm, gehen wir hoch.«

Ein kleines Zimmer, in dem es nach Koriander und Gewürzen roch. Rosa Rüschenvorhänge, Wände mit Blumenmuster, ein Himmelbett mit hellblauer Satinüberdecke. Das alles sah aus wie aus einer Soap der Sechziger.

Er goss zwei Whisky in die beiden Plastikbecher, die er, noch in Zellophanhülle, im Bad auf dem Waschbecken gefunden hatte.

Norma stand am Erkerfenster und schaute auf den Wald hinaus, der sich vor ihr erstreckte: uralte Bäume, dicht belaubt und finster. Ein bläulicher Lichtstrahl erhellte in Streifen das Unterholz.

Mark trat auf sie zu. Er umarmte sie und küsste sie zärtlich am Hals, und an seiner Nervosität war deutlich zu spüren, dass er kein Mann für leichtfertige Abenteuer war. Dann setzte er sich auf den Sessel und nahm sie in den Arm.

Aus der Nähe war sein Gesicht noch anziehender: die makellose Haut, leicht gebräunt, die grauen Augen, die hellen Brauen und Wimpern. Die Haare waren lang und seidig … Norma fuhr mit den Fingern hindurch und dachte daran zurück, wie sie das vor langer Zeit bei Elia gemacht hatte.

»Im Bett wäre es viel bequemer«, flüsterte er.

Sie zog sich aus und schlüpfte rasch unter das Laken, versuchte, ihre Verlegenheit zu verbergen. Sie schloss die Augen und erinnerte sich an einen Winterabend, eine Regennacht, an eine andere Liebe.

~

Sie trafen sich seit drei Monaten, immer bei Mark zu Hause.

Monique freute sich für ihre Freundin. »Endlich! Ich dachte schon, du willst leben wie eine Nonne. Was gibt es denn von diesem Wikinger zu erzählen?«

»Er gefällt mir. Er ist lustig, liebevoll und immer für eine Überraschung gut.«

»Er gefällt dir? Ist das alles?«

»Uns geht es gut miteinander, das genügt.«

Sie erzählte, am allerbesten gefalle ihr an Mark, dass er sie immer wieder überraschte. Zum Beispiel fand sie es seltsam, dass er zwar Margaret Thatcher gewählt hatte, den Falkland-Krieg jedoch als ungerecht empfand. »Sich als Herrscher in Gegenden aufzuspielen, die am anderen Ende der Welt liegen, halte ich für arrogantes Kolonialgehabe«, betonte er.

»Bist du dir sicher, dass du nicht besser die Labourpartei wählen solltest?«, fragte sie sarkastisch.

»Das könnte ich, ja, wenn sie doch nur etwas von Wirtschaft verstehen würden. Aber wenn die an die Macht kommen, steht das Land jedes Mal am Rande des Abgrunds.«

Mark spielte gerne Schach, er experimentierte mit neuen Rezepten, die er selbst erfunden hatte und die sich dann immer als ungenießbar herausstellten, und er liebte es zu stricken. Als Norma zum ersten Mal das Wollknäuel und die Nadeln auf dem Sofa vorfand, dachte sie, er habe noch eine heimliche Freundin. Doch Mark sagte ihr, er selbst benutze die Stricksachen. »Es mag ein seltsames Hobby sein, doch peinlich ist es mir überhaupt nicht: Es entspannt mich und hilft mir, mich zu konzentrieren. Beigebracht hat es mir meine Mutter. Wenn du magst, stricke ich dir zum Geburtstag einen Pullover.«

Norma erstarrte. *Zum Geburtstag?* Sie wollte nicht, dass er sie für seine feste Freundin hielt. Ihr Techtelmechtel war doch nur eine Episode, ein Zwischenspiel ... Und außerdem stellte er ihr viel zu viele Fragen.

»Wieso ging deine Ehe eigentlich in die Brüche?«

»Man verändert sich, geht getrennte Wege. Das Übliche.«

»Obwohl ihr euch schon vor vier Jahren getrennt habt, seid ihr immer noch verheiratet. Kommt dir das nicht komisch vor?«

Vor allem fürchtete sie, Mark könne sich zu fest an sie binden. Wenn sie sich liebten, ging es ihr gut; doch danach hatte sie immer das Bedürfnis, in ihre eigenen vier Wände zurückzukehren.

»Ich möchte dir einen Vorschlag machen«, sagte er eines Abends, während Norma ihren Pullover überzog, um nach Hause zu fahren.

»Was denn für einen Vorschlag?«

»In zwei Wochen fliege ich für einen Auftrag nach Mexiko, und ich dachte ... warum kommst du nicht mit? Wir könnten länger bleiben, Urlaub machen.«

Sie setzte sich aufs Bett zurück. »Kommt dir das nicht ein bisschen verfrüht vor?«

»Ich habe nicht um deine Hand angehalten, sondern will nur ein paar Wochen Ferien mit dir haben.«

Im Grunde hatte er recht: Es handelte sich um einen Urlaub, und sie war schon seit Jahren nirgendwo mehr hingefahren. »Dann auf nach Mexiko«, sagte sie schließlich.

Er zog sie noch einmal aufs Bett. »Ich bringe dich an einen geheimen Ort, wo man immer noch so lebt wie vor hundert Jahren. Dort ist das echte Mexiko.«

~

Drei Tage waren sie in der Hauptstadt, wo Mark arbeitete, dann fuhren sie mit dem Bus nach Oaxaca und am Ende in ein Dörfchen inmitten der Wüste, mit jeder Menge Kakteen und kleinen Häusern aus weißem Kalk. Norma kam sich vor wie in der Werbung für den Paulista-Kaffee.

Noch bevor es Abend wurde, erreichten sie Puerto Angel, ein Dorf an der Pazifikküste, dreihundert Kilometer südlich von Acapulco und etwa fünfzig von Puerto Escondido. Es war ein verschlafenes mexikanisches Nest, von der Weltgeschichte ebenso vergessen wie vom Fortschritt: Ziegenkacke auf der Straße, Frauen, die ihr Leben damit zubrachten, Kinder zur Welt zu bringen und Tortillas zu backen, und Männer, deren einziger Zeitvertreib eine Bar und eine blondierte Prostituierte waren, die sie hinter rosa Vorhängen und mit lüsternem Gerede erfreute.

Doña Guendalina führte das Hotel neben der Bar. Es war ein Kolonialgebäude direkt am Meer, ein wenig in die Jahre gekommen, und sie vermietete mehrere Zimmer, ohne sich allzu sehr um Sauberkeit und andere Details zu kümmern. Dafür war Doña Guendalina großzügig und voller Elan. Sie gab den Gästen das Zimmer im Erdgeschoss mit direktem Zugang zum Strand, kochte für sie Mole-Soße mit Schokolade und Tortillas aus weißem Mais, und am Abend unterhielt sie sie mit alten Mariachi-Songs und kippte jede Menge Gläser Mezcal mit ihnen.

Norma und Mark standen bei Morgengrauen auf und gingen an den Strand, um auf die Boote zu warten, die vom nächtlichen Fischfang nach Hause kamen. Jeden Tag kehrten sie mit einem anderen Fisch ins Hotel zurück, und Doña Guendalina freute sich, das Meeresgetier für sie zuzubereiten.

Nach dem Mittagessen legten sie sich auf die Hängematten im Patio, der Deckenventilator surrte auf Höchstgeschwindigkeit; oder sie spielten Schach, wobei Norma sich regelmäßig ärgerte, weil Mark immer in nur wenigen Spielzügen als Sieger aus dem Spiel hervorging.

Wenn es dann etwas kühler wurde, gingen sie wieder an den Strand, um viele Kilometer auf dem weißen Sand spazieren zu gehen, der von einem unberührten Wald begrenzt war. Mark freundete sich mit einem alten Fischer an, der ihm zeigte, wie man Netze flickte. Seite an Seite saßen sie da, plauderten, als würden sie sich schon Ewigkeiten kennen, in einem Spanisch, das »gar nicht schlecht für einen Gringo« sei, wie der Fischer bemerkte.

Mark spielte auch Ball mit den *niños* und steigerte sich selbst so in das Spiel hinein, als wäre er selbst erst zwölf Jahre alt.

»Und du, warum hast du keine Kinder?«, fragte er Norma eines Tages.

»Hat einfach nicht sollen sein.«

Es folgte ein Moment des Schweigens. Dann stand sie auf. »Mann, ist das heiß! Ich muss ins Wasser.« Und sie lief in Richtung Meer.

~

In der allerletzten Nacht in Puerto Angel wachte Norma auf, weil sie Durst hatte. Die Wasserkaraffe war leer, und sie ging zu dem kleinen Brunnen auf der Terrasse.

Die Nacht war klar, und es wehte eine angenehme Brise. Sie legte sich in die Hängematte. Von ihrem Platz aus hörte sie das träge Rollen der Wellen, und der leichte Wind, der vom Meer kam, brachte den Duft von Holz, Kokosnuss und Salzwasser mit sich.

Am schwarzen Horizont sah sie wie aufgereiht die Lichter der ausgeschwärmten Fischerboote: Sie schienen in der Luft zu hängen, wie eine glitzernde Linie zwischen dem Wasser und dem Himmel.

Von der Hängematte aus konnte sie Mark sehen, der schlief, einen Arm auf seiner Seite des Bettes ausgestreckt, das Laken über den Hüften. Norma spürte eine Welle der Zärtlichkeit in sich aufsteigen, ein Gefühl von Erfüllung und Frieden, das dem der Liebe sehr ähnlich war.

Abrupt hörte sie mit dem Schaukeln auf und zündete sich eine Zigarette an. Was machte sie hier eigentlich? Mark war kaum mehr als ein Junge. Ihre Geschichte ergab keinen Sinn, sie konnte nicht andauern. Diese Beziehung weiterzuführen, würde ihr nur Schmerz zufügen, und sie war nicht bereit, noch einmal wegen eines Mannes zu leiden. Sie spürte, wie ihr Tränen in die Augen stiegen. Sie hätte niemals einwilligen sollen, mit ihm nach Mexiko zu fahren.

Sie schlief in der Hängematte ein, in der er sie am Morgen vorfand.

~

»Was hältst du davon, bald wieder in Urlaub zu fahren, vielleicht zu Weihnachten in die Berge?«, fragte er sie in dem Flugzeug, das sie nach London zurückbrachte.

Norma gab keine Antwort.

»Ist etwas nicht in Ordnung?«

»Ich habe jede Menge Arbeit vor mir. Vielleicht ist es besser, wenn wir uns eine Weile nicht sehen.«

»Wie lange?«

»Eine Woche oder auch zwei ... Ich weiß es nicht, Mark.«

Als sie wieder arbeitete, ging sie nicht mehr in die Cafeteria, in der sie sich kennengelernt hatten. Wenn er anrief, fand sie immer eine Ausrede, um ihn nicht zu treffen.

Irgendwann war er mit seiner Geduld am Ende. »Na gut. Dann ruf du mich an, wenn es dir passt«, sagte er und hörte auf, sie anzurufen.

Er dachte schon, nie wieder etwas von ihr zu hören, doch nach etwa zwanzig Tagen rief Norma ihn wieder an.

Sie gingen in ein Restaurant. Danach, bei ihm zu Hause, landeten sie im Bett. Mark dachte, dass in dieser Nacht alles anders sei; zärtlicher, liebevoller als sonst.

»Mark ... ich muss dir etwas sagen«, flüsterte sie ihm zu, während sie sich in den Armen lagen. Doch sie überlegte es sich ganz plötzlich anders.

»Was wolltest du mir sagen?«

»Nichts. Es ist spät; besser, ich gehe nach Hause.«

»Bleib doch. Wir hatten es so schön heute Abend.«

»Du weißt, dass ich nicht schlafen kann, wenn ich nicht in meinem Bett liege.«

»In Puerto Angel hast du wunderbar geschlafen. Du hast sogar geschnarcht«, versuchte er zu scherzen.

Sie zog sich an und schlüpfte in ihre Schuhe.

»Norma, was ist los mit dir?«

»Ich ruf dich an«, fiel sie ihm ins Wort.

Als sie die Tür hinter sich zumachte, hatte Mark das deutliche Gefühl, dass sie sie für immer geschlossen hatte.

~

Sie brach jeden Kontakt zu ihm ab. Sie änderte ihre Telefonnummer und ließ sich in eine andere Filiale versetzen. Zum Glück war Mark nie in ihrer Wohnung in Camden gewesen. Er kannte nicht einmal ihre Adresse.

Es war nicht nur die Angst, sich zu verlieben. Einige Tage vor ihrer allerletzten Begegnung hatte Norma einen Schwangerschaftstest gemacht, und er war positiv gewesen. Lange und ungläubig hatte sie auf den Plastikstreifen gestarrt: Sie war schwanger, mit zweiundvierzig!

Ihr erster Impuls war es gewesen, Mark anzurufen, doch eine Nachricht dieser Art konnte man schlecht am Telefon überbringen. Besser, sie wartete und teilte es ihm persönlich mit. Doch bei ihrem Wiedersehen hatte ihr am Ende der Mut gefehlt. Sie kannten sich erst seit Kurzem, und er war so jung. Er würde Angst bekommen, ganz gewiss würde er den Vorschlag machen abzutreiben. Es war besser zu schweigen.

Als sie Monique von der Schwangerschaft erzählte und von der Entscheidung, Mark nichts davon zu sagen, hielt ihre Freundin das für eine schlechte Idee. »Er ist der Vater, er hat ein Recht darauf, es zu erfahren.«

»Du hast doch Bijan auch nichts von Pierre gesagt.«

»Für mich bestand das Risiko, meinen Sohn zu verlieren oder mein ganzes Leben lang im Iran bleiben zu müssen. Für dich ist das anders. Was weißt du denn, wie Mark reagieren würde? Er ist doch immer für eine Überraschung gut.«

»Mit Sicherheit würde er mich bitten, das Kind loszuwerden.

Und auch wenn ich darauf bestehen würde, es allein großzuziehen, hätte er als Vater seine Rechte. Es könnte zukünftig allerlei Probleme geben, er könnte sich mir in den Weg stellen. Außerdem will ich keine Beziehung. Ich will nur ein Kind.«

~

Im April 1990 brachte Norma ein kleines Mädchen zur Welt. Die Geburt war lange und mühsam, das Kind musste mit der Geburtszange geholt werden.

Eine Minute später erfüllte das Weinen des Neugeborenen den Raum. Norma stellte sich beim ersten Atemzug ihrer Tochter die Lungen vor, die sich füllten, die Luft, die in dem kleinen Brustkorb brannte wie Feuer. Man legte ihr einen winzigen Menschen in die Arme, mit einer weißen Schmiere bedeckt, voller Schleim und Blut, doch sie dachte sofort, dass sie noch nie ein so zartes und wunderschönes Wesen gesehen hatte.

Aus der Ferne hörte sie ein Glöckchen klingeln, freudig und zart … Und da fiel ihr wieder ein, was Donata aus den Tarockkarten gelesen hatte: *Ein Mädchen, das du erst in fortgeschrittenem Alter bekommen wirst …*

Die Kleine begann zu weinen, und Norma spürte, dass in diesem Klagelaut das Vermächtnis all der Menschen lag, die ihr vorausgegangen waren: der Zauber von Viollca und Donata, die Beharrlichkeit von Giacomo, die Aufmüpfigkeit und das starke Gemüt von Neve. In diesem Schrei, der voller Leben war, spürte Norma die Einsamkeit von Edvige und den Mut von Adele. Sie erkannte in ihm Guidos Talent, Elsas Schmerz, Dolfos Übermut und die Raubeinigkeit von Radames. Im Weinen ihrer Tochter begegnete Norma ihren Freuden und ihren Niederlagen, den Stürmen, die sie hatte durchstehen müssen, und sie vernahm das Echo all ihrer Träume.

~

Erst am darauffolgenden Tag, mit ihrer schlafenden Tochter im Arm, dachte Norma an Mark. Sie dachte voller Sehnsucht an sein Gesicht, seine Unbekümmertheit, seine Hände. Sie betrachtete den Säugling und erkannte deutlich das Erbe seines Vaters. Sie hatte seine Nase, auch der Mund war der gleiche. Sogar die Haare und die hellen Augenbrauen, genau wie er. Auf einmal wurde Norma von Reue erfasst: Mark hatte es nicht verdient, dass sie sich auf diese Weise aus der Affäre zog, ohne jegliche Erklärung.

Sie legte die Kleine in die Wiege, ging auf den Flur hinaus und stand vor dem Telefon. Sie warf eine Münze ein und wählte seine Nummer. Ihr zitterte die Hand.

»Ja?«

»Hallo. Ich bin's. Norma …«

Stille.

»Mark?«

»Auf einmal meldest du dich wieder, nach so vielen Monaten?«

»Ich weiß, aber ich kann es dir erklären. Ich muss dich sehen, ich muss dir etwas Wichtiges mitteilen …«

»Norma, nein. Bitte rede nicht weiter. Als du dich nicht mehr gemeldet hast, ging es mir sehr schlecht. Ich habe gelitten wie ein Hund, verdammt noch mal! Aber das ist Schnee von gestern. Du wirst deine Gründe haben. Sie interessieren mich nicht mehr, ich will sie nicht wissen.«

»Mark, warte! Es ist wirklich wichtig. Ich bitte dich um eine Stunde Zeit. Bitte, nur eine Stunde …«

Er wartete mit seiner Antwort einen Augenblick lang. »Ich bin wieder mit meiner Ex zusammen, Norma. Susan erwartet ein Kind, es läuft gut zwischen uns. Ich muss dir sogar dankbar sein. Denn eigentlich bist du der Grund, warum wir wieder zusammen sind. Es ging mir schlecht, und sie war da, um mir zuzuhören. Sie war da, hast du das verstanden?«

Norma schwieg. Sie wollte sich nicht anmerken lassen, dass sie weinte.

»Norma? …«

»Ja, ich bin hier.«

»Es tut mir leid. Ich wünsche dir, dass du glücklich wirst.« Und mit diesen Worten legte er auf.

~ 2015 ~

Geriatrische Abteilung des Krankenhauses von Ferrara, April

Wenn ich mich in einem Krankenhaus befinde, überkommt mich immer der Wunsch, mir auf der Geburtsstation die Neugeborenen anzusehen. Das habe ich auch heute getan, als du schliefst. Ich bin heimlich hochgegangen, in der Hoffnung, dass das Personal mich für eine Angehörige halten würde. Neugeborene anzusehen, erfüllt mich mit Freude. Warum, weiß ich nicht, denn diese kleinen Wesen tun doch nichts anderes als schlafen oder schreien.

Erinnerst du dich noch daran, Mama, wie ich euch gesagt habe, dass ich schwanger bin? Für dich und Papa war das ein schwerer Schlag, auch wenn ich euch immer wieder gesagt habe, es sei eine gute Nachricht, etwas, auf das ich schon lange – zu lange – gewartet hätte.

»Nur gut, dass du in London lebst, hier hätte das einen Skandal gegeben«, hast du gesagt.

Papa brummte, zu seiner Zeit sei es für eine unverheiratete Frau die größte Schande gewesen, schwanger zu werden, doch du hast am Schluss kapituliert. »Ich verstehe dich nicht. Aber ich kapiere viele Dinge auf der Welt nicht mehr.«

Papa ging seit einiger Zeit am Stock und schien von einem Tag auf den anderen ein alter Mann geworden zu sein.

»Schau nur, was aus mir geworden ist. Wenn ich daran denke, dass ich als junger Mann von Sermide nach Verona geradelt bin, vier

Stunden am Stück, nur um in der Arena die Aida *zu sehen!«, beklagte er sich.*

Für die Geburt der Kleinen seid ihr mit dem Zug nach England gekommen. Wegen schlechten Wetters habt ihr zwölf Stunden in Calais warten müssen, weil die Fähren im Hafen bleiben mussten. Während jener zwölf Stunden platzte bei mir die Fruchtblase. Ich hängte einen Zettel mit der Adresse des Krankenhauses an die Tür meiner Wohnung. Dann nahm ich mir ein Taxi und fuhr in die Klinik, um mein Kind allein zur Welt zu bringen.

Als du und Papa endlich im Krankenhaus ankamt, war Federica bereits auf der Welt. Du nahmst sie auf den Arm, Mama, und musstest die Tränen zurückhalten. Auch Papa hatte sichtlich einen Kloß im Hals. Nur ein Blick auf das kleine Mädchen hat genügt; um euch war es geschehen.

An unsere glücklichen Momente zu denken, lässt mich für eine Weile vergessen, dass dein Zustand sich verschlechtert hat. Ich nehme deine Hand und drücke sie. Du verziehst das Gesicht, und es ist der gleiche Gesichtsausdruck, den ich mache, wenn mir etwas wehtut; auch meine Nase sieht aus wie deine, ebenso wie der Mund den gleichen Schnitt hat. Vielleicht liegen ja die fundamentaleren Ähnlichkeiten zwischen uns im Verborgenen; die Ähnlichkeiten, von denen wir beide nichts wissen wollen.

Ich drücke deine Hand, doch deine Haut verströmt einen säuerlichen, üblen Geruch, der den Tod ins Gedächtnis ruft. Ich halte deine Hand immer noch, doch nach einer Weile ist der Geruch deiner Haut immer schwerer auszuhalten. Ich muss ins Bad. Ich wasche mir lange die Hände mit Wasser und Seife, und ich schäme mich dafür.

~ 1993 ~

Weiß gestrichene Wände. Gemälde, in einer Ecke aufgestellt und ebenso in Vergessenheit geraten wie die Leinwand, die Pinsel, die halb ausgedrückten Tuben mit Ölfarbe. Kein Firlefanz, keine Deko. Mutter und Tochter lebten wie in einem Kloster, einem Haus für Einsiedler, in dem die Menschen ein Leben führen, das abgetrennt von der Welt ist, doch deshalb nicht weniger glücklich.

Nach der Geburt des kleinen Mädchens hatte Norma ihre Arbeit gekündigt und machte seither nur noch Übersetzungen von zu Hause. Von Beginn an hatte sich zwischen ihr und der kleinen Tochter ein symbiotisches Verhältnis gebildet. Wenn ihre Tochter wach war, stillte Norma sie, sie wickelte sie und zog sie an, dann legte sie sie in den Tragesack und verbrachte die Stunden damit, zu übersetzen, zu kochen oder zu putzen, das Neugeborene immer auf die Brust geschnallt. Nachts schliefen sie gemeinsam, das kleine Mädchen dicht an ihrer Brust. Nach draußen gingen sie nur selten, nur wenn eingekauft werden musste oder sie bei schönem Wetter einen Spaziergang am Kanal entlang machten.

Der alte Mann mit dem Hund war gestorben, und das Paar, das bei Kerzenlicht zu Abend aß, nur um am nächsten Tag wieder zu streiten, hatte sich getrennt. Er lebte immer noch auf der *barge* und hatte jetzt einen männlichen Mitbewohner. Auch die Sopransängerin war nicht mehr da, zur Freude der Nachbarn, die am Morgen endlich länger schlafen konnten.

In Normas Augen hatten all die Dinge ringsum wärmere und leuchtende Farben angenommen. Ab und zu streichelte sie Federica, drückte ihr das Händchen, weil sie plötzlich das Verlangen erfasste, ihr ganz nah zu sein.

Als ihre Tochter drei Jahre alt wurde, stillte sie sie immer noch und zog es nicht einmal in Erwägung, sich wieder eine Arbeit außerhalb ihres Zuhauses zu suchen. Das Leben im Büro, die Perspektive einer Karriere fehlten ihr ganz und gar nicht.

Monique störte sich daran. »Du musst raus. Es ist an der Zeit, in die Welt zurückzukehren, *Bonbon*.«

»Sie ist alles, was ich brauche.«

»Du musst auch an Federica denken: Sie muss mit Kindern zusammen sein, du darfst sie nicht zur Gefangenen machen.«

Norma gab ihr schließlich recht und meldete ihre Tochter in einem Kindergarten an, in dem sie die Vormittage verbringen konnte.

Am ersten Tag machte die bevorstehende Trennung sie nervöser als ihre Tochter, doch sie redete sich selbst gut zu. »Heute bringe ich dich an einen Ort, wo ganz viele Kinder sind, mit denen du spielen kannst«, sagte sie zu Federica, als sie ihr den Mantel zuknöpfte.

»Bleibst du bei mir?«

»Erwachsene dürfen nicht bleiben, aber du wirst sehen, es wird dir gefallen.«

Federica begann zu weinen. »Allein nicht!«

Kaum waren sie im Kindergarten angelangt, fragte Norma die Betreuerinnen, ob sie bleiben könne. »Nur heute. Sie und ich waren noch nie getrennt, und die Kleine spricht nur Italienisch.«

»Wir können keine Ausnahme machen, Madam. Sie müssen gehen.«

Federica hatte an einem Tischchen Platz genommen, ließ jedoch die Mutter nicht aus den Augen.

»Wenigstens eine Stunde …«, beharrte Norma, doch die Kindergärtnerin war nicht zu erweichen.

Als die Kleine sah, wie ihre Mutter zum Ausgang ging, lief sie zu ihr und klammerte sich an ihr Kleid. »Nicht weggehen, nicht weggehen!«, flehte sie sie an.

Norma blieb nicht einmal die Zeit, sie zu umarmen; sie wurde praktisch hinausgeworfen.

Von der Straße hörte sie die Schreie ihrer Tochter. Kurz überlegte sie, ob sie sich wieder öffnen lassen und das Mädchen nach Hause bringen sollte, doch am Ende lief sie weg; weinend schob sie den Buggy schlingernd vor sich her.

Als sie wieder daheim war, bemerkte sie untröstlich Federicas Puppen und ihr anderes Spielzeug, das auf dem Teppichboden verteilt war. Im Kinderzimmer lagen Märchenbücher, und auf der Kommode die Videokassetten von *Arielle* und *Aladin*.

Sie nahm im Sessel Platz und blieb dort lange sitzen, ohne etwas zu tun.

Dann stand sie auf, zog sich ihre Jacke an und ging in den Kindergarten zurück.

Sie klopfte.

»Abholzeit ist erst in über einer Stunde«, sagte ihr die Kindergärtnerin mit überraschter Miene.

»Ich bringe meine Tochter nach Hause, und zwar jetzt.«

»Die Kleine spielt. Sehen Sie? Mit ihr ist alles in Ordnung.«

Federica saß ganz alleine in einer Ecke und kämmte eine Puppe. Kaum sah sie die Mutter, brach sie in Tränen aus. Sie lief ihr entgegen und stürzte sich schluchzend in ihre Arme.

»Versuchen wir es morgen noch einmal?«, fragte die Kindergärtnerin.

»Ich weiß es nicht«, antwortete Norma tonlos und zog Federica ihren Mantel an. Sie setzte ihr das kleine Barett auf und ging mit dem Kind an der Hand hinaus, ohne sich zu verabschieden.

Kaum waren sie zu Hause, fragte Norma die Kleine: »Na, und was spielen wir jetzt?«

»Auimbaué!«

»*The lion sleeps tonight?* Dann hol ihn dir, den Löwen!«

Norma breitete ein großes Laken in der Luft aus. Mutter und Tochter versteckten sich unter dem luftigen Gewölbe. Mit ausgestreckten Armen hielt Norma das Leintuch fest und machte wellenartige Bewegungen, während sich die beiden darunter verkrochen und sich wie in einen Kokon einhüllten, der nach Seife und Lavendel roch. Ein weicher, lauschiger Platz war entstanden; das Zauberzelt, unter dem der Löwe und die anderen Plüschtiere die Zuschauer waren.

»Komm, Mama, sing *auimbaué!*«

Norma fing an:

In the jungle, the mighty jungle, the lion sleeps tonight …

In the jungle, the quiet jungle, the lion sleeps tonight …

Und dann beide zusammen: *»Auimbaué, auimbaué, auimbaué, auimbaué, ueeee!«*

Als das Lied zu Ende war, nahm Norma die Kleine in die Arme. »Wie lieb hast du mich?«

»Sooo lieb!«, antwortete sie und breitete die Arme aus.

»Wieee lieb?«

»So lieb … wie den Kühlschrank!«, zwitscherte Federica und kuschelte sich in ihre Arme.

Nach dem Spiel mit dem schlafenden Löwen ging Federica zu der Harfe und fing an, die Saiten zu zupfen.

»Vorsicht, mein Schatz, die ist sehr empfindlich. Komm, ich helfe dir.« Norma setzte sich vor das Instrument, nahm das kleine Mädchen in den Arm und erlaubte ihr, das Instrument zu berühren.

»Das kannst du aber schon gut!«

Federica zupfte vorsichtig die Saiten, genau wie ihre Mama

es ihr gesagt hatte. Fast schien es Norma, als schwebte Rudys Geist im Raum.

~

»Und jetzt, was machst du jetzt? Bringst du Federica nicht mehr in den Kindergarten?«, fragte Monique sie am darauffolgenden Samstag, als sie sich mit den Kindern im Park trafen.

»Für den Moment behalte ich sie zu Hause, und dann sehen wir weiter. Aber wie ist es bei dir? Alles in Ordnung mit Steve?«, fragte Norma, um das Thema zu wechseln.

»Ich hab mit ihm Schluss gemacht. Hat zu sehr geklammert. Ständig diese Umarmungen und Turteleien, selbst während wir uns einen Film anschauten oder beim Abendessen. Meine Güte, es hat doch alles seine Grenzen! Und einen Mann zu küssen, der noch den Mund voll Camembert hat, ist doch auch nicht gerade der Hit! Gestern bin ich mit einem neuen Typen ausgegangen, er ist Argentinier.«

»Ach ja? Und wie war's?«

»Zuerst sehr gut: ein ungezwungener Typ, sehr sympathisch. Später hat sich dann allerdings herausgestellt, dass er eine Frau in den USA hat. Ex-Frau, beeilte er sich zu sagen. Na ja, man redete über dies und jenes, und da habe ich erfahren, dass er in Oregon hoch verschuldet ist und für einen neuen Job nach England kam. Bis dahin alles akzeptabel, doch irgendwann ist ihm dann herausgerutscht: ›Wenn es diesmal mit der Arbeit wieder nicht klappt, bin ich am Arsch. Dann schickt mich meine Frau dorthin, wo der Pfeffer wächst.‹«

Norma wusste nicht, ob sie lachen oder ernst bleiben sollte. »Na ja, sich einen Mann suchen, ist harte Arbeit … Monique, wo ist eigentlich die Kleine?«

»Gerade eben war sie noch hier … Pierre, wo ist Federica?«

»Ich weiß nicht.«

Norma sprang auf. Gerade eben hatte sie doch noch im Sandkasten, vor ihrer Nase … »Federica! Federica!«, begann sie zu rufen und lief aufgeregt im Kreis herum, während Monique ihr immer wieder sagte, sie solle ruhig bleiben, das Mädchen könne nicht weit weg sein.

»Federica!« Sie rief nach ihrer Tochter, ohne Monique Gehör zu schenken, ohne zu wissen, wo sie suchen sollte, was nun zu tun war, wen sie um Hilfe bitten konnte …

Sie schaute zu dem Gehege mit den Hirschen. Diese Tiere liebte die Kleine sehr. »Vielleicht ist sie da …« Und sie begann zu laufen, stolperte, neben ihr Monique, die den kleinen Pierre hinter sich herzog.

»Da ist sie!«, schrie Norma.

Sie sah Federica am Ende des Weges, der um das Hirschgehege herumführte, Hand in Hand mit einem unbekannten Mann. Norma stürzte auf die beiden zu und entriss dem Mann die Kleine. »Alles gut mit dir, Liebes?«

»Sie hatte sich verlaufen, und ich war gerade dabei herauszufinden, wie ich sie zurückbringen kann«, sagte der Mann.

»Fassen Sie mich nicht an! Weg!«, schrie Norma ihn an.

»Aber, Madam … was fällt Ihnen ein? Ich wollte nur helfen …«

Um sie herum hatte sich eine kleine Menschenansammlung gebildet. Norma kniete auf dem Boden, ihr Kind an sich gedrückt. Federica war von alledem so verstört, dass sie in Tränen ausbrach.

Der Mann schaute sie beunruhigt an.

Rasch mischte sich Monique ein. »Bitte entschuldigen Sie, Mister. Meine Freundin ist sehr verängstigt. Das war sehr freundlich von Ihnen, vielen Dank!«

»Gern geschehen«, murmelte er und entfernte sich.

»Norma, steh auf und hör auf, so eine Szene zu machen!«, rief Monique aus.

Norma starrte sie an, das Gesicht immer noch angstverzerrt.

»Dieser arme Mann wollte sich nur nützlich machen, und du hast ihn vor allen bloßgestellt«, warf Monique ihr vor.

Norma schaute dem Unbekannten hinterher, der langsam davonging. Er war schon älter und ging ein wenig gebückt und mit schleppendem Schritt. Alle Blicke waren noch immer auf ihn gerichtet.

~

Norma brachte ihre Tochter nicht mehr in den Kindergarten. Sie beschloss, dass Federica zu klein war und es besser sei, sie zu Hause zu lassen, bis die Schulpflicht begann.

Als dieser Moment kam, ging Norma davon aus, dass sie sich nun würden leichter voneinander lösen können, jetzt, da das Mädchen älter war, doch sie täuschte sich. Es gab keinen Tag, an dem Federica nicht weinte, sich auf den Boden warf und schrie, sie wolle nicht in die Schule gehen. Eine Ausrede gab es immer: An einem Tag hatte sie Bauchweh, dann schmerzte ihr der Hals … Oft gab Norma nach und behielt sie zu Hause. Schließlich war sie Lehrerin und konnte Federica selbst unterrichten. Das erklärte sie auch ihrer Klassenlehrerin, doch es half alles nichts. Im Gegenteil: Die Schule teilte Norma mit, wenn ihre Tochter weiterhin so oft fehle, würde das Konsequenzen haben.

Diese Drohungen änderten nichts an der Situation. Es gab weiterhin Ausflüchte, weiterhin Bauchweh, Weinkrämpfe, und Federica blieb zu Hause. Norma zog sogar in Erwägung, sie von der Schule zu nehmen, da es den Eltern laut Gesetz erlaubt war, ihren Kindern Heimunterricht zu geben. Es war allein Moniques Beharrlichkeit zu verdanken, dass diese Pläne keine Gestalt annahmen.

Federica fehlte weiterhin oft, bis Norma eines Tages einen Anruf vom Jugendamt bekam. Sie erstarrte.

»Meine Tochter hatte gesundheitliche Probleme«, lautete ihre Rechtfertigung.

»Haben Sie denn ärztliche Atteste, die dies belegen?«

»Nichts Ernstes. Nur Halsweh, Erkältungen, was Kinder eben so haben.«

»Im letzten Halbjahr war sie ein Drittel der Tage nicht da. Wenn Ihre Tochter ein medizinisches Problem hat, bringen Sie bitte ein Attest vorbei. Ansonsten ist sie verpflichtet, in der Schule zu erscheinen.«

»Ist gut«, schnitt Norma dem Mann das Wort ab.

Der Mann am Telefon hüstelte und fügte dann in bestimmtem Ton fort: »Madam, ich muss Sie warnen: Wenn sich das nicht bessert, sind wir gezwungen, zu anderen Mitteln zu greifen.«

»Ja, ich habe verstanden. Auf Wiederhören!« Und sie warf den Hörer auf die Gabel.

Sie ließ sich in den Sessel sinken, sie zitterte, ihr Atem ging schnell. Allein die Vorstellung, das Jugendamt könnte ihr das Mädchen wegnehmen, war kaum zu ertragen.

Nach jenem Telefonat beschloss Norma, sich eine Arbeit außerhalb ihres Zuhauses zu suchen und ein Au-pair anzustellen. Ihre Wahl fiel auf Alenka, eine blonde junge Frau aus Slowenien, die immer guter Laune war, vom Lande kam und mit vier Brüdern aufgewachsen war. Ihre Anwesenheit erwies sich als ein Segen: Mit ihr hatte Federica Spaß, vor allem jedoch gehorchte sie ihr aufs Wort. Von einem Tag auf den anderen waren das Bauchweh und die anderen Malaisen von der Tagesordnung gestrichen.

Norma wurde von der BBC angestellt und in die Abteilung gesetzt, die sich darum kümmerte, Dokumentarfilme nach Italien zu verkaufen. Das Leben geriet in ruhigeres Fahrwasser, auch wenn Mutter und Tochter weiterhin im selben Bett schliefen.

~

Mehrere Male im Jahr kamen ihre Eltern sie in London besuchen. Norma verbrachte gerne Zeit mit ihnen; im Haus herrschte dann gute Stimmung, und alle sprachen Dialekt, einschließlich Federica, die, kaum waren die Großeltern da, ihre Sätze mit Ferrareser Dialekt anreicherte.

Am Morgen erkundeten Guido und Elsa die Stadt. Einen Zettel mit Anweisungen ihrer Tochter in der Hand, nahmen sie den Bus und fuhren zum Buckingham Palace, in den Hyde Park oder zum Tower. Doch sobald sich die Aufregung der ersten Tage gelegt hatte, blieb Elsa lieber zu Hause und ruhte sich aus, kochte oder leistete ihrer Enkelin nach der Schule Gesellschaft. Guido hingegen bekam von der Stadt nicht genug und besuchte jeden Tag ein anderes Museum. Wenn er wieder nach Hause kam, war er erschöpft, aber hellauf begeistert von den Funden aus römischer Zeit und den Mumien im British Museum oder von dem Saurierskelett, das er im Natural History Museum gesehen hatte. Er konnte kein Wort Englisch und erkundete London auf eigene Faust. Und so erwischte er manchmal zwar den richtigen Doppeldecker, jedoch in entgegengesetzter Richtung, und landete am anderen Ende der City. Rätselhafterweise gelang es ihm dennoch immer, den Weg nach Hause zu finden.

Elsa hatte ihre Enkelin gern. Zusammen buken sie Kuchen, gingen in den Park oder schauten sich die Märchenbücher an, die sie ihr aus Italien mitbrachte. An Norma hingegen hatte sie immer etwas auszusetzen: dass sie nicht gründlich genug putzte, dass ihre Fenster Streifen hatten, dass sie das Bettzeug nicht bügelte …

»Das mache ich schon seit Jahren nicht mehr, Mama. Die Laken lege ich zusammen und tue sie in den Schrank, das reicht.«

Sie bemühte sich, nicht auf die Vorwürfe ihrer Mutter zu reagieren, doch eines Abends entluden sich die Spannungen zwischen Mutter und Tochter in einem großen Streit. Sie waren dabei, nach dem Abendessen aufzuräumen; Norma spülte Geschirr, Elsa trocknete ab.

»Federica muss endlich in ihrem eigenen Bett schlafen. Und warum kommt eigentlich nie ein anderes Kind zu Besuch, um mit ihr zu spielen?«, fragte Elsa.

»Wir sind in London, Mama, nicht in Stellata.«

»Kinder sind doch überall gleich. Im Park ist Federica auch immer für sich. Du verziehst die Kleine.«

Norma seifte weiter Geschirr ein.

»Du hättest besser keine Kinder in die Welt gesetzt«, tönte es aus dem Mund ihrer Mutter.

Norma drehte sich abrupt um und schmiss den Teller, den sie in der Hand hatte, auf den Boden. »Und genauso wäre es besser gewesen, wenn du mich nicht in die Welt gesetzt hättest!«, schrie sie.

Elsa sah sie mit versteinerter Miene an.

Von dem Lärm angezogen, kam Guido in die Küche gelaufen. »Was zum Teufel ist hier los?«

Norma stand vor der Spüle, überall lagen Scherben auf dem Boden. »Wage es bloß nicht, mich noch einmal als schlechte Mutter zu bezeichnen!«, schrie sie Elsa an.

»Du hast dich geschnitten. Wo hast du Pflaster?«

»Wechsel nicht das Thema, Mama!«

»Ich habe doch gar nichts gesagt, bloß dass …«

»Ach nein, du sagst ja nie was!«

Ihre Mutter war blass geworden und starrte sie erschüttert an.

»Jetzt spiel dich nicht als Opfer auf! Was für eine Mama bist du schon gewesen? In meinem ganzen Leben habe ich kein liebes Wort von dir bekommen.«

»Jetzt reicht's, Norma!«, mischte sich Guido ein.

»*An gò mai picià quand l'era picula* … Nicht ein einziges Mal ist mir die Hand ausgerutscht, als sie noch klein war …«, erwiderte Elsa. Ihre Stimme zitterte. Sie legte den Kopf an die Brust ihres Mannes und brach in Schluchzen aus. Guido strich ihr übers Haar und flüsterte ihr etwas ins Ohr.

Norma schaute die beiden ungläubig an. Sie lief ins Bad und knallte die Tür hinter sich zu.

~ 2015 ~

Geriatrische Abteilung des Krankenhauses von Ferrara, Ende April

Es existiert das, was geschehen ist, und das, von dem wir glauben, dass es geschehen ist. Unsere Wahrnehmung und die Wirklichkeit stimmen nicht immer miteinander überein. Woran ich mich erinnere, ist, dass ich mich geliebt fühlen wollte, und du, Mama, bist dem aus dem Weg gegangen, bist ausgewichen, wenn ich dir einen Kuss geben wollte.

Als Federica auf die Welt kam, hatte ich mir geschworen, dass ich anders sein wollte als du. Ich wollte keine kalte Mutter sein und auch keine ewig klagende, die ihr eigenes Unglück auf die Tochter abwälzt. Ich würde niemals eine Mutter sein, die ihre Tochter dazu verpflichtet zu lügen, die sie zu ihrer Komplizin macht, so wie du es getan hast, als du dich heimlich mit Onkel Dolfo trafst. Ich würde eine bessere Mutter sein. Dessen war ich mir gewiss.

Nun jedoch ist mir bewusst, wie viele Fehler auch ich mit Federica gemacht habe. Schwerwiegende Fehler, Mama. Ein Kind zu sehr zu lieben, kann noch schädlicher sein, als es zu wenig zu lieben. Ich weiß nicht, ob ich das rechtzeitig wiedergutmachen konnte, doch wenn ich es geschafft habe, dann verdanke ich es dir. Weder das, was Monique gesagt hat, noch die Worte des Jugendamts haben etwas genützt. Ich musste mir von meiner eigenen Mutter sagen lassen, dass ich mich falsch verhielt. Nach jenem Streit in der Küche versuchte ich, mich auf mich selbst zu besinnen. Es war nicht leicht, aber ich versuchte es.

»Indem ich meine eigenen Fehler erkannte, begann ich, dir deine zu verzeihen, Mama.« Ich spreche leise zu dir, auch wenn du mich nicht hören kannst: Ich muss dir diese Beichte ablegen, muss bei dir ankommen, auch wenn ich nicht genau weiß, wie. Ich spreche mit dir, während ich dein Haar kämme, Strähne für Strähne. Ich erlaube mir diese Berührung, während du gar nicht spürst, dass ich dich streichle. Es ist die gleiche Zärtlichkeit, mit der Papa dich nach unserem Streit in der Küche besänftigte.

Vor jenem Tag hatte ich immer gedacht, er sei nur aus Pflichtbewusstsein bei dir geblieben. Doch dann war da dieser zerbrochene Teller auf dem Boden, da waren meine grausamen Worte, und da war Papa, der dich in den Arm nahm, der dich in Schutz nahm …

Niemand kann begreifen, was einen Mann wirklich an eine Frau bindet. Erst recht nicht seine eigene Tochter. Doch jene Umarmung damals – und wie Papa dir über den Kopf streichelte – war ein so zärtliches, kraftvolles Bild, dass es all das, was ich immer geglaubt hatte, infrage stellte.

~ 2006 ~

Februar

»Julie und Cathy fahren allein in Urlaub, warum kann ich das nicht?«

»Das wirst du, wenn du älter bist.«

»Wann, Mama? Bis letztes Schuljahr hat mich das Au-pair-Mädchen in die Schule gebracht! Wenn du mir dieses Jahr nicht endlich erlaubst, dass ich allein mit meinen Freundinnen gehe, ziehe ich aus.«

»Red keinen Stuss.«

»In zwei Monaten werde ich sechzehn, und dann kann ich es machen. Ich schwöre dir, du siehst mich nie wieder!«

Federica schlug die Tür hinter sich zu, und in jener Nacht kam sie nicht nach Hause.

Norma wartete am Fenster sitzend auf sie, den Blick auf die Straße gerichtet, das Handy griffbereit. Dutzende von Malen wählte sie die Nummer ihrer Tochter, doch ihr Handy war immer ausgeschaltet.

Jahre zuvor, nach der Kritik ihrer Mutter, hatte sie Federica für einen Schwimmkurs und für Schauspielunterricht angemeldet, damit sie endlich mehr Kontakt mit anderen Kindern hatte. Doch sie befürchtete immer, jemand würde ihr schaden, ihr wehtun, ihre Arglosigkeit ausnutzen. Mittlerweile war Norma bewusst, dass sie sie mit ihren Ängsten erdrückt hatte. Schlimmer noch: Sie hatte ihrer Tochter die Last ihrer eigenen Einsamkeit aufgebürdet.

Seit Federica auf der Welt war, hatte sie sich mit keinem Mann mehr getroffen. Nur ein paar One-Night-Stands auf ihren Geschäftsreisen hatte es gegeben, die jedoch immer enttäuschend gewesen waren: unbeholfener Sex, der peinliche Moment danach, banales Gerede, wenn man auseinanderging, und dann, unweigerlich, der Wunsch, so schnell wie möglich die Tür hinter sich zu schließen. Am Ende hatte sie es ganz gelassen und sich vollkommen ihrer Arbeit und ihrer Tochter gewidmet. Der Tochter, die jetzt damit drohte auszuziehen.

In jener Nacht, dort am Fenster sitzend, die Augen starr auf die Straße gerichtet, spürte Norma das ganze Gewicht der Mutterschaft und die Bürde ihrer eigenen Fehler.

Es schneite immer noch. Am Morgen hatte der Schnee begonnen zu fallen und seitdem nicht mehr damit aufgehört. Die Flocken waren kristallin und schwer. Die Gärten, die Straßen, die geparkten Autos, alles war mittlerweile unter einer Schneedecke begraben.

Ein Fuchs kam aus einem Busch hervor, schaute sich ein wenig ängstlich um und marschierte dann auf dem Gehweg weiter, eine Spur von winzigen Fußstapfen hinterlassend. Im Winter kam es oft vor, dass Füchse sich bis in die Stadt hinein trauten, um nach Futter zu suchen, doch Norma staunte immer noch darüber, wenn sie sie mitten in der City herumstreifen sah.

Sie versuchte noch einmal, Federica anzurufen, doch sie kam nicht durch. Es war in Momenten wie diesem, dass sie gern einen Vater für ihre Tochter an ihrer Seite gehabt hätte.

An ihrem sechsten Geburtstag hatte Federica die Kerzen auf ihrem Kuchen ausgepustet und sich dann zu ihr gedreht. »Warum habe ich eigentlich keinen Papa?«

»Einen Papa hast du schon, aber der ist im Himmel«, hatte sie sich beeilt zu sagen, überrumpelt von der Frage. Was für eine blöde Antwort! Und das ausgerechnet von ihr, die ganz sicher weder an die Hölle noch ans Paradies glaubte.

»Könnte ich denn nicht einen neuen Papa kriegen?«, beharrte Federica.

»Mal sehen. Jetzt essen wir erst mal ein schönes Stück Kuchen, und dann spielen wir mit deinen Geschenken.«

An Weihnachten oder wenn Federica Geburtstag hatte, dachte Norma an Mark. Sie fragte sich, was wohl geschehen wäre, wenn sie damals ehrlicher zu ihm gewesen wäre. Aber was nützte es, jetzt an ihn zu denken?

Als Federica älter wurde, hatte Norma ihr erklärt, sie sei während eines Urlaubs gezeugt worden. »Eine kurze, aber intensive Affäre.« Und sie hatte hinzugefügt, bei der Abreise hätten sie und der Vater beschlossen, da sie zu weit weg voneinander lebten, habe es keinen Sinn, den Kontakt aufrechtzuerhalten. Man habe sich voneinander verabschiedet, glücklich über die schönen Momente, die man miteinander erlebt hatte, jedoch ohne Adressen oder Telefonnummern auszutauschen. Dann, neun Monate später, sei sie zur Welt gekommen. Ende der Geschichte.

Das Rumpeln des Milchwagens, der sich näherte, riss Norma aus ihren Grübeleien. Direkt vor ihrem Haus kam der Laster, ob der Schneedecke ein wenig schlingernd, zum Stehen. Der Fahrer stieg aus. Norma hörte das Klirren von Glas. Der Mann überquerte die Straße, stellte mehrere Literflaschen Milch vor der Haustür ab und trat, die Hände zum Aufwärmen aneinanderreibend, den Rückweg zu seinem Lieferwagen an. Dann fuhr er weiter, und in der Straße war es wieder still.

Um fünf Uhr morgens hatte sie immer noch keine Nachricht von Federica. Es musste etwas passiert sein, da war sich Norma sicher.

Das Telefon klingelte, und sie zuckte erschrocken zusammen. »Hallo?«

»Spreche ich mit der Mutter von Federica Martiroli?«

»Ja, das bin ich …«

»Ich rufe aus dem University College Hospital an. Ihre Tochter wurde bei uns eingeliefert. Keine Sorge, es ist nichts Schlimmes. Sie hat nur zu viel getrunken. Dann fühlte sie sich schlecht, und ihre Freundinnen haben den Krankenwagen gerufen. Sie kann noch heute Morgen entlassen werden.«

Norma bestellte sich ein Taxi, und in dem magischen Moment zwischen Nacht und Tag durchquerte sie die Stadt. Norma schaute auf die Straße hinaus. Sie fühlte sich leer, benommen von all den Stunden des Wartens und der Angst. Es war noch dunkel, aber in einigen Häusern brannte schon das erste Licht. An den Bushaltestellen drängten sich Gruppen von Menschen, und die Doppeldecker der Tagesschicht lösten die Busse ab, die nur nachts fuhren. In den Häusern standen die Menschen auf, gähnten, schalteten das Radio ein, machten sich einen Kaffee. In den Supermärkten wurden die Regale aufgefüllt. In den Büros der City waren die Putzkräfte mit dem Staubsauger zugange, und ganz gewiss erblickten irgendwo in den Krankenhäusern genau in diesem Moment ein paar Kinder das Licht der Welt. Das riesige Uhrwerk der Stadt setzte sich in Bewegung, Schraube um Schraube und mit einem leisen Knirschen.

Es schneite immer noch. Norma holte tief Luft, und ihr ging der Gedanke durch den Kopf, wie schön die Welt da draußen doch war, so ruhig und vollkommen. Alles war funkelnagelneu, wie eine glänzende Münze.

~ 2010 ~

Dreiundsechzig Jahre! Wie konnte das nur so schnell gegangen sein? Norma erinnerte sich daran, wie uralt ihr Sechzigjährige als junges Mädchen erschienen waren. Doch die Zeit ging schnell ins Land, und es stimmte, dass jedes Lebensalter seine Schönheit besaß. Im Grunde konnte sie mit ihrem Leben zufrieden sein: Sie erfreute sich bester Gesundheit, hatte einige gute Freunde, und bei der BBC war sie zur Verantwortlichen für die Verkäufe nach Italien aufgestiegen.

Die Beziehung zu ihrer Tochter war schwierig gewesen, doch zum Glück lagen die langen Jahre der Pubertät hinter ihnen. Norma hatte gelernt, sich aus Federicas Sachen herauszunehmen und ein Auge zuzudrücken, wenn sie in Federicas Zimmer roch, dass diese gekifft hatte. Und als ihre Tochter begonnen hatte, mit einem jungen Mann auszugehen, hatte sie es akzeptiert, dass er bei ihr übernachtete. Im Grunde fühlte sie sich als Nachfahrin der Achtundsechziger und hatte nie auf verknöcherte Moral gepocht.

Im Jahr zuvor war Federica an der Royal Scottish Academy of Music angenommen worden, wo sie Gesang studierte. Die Leidenschaft für die Musik hatte sie bereits von Kindesbeinen an entwickelt. Ihre Mutter hatte sie zu Musikstunden geschickt, und genau dort hatte die Harfenlehrerin, als Federica dreizehn Jahre alt war, ihre Stimme entdeckt. Sie hatte eine Aufnahme von *Amazing Grace* von ihr gemacht und sie auf CD gebrannt. Nach Hause zurückgekehrt, hatte Federica die CD, ohne der Mutter etwas zu sagen, in den Player geschoben. Ihre Stimme war hoch, rein und kristallklar, und sie erfüllte die ganze Wohnung.

»Wer ist das?«, hatte Norma gefragt und ihre Buchlektüre unterbrochen.

»Das bin ich, Mama!«

Norma hatte das Lied bis zum Ende angehört, und überwältigt von ihren Emotionen, hatte sie schließlich geweint. Vermutlich hatte Federica diese musikalische Begabung nicht nur von ihrem Großvater Guido geerbt, sondern auch durch ihr frühes Spiel auf Rudys Harfe erlangt.

Nachdem sie die Aufnahme von *Amazing Grace* gehört hatte, hatte Norma ihre Tochter Gesangsstunden nehmen lassen, das Singen war innerhalb kürzester Zeit zu Federicas eigentlicher Passion geworden, und so hatte sie beschlossen, Vocal Jazz am Konservatorium zu studieren.

Norma hatte ihre Tochter in ihrem bis zum Dach mit Gepäck vollgestopften Auto nach Glasgow gebracht: drei Koffer, ein Federbett und ein paar Kissen, zweimal Bettzeug und ein Set aus Töpfen, Tellern und Gläsern, das sie bei IKEA gekauft hatten.

Sie war ohne Tochter und im leeren Auto nach Hause zurückgekehrt. Es hatte stark geregnet. Sie hatte sie immer schon geliebt, diese stürmischen Tage, doch an jenem Nachmittag, hinter den wild wirbelnden Scheibenwischern, kam ihr London trist vor. *I londinesi sono ombrelli in pena contro il loro vento …* Während sie die Stadt durchquerte, kam ihr diese Zeile aus einem Lied von Fossati in den Sinn, in dem die Londoner mit Schirmen verglichen wurden, die sich gegen den Wind stemmen.

In der ersten Zeit rief Norma Federica jeden Tag an. Es genügte ihr, auch nur für ein paar Minuten ihre Stimme zu hören, sich zu vergewissern, dass es ihr gut ging, dass der Kurs ihr gefiel …

»Mir geht es hervorragend, Mama. Aber hör bitte auf, mich so oft anzurufen. Die ziehen mich hier schon damit auf.«

»Wir machen es so: Ruf du mich eben ab und zu an«, hatte sie ihr gesagt.

Sie hatte aufgelegt und lange auf dem Sofa gesessen, mit einem schweren Kloß im Hals.

~

An Mark dachte Norma immer noch mit einer gewissen Wehmut, doch er tauchte nicht mehr oft in ihren Erinnerungen auf. Elia hingegen war ständig in ihren Gedanken, sosehr sie sich auch bemühte, ihn zu verdrängen.

Wenn sie nach Stellata fuhr, um ihre Eltern zu besuchen, kam sie nicht umhin, ihre Mutter nach Neuigkeiten zu fragen, doch sie tat es stets auf Umwegen. So war es auch letztes Jahr an Weihnachten gewesen. »Siehst du denn Ghelfa manchmal?«

»Ab und zu, auf dem Markt.«

»Wie geht es ihr?«

»Gut. Ich habe mich höflichkeitshalber auch nach Bicicli erkundigt und nach Elia und seiner Tochter. Wie alt wird Renata mittlerweile sein?«

»Sie müsste bald vierunddreißig werden. Was hat dir Ghelfa denn über sie erzählt?«

»Sie ist verheiratet und hat ein Zwillingspärchen. Sie lebt immer noch in Bologna, ganz in der Nähe von ihrem Vater.«

Sie gingen auf dem Damm spazieren. Es war ein eisiger Nachmittag, und sie waren dick eingemummelt in Daunenjacken, Schals und Mützen. Elsa ging langsam und war kurzatmig.

»Entschuldige, Mama. Ich gehe zu schnell.«

»Das liegt daran, dass ich alt bin.« Elsa atmete wieder ruhiger und fügte hinzu: »Ghelfa hat mir erzählt, dass Elia immer noch dein Foto auf dem Nachttisch stehen hat. Sie hofft, dass ihr beiden irgendwann … Federica ist ausgezogen, und du bist ganz allein. Mach dein Leben nicht kaputt.«

»Das Leben hat mich kaputtgemacht«, antwortete Norma bitter und wechselte das Thema. Doch noch an jenem Nachmittag ging sie zu Ghelfa.

~

Bicicli hatte aufgemacht, und sein Gesicht begann zu leuchten, sobald er sie erblickte. »Schau doch nur, wer da ist!«, rief er und nahm sie in die Arme, als gehörte sie immer noch zur Familie.

Er ging ein wenig gebückt und trug keinen Hut mehr. Die Tatsache, dass er mittlerweile ganz kahl war, betonte seine Segelohren, doch was Norma an jenem Nachmittag wirklich verwunderte, war sein Blick: Mit einem Auge schaute er sie an, das andere fixierte eine unbestimmte Stelle hinter ihrem Rücken.

»Komm rein. Ghelfa ist einkaufen, müsste aber jeden Moment zurück sein. Ich mach dir einen Kaffee, oder willst du ein Gläschen Wein?«

»Kaffee ist gut, danke. Was ist denn mit deinem Auge?«

»Das ist beim Löten passiert. Eine Arbeit von nur einer Minute, ich hatte keine Schutzbrille auf. Ich habe einen Splitter reingekriegt, und das Auge war nicht mehr zu retten. Aber das aus Glas geht wunderbar. Das spül ich abends nur schnell ab, und dann ist es wieder wie neu!«

In diesem Moment kam Ghelfa nach Hause. Ihre Haare waren weiß geworden, ihr Gesicht von Falten gezeichnet, die Hände altersfleckig, doch ihr Streben nach Eleganz schien immer noch da zu sein: Sie trug Schuhe mit Absatz und ein passendes

Täschchen. Auf den Lippen hatte sie fuchsiaroten Lippenstift, der einen Abdruck auf Normas Wange hinterließ, als sie sie küsste.

»Hast du auch den Wein?«, fragte ihr Mann sie.

»Nein, es ist nichts mit meinem Bein.«

»Den Wein, Ghelfa, den *Wein!*«

»Der ist in der Tasche. Warum schreist du denn so?«

Während Bicicli nun halb blind war, war Ghelfa im Laufe der Jahre fast taub geworden. Sie erzählte, das sei bestimmt Gottes Wille gewesen: Nachdem er ihrem Mann das halbe Augenlicht geraubt hatte, sei es doch nur gerecht, dass auch von ihrer Hörkraft nur noch die Hälfte übrig war. »Es ist doch auch nicht wichtig, ob ich das Hupen auf der Straße nicht mehr höre, die Pressluftbohrer oder das Geschrei von irgendwelchen Verrückten, oder? Darauf kann ich gerne verzichten.«

Sie sagte, sie habe dafür andere Sinne weiterentwickelt: Mittlerweile nehme sie die Dinge mehr visuell wahr und über Geschmack, Geruch, über ihren Tastsinn. »1996 habe ich zum Beispiel schon früh vom Erdbeben gewusst, weil auf einmal der Gestank von Schwefel in der Luft lag und weil ich die Angst in den Augen der Tiere sah.«

Sie behauptete, heutzutage könne sie zwar keine Glocken mehr läuten hören, und auch Fernsehen sei nichts für sie. Dafür nehme sie ganz leise Geräusche wahr, wie das Klimpern einer Münze, die auf die Straße fiel, oder das Rascheln der Würmer, die in der Erde unterwegs waren; sogar den Gesang der Kinder im Bauch der Mütter höre sie. Das waren die Geräusche, über die sie sich am meisten freute: ein leises Knistern oder Rauschen, alles, was sie vorher nie wahrgenommen hatte.

»Und wenn das so weitergeht, hörst du auch noch die Engel im Paradies, die auf der Posaune spielen!«, nahm Bicicli sie auf den Arm.

Ab und zu kabbelten sich die beiden Eheleute. Ghelfa beklagte sich zum Beispiel bitterlich über das Glasauge; an das Gebiss ihres Mannes hatte sie sich gewöhnt, doch an dieses gläserne Ungetüm nun wirklich nicht. »Abends legt er das Ding auf den Nachttisch, und von da aus schaut es mich an und raubt mir den Schlaf.«

Bicicli hingegen beklagte sich murrend darüber, dass seine Frau immer seltsamer werde und manchmal unter einem Vorwand das Haus verlasse, aus dem kein Mensch schlau würde. »Sie sagt, sie geht auf die Suche nach Geräuschen oder sie wolle das ›Rauschen des Herbstes‹ hören. *Da vecia la Ghelfa l'è dventada un po' poeta* … Im Alter ist Ghelfa zur Poetin geworden …«

»Ach was, Poetin! *A ti a t' interèsa sol al mé risot con li salamèli!* Dich interessiert doch bloß mein Risotto mit Bratwurst!«

Dann wurde Ghelfa auf einmal ernst und verschwand im Schlafzimmer, kam eine Minute später wieder mit einem Brief zurück. »Den hat mir Elia vor mehr als zehn Jahren hiergelassen. Er ist für dich.«

Norma nahm den Brief wortlos entgegen.

Als sie sich auf den Heimweg machte, hatte sie den Brief immer noch in der Hand, und dort brannte er wie Feuer. Schließlich blieb sie auf halber Strecke stehen und öffnete ihn.

~

Bologna, Dezember 1998

Liebe Norma,
es vergeht kein einziger Tag, an dem ich nicht an dich denke. Das Seltsame ist, je weiter wir voneinander entfernt sind, umso realer wirst du. Du bist ein Teil meiner Tage und meiner Nächte. Vor allem denke ich an dich am Abend und bin überzeugt davon, wenn

ich mich nur gut genug konzentriere, wirst in diesem Moment auch du an mich denken. Ich schließe die Augen und stelle mir dich vor, bis ins kleinste Detail; bis du schließlich, ganz allmählich, zum Leben erwachst.

Ich sehe wieder vor mir, wie du die Lippen schürzt, wenn du besorgt bist. Und dann die dichten Augenbrauen, die du wachsen lässt, so wie es mir gefällt, den mandelförmigen Schnitt deiner Augen und deine Haare … Ich denke daran zurück, wie ich dich in ein Badetuch hüllte, wenn du aus der Dusche kamst, und dich abrubbelte, so wie man es mit Kindern macht. Ich spüre immer noch das Gewicht deiner Haare in der Hand, und ich erinnere mich, wie leicht sie dann wurden, wenn ich sie dir mit dem Fön trocknete.

Dann denke ich an deine Hände: Ich sehe die hellblauen Venen am Handgelenk, die Knöchel, die schmale Form der Finger. Ich erinnere mich daran, wie ich die Hand unter deinen Pullover schob und den Schwung zwischen Taille und Hüfte streichelte. Deine Haut glühte, als hättest du immer ein wenig Fieber. Ich denke an die goldenen Härchen, die auf deinem Arm standen, wenn dir doch einmal kalt war, an deine weiße, vom Salz bedeckte Haut, wenn du im Meer schwimmen warst, und an deine Nase, die sofort einen Sonnenbrand bekam. Ich denke an die Haut an deinem Bauch, so zart und glatt, und an die Haut deines Nackens, weich wie die eines Kindes. Ich denke daran, wie ich dich küsste, und daran, wie wir uns liebten, an unsere verschwitzten Körper und wie unsere Haut, deine und meine, miteinander verschmolz.

Ich sage mir wieder und wieder, solange ich mir all diese Momente in Erinnerung rufen kann, habe ich dich nicht verloren. Ich komme zu der Überzeugung, dass man auch so lieben kann, dass die Liebe keiner Materie bedarf, um zu überleben. Doch dann wird mir bewusst, dass meine Erinnerung nur die Hirngespinste eines alten

Mannes sind, der es nötig hat, an das zu glauben, was er nicht mehr berühren kann.
An dich zu denken, ist in Wahrheit zu nichts nutze. Was sind schon meine Beine, meine Finger, die Muttermale an meinem Rücken, ohne deine Beine, deine Finger, ohne den milchkaffeebraunen Leberfleck an der Innenseite deines Oberschenkels? Die Liebe ist aus Berührung gemacht, sie ist aus Fleisch gemacht, und nur wenn ich dich berühren kann, wirst du wieder real werden; denn du existiertest nur, wenn ich dich berührte, und ich existierte nur, wenn du mich berührtest. Ich brauche dich hier, in meinem Bett, ich will in dich eindringen und dieses kleine Beben der Lust in dir spüren. Ich muss dich nehmen, auf ganz grundsätzliche, elementare Weise, bis ich die Kontrolle verliere, ohne diesen blöden romantischen Quatsch, der zu nichts gut ist, außer die Einsamkeit dieses blöden alten Mannes zu stillen. In Wirklichkeit ist die Erinnerung, die ich an dich habe, unvollkommen, fehlerhaft und existiert nur in Bruchstücken, so wie mein Leben unvollkommen und fehlerhaft ist und nur in Bruchstücken existiert.
In der Nacht, in der wir zum allerersten Mal miteinander geschlafen haben, bin ich fast vergangen vor Glück.
ELIA

~ 2012 ~

London

Nach ihrem Abschluss am Konservatorium wohnte Federica wieder bei ihrer Mutter. Die drei Jahre des Getrenntseins hatten es beiden ermöglicht, sich auf eine neue und weniger belastete Art zu begegnen. Die Erinnerung an diese Zeit gehörte für Norma zu den glücklichsten ihres Lebens.

Mutter und Tochter verbrachten viel Zeit miteinander und machten auch gemeinsam Urlaub in New York. Sie spazierten durch Manhattan, bestaunten wie alle Touristen die schwindelerregende Höhe der Wolkenkratzer, die Größe der Erdbeeren, die dick wie Aprikosen waren, und die der Aprikosen, die das Volumen von Pfirsichen hatten. Sie machten Picknick im Central Park, und am Abend besuchten sie ein Musical am Broadway oder gingen in jeden Jazzklub, den Federica ausfindig machen konnte. Sie tuckerten in den gelben Taxis durch die Stadt, die sie an der Straße angehalten hatten, und drückten sich die Nase am Fenster platt. Alles hier war neu, wie verzaubert, und doch auch vertraut, weil sie es Hunderte von Malen im Kino gesehen hatten.

»Hier kommt man sich immer vor wie in einem Film!«, rief Norma aus, noch aufgeregter als ihre Tochter.

In London hingegen machten sie lange Spaziergänge am Kanal entlang, und manchmal gingen sie in dem See in Hampstead Heath schwimmen, der nur für Frauen zugänglich war. Sie kamen an der Konditorei vorbei, in der Norma manchmal mit Elia gefrühstückt hatte. Sie war immer noch geöffnet, doch sie wollte nicht mehr hineingehen.

An den langen Herbstabenden zogen sich Norma und Federica aufs Sofa zurück, legten sich eine Decke über die Beine und tranken dampfenden Kräutertee. Sie schauten sich alte Schwarz-Weiß-Filme oder Hollywoodklassiker an.

Eines Abends kam *Love Story* im Fernsehen, und Norma wollte umschalten.

»Mama, lass. Den habe ich noch nicht gesehen«, bat Federica.

Als sie bei diesem einen nervtötenden Satz angekommen waren: »Liebe bedeutet, niemals um Verzeihung bitten zu müssen«, konnte es sich Norma nicht verkneifen zu rufen: »Was für ein Schwachsinn!«

»Ich finde das bewegend.«

»Zu sagen, dass es einem leidtut, ist leicht, Verzeihen ist viel schwieriger.«

»Vielleicht. Oder Lieben bedeutet beides.«

Nach London zurückgekehrt, hatte sich Federica einer Gruppe Musiker angeschlossen und begonnen, in verschiedenen Jazzklubs der Hauptstadt aufzutreten. Sie gab auch Gesangsstunden und verdiente nach nur wenigen Monaten genug, um sich zusammen mit Freunden eine Wohnung suchen zu können.

Am Tag des Umzugs nahm sich Norma vor, nicht zu traurig zu sein, doch im Moment des Abschieds stellte sie fest, dass es ihre Tochter war, die feuchte Augen hatte. Federica zögerte, das Taxi wartete vor dem Haus.

»Essen wir am Sonntag zusammen zu Mittag?«, fragte sie ihre Mutter.

»Na gut, aber jetzt geh. Taxis warten nicht gern.«

Norma blieb auf der Straße stehen und schaute dem schwarzen Auto hinterher, das davonfuhr, während Federica ihr Luftküsse durch das Rückfenster schickte.

Wieder im Haus, rief sie Monique an. »Jetzt ist sie fort«, sagte sie seufzend.

»Gut, das ist nur richtig so.«

»Ich hatte mich wieder so daran gewöhnt, sie daheim zu haben.«

»Kinder verliert man nie. Schau dir Pierre an: Der ist fast dreißig und sitzt mir immer noch auf der Pelle. *Bonbon*, hast du heute Abend was vor?«

»Nein, noch nichts.«

»Dann feiern wir deine wiedergefundene Freiheit in einem griechischen Restaurant, das ich entdeckt habe: Wir kippen eine Flasche Wein und zerdeppern so viel Geschirr, bis deine traurigen Gedanken verflogen sind.«

»Nichts wie hin zum Griechen, und der Wein soll in Strömen fließen. Kommt Bill auch?«, fragte Norma, die den neuen Ehemann ihrer Freundin nicht ausschließen wollte.

»Kommt nicht infrage! Das ist heute unser Mädelsabend.«

~

Nach ihrem Universitätsabschluss, den sie in Abendkursen absolviert hatte, hatte Monique in Komparatistik promoviert und dann begonnen, an der Universität zu unterrichten. Heute arbeitete sie mit einem Londoner Polytechnikum zusammen. Während des Abendessens beim Griechen beklagte sie sich darüber, dass ihre Arbeit sehr monoton sei, doch sie sagte, sie wolle daran bald etwas ändern.

Tatsächlich habe sie die Absicht, etwas ganz Neues zu machen; sich einer persönlichen Herausforderung zu stellen, die ihr einen ordentlichen Adrenalinschub geben sollte. »Ich muss mich nur noch zwischen Fallschirmspringen und Drachenfliegen entscheiden.«

»Meinst du nicht, dass diese Aktivitäten eher etwas für Jüngere sind?«

»*Pas du tout!* Mit dem ganzen Yoga, das ich mein Leben lang gemacht habe, bin ich geschmeidiger als eine Dreißigjährige!«, antwortete Monique, ein wenig verschnupft.

Vor ein paar Jahren hatte sie Bill geheiratet, den sie durch eine Kontaktanzeige kennengelernt hatte. Er war groß, sportlich und arbeitete im Verlagswesen. Der einzige Wermutstropfen: Nach einem Fahrradunfall hatte man ihm ein Bein amputieren müssen. Als er ihr damals am Telefon von diesem Manko berichtet hatte, hatte Monique der Mut gefehlt, das geplante Treffen wieder abzusagen. Sie hatte beschlossen, ihn nur auf einen Kaffee zu treffen und nach einem Stündchen wieder zu gehen. Doch nachdem sie mit ihm gesprochen hatte, war das Bein schnell vergessen gewesen, und am Ende hatte sie den gesamten Nachmittag mit ihm verbracht und ihre anderen Verabredungen sausen lassen. Am Abend waren sie essen gegangen und hatten, vollkommen in ihr Gespräch vertieft, die Pasta auf dem Teller liegen gelassen und das Dessert ganz vergessen, bis der Kellner sie als letzte Gäste zum Gehen aufforderte. Jene allererste Begegnung hatte genügt, damit sie sich ineinander verliebten. Nach zwei Monaten hatten sie geheiratet, und zwischen ihnen hätte es besser nicht laufen können, was Monique auch jetzt, beim Griechen, noch einmal glücklich bejahte.

»Und von Bijan hast du nichts gehört?«, fragte Norma sie.

»Seit er die Scheidungspapiere unterzeichnet hat, nicht mehr. Er hat sein Leben, vier Kinder … Er interessiert sich nicht für Pierre, aber das ist besser so.«

Die Musiker des Restaurants stimmten die ersten Klänge eines Sirtaki an. Monique zog Norma auf die kleine Tanzfläche, und traditionsgemäß zerbrachen sie ein paar Teller. Für wenige Stunden waren sie wieder die jungen Mädchen, die sich vor so vielen Jahren in der Sprachenschule an der Tottenham Court Road kennengelernt hatten.

~

Nachdem sie in die neue Wohnung gezogen war, gewöhnte sich Federica an, einmal pro Woche bei ihrer Mutter zu Abend zu essen. Sie war mit Philip zusammen, dem Saxofonspieler ihrer Jazzband, und er begleitete sie mittlerweile regelmäßig zu den Essen bei Norma.

Er war ein ruhiger Typ. »Zu ruhig«, betonte die junge Frau. Abgesehen vom Saxofonspielen machte er nicht viel; manchmal schaute er sich Fußballspiele im Fernsehen oder Videokassetten mit Actionfilmen an, genau die Streifen, die Federica furchtbar fand. Sie hingegen stand niemals still, immer war sie mit einem neuen Musikstück beschäftigt, bereitete ein Video vor, joggte im Park oder plante Abenteuerreisen in exotische Länder, denen Philip eine Pauschalreise nach Spanien deutlich vorzog.

»Der ist mir zu viel Couch Potato«, beklagte sich Federica.

»Gegensätze ziehen sich an … zumindest heißt es so«, kommentierte ihre Mutter.

Eines Abends waren sie zum Essen bei ihr, und im Fernsehen lief ein Fußballspiel, das Philip nicht verpassen wollte, als Federica rief: »Schau nur, *Darling*, da ist er ja!«

Norma, die gerade die Teller füllte, warf einen Blick auf den Bildschirm: Man sah einen Fünfzigjährigen in Hemd und Krawatte, das Haar grau, aber dicht, der über die Auswirkungen der neuen Zinssätze der Bank of England sprach. Unter dem Bild stand sein Name: MARK SHEFFIELD.

Norma starrte auf den Fernseher, den gefüllten Spaghettiheber in der Luft schweben lassend.

»Kennst du den?«, fragte sie ihre Tochter und versuchte, einen neutralen Ton anzuschlagen.

»Das ist mein treuster Fan. Der ist jedes Mal im Publikum, wenn ich in London auftrete.«

»Hast du mit ihm gesprochen?«

»Ja, klar. Am Anfang hielt ich ihn für einen Stalker. Ein Kompliment folgte auf das nächste, ›Darf ich dich nach der Vorstellung zu einem Drink einladen?‹, und was der alles für Fragen stellte! Aber er ist harmlos, er hört mich einfach nur gerne singen. Den habe ich ganz schön um den Finger gewickelt«, schloss sie mit einem amüsierten Lächeln.

»Was für Fragen denn?«

»›Wieso hast du einen italienischen Nachnamen?‹ ›Wie alt bist du eigentlich?‹, solche Sachen. Was für ein Typ! Und da kommt er jetzt im Fernsehen, wie ein Star! … Mama, teilst du jetzt endlich diese Spaghetti aus oder nicht?«

Während des Essens schob Norma die Gabel auf dem Teller herum, ohne etwas zu sich zu nehmen. »Wo singst du diese Woche?«

»Donnerstag bin ich im Vortex in Stoke Newington. Kommst du?«

»Vielleicht.« Norma kippte die übrigen Spaghetti auf ihrem Teller in den Mülleimer.

»Du hast ja fast nichts gegessen, Mama! Die Nudeln waren so gut.«

»Ich hab keinen Appetit. Na, wie wär's mit einem Eis?«

~

Der Vortex Jazz Club lag in einem Gebäude, in dem sich vor hundert Jahren eine Fabrik befunden hatte. Unverputzte Wände und eine große Fensterfront, auf den Böden lagen alte Orientteppiche. Das Licht war gedämpft, und ringsum standen Sofas, Sessel und Tischchen, mit Kerzen erleuchtet.

Als Norma hereinkam, spielte der Pianist bereits. Sie schaute sich kurz um und nahm etwas abseits der Bühne Platz.

Die Lichter wurden gedämpft. Federica trat zu den anderen Musikern und begann zu singen, ein Scheinwerfer war nur auf sie gerichtet. Das blonde Haar hatte sie zurückgesteckt, und das Kleid aus rotem Samt ließ ihre Schultern frei.

Es steht ihr ausgezeichnet, ging es Norma durch den Kopf. Und wenn man bedachte, dass ihre Tochter sich als junges Mädchen immer über ihre breiten Schultern beschwert hatte! »Das sind doch Model-Schultern! Schau dir Naomi Campbell oder Kate Moss an«, hatte sie immer versucht, sie aufzumuntern.

Der Scheinwerfer und der rote Samt brachten ihre helle Haut gut zur Geltung. *Sie hat den gleichen Teint wie Mark*, dachte Norma.

Genau in diesem Moment betrat er das Lokal. Er setzte sich an eines der Tischchen, auf dem ein Schild mit der Aufschrift RESERVIERT stand. Norma sah ihn im Profil. Er hatte sich kaum verändert: ein jugendlich aussehender Fünfzigjähriger in Jeans und Pullover. *Den hat er vielleicht selbst gestrickt*, dachte Norma.

Mark verfolgte Federicas Auftritt aufmerksam, und die intensive und einfühlsame Art, mit der er sie betrachtete, ließ keinen Zweifel zu: Er wusste es.

Früher oder später würde er aufs Klo oder an die Bar wollen, und dann würde er an Norma vorbeigehen müssen.

Und tatsächlich stand er nach etwa einer halben Stunde auf. Als er an ihr vorbeikam, blieb er wie versteinert stehen.

»Hallo, Mark!«

Federica stimmte gerade ein neues Lied an. »Dieser Song ist für dich, Mama«, sagte sie und schaute zu Norma.

Das Piano spielte ein paar Noten, dann kam ihre Stimme.

It's quarter to three, there's no one in the place 'cept you and me.
So set'em up, Joe, I got a little story I think you should know …

Es ist Viertel vor drei und niemand da außer dir und mir.
Deshalb mach dich bereit, Joe, ich muss dir was erzählen, das du wissen solltest …

»Setz dich doch«, schlug Norma vor.

Mark nahm an ihrer Seite Platz. Er schaute immer noch zu Federica. »Sie hat viel Talent.«

»Wir müssen nicht um den heißen Brei herumreden, Mark. Ich weiß, dass du dahintergekommen bist.«

Er drehte sich zu ihr. »Da brauchte ich nicht lange nachzudenken: Sie hat deinen Nachnamen, und zwei Minuten Recherche auf Google haben genügt, um eins und eins zusammenzuzählen. Sie kam neun Monate nach unserem Urlaub in Mexiko auf die Welt. Dafür brauchte ich eigentlich nicht mal Google. Ich habe mit ihr gesprochen und wusste sofort, dass sie meine Tochter ist.«

»Und was hast du vor?«

»Ich könnte dich hassen, weißt du?«

»Das wäre dein gutes Recht, aber ich bin nicht meinetwegen hier. Sondern für sie.«

»Damit hast du dir ganz schön Zeit gelassen.«

»Ich habe versucht, es dir zu sagen. Ich habe dich angerufen, kurz nach ihrer Geburt. Dann habe ich erfahren, dass du zu deiner Frau zurückgekehrt warst, du hast mir von dem Kind erzählt … und dann konnte ich nichts mehr sagen.«

»Eine Tochter ist doch mehr als einen Versuch wert.«

»Du hattest eine Familie, hast ein Kind erwartet … Wozu sollte ich dein Leben durcheinanderbringen?«

»Wozu? Für sie natürlich«, sagte Mark, der Federica nicht aus den Augen ließ.

We're drinkin' my friend, to the end of a brief episode.
Make it one for my baby, and one more for the road …

Lass uns trinken, mein Freund, auf das Ende einer kurzen Affäre.
Noch ein Glas auf mein Baby, und ein letztes im Stehen.

»Entschuldige, ich habe einen zu rauen Ton angeschlagen. Kann ich dir was zu trinken bestellen?«, fragte er sie.

»Ich möchte nichts. Nur wissen, was du vorhast.«

»Was wünschst du dir denn von mir?«

»Ich bin ursprünglich gekommen, um dich zu bitten, ihr nichts zu sagen, aber jetzt bin ich mir nicht mehr so sicher.«

»Was hast du ihr denn gesagt?«

»Die Wahrheit: dass sie während eines Urlaubs gezeugt wurde, der voller Liebe war. Eine kurze, aber intensive Affäre.«

»Du hast bloß vergessen, ihr zu sagen, wie es geendet hat.«

»Was hättest du denn gemacht, wenn ich dir gleich gesagt hätte, dass ich schwanger bin?«

»Wozu willst du das jetzt noch wissen?«

»Du hast recht.«

Sie schwiegen, beschränkten sich darauf, Federica zuzuhören.

Nach einer Weile fragte sie ihn: »Wie geht es dir?«

»Bin immer noch mit Susan zusammen, wir haben drei Söhne. Würde ich beschließen, ihnen zu sagen, dass ich eine Tochter habe, glaube ich, sie würden es verstehen.«

»Dann wirst du also mit Federica reden?«

»Ich weiß es nicht, Norma. Für mich ist es nicht leicht, hinzugehen und zu sagen: ›He, ich bin dein Vater!‹ Lieber würde ich sie erst besser kennenlernen. Für den Moment werde ich mich darauf beschränken, sie singen zu hören; ich bin sowieso schon zu einer Art Stalker geworden. Dann wird man sehen.«

»Du musst mich verachten.«

»Vielleicht habe ich das, als du von der Bildfläche verschwunden bist. Aber jetzt – was hätte das noch für einen Sinn?«

~ 2015 ~

Geriatrische Abteilung des Krankenhauses
Ferrara, Mai

»Hörst du mich, Mama? Spürst du, dass ich deine Hand drücke?«

Du bewegst dich nicht, du redest nicht, du machst keinen Mucks. Du atmest, das ist alles. Ich schaue dich an, achte auf jeden Ausdruck in deinem Gesicht, aber die Momente, in denen du bei Bewusstsein bist, sind rar.

Vorgestern hast du die Augen geöffnet, und ich begriff, dass du da warst, dass du in diesem Augenblick bei mir warst.

»Wenn ich sterbe, begrab mich so, dass mein Kopf am Ausgang der Grabnische liegt, damit ich nicht das Gefühl habe zu ersticken«, hast du geflüstert.

»Das mache ich, aber denk jetzt nicht an solche Sachen.«

»Norma …«

»Was denn?«

»Versuch, glücklich zu sein …«

Ich dachte sofort an Elia, und ich bin mir sicher, du dachtest auch an ihn. Ich habe ihn mein ganzes Leben lang geliebt, Mama, und auch in dieser Hinsicht waren wir uns ähnlich. Es war keine bewusste Entscheidung; es gelang mir einfach nicht, ihn zu ersetzen. Ich war nicht dazu in der Lage, mich mit etwas anderem zufriedenzugeben oder erneut ein solches Vertrauen zu jemandem zu haben.

Es ist schwierig zu glauben, die Liebe eines Mannes zu verdienen, wenn es einem nicht einmal gelungen ist, sich die Liebe seiner Mutter zu verdienen. Nur wer das schon einmal erfahren hat, kann begreifen, wie mühsam es ist, jemandes Liebe wie eine ganz selbstverständliche Sache entgegenzunehmen, so selbstverständlich wie Essen, Trinken, Leben. Niemand hat begriffen, wie tief mir dieses Fehlen in meinem Leben gegangen ist, nicht einmal Elia, Donata oder Monique haben es begriffen. Niemand außer Maria Luz. Komisch, dass ausgerechnet die Frau, die mir am meisten wehgetan hat, die einzige Person ist, die mich von Grund auf verstanden hat. Vielleicht ist Liebe ja genau diese Mischung aus Hass und Zuneigung, die ich für sie empfunden habe. Und die ich auch für dich empfunden habe, Mama.

Es fällt mir schwer, an den Gott des Evangeliums zu glauben. Leichter ist es für mich, an den Gott des Alten Testaments zu glauben: an einen Vater, der dazu in der Lage ist, seine Kinder zu lieben, der aber auch grausam ist und uns für das Glück, das uns gewährt ist, einen hohen Preis abverlangt. Doch wenn es wirklich etwas oder jemanden jenseits des Lebens gibt, dann hoffe ich, dass nicht ein Gottvater auf dich wartet, sondern eine mütterliche Gottheit, die dich auf deiner allerletzten Reise an ihrer weichen Brust und mit einem Rosenbusch empfängt. Dass du, Mama, unter den Geretteten sein wirst und dass dich leise Musik empfängt und tanzende Kinder.

2012

Bologna

Elia wusste wenig über sie. Seine Mutter hatte ihm nur gesagt, dass Norma eine Tochter und eine wichtige Position beim britischen Fernsehen habe.

»Ist sie mit jemand zusammen?«, hatte er sie eines Tages gefragt, als würde es ihn gar nichts weiter angehen.

»Das traue ich mich Elsa nicht zu fragen.«

Seit ihrer Trennung waren siebenundzwanzig Jahre vergangen. Er hatte mehrere ernst zu nehmende Beziehungen gehabt, jedoch niemals in Erwägung gezogen, noch einmal zu heiraten oder weitere Kinder zu bekommen. Jeden Abend, wenn er zu Bett ging, schaute er auf Normas Bild, das immer noch auf dem Nachttisch stand, und sagte sich, dass er sie nie wiedersehen würde.

Dann, eines Abends, kam er auf die Idee, auf Facebook nach ihr zu suchen. Er gab ihren Vor- und Nachnamen ein. Ein Klick, dann erschien Normas Gesicht auf dem Bildschirm. Elia zuckte kurz zurück. Abgesehen von ihrem Haar, das kurz und mahagonirot war, hatte sie sich kaum verändert. Sie war fünfundsechzig, genauso alt wie er, und hatte die gleichen zarten Züge wie damals. Er fand sie immer noch schön.

Er wollte ihr eine Freundschaftsanfrage senden, zögerte jedoch kurz. *Schlimmstenfalls antwortet sie nicht*, sagte er sich dann und schickte die Anfrage mit einem Mausklick ab.

Norma saß am Computer und sah die Anfrage direkt. *Elia Bombarda* … War das möglich? Sie vergrößerte das Bild: Der Mann hatte Geheimratsecken und kurze, stoppelige Haare. In seinem Profil las sie, dass er in Bologna lebte und bei Ferrari arbeitete. Ganz allmählich erkannte sie ihn. Den Schnitt der Augen, und auch die Brauen waren die gleichen; dann erkannte sie den Mund wieder, die gerade Nase, den strengen Gesichtsausdruck, der sogar da war, wenn er lächelte. Lange schaute sie sich das Bild an, unsicher, was sie machen sollte. Mit einem Klick konnte sie ihn wieder aus ihrem Leben befördern. Ein einziger Klick, dann wäre er wieder von der Bildfläche verschwunden. Sie könnte es ohne die Wut machen, ohne den Groll, und dabei vielleicht eine sonderbare Ruhe in sich spüren. Doch am Ende tat sie es nicht. Einen Moment lang war sie sogar versucht, ihm zu antworten, allein aus Neugier. Dann sagte sie sich: *Wozu?* Und schaltete den Computer aus.

~

Es vergingen weitere zwei Wochen, dann akzeptierte sie seine Freundschaftsanfrage. Als Elia den Computer einschaltete, konnte er es kaum glauben. Und er begann sofort, ihr eine Nachricht zu tippen.

> Norma, meine Liebe,
> du wirst dich fragen, was es für einen Sinn hat, dass ich nach so langer Zeit Kontakt zu dir aufnehme. Ich weiß es selbst nicht. Ich habe das Bedürfnis danach, von dir zu hören, dass es dir gut geht, dass du glücklich bist. Ich schreibe dir, damit du dich daran zurückerinnern kannst,

was zwischen uns gewesen ist. Ich schreibe dir, um dir zu sagen, dass du immer noch da bist, dass du immer da sein wirst, und damit du mir zeigen kannst, dass man nicht allein auf der Welt ist.
Ich umarme dich.

~

Lieber Elia,
als ich deine Nachricht las, war ich versucht, dich zu blockieren.
Ich bitte dich, verfälschen wir unsere Erinnerungen nicht mit Dingen, die wir uns nur einbilden. Es sind fast dreißig Jahre vergangen, und wir sind ganz andere Menschen als damals. Wenn du mir schreiben willst, tu es wie ein Bekannter, als wäre ich jemand, den du nach langer Zeit auf der Straße wiedergetroffen hast. Ansonsten lass es bitte sein.

~

Norma, meine Liebe,
wir machen es, wie du willst. Betrachte mich als alten Freund, jemanden, der nur dein Bestes will. Erzähl mir von deinem Leben, von deinem Alltag. Manchmal sehe ich dich vor mir, wie du am Abend im Sessel sitzt und ein Glas Wein trinkst, vielleicht einen Beaujolais Nouveau oder einen Côtes du Rhône, so wie du es in unserer Wohnung an der Caledonian Road tatest … Hast du diese Angewohnheit immer noch?
Es hat mich so gefreut, als ich gehört habe, dass du Mutter geworden bist! Mittlerweile wird deine Tochter zur Frau

geworden sein. Schreib mir von ihr, und von dir. Erzähl mir auch von den kleinen Dingen, die du vielleicht für geringfügig oder für banal hältst, aber bitte schreib mir.

Sie fanden ihr Gleichgewicht, das richtige Maß, und begannen einen Briefwechsel übers Internet. Sie erzählte ihm von ihrer Arbeit bei der BBC, von Federica und ihrer Karriere als Sängerin. Er schrieb ihr von Renata, dass sie Kinderbücher schreibe und dass das Vatersein viel leichter gewesen sei, als er es sich vorgestellt habe.

Zu Beginn hatte sie Angst, und ich noch mehr. Wir haben uns langsam herangetastet, haben Fehler gemacht und noch mehr Fehler, und dann haben wir versucht, meine Fehler auszumerzen, aber insgesamt glaube ich, es ist gut gegangen. Ich weiß nicht, ob ich ein guter Vater gewesen bin oder ob ich einfach nur Glück hatte, aber heute scheint mir Renata ein glücklicher Mensch zu sein. Vor vier Jahren wurde sie Mutter von Zwillingen, einem Mädchen und einem Jungen: Er heißt Luca, sie Adele, wie ihre Großmutter mütterlicherseits. Ich habe gute Erinnerungen an Adele, und es hat mir gefallen, dass Renata ihren Namen gewählt hat.
Vielleicht weißt du schon, dass vor einigen Monaten meine Eltern gestorben sind. Zuerst ist mein Vater gegangen, dann ist ihm zwei Wochen später meine Mutter ins Grab nachgefolgt. Sie erfreute sich guter Gesundheit und verabschiedete sich ohne einen wirklichen Grund. Ich glaube, sie hat einfach den Entschluss gefasst, dass ein Leben ohne ihn der Mühe nicht wert sei.
Ich umarme dich.

~

Lieber Elia,
vom Tode deiner Eltern habe ich erfahren, als ich zur Beerdigung von Papa nach Stellata kam. Er war im März von uns gegangen, wenige Wochen nach deinen Eltern. Wenn ich auf den Friedhof gehe, bringe ich ihnen auch einen Blumenstrauß vorbei. Ich habe sie immer gerngehabt.

~

Ganz langsam hörte sie auf, sich zu schützen, sich zu verteidigen, Barrikaden zu errichten. Sie ließ es zu, dass Elia ihr schrieb, und jedes Mal antwortete sie ihm, ohne zu zögern. Mittlerweile wartete sie voller Spannung auf seine Antworten, und wenn sie nicht auf der Stelle kamen, spürte sie Enttäuschung in sich. Das empfand sie als unverzeihliche Schwäche und wurde jedes Mal wütend auf sich selbst, doch sie schaute trotzdem immer wieder in ihr Postfach, selbst um drei Uhr nachts noch, das Gesicht vom bläulichen Licht des Bildschirms erhellt. *Schlimmer als ein Teenager*, schalt sie sich.

Eines Tages bat er sie dann um ihre Telefonnummer. Das hielt Norma anfangs für überhaupt keine gute Idee, doch schließlich tauschten sie doch ihre italienischen Handynummern aus.

Drei Wochen später, als sie sich geschäftlich in Rom aufhielt, rief sie ihn an. »Unsere Stimmen sind noch dieselben, wenigstens das ist gleich geblieben«, sagte sie. Und es stimmte: Am Telefon waren sie wieder die jungen Leute, die damals in London zusammengefunden hatten.

»Wie viele Jahre sind vergangen?«, fragte er.

»Achtunddreißig. Ein ganzes Leben.«

Es war nur ein kurzes Gespräch, eine leichtfüßige Unterhaltung mit oberflächlichen Inhalten, aber es reichte, um das Eis zu brechen.

Nach einer Weile begannen sie zu skypen. Zu Beginn nur gelegentlich, doch irgendwann wurden die Anrufe zu einem wöchentlichen Ereignis.

Am Samstagnachmittag zog sich Norma, mit frischer Dauerwelle, etwas Grünes oder Türkisfarbenes an, die Farben, die ihr am besten standen, und schminkte sich ein wenig. Sie bemerkte, dass auch er immer ein gebügeltes Hemd trug und frisch rasiert war.

Eines Samstags, als sie plaudernd am Computer saßen, hörte Norma einen großen Tumult hinter Elias Rücken.

»Das ist der Hund. Entschuldige mich einen Moment«, sagte er zu ihr. Dann stand er auf und lief davon. In Unterhose. Es waren immer noch die gleichen, grässlichen weißen Feinrippunterhosen, die er schon als junger Mann getragen hatte. Sie lachte, wie sie es schon seit Jahren nicht mehr getan hatte.

Als Norma ihm einige Wochen später mitteilte, dass sie nach Mailand fahren würde, überraschte Elia sie. »Nächste Woche bin ich auch dort. Darf ich dich zum Essen einladen?«

Sie schwieg.

Elia bereute es bereits, befürchtete, alles verdorben zu haben.

»Na gut«, antwortete Norma ihm schließlich.

~

29. September

Da ist sie! Er sah sie schon, während sie die drei Stufen des Waggons herunterkam.

Lächelnd ging er ihr entgegen. Als sie sich dann nach so langer Zeit gegenüberstanden, spürte Elia, dass sie einander nie verloren hatten. Das spürte er in ihrem Blick, er fühlte es bei dem kurzen Kuss, den sie sich zur Begrüßung auf die Wange gaben. Sie waren wie zwei Planeten, die jahrelang in weiter Ferne ihre Runden gedreht hatte, doch immer auf derselben Umlaufbahn, immer um denselben Stern.

»Du bist noch hübscher geworden«, sagte er ihr, mit seiner leisen, wohltönenden Stimme, die Norma so gut in Erinnerung hatte.

»Lügner! Was ist denn mit deinen Haaren passiert?« Die letzte Bemerkung bereute sie auf der Stelle und fügte rasch hinzu: »Aber du auch. Du siehst gut aus.«

Im Auto waren sie beide angespannt. Er lenkte den Wagen mit steifen Bewegungen, den Blick starr auf die Straße gerichtet. Sie wusste nicht, wohin mit ihren Händen. Sie strich sich den Rock glatt, trommelte mit den Fingern auf ihre Tasche, nur um gleich wieder damit aufzuhören, weil sie fürchtete, er könnte es als ein Zeichen für Langeweile deuten. Kurz dachte sie, vielleicht sei es doch ein Fehler gewesen, die Einladung anzunehmen. Auch Monique hatte gemeint, es sei überhaupt keine gute Idee, sich wiederzusehen, und dass man beendete Liebesgeschichten nicht aufwärmen solle, sie hatte es sogar noch eindringlicher formuliert: »Wenn sie erst einmal tot sind, fangen sie an zu stinken.« Doch nun war es zu spät, um es sich anders zu überlegen.

»Wo bringst du mich hin?«, fragte sie ihn, um die Stille zu durchbrechen.

»An den See. Es wird dir gefallen.«

Ein Restaurant direkt am Seeufer und eine große Wiese mit Birken. Die Sonne ging unter, das Licht war zart, die Farben weich. Ein Nebelschleier ließ die Umrisse der Boote, die am Ufer festgemacht waren, verschwimmen.

Es war ein wenig kalt geworden, und der Maître schlug einen

Tisch drinnen vor, doch Norma wollte lieber draußen sitzen. »Es ist so schön hier.«

»Wenigstens können wir hier rauchen«, fügte er hinzu.

»Ich habe schon vor Jahren aufgehört.«

»Du warst immer so entschlossen.« Elia bereute auf der Stelle den beißenden Ton, den er angeschlagen hatte. Er hatte viel zu lange gewartet, um wieder Kontakt mit ihr aufzunehmen, und konnte sich keine Fehler erlauben. »Was nimmst du?«, fragte er sie.

Norma überließ ihm die Wahl, und er bestellte Spargelsuppe und Fisch aus dem See.

Während des Essens bemühte er sich, ihr immer wieder Wein nachzuschenken.

»Immer noch ein Gentleman bist du«, sagte sie, ein sonderbares Lächeln auf den Lippen.

Es hatte alles nicht besonders gut angefangen, doch Elia war entschlossen, ihr einen schönen Abend zu bereiten.

Sie sprachen über unbedeutende Dinge, versuchten behutsam, Themen, die mit der Vergangenheit zusammenhingen, zu umschiffen. Sie plauderten über ihre Arbeit, über Urlaubspläne, über ihre Töchter.

Norma zeigte ihm Fotos auf ihrem Handy. »Das ist Federica.«

»Sie sieht dir ähnlich.«

»Gar nicht so sehr. Sie ähnelt ihrem Vater. Sie hat einen sonnigeren Charakter als ich und mehr Talent.«

»An Talent hat es dir doch nie gefehlt. Malst du noch?«

»Ja, aber nur als Hobby. Auch wenn ich tatsächlich einige Ausstellungen hatte.«

»Das weiß ich.«

»Wie meinst du das?«

»Ich bin bei der in White Chapel gewesen. Ich war geschäftlich in London und konnte nicht anders. Ich habe ein Bild von dir gekauft.«

»Das Bauernbegräbnis!«

»Genau.«

Sie lächelte. »Das einzige Gemälde, das ich je verkauft habe. Und ich dachte schon, es hätte jemand mitgenommen, der mit Geldwäsche zu tun hat.«

Er lachte. »Ich habe es bar gezahlt, weil ich anonym bleiben wollte. Ich wusste nicht, wie du es aufnehmen würdest.«

»Hast du ein Foto von Renata?«

Elia zeigte ihr das Bild einer lächelnden jungen Frau: hellblaue Augen, schwarze Locken, eine weiße Strähne über der Stirn.

In Normas Augen sah sie genauso aus wie Donata, so wie sie gewesen wäre, hätte sie dieses Alter erreicht. Und diese Haarsträhne … genau wie ihre Großmutter Adele. Elia konnte es nicht wissen, und vielleicht war auch Renata dieses Detail nicht bekannt.

»Sie ist stur und aufmüpfig, aber auch von heiterem Gemüt und sehr liebevoll«, sagte Elia.

»Ich bin mir sicher, du bist ein vorbildlicher Vater gewesen.«

Nun wurde das Gespräch entspannter, zwischendurch sogar heiter. Sie empfahl ihm ein paar Filme, er beschrieb ihr den letzten, für den er sich begeistert hatte, so wie damals als junger Mann. Sie plauderten auch über Fußball, beziehungsweise Elia sprach darüber, und auch wenn Ballgefühl und Strafstöße nicht zu ihren Lieblingsthemen gehörten, lauschte sie ihm aufmerksam und erinnerte sich daran zurück, wie Elia ihr oben auf dem Heuboden die Fußballfiguren gezeigt und dazu die Radioübertragung gemimt hatte.

Sie wunderten sich darüber, wie schnell die Jahre ins Land gegangen waren und wie sich das Leben für Menschen ihrer Generation verändert hatte.

»Wir wollten einmal die Welt verändern, und heute ist das Einzige, was wir verändern, unsere Wandfarbe«, sagte Elia.

»Wir haben nach etwas gesucht, das vielleicht gar nicht existiert.«

»Die Ideen überleben, es ist nicht wichtig, ob sie gleich Wirklichkeit werden.«

»Die Ideen! Die Welt ist voller Ideen, die zu nichts führen. Zum Beispiel die Idee der freien Liebe. Heutzutage heiraten die Leute nicht mehr, aber Monogamie ist immer noch die Norm.«

»Vielleicht«, antwortete er wortkarg, und sie beeilte sich, das Thema zu wechseln. »Vor zwei Jahren bin ich mal an unserer früheren Wohnung in der Caledonian Road vorbeigegangen. Der Garten ist besser in Schuss, als wir das je geschafft haben. Voller Blumen, die ich noch nie gesehen habe.«

»Das überrascht mich nicht. Wir waren als Gärtner auch eher ein schwaches Team.« Dann fragte sie: »Was ist eigentlich mit Maria Luz' Asche passiert?«

»Am Ende habe ich sie nachts in den Po gestreut.«

»Du hast das Richtige gemacht.«

Und dann fragte sie ihn unvermittelt: »Hattest du andere Beziehungen? Ich meine, feste Beziehungen?«

»Ein paar. Die letzte hat drei Jahre gehalten.«

»Und dann?«

»Dann hat sie eines Morgens festgestellt, dass sie mich nicht mehr ertragen kann. Manchmal ertrage ich mich selbst nicht. Und bei dir?«

»Niemand Wichtiges.«

»Nicht einmal der Vater deiner Tochter?«

»Nicht einmal er«, erwiderte Norma, jedoch erst nach einem winzigen Moment des Zögerns.

»Das tut mir leid.«

»Es war meine Entscheidung.«

»Was mir leidtut, ist die Tatsache, dass du nie wieder eine wichtige Beziehung hattest.«

Nun konnten sie nicht mehr über banale Dinge plaudern und zur Tagesordnung übergehen. Seine Lippen kamen denen von Norma sehr nah. Sie flüsterten ihr die Worte zu, die er schon seit Jahren sagen wollte.

Sie hörte ihm zu, den Blick gesenkt, ohne Elia zu unterbrechen. Sie spielte mit ihrem Glas, ließ es auf dem Sockel kreisen. Sie erinnerte sich, dass sie genau das auch an ihrem allerersten Abend getan hatte, als Elia sie zu sich nach Hause in Kensington zum Essen eingeladen hatte.

Er streckte seine Hand aus und drückte die ihre. »Wir können immer noch glücklich sein«, flüsterte er ihr zu.

Sie hätte sie gerne weggeschoben, diese Hand, hätte ihm gerne gesagt, er solle schweigen, aber sie konnte es nicht. Ohne es zu wollen, begann sie zu zittern.

Elia bemerkte es und erhöhte den Druck auf ihre Hand. Er wollte sie zurück. Er wollte sie jetzt, viel mehr als früher, als sie noch jung gewesen war und große, leuchtende Augen gehabt hatte. Doch sie war so steif, so kontrolliert … nur dieses Zittern schenkte ihm Hoffnung. »Ich habe dich geliebt. Ich war nicht immer gut zu dir, doch ich habe dich mehr geliebt, als ich konnte. Besser ging es für mich nicht.«

»Und das mit Maria Luz, was war das?«

»Ich habe auch sie geliebt, aber auf andere Weise. Oder vielleicht habt ihr euch geähnelt, und deshalb habe ich mich in euch beide verliebt.«

»Man kann nicht zwei Menschen gleichzeitig lieben.«

»Doch, das kann man. Das Leben ist komplexer, als wir es gerne hätten.«

»Du hattest eine Wahl und hast das getan, was am bequemsten war: Du hast dir alles genommen.«

»Ich wollte dir niemals wehtun.«

»Wolltest du mir denn etwas Gutes tun?«

Er gab keine Antwort.

»Es ist einfach, über Ideen zu reden, über Dinge, die man tun sollte. Doch das Leben, das wahre Leben, folgt deinen schönen Theorien nicht«, fuhr sie fort und versuchte, gegen die Verbitterung anzukämpfen, die sie in sich aufsteigen spürte.

»Maria Luz und ich hatten eine gemeinsame Tochter. Wenn Renata nicht gewesen wäre, hätten wir uns nie wiedergesehen.«

»Ich hingegen habe kein Kind bekommen, und dann hatte ich nicht einmal mehr dich.«

Er drückte wieder ihre Hand. Auf einmal war Norma der körperliche Kontakt unangenehm, und sie machte sich abrupt von ihm los.

Einige Stunden zuvor hatte es geregnet. Aus dem Baum, unter dem sie saßen, fielen Tropfen: einer nach dem anderen, *tack-tack-tack*, direkt auf Elias Schuhe. Er achtete nicht darauf. »Es sind so viele Jahre vergangen … Es muss doch eine Möglichkeit geben, das alles zu vergessen.«

Langsam schien sie all das zu verarbeiten, was er gerade gesagt hatte. »Ich weiß, dass auch du gelitten hast und dass du mich geliebt hast«, sagte sie zu ihm, mit neuer Zärtlichkeit in der Stimme.

Elia rückte näher. Er berührte sanft ihren Hals … Nur eine Geste, eine winzige Geste von ihr hätte genügt, wäre ihre Rettung gewesen. Einen langen, sehr langen Moment waren sie wieder ein verliebtes Paar, ein Mann und eine Frau ohne Groll, ohne Schmerz, ohne Geschichte.

Dann zog sie sich zurück und sprang auf. »Bring mich bitte an den Bahnhof.«

»Bleib. Auch du willst es doch.«

Norma wich seinem Blick aus und schaute auf die Uhr. »Besser, ich gehe. Sonst riskiere ich, den letzten Zug zu verpassen.«

»Bleiben wir noch ein wenig. Ich bringe dich mit dem Auto zurück …«

Sie starrte ihn an, einen kalten Ausdruck in den Augen. »Du hast keine Ahnung, was ich durchmachen musste, um hierherzukommen, mich deiner Anwesenheit zu stellen, dich zu sehen und nichts zu spüren.«

Er hatte verloren. Das wurde Elia in diesem Moment bewusst.

Er zahlte die Rechnung, und sie machten sich schweigend auf den Weg zum Auto.

Während er sie zum Bahnhof brachte, hoffte er, sie würde tatsächlich den letzten Zug verpassen, so wie sie damals an jenem ersten Abend in London den Bus verpasst hatte.

Er hielt vor dem Eingang. Sie gab ihm die Hand, als wäre es nur ein Geschäftstermin gewesen. »Danke für das Essen«, sagte sie und stieg aus.

»Ich bringe dich noch an den Bahnsteig«, beeilte sich Elia zu sagen und stieg hastig aus.

~

Er wartete mit ihr, bis der Zug kam, und sah sie einsteigen. Drei kleine Stufen, dann würde sie zurückfahren, doch sie stieg sie nicht hoch. Sie bewegte sich nicht. Sie blieb vor der Tür stehen und schaute sie an, reglos.

Elia hoffte immer noch, doch dann kam der Pfiff des Schaffners. Die Türen des Intercitys schlossen sich.

Und sie stand hinter dem schmutzigen Glas, als der Zug abfuhr.

Elia begann, neben dem Zug herzulaufen. Norma schaute ihn immer noch an. Ihm schien, dass sie weinte, doch er war sich nicht sicher. Ihr Gesichtsausdruck blieb für ihn verschlossen.

Der Zug beschleunigte. Er lief, wurde immer schneller. Langsam nahm der Zug an Fahrt auf, er folgte ihm, bis er ins Rennen kam, ohne auch nur einen Moment lang den Blick von Norma zu wenden … bis der Zug ihn schließlich hinter sich ließ.

Eine unpersönliche Stimme verkündete die verspätete Abfahrt eines weiteren Zuges in zwanzig Minuten. Elia zündete sich eine Zigarette an. Für einen Tag Ende September war es kalt. Eine fast winterliche Luft drang durch seinen Mantel. Nach wenigen Zügen warf er die Kippe zu Boden. Er zerdrückte sie mit dem Fuß und verließ den Bahnhof.

Er fuhr langsam, ließ jede Minute des Abends Revue passieren, jedes Wort von ihr, jeden Ausdruck in ihrem Gesicht. Der Himmel hatte sich aufgeklart. Der schwarze Umriss der Berge hob sich vor einem Horizont ab, der noch heller war.

Er schaltete das Radio ein, und die Musik von Mozart erfüllte das Wageninnere.

Soave sia il vento, tranquilla sia l' onda,
ed ogni elemento benigno risponda
ai nostri desir … Ai nostri desir …

Möge der Wind sanft sein und die Wellen ruhig.
Und möge jedes Element gewogen sein
unseren Wünschen … unseren Wünschen …

Diese Arie aus *Così fan tutte* rührte ihn jedes Mal, wenn er sie hörte. Als er an einer Ampel hielt, sah er, dass ihn im Auto auf der Spur neben ihm ein Mädchen überrascht ansah. Er drehte peinlich berührt den Kopf weg. Er hatte nicht einmal bemerkt, dass er weinte.

~ 2015 ~

Geriatrische Abteilung des Krankenhauses von Ferrara, Mai

Nachts rufst du nach mir, und ich gehe auf deinen Schmerz ein. Du rufst mich auch in der Stille des Komas, auch ohne Worte, und ich bin hier, drücke deine Hand und lasse dich nicht gehen. Dabei ist es so, als wärst du längst weg, weit weg …

Du fehlst mir, Mama. Du hast mir immer gefehlt. Als ich noch klein war, wartete ich den ganzen Tag im Hof auf deine Rückkehr aus der Fabrik. Wenn du endlich kamst, lief ich dir entgegen, und die Welt begann zu leuchten. Du nahmst mich nicht in die Arme, du gabst mir auch keinen Kuss, aber manchmal holtest du eine kleine Praline oder eine Tüte mit Karamellbonbons aus der Tasche. Das war deine Art, mir zu zeigen, dass du mich gernhattest.

Die erste Pflicht einer Mutter gegenüber ihren Kindern ist es, glücklich zu sein. Ich hingegen sah als Kind oft, dass du traurig warst, und ich hatte beschlossen, als Erwachsene nicht so zu sein wie du. Ich war in der Weltgeschichte unterwegs, um das Glück zu suchen, ich war lange und weit weg, doch dein Unglück hat mich immer verfolgt, und am Ende musste ich zugeben, dass ich dir mehr ähnele, als mir lieb war.

Du hast trockene Lippen. Ich greife zum Vaselinetopf und streiche dir ein wenig Creme auf den Mund. Sie riecht nach Erdbeeren. Ich spreche mit dir, auch wenn du mich nicht hörst. »Erinnerst du dich noch daran, wie sehr du Erdbeeren mochtest? Du mariniertest sie mit

Wein und Zucker und stelltest sie kühl. Als ich noch klein war, hast du Zucker und Zitrone benutzt. Eines Tages habe ich heimlich die mit Wein probiert und war betrunken. Wie hast du gelacht damals! ›Schaut ihn nur an, diesen kleinen Frechdachs!‹ Und du hast mir einen Kuss gegeben.« Du wirst mir auch noch andere gegeben haben, aber das ist der einzige, an den ich mich erinnere. Es gibt eine buddhistische Meditation, die die Empfehlung gibt, an einen glücklichen Moment zurückzudenken, den man mit seiner Mutter hatte. Ich denke jetzt an jenen Kuss.*

~

10. Mai

»Es dauert nicht mehr lange. Machen Sie sich gefasst darauf«, hat mir heute Morgen der Arzt gesagt, kaum dass ich in den Krankensaal gekommen war.

Ich nahm an deiner Seite Platz und betete darum, dass du noch nicht gleich gehen musst. Noch nicht. Die Sonnenstrahlen stahlen sich zwischen den Lamellen der Jalousien hindurch. Der Morgen war seltsam ruhig und leise, selbst im Krankenhaus.

Ein leises Ächzen entwich deinen Lippen, die Brust hob und senkte sich, als würde dir das Einatmen große Mühe bereiten. Ich drückte deine Hand, dann stießt du die Luft wieder aus, ein winziges bisschen länger als üblich.

Ein Beben … und du warst nicht mehr da.

Du hattest den Schmerz hinter dir gelassen, die Mühen, die Stürme des Lebens. Deine Seele verließ die Welt mit einem leisen Flügelrauschen.

Zunächst habe ich nicht nach dem Arzt oder der Krankenschwester gerufen. Ich wollte, dass wir noch ein bisschen allein bleiben, und ich wollte an die schönen Dinge denken, die ich mit dir in Verbindung bringe: an dein Gesicht, als du noch jung warst, an die kleinen Geschenke, die du mir damals nach der Arbeit mitbrachtest, an die Erdbeeren mit Wein und Zucker. Doch die Ähnlichkeit zwischen dem Körper, der dort im Bett lag, und dem lebendigen Menschen aus meiner Erinnerung wurde immer schwächer. Du wurdest mir immer fremder, obwohl ich vor all diesen Jahren in deinem Bauch geschlafen hatte, vor all diesen Jahren ein Teil von dir gewesen war. Ich habe an dir geschnuppert, so wie es die Tiere machen, als könnte ich dich nur an deinem Geruch erkennen.

Jemand hat mir einmal gesagt, dass die Toten uns auch noch hören, wenn ihr Herz aufgehört hat zu schlagen; dass von den fünf Sinnen der Gehörsinn derjenige ist, der am längsten funktioniert. »Mama, bist du da?«, habe ich geflüstert.

Einen Moment lang hatte ich das Gefühl, ein Flügelschlag, etwas Warmes und kaum Greifbares, streifte meine Wange.

~

Eine halbe Stunde später stellte ein Arzt den Totenschein aus.

»Ich ziehe sie dann an, Signora«, sagte die Krankenschwester.

»Nein, das mache ich. Können Sie uns allein lassen?«

Sie ging. Ich habe dir das Nachthemd abgestreift, habe dir Wäsche angezogen, ein weißes Unterhemd, deinen Lieblingsrock, Strümpfe. Schuhe nicht. Du gingst immer schon gerne ohne Schuhe.

»Erinnerst du dich noch, Mama, wie gern du die Sandalen ausgezogen hast und wir im Sand spazieren gingen, wenn wir am Meer waren?« Ich habe lange mit dir gesprochen, habe dir die Haare gekämmt und einen Hauch Lippenstift aufgetragen. In meinen Händen hielt ich deine von den Nadeln malträtierte Hand, flüsterte dir Dinge zu, die keine klaren Grenzen und keine genaue Bedeutung mehr hatten. Keinen Sinn, denn nichts hatte mehr Sinn, jetzt, wo du gegangen warst.

Am Ende habe ich dich noch einmal gestreichelt; ich strich mit den Fingern sanft über deine Lider, küsste dich auf die graue Stirn.

So sei es denn.

~

Pfarrkirche von Stellata, 12. Mai

Es ist sehr heiß heute. Eine Hitze fast wie im Sommer. Die Männer vom Bestattungsinstitut gehen das Mittelschiff entlang, auf den Schultern den Sarg, in dem dein Fliegengewicht ruht.

Ich sitze in der ersten Reihe. Neben mir Federica, ihren schlafenden kleinen Sohn auf dem Arm. Dass wir uns in diesen Tagen mit Mark beschäftigen mussten, war ein Segen. Philip hingegen hat es nicht zur Beerdigung geschafft: Er ist mit einem Dreh beschäftigt.

Meine Augen sind trocken. Ich habe gelernt, nicht um die Toten zu weinen, sondern um die Lebenden. Denn du, du leidest jetzt nicht mehr.

Gestern Nacht hat es ein Gewitter gegeben, und ich konnte nicht schlafen. Ich dachte an dich, die du ganz allein im Krankenhaus in der kleinen Kammer warst, wo man dich hingebracht hatte, kaum hattest du dein Leben ausgehaucht, eilig, um dich vor den Augen der Lebenden zu verbergen. Als wärst du eine Bürde, etwas, wofür man sich schämt. Kein Engel saß an deinem Grab. Keine Hoffnung auf Wiederauferstehung.

Heute Morgen wachte ich davon auf, dass mir die Sonne ins Gesicht schien. Die Farben waren an den Himmel zurückgekehrt, das Zwitschern der Spatzen, das leicht diffuse Licht. Doch der Sonne gelingt es nicht, die Traurigkeit zu verscheuchen; nichts auf der Welt kann das.

Jetzt kommen die Leute, Mama. Ab und zu tritt jemand zu mir, um mir zu kondolieren. An manche erinnere ich mich, bei anderen habe ich keine Ahnung, wer sie sind: Verwandte, die ich schon seit fünfzig

Jahren nicht mehr gesehen habe, oder Freunde aus Sermide, aus deiner Jugendzeit. Ich drücke allen die Hand und bedanke mich.

Es kommt ein alter Mann im Rollstuhl. Ein jüngerer Mann schiebt ihn, vielleicht der Sohn.

»Signora, ich wollte Ihnen mein Beileid aussprechen«, sagt der Alte zu mir, hält dann kurz inne, weil sein Gebiss verrutscht ist.

»Danke, dass Sie gekommen sind.«

Er richtet seine Zähne wieder und fährt fort: »Ich bin aus Sermide, wie Ihre Mutter. Ich kannte Elsa von Kindesbeinen an. Wissen Sie, wir sind derselbe Jahrgang. 26, alle beide. Wir gingen zusammen in die Schule, Ihre Mama und ich.«

»Es ist sehr freundlich von Ihnen, dass Sie gekommen sind.«

»Meine Pflicht. Ich kannte Ihre Mutter von Kindesbeinen an, wir gingen zusammen in die Schule. Ich bin auch 26 geboren …«

»Papa, das hast du schon gesagt«, unterbricht ihn der Sohn.

Einen Augenblick lang schaut er ihn verwirrt an. »Ach, wirklich?« Dann wendet er sich erneut an mich. »Ich bin auch Jahrgang 26, wie die arme Elsa. Früher gingen wir zusammen in die Schu…«

»Ist gut, Papa. Besser, wir gehen jetzt«, sagt der Sohn und dreht den Rollstuhl herum.

»Nochmals danke«, beeile ich mich zu sagen, während die beiden sich entfernen. Ich höre, wie der alte Mann wieder sagt: »Elsa und ich waren gleich alt, alle beide Jahrgang 26 …«

Dein Sarg ist mit weißen Rosen geschmückt. Nicht mehr lange, dann wird der Priester dich segnen, und wir bringen dich nach draußen, wo du neben dem einzigen Mann, den du je geliebt hast, zur letzten Ruhe gebettet wirst.

»Hallo, Norma! Ich wollte dir kondolieren.«

Ich hebe den Blick, und mein Herz bleibt stehen: Die Frau, die vor mir steht, hat Donatas Gesicht und eine auffallende weiße Strähne über der Stirn.

»Ich bin Renata«, beeilt sie sich zu erklären.

»Ich weiß. Danke, dass du gekommen bist. Federica, diese Dame hier ist deine Cousine.«

»Angenehm. Die Tochter von …?«, flüstert Federica, die aus unserer weitverzweigten Verwandtschaft nie recht klug wurde.

»Die Tochter von Maria Luz und Enkelin von Adele«, antwortet Renata rasch.

Federicas Gesichtsausdruck entnehme ich, dass ihr bereits alles klar ist: Diese Frau ist die Tochter meines Ex-Mannes.

»Wir sehen uns später«, fügt Renata hinzu und nimmt einige Reihen hinter uns Platz.

»Ist er denn auch da?«, will Federica wissen, kaum ist sie fort.

»Wer?«

»Mama! Dein Ex natürlich!«

»Nein, bestimmt nicht, da bin ich mir sicher.«

Ich blicke nach vorne, das Herz pocht mir laut in der Brust.

Der Priester klopft ans Mikrofon, um den Sound zu überprüfen. Das metallische tap-tap *hallt durchs Kirchenschiff. Er hüstelt, dann beginnt er mit dem Gottesdienst. »Heute sind wir mit Freunden und Verwandten zusammengekommen, um an unsere liebe Schwester Elsa zu erinnern und ihr das letzte Geleit zu geben …«*

Die Messdiener schwenken die Weihrauchfässer, und der althergebrachte Duft erfüllt die Kirche.

Deine Verwandten sind hier, um sich von dir zu verabschieden, Mama, und es sind auch deine Freunde aus Sermide gekommen. Doch es fehlen mittlerweile so viele: Zena ist 2001 von uns gegangen, drei Jahre später Papa. Bei seiner Beerdigung saß Dolfo an deiner Seite und berührte deine Hand. In jenem Moment ging mir durch den Kopf, dass ihr euch jetzt, wo ihr beide allein wart, gegenseitig hättet helfen können; vielleicht hättet ihr sogar die Jahre, die euch noch blieben, gemeinsam verbringen können.

Als wir damals nach Hause kamen, sprach ich dich auf diese Möglichkeit an, doch du wurdest böse.

»Red keinen Blödsinn, Norma! Ich habe nicht die Absicht, deinen Vater zu betrügen, nur weil er jetzt tot ist.«

»Betrügen würde ich das nicht nennen.«

»Das wäre es aber für mich.« Und du wechseltest das Thema.

Dolfo ist ein Jahr später gestorben. In jener Zeit, als du Witwe geworden warst, habt ihr euch vielleicht ein paarmal gesehen, jedes Mal nur flüchtig.

Der Priester ist mit der Predigt fertig. Als der Gottesdienst zu Ende ist, laden sich die Bestatter den Sarg auf die Schultern, und wir bringen dich zum Friedhof.

Dort spricht der Priester den letzten Segen. »Möge die liebe Elsa nun in das Antlitz des wiederauferstandenen Christus blicken und seine Stimme vernehmen, die da sagt: Komm, Schwester, nimm teil an der Freude deines Herrn ...«

Ich sorge dafür, dass der Sarg mit den Füßen zuerst in die Gruft kommt, so wie du es dir gewünscht hast. Die Maurer beeilen sich, den Mörtel anzurühren, und verschließen dann die Grabnische.

Es ist sehr heiß geworden, und die ersten Leute gehen.

Um mich herum Grabsteine, Chrysanthemen, Plastikblumen. Nur ein Stück weit entfernt liegen zwei Rosenkränze auf einem frisch ausgehobenen Grabhügel: Sie gemahnen an ein kürzlich stattgefundenes Begräbnis. Die Erde nimmt die sterbliche Hülle der Menschen in sich auf, und ihre Hinterbliebenen finden Trost in einem Kreuz. Ein Grab zu pflegen und Marmorgesichter zu reinigen, ist alles, was uns bleibt, doch ich verabscheue verwelkte Blumen, elektrische Lichter in Form von Rosen, und auch ein Christus am Messingkreuz, darunter eine Madonna mit nach oben gerichtetem Blick, flößt mir nur Entsetzen ein.

Eine Frau bleibt zwei Gräber entfernt stehen. Es muss eine Witwe sein. Sie bekreuzigt sich und kniet nieder. Dann zieht sie aus der Tasche ein Tuch und Glasreiniger. Sie staubt den Flügel des Engels ab, reibt sorgfältig über jede seiner Locken. Offenbar ist sie wild entschlossen, auch die kleinste Falte im Marmor zu säubern.

»Mama, komm, lass uns gehen«, schlägt Federica vor.

Ich verabschiede mich von meinen Onkeln und Tanten und anderen Verwandten. Renata tritt noch einmal auf mich zu.

»Norma, ich gehe jetzt. Noch mal mein herzliches Beileid.« Etwas Schillerndes flattert um sie herum und setzt sich schließlich auf ihr Haar. Eine Libelle.

»Wir hatten gar nicht die Zeit, ein paar Worte zu wechseln … Kehrst du gleich nach Bologna zurück?«, frage ich sie.

»Ich bleibe bis Sonntag. Bis dahin wohne ich im Haus meiner Großeltern.«

»Warum kommst du nicht morgen zum Mittagessen? Bist du mit deinem Mann und den Kindern da?«

»Nur mit den Zwillingen, er muss arbeiten. Danke, ich komme gerne.«

»Gut, dann bis morgen!« Die Libelle fliegt weg und setzt sich auf meine Schulter.

~

Am Tag darauf sitzen wir alle gemeinsam am Tisch. Die Atmosphäre ist gedämpft, jedoch heiter. Renatas Söhne spielen mit meinem Enkel. Das Mädchen möchte ihn auf den Arm nehmen.

»Pass auf, Adele, dass er nicht runterfällt!«, mahnt die Mutter sie.

»Wusstest du, dass deine Großmutter schon von Kindesbeinen an eine weiße Strähne hatte, genau wie du?«, frage ich sie.

»Ich habe nie ein Foto von ihr in jungen Jahren gesehen, aber ich habe es dennoch immer gewusst.«

»Wie meinst du das?«

»So, als hätte sie es mir gesagt. Ich habe das Gefühl, mich daran zu erinnern, meine früheste Kindheit mit meiner Großmutter verbracht zu haben: wie sie mir im Garten von Cachoeira Grande hinterherläuft oder wie sie mir Geschichten erzählt … Bestimmt habe ich mir das

alles nur ausgedacht, denn sie ist gestorben, bevor ich auf die Welt kam.«

»Vielleicht hat dir manches davon deine Mutter erzählt.«

»Das glaube ich nicht, sie sprach nie über sie. Aber mir scheint, dass ich mehr Erinnerungen an Großmutter Adele als an meine Mutter habe, auch wenn ich sie nie kennengelernt habe.«

»Vielleicht hast du die Erinnerungen an deine Mutter verdrängt, um ihren Verlust besser zu verschmerzen.«

»Kann sein. Oder ich habe sie in den Tarockkarten gesehen.«

»Tarock?«

»Seit einigen Jahren bin ich ein großer Fan von Tarock.«

»Das nächste Mal, wenn wir uns sehen, bringe ich dir ein Geschenk mit: ein sehr altes Tarockkartenspiel, das seit mehr als zwei Jahrhunderten in unserer Familie ist.«

»Das kann ich niemals annehmen …«

»Diese Karten haben schon immer auf dich gewartet, glaub mir. Komm, ich will dir etwas zeigen.«

Ich nehme das Album mit den Fotografien, wir decken den Tisch ab, und während Renatas Kinder spielen, setzen wir uns und blättern in den Bildern der Casadios.

Und da ist das Foto, nach dem ich gesucht habe: Adele, mit dreißig Jahren, bei ihrer Abreise aus Genua. Sie steht lächelnd vor der Principessa Mafalda, dem Dampfschiff, das sie nach Brasilien bringen wird. Hier kann man die weiße Strähne gut erkennen.

Renata streichelt das Foto, als hätte sie jemanden wiedergefunden, den sie einmal sehr geliebt hat.

Wir widmen uns der Familiengeschichte, indem wir Fotos von Hochzeiten, von Taufen und Firmungen ansehen. Ich erzähle so manche Anekdote, spreche über meinen Großvater Radames, seine ulkigen Sätze und exzentrischen Ideen, etwa, dass er an den Ufern des Pos mit einem eigens aus England bestellten Metalldetektor Gold suchte. Ich erzähle auch von meiner Großmutter Neve, die als kleines Mädchen verzaubert wurde und seitdem, wenn sie glücklich war, mit ihrem Duft Bienen anlockte.

Renata stellt Fragen, will mehr wissen. Wir kommen zu den jüngeren Fotos.

»Die sieht aus wie ich, als ich klein war. Wer ist das?«, fragt sie und betrachtet einen Schnappschuss von Donata.

»Eine Cousine von mir. Schau dir das an, hier ist sie ein junges Mädchen.«

Sie sieht sich das Bild lange an, staunt über die außergewöhnliche Ähnlichkeit.

Und ich denke, dass das Leben ein Kreis ist und dass sich in diesem Kreis manchmal Dinge wiederholen und uns mit denjenigen verbinden, die vor uns gelebt haben. Vielleicht ist das ja die einzige Form von Ewigkeit, die uns gewährt wird.

Wir blättern weiter und landen schließlich bei dem Foto von unserer Hochzeit: Elia und ich sitzen im Festsaal des Rathauses von Kensington. Er ist gerade beim Unterschreiben, ich betrachte ihn mit verliebtem Blick. »Bis über beide Ohren«, kommentiere ich mit einem Lächeln. Ich trage ein Kleid mit passendem Jäckchen und einen großen Hut. Elia ist in Hemd und Krawatte. Er trägt einen Zopf und einen auffallenden Bart.

»Papa sieht ja aus wie Karl Marx!«, kommentiert Renata amüsiert.

»Wenn du wüsstest, was für Kämpfe wir ausfechten mussten, bevor er sich diesen Bart ein bisschen gestutzt hat!«

»Aber elegant sieht er aus.«

»Nur weil sie ein Brustbild von ihm gemacht haben. Darunter trug er Bluejeans und alte Mokassins. Er war nicht dazu zu bringen, sich umzuziehen.«

»Schön habt ihr ausgesehen«, sagt sie lächelnd und wird dann ernst. »Norma, ich muss dir ein Geständnis machen. Vergangene Woche wollte Papa sich von deiner Mutter verabschieden. Wir haben gewartet, bis du aus dem Krankenhaus kamst, und sind hoch zu ihr. Es kommt mir hässlich vor, es dir zu verschweigen. Ich hoffe, es macht dir nichts aus.«

»Aber nein, warum? Es war freundlich von euch. Wie geht es deinem Vater?«

»Gut, aber seit er in Rente ist, wird er träge. Ich schimpfe ihn aus, erinnere ihn daran, dass er sich bewegen muss, aber er sagt bloß, der einzige Sport, an dem er noch hängt, ist das Angeln.«

»Sport ist heute groß in Mode, und dein Vater hat sich nie viel aus der Mode gemacht.«

»Weißt du eigentlich, dass er hier lebt?«

»Hier – wo?«

»In Stellata.«

Ich schaue sie an. »Ich dachte, er lebt in Bologna …«

»Früher, als er noch gearbeitet hat, ja. Jetzt wohnt er im Haus der Großeltern. Er hat mir gesagt, ein paarmal hat er dich und deine Mutter auf dem Damm gesehen. Und einmal auch dich allein, auf der Piazza. Er war überzeugt davon, du hättest ihn bemerkt.«

»Nein, niemals …« Ich weiß nicht, was ich sagen soll, um das Schweigen, das folgt, zu durchbrechen.

Federica springt in die Bresche. »Soll ich einen Kaffee machen?«

»Den nehme ich gern«, antworte ich, dankbar dafür, dass sie mit Renata in die Küche geht.

Elia ist hier, nur ein paar Hundert Meter entfernt, und er war immer hier! Er hat mich gesehen, hat mich auf der Piazza beobachtet … und ich habe nie etwas bemerkt.

Nach dem Kaffee spülen Renata und Federica ab. Sie plaudern in einem fort, als würden sie sich seit Jahren kennen. Ich hingegen bekomme schon eine Weile keinen Ton mehr heraus. Ich muss alleine bleiben, muss Ordnung in meinem Kopf schaffen.

Der Kleine beginnt zu quengeln. »Mark ist müde, ich gehe mal rüber mit ihm.« Und ich flüchte mich ins Schlafzimmer.

Ich wiege den Kleinen in meinen Armen. Ruhig bin ich nur nach außen hin; in meinem Inneren ist eine ganze Lawine von Gefühlen losgetreten worden, die sich überschlagen und mir den Atem rauben.

Mark ist eingeschlafen. Ich lege ihn in die Wiege zurück und setze mich an die Bettkante. Drüben sind meine Tochter und Renata immer noch am Plaudern, sie machen Pläne. Ich höre, wie Renata verspricht, nach London zu kommen, und wie Federica ihr anbietet, ihr die Stadt zu zeigen. »Ich bring dich in den Pub, wo Jack the Ripper seine Opfer fand, und auch in die Brick Lane, wo es die besten indischen Restaurants gibt. Und du wirst mich im Ronnie Scott singen hören.«

»Du Glückliche, dass du ein solches Talent hast! Mich haben sie in der Schule immer in die allerletzte Reihe des Chors gestellt.«

Sie lachen. »Und dein Vater?«, fragt Renata dann.

»Den habe ich erst vor ein paar Jahren kennengelernt. Während meiner Aufführungen saß er immer ganz vorne, dann hat er mich eines Tages zum Mittagessen eingeladen und mir erklärt, ich sei seine Tochter. Einfach so. Er und Mama hatten eine kurze Affäre gehabt. Als sie zu Ende ging, wusste Mark nicht einmal, dass sie schwanger war. Dann, mehr als zwanzig Jahre später, war er zufällig bei einem meiner Auftritte, hat den Nachnamen gesehen … und der Rest ist Geschichte.«

»Und du, wie hast du es aufgenommen?«

»Für mich bleibt er immer Mark. Er ist mehr ein Freund der Familie als ein Vater. Aber das Allerschönste war, dass ich auf einen Schlag drei Brüder hatte. Alle drei tolle Typen. Als kleines Mädchen habe ich mich immer allein gefühlt, mein Sohn hingegen hatte, ehe er sichs versah, einen Großvater, drei Onkel und vier Cousins.«

»Und hast du deinen Sohn nach Mark benannt?«

»Vielleicht. Aber es ist auch ein Name, der mir immer gefallen hat.«

Sie reden weiter, und ich sitze auf dem Bett, unfähig, mich zu bewegen, zu denken, zu reagieren. Ein Gedanke hämmert mir im Kopf: Elia ist hier, nur dreihundert Meter entfernt. Er war immer hier, hat mich gesehen, und nie hat er sich getraut, mich anzusprechen …

Mark schläft. Ich gebe ihm einen Kuss aufs Händchen und kehre ins Wohnzimmer zurück.

Die Zwillinge schauen fern. Renata und Federica sitzen auf dem Sofa.

Ich ziehe meinen Mantel an. »Macht es euch was aus, wenn ich kurz rausgehe? Ich drehe immer eine Runde nach dem Essen.«

Federica weiß, dass das geflunkert ist, und schaut mich erstaunt an. »Klar, geh nur.«

~

Quer über die Piazza Pepoli. Ich gehe an der Casa del Sale vorbei, biege nach rechts in ein Sträßchen ab. Ich komme auf den Feldweg, der am Kanal entlangführt. Meine Schritte werden immer schneller, wie damals, mit vier, genau hier, wenn ich auf dem Weg zu Elia ins Laufen kam. Ich spüre immer noch die gleiche Eile in meinen Schritten, dabei gehe ich bereits auf die siebzig zu. Mir geht die Luft aus, aber ich kann nicht langsamer werden. Am Ende laufe ich, und es strengt mich immer mehr an. Das Herz klopft mir bis zum Hals, gleich springt es heraus, aber ich schaffe es nicht, langsamer zu werden. Ich laufe, wie ich schon seit Jahren nicht mehr gelaufen bin. Am Ende sterbe ich noch auf diesem Feldweg … Aber meine Beine werden nicht langsamer.

Die Luft ist mild. Es ist das erste Licht des Sommers, das Licht, das wärmt, ohne zu verbrennen, das Licht, das der Welt das Leben einer neuen Jahreszeit einhaucht. Ich höre nicht auf zu laufen, bis ich ganz am Ende des Weges das Haus erkenne.

Ich gehe darauf zu. Ich lehne mich an die Wand und schließe die Augen, versuche, mich zu beruhigen.

Drinnen läuft der Fernseher. Ein Brüllen, wie von einem Löwen. Vielleicht ein Tierfilm über die afrikanische Fauna.

Ich warte, bis mein Atem sich beruhigt hat. Dann klopfe ich an die uralte Tür aus eingelegtem Holz.

Zwei kurze Schläge.

Ein paar Sekunden, dann macht er auf. Elia steht vor mir und schaut mich stumm an. Er schaut mich an, mehr nicht.

Ich habe panische Angst, dass er sagt: »Entschuldige, es passt gerade nicht.«

Wir stehen da, als hätten wir Wurzeln geschlagen, einer vor dem anderen: zwei Menschen mit fast siebzig Jahren, die sich bis auf ein Abendessen vor drei Jahren ein Leben lang nicht mehr gesehen haben.

»Wie geht es dir?«, kann ich nur hervorstoßen.

Er starrt mich immer noch stumm an. Es sind nur wenige Sekunden, doch mir kommen sie wie Jahrhunderte vor. Und ich denke: Was für eine Idiotin ich doch bin! *Ich hätte Renata fragen sollen, ob es denn überhaupt recht sei, wenn ich komme, ich hätte mich erkundigen sollen, ob er vielleicht jemanden hat ... »Deine Tochter hat mir gesagt, dass du hier lebst, und, na ja, ich wollte Hallo sagen. Na gut, dann gehe ich wieder ...«, sage ich am Ende.*

Ich drehe mich um. Ich will nur noch weg, verschwinden, mich in Luft auflösen.

Er packt mich am Arm. »Warte! Du hast mich überrascht.«

Ich schaue ihm in die Augen und weiß es, jetzt sehe ich es, so klar wie noch nie. Elia hat seit fast dreißig Jahren auf diesen Moment gewartet. Genauer gesagt sind es neunundzwanzig Jahre, fünf Monate und einundzwanzig Tage, die er auf mich wartet. Woche um Woche, Geburtstag um Geburtstag, Weihnachten um Weihnachten, hat Elia auf diesen Moment gewartet.

»Ich hätte anrufen sollen, bevor ich komme. Tut mir leid.«

»›Liebe bedeutet, niemals um Verzeihung bitten zu müssen‹«, sagt er.

Und wir brechen in Gelächter aus.

DANKSAGUNG

Ein Dank geht an meine Agentin Carmen Prestia, die die Geschichten der Familie Casadio zum Leben erweckt und in die Welt hinausgebracht hat. Danke den Mitarbeitern der Casa Editrice Nord und an Cristina Prasso, die mich auf dieser Reise begleitet hat. Ich danke meiner Tochter Francesca, meiner strengsten Leserin, die jedoch ein Füllhorn von Ratschlägen und Ideen hat, aus dem sie mich reichlich beschenkt. Ich danke meinem Ehemann Nicholas, der lange Monate meine Monologe über die letzten Fassungen des Romans ertragen musste, der meinen Zweifeln und Befürchtungen Gehör schenkte und sich in den lichten Momenten mit mir freute. Ich danke meiner Freundin Thérèse Leignel, einer niemals versiegenden Quelle der Inspiration.

Mein größter Dank jedoch gebührt der Schriftstellerin Rosalba Perrotta: Ich bin ihr dankbar für ihre Freundschaft und für all die Zeit, die sie diesem Roman gewidmet hat. Danke für die unzähligen und überaus nützlichen Ratschläge, für ihre geduldige Lektüre des Textes, dafür, dass sie mir die Schönheit der Präzision beigebracht hat, das Durchhaltevermögen und die Sorgfalt, die man Worten entgegenbringen muss.

D. R.

Besuchen Sie uns im Internet:
www.ullstein.de

Wir verpflichten uns zu Nachhaltigkeit
- Papiere aus nachhaltiger Waldwirtschaft und anderen kontrollierten Quellen
- Druckfarben auf pflanzlicher Basis
- ullstein.de/nachhaltigkeit

Die Originalausgabe erschien 2023
unter dem Titel
Il primo sole dell'estate
bei Casa Editrice Nord, Mailand.

MIX
Papier
FSC FSC® C014496

ISBN: 978-3-550-20289-6

1. Auflage

Gesetzt aus Dante MT
Satz: Pinkuin Satz und Datentechnik, Berlin
Druck und Bindearbeiten: GGP Media GmbH, Pößneck
Printed in Germany